Alison Espach
Und plötzlich warst du fort

AF216638

ALISON ESPACH

UND PLÖTZLICH WARST DU FORT

Roman

Aus dem Englischen
von Simone Jakob

Ullstein

Besuchen Sie uns im Internet:
www.ullstein.de

Wir verpflichten uns zu Nachhaltigkeit
- Klimaneutrales Produkt
- Papiere aus nachhaltiger
  Waldwirtschaft und anderen
  kontrollierten Quellen
- ullstein.de/nachhaltigkeit

MIX
Papier
FSC FSC® C083411

ISBN 978-3-86493-226-7
Deutsche Erstausgabe im Ullstein Paperback
1. Auflage Oktober 2023
© für die deutsche Ausgabe Ullstein Buchverlage GmbH, Berlin 2023
© 2022 Alison Espach
Die amerikanische Originalausgabe erschien 2022 unter dem Titel
Notes on your sudden disappearance bei Henry Holt, New York.
Wir behalten uns die Nutzung unserer Inhalte für Text und Data
Mining im Sinne von § 44b UrhG ausdrücklich vor.
Umschlaggestaltung: Sabine Kwauka unter Verwendung einer Vorlage
von © Nicolette Seeback Ruggiero
Umschlagabbildung: © claramh / Shutterstock
Gesetzt aus der Albertina by *pepyrus*
Druck und Bindearbeiten: CPI books GmbH, Leck

Für meinen Bruder Michael

ZUR LAGE DER UNION
1998

Du bist am Abend vor einem Schultag verschwunden, was niemanden mehr überrascht hat als mich. Wenn ich mit dreizehn an irgendetwas geglaubt habe, dann an die Unveränderlichkeit unserer Abendroutine vor einem Schultag. Ich glaubte an das heilige Ritual von Hausaufgaben und Abendessen, gefolgt vom Herauslegen der Sachen, die wir am nächsten Tag tragen wollten – etwas, worauf Mom immer großen Wert gelegt hat. Sie sagte immer, es sei wichtig, dass man schon entschieden habe, was man anziehen wolle, bevor man aufstand.

Danach putzten wir uns die Zähne. Schauten uns im Spiegel an, während sich mehr und mehr Schaum in unserem Mund bildete, bis eine von uns das Schweigen brach. »Hallo«, hast du zum Beispiel gesagt, was – aus Gründen, die ich heute nicht mehr ganz nachvollziehen kann – unglaublich witzig war. Dann hast du losgeprustet, hast Schaum gespuckt wie eine Konfettikanone – und ich musste ebenfalls lachen, ein so gefährlich klingendes, ersticktes Nach-Luft-Schnappen, dass Mom ins Zimmer platzte und »Sally, ist alles in Ordnung?« rief, woraufhin wir noch lauter lachten.

»Sie lacht doch nur, Mom«, hast du dann gesagt.

Dann gingen wir ins Bett. Sahen zur Decke auf, wo im Dunkeln leuchtende Sterne zu Buchstaben arrangiert waren, sodass sie unsere Namen bildeten – eine Idee, die mir anfangs nicht gefallen hatte, denn mir wäre eine naturgetreue Abbildung des Himmels lieber gewesen. Aber du hast gesagt: »Sally, der ganze Himmel an der Decke, das geht doch gar nicht«, und ich habe nicht widersprochen, denn egal, wie alt ich war, du warst immer drei Jahre älter als ich. Du wusstest Dinge, die ich nicht wusste, wie zum Beispiel, dass es achtundachtzig Sternbilder am Himmel gibt und dass nur zweiundzwanzig Leuchtsterne in der Packung waren. Gerade genug, um unsere Namen zu formen. Und so haben wir die Sterne an die Decke geklebt, und ich habe den Rest meiner Kindheit damit verbracht, zu ihnen aufzuschauen und zuzuhören, was »KATHY« »SALLY« über all die Dinge zu erzählen hatte, die sie wusste: dass der Himmel eigentlich gar nicht blau ist. Dass Regen verdunstet und wieder zum Himmel aufsteigt.

»Und wusstest du, dass Bäume Schmerz empfinden können?«, hast du einmal gefragt.

»Nein«, antwortete ich.

Aber es überraschte mich nicht. Ich hatte schon so etwas vermutet, seit Dad uns von dem alten Ahornbaum vor unserem Fenster erzählt hatte, der fast abgestorben war. Er sei so alt, sagte Dad, dass er noch von einem echten Puritaner gepflanzt worden sein könnte, eine Tatsache, die mich eher erschreckte als beeindruckte. Ich sah den knorrigen, verwachsenen Baum auf unserem Rasen ebenso ungern an wie die Knochensporne am Fuß meines Vaters, wenn er am Strand die Socken auszog. Oder Moms gelbe untere Zahnreihe, die nur sichtbar wurde, wenn sie lauthals lachte. All das war der Tod, der, wie ich wusste, an unerwarteten Orten lauerte – ob in Moms Lachen, an Dads Zehen oder in den leuchtend grünen Blättern vor unserem Fenster, die nicht lebendiger hätten wirken können. Und so zog ich jeden Abend die Jalousien zu, bevor ich zu dir ins Bett kroch. Damals hast du es mir erlaubt. Du mochtest das Gefühl, wenn ich dir behutsam eine Haarsträhne flocht.

»Ja, können sie. Hat zumindest Billy Barnes behauptet«, fuhrst du fort. »Und der kennt sich mit so was aus. Sein Vater ist Blumenhändler.«

Damals war ich *eine gute Zuhörerin, sehr aufmerksam*, wie meine Lehrer oft in meinen Zeugnissen vermerkten. Und ich stellte immer viele Fragen.

»Wer ist Billy Barnes?«, fragte ich sie jetzt.

»Wer *Billy Barnes* ist?«, hast du gesagt, als hätte ich das wissen müssen. Aber ich kannte niemanden außer meinen Mitschülern aus meiner Klasse. Man hielt uns von den älteren Kindern fern; wir waren sicher in unserem eigenen privaten Schultrakt untergebracht. »Ich tanze morgen den Footballtango mit ihm.«

»Was ist der Footballtango?«, wollte ich wissen.

»Irgendein Tanz, den sich die Lehrer für die Thanksgiving-Feier ausgedacht haben«, hast du gesagt. »Ich versteh's auch nicht ganz. Aber wen kümmert's? Das ist nicht der Punkt.«

Der Punkt war, du warst eine Klasse unter ihm, und ihr hättet eigentlich keine Tanzpartner sein sollen, wart es aber trotzdem, weil ihr genau gleich groß wart. »Schicksal«, hast du gesagt. Und das war es wohl – denn am nächsten Morgen ist es passiert. Du hast dich als Cheerleaderin verkleidet, er als Footballspieler, ihr habt Tango tanzend die Turnhalle durchquert, er hat dir ein Kompliment über deine Haare zugeflüstert, und da war es um dich geschehen. Du warst verknallt.

»Was genau gefällt ihm denn an deinen Haaren?«, fragte ich.

Ich entdeckte allmählich, dass ich die falsche Art von Haar hatte. Ganz anders als deins, das nach dem Duschen praktisch sofort richtig fiel. Meins war lockig, schwer zu bändigen und erinnerte an einen dieser bösen Cartoonbäume, die jeden packten, der ihnen zu nahe kam. Hatte zumindest Rick Stevenson im Bus behauptet, bevor er mir von seinem Chinchilla erzählte, das vor Kurzem angefangen hatte, seine Jungen zu fressen.

»Weiß nicht«, hast du geantwortet. »Das hat Billy nicht so genau gesagt.«

Nach eurem Footballtango hast du mir oft den ganzen Abend von Billy erzählt. In der Schule hast du nie mit ihm gesprochen.

»Worüber sollte ich denn mit ihm reden?«, hast du gefragt.

Ich war überrascht, dass du mir diese Frage stellst – was wusste ich damals schon darüber, wie man mit Jungs spricht? Ich wusste noch nicht mal, was ich zu meinen Großeltern sagen sollte, wenn sie an Weihnachten auf unserer Couch saßen. Ich zupfte nur stumm an meinem Kleid herum; du dagegen hast sie nach ihrem alten Kohleofen gefragt, den Milchflaschen, die ihnen immer noch vor die Tür gestellt wurden. Und du hast ihre Geschenke mit einer Begeisterung entgegengenommen, die ich nicht vortäuschen konnte. »Vielen, vielen Dank für das ›Kaugummi-zum-Selbermachen‹-Set«, hast du zu Grandma gesagt, als würdest du es wirklich so meinen. Ich konnte es nicht fassen. Freuten wir uns jetzt ernsthaft darüber, dass wir unsere Kaugummis selbst machen sollten? Schwer zu sagen. Du warst eben echt gut – ein Naturtalent, wie Dad sagte, nachdem wir dich als Peter Pan in *Peter Pan* gesehen hatten.

Aber mit Billy zu reden fiel dir nicht leicht.

»Billy ist eine Stufe über mir«, hast du gesagt. »Und er wird mal ein berühmter Basketballer. Das sagen alle Lehrer.«

Und so hast du ihn nur aus der Ferne beobachtet, ihn in der Pause nicht aus den Augen gelassen. Hast Informationen gesammelt und sie mir abends weitererzählt. Hast all die Dinge aufgelistet, die Billy gern mochte: Salamipizza. Die Chicago Bulls. Gottesanbeterinnen. Und seinen Dad, der sich kürzlich den Hals gebrochen hatte.

»Das war echt ein Drama«, hast du gesagt und mir dann die Geschichte erzählt, als wärst du dabei gewesen, als Billys Dad in seiner Blumenhandlung Bill's Tree and Garden von der Leiter gestürzt ist. »Er ist mindestens sechs Meter tief gefallen, Sally! Total irre! Hat sich zwei Wirbel gebrochen.«

»Wird er sterben?«, fragte ich.

Ich konnte mir nicht vorstellen, dass jemand, der sich den Hals bricht, *nicht* stirbt. Vor meinem geistigen Auge sah ich Billys Vater mit einem rechtwinkligen Knick im Hals.

»Nein«, meintest du. »Er wird wieder gesund. Trotzdem. Es ist schon beängstigend. Ich meine, wer hätte gedacht, dass man als Blumenhändler so gefährlich lebt?«

Ich weiß noch, dass du irgendwie stolz klangst, als hättest *du* dir den Hals gebrochen.

Du hast mir so viel von Billy erzählt, dass es mir fast surreal vorkam, als ich ihn zum ersten Mal zu Gesicht bekam. Wir waren auf dem Parkplatz von Bill's Tree and Garden aus Dads Wagen ausgestiegen, und du hast meinen Arm gepackt, wie du es sonst nur getan hast, wenn wir einen Fuchs sahen.

»Da ist Billy Barnes«, hast du geflüstert.

Wir wussten, dass es im Wald Füchse gibt, waren aber immer überrascht, wenn einer in unserem Garten aufkreuzte. Wir lebten schließlich in Connecticut. In der Vorstadt. Wir wohnten nur eine Straße von Dunkin' Donuts entfernt. Wir erwarteten einfach nie, das Glück zu haben, zur rechten Zeit am rechten Ort zu sein. So wie jetzt, auf demselben Parkplatz, auf dem Billy kleine weiße Bäume von einem Transporter ablud.

Dad ging ins Geschäft, um Ringelblumen für das Beet zu besorgen, in dem unser Briefkasten stand, doch wir blieben am Eingang zurück. Pflückten Rosenblütenblätter von einem Busch und taten so, als würden wir ihn nicht beobachten, obwohl wir es natürlich sehr wohl taten. Wir ließen ihn nicht aus den Augen. Heute kann ich mich trotzdem kaum an den Moment erinnern. Ich weiß nur noch, dass seine Haare dick und braun waren, als wären sie aus Plastik. Wie bei meinen Spielzeugfiguren von Fisher-Price.

»Was treibt ihr denn noch hier draußen, Mädels?«, fragte Dad, der mit zwei goldgelben Topfblumen aus dem Geschäft kam. Der Moment war vorbei.

»Nichts«, hast du gesagt, aber wir fühlten uns ertappt, als hätten wir etwas angestellt. Wir stopften die roten Blütenblätter in unsere Taschen, damit Dad sie nicht sah, und du hast mir später versichert, das sei kein Diebstahl, denn die Blütenblätter würden wieder nachwachsen, wie die beiden Hälften der Würmer, die wir manchmal im Wald zerschnitten. Als Dad losfuhr, hast du ein Blütenblatt aus deiner Tasche genommen und dir damit über die Unterlippe gestrichen.

»Das ist so was von weich«, hast du gesagt und es mir gegeben. »Fühl mal.«

Ich presste es mir an die Lippen und spürte seine Weichheit. Du hattest recht.

Über Billy zu reden gehörte in jenem Jahr bald zu unserem Abendritual. Wie ein Gebet vorm Schlafengehen. Wir schalteten das Licht aus, ich zog die Jalousie herunter, und du hast mir berichtet, wie er dir im Flur einfach so einen Stift geschenkt hat. Oder in der Pause, ebenfalls einfach so, eine Hummel verspeist hat. Wie er am Valentinstag für alle Nelken mitgebracht hat.

»Ist das nicht nett?«, hast du gefragt.

»Na ja, ist sein Dad nicht Blumenhändler?«, sagte ich.

Manchmal spekulierten wir über die Dinge, die wir nicht über ihn wussten, vielleicht nie über ihn wissen würden. Wie fühlte es sich an, ihn zu küssen, wäre er ein guter Ehemann?

Natürlich, entschieden wir.

»Ich wette, er macht mit seinen Töchtern Abstecher zum Grand Canyon«, hast du gesagt.

»Und er gibt ihnen einen ganzen Dollar, wenn ihnen ein Zahn ausfällt«, ergänzte ich. »Nicht so wie Dad.«

Morgens, wenn wir aufwachten, waren wir immer enttäuscht über die Sachen, die wir uns am Vorabend rausgelegt hatten. Wir änderten ständig unsere Meinung, was wir anziehen wollten; das durfte man, hast du gesagt, trotzdem hatte ich beim Frühstück ein schlechtes Gewissen gegenüber den verschmähten Kleidungsstücken, habe mich sogar bei ihnen entschuldigt, wenn wir zum Bus aufbrechen mussten. Du hast immer gelacht, wenn du das gehört hast. »Das sind doch nur Schuhe, Sally!«, hast du gesagt. Oder: »Es ist doch nur ein T-Shirt!« Aber ich hatte immer das Gefühl, dass sie mehr waren als das, dass sie insgeheim lebendig waren; aus demselben Grund verabschiedete ich mich auch von den Heizungen, bevor wir aus dem Haus gingen.

Nachdem sein Dad sich den Hals gebrochen hatte, wurde Billy dafür berühmt, Dummheiten anzustellen. Zum Beispiel steckte er vor dem Mittagessen eine Möhre in den elektrischen Anspitzer oder sprang nach der Schule vom Dach.

»Wer traut sich noch runterzuspringen?«, rief Billy uns vom Teerpappdach aus zu.

Niemand meldete sich. Nicht einmal Rick Stevenson, der die ganze Mittagspause damit verbracht hatte, süßsaure Drops zu einem feinen Pulver zu zerstoßen, das er anschließend die Nase hochzog. Jetzt machte er ein besorgtes Gesicht.

»Das ist zu hoch!«, rief er. Zu uns sagte er: »Billy wird draufgehen.«

Wir sahen zu Billy auf, hoch oben auf dem Dach, wie die amerikanische Flagge. Zum ersten Mal in seinem Leben würde Rick wahrscheinlich recht haben. Billy würde draufgehen. Ich wechselte verstohlen einen Blick mit dir.

»Billy ist so ein Idiot«, hast du zu mir gesagt, aber du hast dabei gelächelt, als könnte man nichts Tolleres sein.

Der Fall war kurz, der Aufprall hart. Wir rannten zu ihm, hatten jedoch Angst, ihn zu berühren. So wie er da bewusstlos auf dem Gehsteig lag, sah Billy gar nicht aus wie Billy. Er war völlig reglos, was keinen Sinn ergab, denn sonst war er immer in Bewegung, wie ein Auto mit ständig laufendem Motor. Aber je länger ich mich über ihn beugte, desto weniger vertraut erschien er mir, und ich hatte dasselbe Gefühl wie damals bei Grandpas Totenwache. Er hatte in seinem Sarg wie ein Fremder ausgesehen, steif und mit der Schminke eines anderen im Gesicht.

»So hilf ihm doch jemand!«, hast du gerufen.

Ich rannte los, um Hilfe zu holen. Aber während ich durch den Flur eilte, war ich verwirrt. *Wenn wir Billy jetzt immer noch nicht richtig kennen*, dachte ich, *wen kennen wir dann überhaupt?* Ich rannte zur Schulkrankenschwester, die, wie du sagtest, keine echte Krankenschwester war.

»Was ist sie dann?«, habe ich dich gefragt.

Wir sahen zu, wie sie das Blut von Billys Armen und Beinen abwischte.

»Das ist nur Priscilla Mountains Mom«, hast du geantwortet.

Danach blieben wir noch lange auf dem Gehsteig stehen – zwei Perlen, aufgereiht auf Billys Lebensfaden.

Billy hatte einen zweifachen Beinbruch, was ihn in der Schule zum

Star machte. Als er aus dem Krankenhaus entlassen wurde und wieder zur Schule kam, standen alle Schlange, um auf seinem Gips zu unterschreiben, selbst die Lehrerinnen und Lehrer. Ein paar Mädchen malten rosa Herzen neben ihre Namen, andere kritzelten ihre Telefonnummer darauf, wie Priscilla, die sie ihm aufs Knie schrieb.

»Wieso hast du das *gemacht*?«, hast du Priscilla gefragt, nicht als wärst du sauer, sondern als hättest du es selbst tun sollen.

»Ich mag ihn halt«, sagte Priscilla und zuckte die Achseln, als wäre es keine große Sache. Trotzdem ärgerte es mich, aus demselben Grund, aus dem es mich störte, wenn sie bei uns übernachtete, ihren Schlafsack zwischen unseren Betten ausbreitete, ein gerahmtes Foto von ihren Eltern auf unseren Nachttisch stellte und von Billy sprach, als würde er ihr gehören.

»Wir mochten Billy schon lange, bevor er sich das Bein gebrochen hat«, bemerkte ich.

»Sally!«, hast du gesagt.

Aber das erschien mir wichtig – in Billy verliebt gewesen zu sein, bevor er vom Dach sprang. Mit ihm schon vor einer Ewigkeit den Footballtango getanzt zu haben. Doch Priscilla wirkte ungläubig.

»Du magst Billy?«, fragte sie. »Du hast doch noch nie ein Wort über ihn verloren.«

Jetzt war es an dir, die Achseln zu zucken. »Er ist ganz okay«, hast du gesagt.

Damals warst du tatsächlich schüchtern, etwas, das ich zu diesem Zeitpunkt nicht verstanden habe, weil du in meiner Gegenwart nie zurückhaltend warst. Abends in unserem Zimmer warst du immer am meisten du selbst.

»Ich hab das Gefühl, dass ich dir alles erzählen kann«, hast du mir gestanden, nachdem Priscilla gegangen war.

Aber Billy sei zu beliebt, um mit dir zu reden, sagtest du. Und nachdem sein Beinbruch verheilt war, war Billy ständig von Jungs umringt, spielte in der Pause mit ihnen auf dem Sportplatz. Football. Fußball. Dann Basketball. Billy war nicht daran interessiert, mit Mädchen zu reden. Er interessierte sich für nichts außer die Chicago Bulls und wie viele Klimmzüge jemand im Sportunterricht schaffte. Und Hunde. Billy liebte Hunde. Brachte den Hund seines Vaters einmal zu einer Präsentation in die Schule mit, und wir folgten ihm den ganzen Tag durch die Flure. Doch Billy warf keinen Blick zurück, beugte sich nur vor, um dem Hund den Kopf zu kraulen. Ein goldener Labrador.

Du hast versucht, auf andere Art seine Aufmerksamkeit zu erregen. Gegen Ende des Jahres hast du dich für *A Disney Spectacular* beworben. Und du hast dich bei der »Berühmte Frauen der Geschichte«-Veranstaltung am Halbjahresende als Annie Oakley verkleidet. Während alle anderen Mädchen als berühmte Prinzessinnen oder Königinnen kostümiert waren, hast du einen Cowboyhut aufgesetzt und eine Plastikpistole mit in die Schule genommen, was man damals noch durfte. Wir gingen in die Cafeteria, wo unsere Lehrer Knöpfe mit der Aufschrift »Drück mich« verteilten. Wenn die Leute auf den Knopf drückten, bist du zum Leben erwacht, hast die Pistole um den Finger gewirbelt und mit deinem breitesten Westernakzent gesprochen. Alle haben geklatscht, außer Billy. Der hat nach deiner Pistole gegriffen und sie wieder und wieder in der Hand gedreht und gewendet, als wäre er ein Antiquitätenhändler, der ihren Wert schätzen will.

Ich dagegen stand, ganz in Schwarz gekleidet, am anderen Ende der Cafeteria. Die Leute beäugten meinen Knopf, auf dem aus unerfindlichen Gründen »Brück mich« statt »Drück mich« stand. Die Jungs aus meiner Klasse gingen im Saal herum, und Rick Stevenson sagte: »Haha, brück mich. Sally will gebrückt werden.« Kerzengerade, schmallippig stand ich da, eine Hand in die Hüfte gestützt. Ich kam mir mit meiner Haube ziemlich streng vor. Ich wusste zwar nicht, was »brücken« war, aber ich wusste, ich wollte nicht, dass es irgendjemand mit mir macht. *Annie Oakley wäre so was nicht passiert*, dachte ich. *Die hat eine Pistole.*

»Und, wen stellst du dar?«, fragte Billy.

Nach unseren allabendlichen Gesprächen war mir nie in den Sinn gekommen, dass Billy eines Tages tatsächlich mit mir reden würde. Ich liebte ihn so, wie ich Hawaii oder Paris liebte, zwei Orte, über die wir uns ebenfalls unterhielten und die wir besuchen wollten, obwohl ich wusste, dass ich sie wahrscheinlich nie zu Gesicht kriegen würde, weil Dad behauptete, er sei zu groß, um sich so lange in ein Flugzeug zu quetschen. Und so hängten wir in unserem Zimmer Poster von Paris auf und schwärmten von den Croissants, die wir am Fuß des Eiffelturms essen würden – das genügte uns.

Doch jetzt stand Billy vor mir und wartete auf eine Antwort.

»Ich bin Florence Nightingale«, sagte ich schließlich.

Das war Moms Vorschlag gewesen, und er hatte damals gut geklungen, doch jetzt, als Billy »Ist das nicht irgendeine Blume?« fragte, kam ich mir plötzlich dumm vor.

»Nein. Sie war eine berühmte Krankenschwester«, sagte ich. »Im Krimkrieg.«

Ich hatte einen langen Vortrag darüber vorbereitet, wie heldenhaft sie gewesen war und dass ihr größtes Talent ihre genaue Beobachtungsgabe gewesen sein soll. Ich hatte sogar so tun wollen, als würde ich eine Wunde nähen. Doch Billy sagte: »Sorry, nie von ihr gehört«, dann ging er mit seinen Freunden zum Brunnen und tauchte den Kopf hinein, sodass seine Haare nass wurden. Es sah erfrischend aus. Es war Mitte Juli. Zu heiß, um in der Schulcafeteria in einer Krankenschwesternuniform zu schwitzen, die in

Wirklichkeit ein altes Chorgewand war. Als Billy auf dem Weg nach draußen die Doppeltür aufstieß und eine kühle Brise hereinließ, war ich erleichtert.

Ich sollte Billy jahrelang nicht mehr zu Gesicht bekommen. Er wechselte auf die Mittelschule, und dann, ein Jahr später, bist du ihm dorthin gefolgt. So kam es mir jedenfalls vor. Als hättet ihr mich zurückgelassen. Jeden Tag freute ich mich darauf, nach Hause zu kommen und Neuigkeiten über Billy zu erfahren.

Aber an manchen Abenden hattest du keine große Lust zu reden. Dann hast du Kopfhörer aufgesetzt, dich über deine Hausaufgaben gebeugt und »Schschsch« gezischt, wenn ich dich angesprochen habe. Aber wenn ich dich nach Billy gefragt habe, hast du mir immer geantwortet. Konntest nicht widerstehen, mir von euren zufälligen Begegnungen in der Schlange vor der Essensausgabe zu berichten; wie er dir auf der Science Fair erlaubt hat, sein Eulen-Gewölle zu sezieren; oder wie er dir die Tür aufgehalten hat.

»Das hätte er nicht zu tun brauchen«, hast du gesagt. »Er war am anderen Ende des Flurs.«

Doch Billy wartete an der Tür auf dich; er trug Anzug und Krawatte, was für die Jungs auf der Mittelschule an Spieltagen Pflicht war. Er habe dadurch älter gewirkt, hast du gesagt. Größer. Dir war der Gedanke gekommen, dass das, was Mom gesagt hatte, stimmte: »Ihr werdet respektvoller behandelt, wenn ihr euch kleidet, als würdet ihr es verdienen.« Denn wenn Billy an Spieltagen im weißen Hemd mit Krawatte durch die Flure ging, gaben die Lehrer ihm High Five. »Hey, tolle Leistung beim Spiel gestern Abend«, sagten sie. »Dalton hast du's richtig gezeigt.« Er stolzierte durch die Flure, als würden sie ihm gehören, und vielleicht stimmte das ja irgendwie auch. Vielleicht hielt er deswegen allen die Tür auf.

»Er hat einfach zugesehen, wie ich durch den leeren Flur auf ihn zukam«, hast du gesagt. »Und es hat verdammt lange gedauert, bis ich ihn erreicht hatte.«

»Wie peinlich«, sagte ich. »Was hast du gesagt?«

»Ich hab gesagt: ›Hey, danke.‹ Und er so: ›Kein Ding.‹«

Dann bist du unter seinem Arm hindurchgetaucht, und in dem Moment hast du gespürt, wie dich etwas durchlief. Du hattest, vielleicht zum ersten Mal in deinem Leben, das Gefühl, dass Billy dich wirklich sieht.

»Habt ihr heute ein Spiel?«, hast du zu ihm gesagt. Eine überflüssige Frage, wie du wusstest, denn das war offensichtlich.

»Japp«, sagte er, was deinen Erzählungen zufolge fast alles war, was er je von sich gab. Japp. Nö. Vielleicht. Keinen Schimmer. Anscheinend brauchte er nicht zu sprechen. Sein Körper sprach für ihn. Ich konnte es selbst auf die Entfernung von unserem Kinderzimmer aus hören.

»Heißt das, er mag dich?«, fragte ich.

»Nein. Billy mag niemanden«, hast du erwidert.

In der Mittelschule hatte Billy nichts als Basketball im Kopf. Manchmal nahm er den Ball nachts sogar mit ins Bett, wie du mir mal erzählt hast. Irgendwann hörte ich auf, mich zu fragen, woher du all diese Dinge über Billy wusstest, und nahm das, was du mir über ihn erzähltest, einfach für bare Münze.

»Wieso?«, fragte ich.

»Weil er lernen muss, ihn zu lieben«, hast du gesagt. »Hat zumindest sein Dad gesagt.«

Ich hatte dir abends nie viel zu berichten, außer von meinen schulischen Leistungen. Die Jungs hielten mir nie die Tür auf. Allerdings hielten sie sie nicht mal für sich selbst auf. Rick Stevenson fand es wahnsinnig lustig, Türen so heftig aufzutreten, dass sie ihm zurück ins Gesicht prallten. Die Jungs, die ich kannte, waren alle ziemlich grob, sogar die netten wie Peter Heart, der auf der Rück-fahrt vom Mystic-Seaport-Freilichtmuseum im Bus so tat, als wäre ich bei einem schlimmen Autounfall verletzt worden.

»Du hast schreckliche Schmerzen, Sally«, sagte Peter und beugte sich über mich. »Hier, nimm dieses heilende Pflaster.«

Er klebte es mir über den Mund. Drückte es fest. Einen Moment lang dachte ich, er würde mich küssen – hatte sogar gehofft, er würde es tun –, aber dann riss er mir das Pflaster mit einem Ruck wieder ab.

»Ah, guck mal, du hast da immer noch eine Wunde«, hast du gesagt, nachdem ich dir davon erzählt hatte. »Eine schreckliche Fleischwunde am Bein. Ich glaube, da hilft nur Amputieren.«

»Das war ziemlich komisch«, sagte ich.

»Ach, so seltsam auch wieder nicht«, meintest du. »Es heißt nur, dass er dich mag.«

Du hattest recht. Ein paar Wochen später ließ mir Peter in der Englischstunde ein Zettelchen zukommen, auf dem er mich fragte, ob ich mit ihm gehen wolle.

»Und was hast du geantwortet?«, wolltest du wissen.

Ich sagte natürlich Ja. Aber dann haben wir monatelang nicht mehr miteinander gesprochen. Bis ich den Buchstabierwettbe-werb gewann, bei dem ich E-L-E-K-T-R-O-N buchstabierte. Das är-gerte Peter, weil er sonst immer der Sieger war. »Weißt du über-haupt, was ein Elektron ist?«, fragte er mich, und ich hatte keine Antwort darauf. Abends, als alle schon schliefen, schlug ich es im Lexikon nach. Ich las den Eintrag zweimal durch, verstand ihn je-doch immer noch nicht. Was war ein negativ geladenes Elementar-teilchen?

»Hm? Wovon sprichst du?«, hast du gesagt, nachdem ich dich geweckt hatte.

Ich ließ mich auf mein Bett sinken.

»Ich hab keine Ahnung, was ein Elektron ist!«, gestand ich. »Ich bin eine Betrügerin.«

»Ach Gott, Sally«, hast du gesagt. »Niemand weiß, was ein Elektron ist.«

Dann hast du hinzugefügt: »Und darum geht's auch nicht bei einem Buchstabierwettbewerb. Es geht darum, das Wort zu buchstabieren, und genau das hast du getan. Deshalb hast du ein Eis bekommen, deshalb haben sie für die Zeitung ein Foto von dir gemacht, und alle, die es sehen, werden über dich sagen: ›Sally Holt! Mann, ist die clever.‹«

Und wieder solltest du recht behalten. Das sagten die Leute nach dem Buchstabierwettbewerb tatsächlich. Aber bei ihnen hörte es sich komplett anders an. Als Rick Stevenson es an der Bushaltestelle zu mir sagte, klang es, als wäre das meine schlimmste Eigenschaft. Bei Mom klang es besorgt, als wäre das der Grund, warum ich so oft allein mit einem Buch in einer Ecke saß. Und Grandma sagte es meist, nachdem sie dir ein Kompliment über deine Schönheit gemacht hatte.

»Du bist so hübsch, Kathy«, bemerkte Grandma zum Beispiel. »Du könntest eines Tages sogar Nachrichtenmoderatorin im Fernsehen werden!«

Dann wandte sie sich mir zu. Ich muss ziemlich verzweifelt ausgesehen haben, während ich neben dir stand und auf mein Kompliment wartete.

»Und du, kleine Sally«, fuhr sie fort. »Du bist so klug, still und brav. Ich wette, eines Tages wirst du eine gute Nonne sein.«

Ich erstarrte. Wie konnte Grandma so etwas zu mir sagen? Wieso sollte ich Nonne werden wollen? Erkannte sie denn nicht, dass ich mir nichts sehnlicher wünschte, als du zu sein? Ich wollte unbedingt älter sein, mir Ohrlöcher stechen und mir die Haare bis zur Taille wachsen lassen. Aber Mom erlaubte es nicht. Sie schleifte mich immer noch alle sechs Wochen zum Friseur, nachdem sie es bei dir aufgegeben hatte.

»Steig in den Wagen«, sagte Mom dann zu mir.

Auf der Fahrt versicherte sie mir, Haare würden schneller nachwachsen, wenn man sie regelmäßig kürzte, und obwohl mir das unmöglich erschien, nahm ich – im Vertrauen auf Moms Zaubertrick – im Friseursessel Platz und stellte, wenn ich hinterher in den Spiegel schaute, jedes Mal enttäuscht fest, dass meine Haare wieder ein gutes Stück kürzer waren, knapp über den Schultern endeten und mein Gesicht einrahmten wie ein brauner Schleier. Ich fühlte mich tatsächlich wie eine Nonne.

»Was, wenn ich gar keine Nonne werden will?«, fragte ich dich später am Abend.

»Wie kommst du darauf, dass du Nonne werden musst?«, hast du gefragt.

Nonnen hatten keine andere Wahl – das hatte Valerie Mitt im Religionsunterricht gesagt. Ihre Tante hatte auch keine Wahl gehabt. Hatte auf irgendeiner Parkbank gesessen, ein Buch gelesen und sich um ihren eigenen Kram gekümmert, als Gott plötzlich zu ihr gesprochen und sie dazu berufen hatte, dem Herrn zu dienen. Und so wurde sie Nonne.

Noch Jahre nach Grandmas Bemerkung hatte ich Angst, Gott würde mich ebenfalls heimsuchen. Immer wenn wir unterwegs waren, zum Auto oder durch die Mall schlenderten, achtete ich darauf, immer drei Schritte hinter dir zu gehen, damit Gott dich zuerst auserkor.

Als du auf die Highschool kamst, wurdest du tatsächlich auserkoren, und zwar dazu, die Annie in *Annie* zu spielen. Die Cinderella in *Cinderella*. Im Chor den ersten Sopran zu singen. Vor dem Highschool-Basketballspiel der Jungs die Nationalhymne zu singen, obwohl du erst in der Zehnten warst. Ich konnte es nicht fassen.

»Also musst du vor Billy singen?«, fragte ich.

Du hast dich geweigert zuzugeben, dass das eine große Sache war. »Jetzt krieg dich wieder ein«, hast du gesagt. »Alle im Chor kommen irgendwann mal dran.«

Dann, auf der Fahrt zum Spiel, hast du auf dem Rücksitz atmen geübt.

»Wozu musst du atmen üben?«, fragte ich. »Du weißt doch, wie das geht.«

»Es gibt richtige und falsche Arten zu atmen«, hast du erklärt. Mr Fiske, der Chorleiter, habe dir beigebracht, wie man aus dem Bauch heraus singt, wie man richtig atmet, damit die Stimme fest klingt, und dass man an sich glauben und wissen muss, dass man eine Chance verdient hat. »Besonders, wenn man singt.«

Als wir die Turnhalle betraten, fühlte sie sich an wie ein Paralleluniversum, das ich bisher nur aus der Zeitung kannte. Wenn Mom uns vor der Schule Frühstück machte, hast du mir laut daraus vorgelesen, Billy sei ein angehender Star, während wir unsere Pfannkuchen aßen. Das, was Billy dazu brachte, Dummheiten anzustellen, machte ihn auch zu einem großartigen Sportler – Billy hatte vor nichts Angst. »Der Junge würde noch einen Dreipunktwurf hinkriegen, wenn ein tobender Stier auf ihn zu rast«, sagte der Coach.

Ich dagegen fürchtete mich damals vor allem und jedem. Als du auf das Mikro in der Mitte der Turnhalle zugingst und Billy und die anderen Jungs sich von der Bank erhoben, war ich nervös – obwohl es keinen Grund dazu gab. Du hast das Mikro genommen und die Nationalhymne genau so gesungen, wie du es schon unzählige Male unter der Dusche getan hast, auch wenn es in der Turnhalle besonders schön klang. Vielleicht lag es am Mikro, vielleicht an der großen Halle, vielleicht aber auch an dem Wissen, dass Billy dir zuschaute, dich ebenso bewunderte wie ich.

Oder es lag an der Nationalhymne, die das perfekte Lied war, wie du immer gesagt hast. Sie enthält fast alle Noten. Und ich muss zugeben, als du das letzte C gesungen hast und das gesamte Team für dich klatschte und pfiff, bekam ich eine Gänsehaut. Du hast so strahlend gelächelt, dass du eine Sekunde lang gar nicht ausgesehen hast wie du. Dann bist du zu uns auf die Tribüne zurückgekehrt.

»Ich setz mich zu Priscilla und Margaret, okay?«, hast du gesagt.

»Natürlich«, erwiderte Dad.

Das Spiel fing an, und Dad rief den Spielern Ratschläge zu, als würde er sie kennen.

»Schnapp dir den Ball, Barnes!«, schrie er. Zu mir sagte er: »Siehst du, wie der Junge sich Hals über Kopf auf den Ball stürzt, Sally? So war dein Vater früher auch. Komplett durchgeknallt.«

Was ich sah, war Folgendes: Billy verpatzte an jenem Abend fast alle Würfe. Er spielte so schlecht, dass sein Team am Ende verlor. Später würde Billy mir erzählen, es habe daran gelegen, dass du zugesehen hast. Würde mir gestehen, dass er sich Hals über Kopf in dich verliebt hatte, als du gesungen hast. Zu wissen, dass du irgendwo auf der Tribüne saßt, habe ihn abgelenkt.

Aber damals schien er sich nicht einmal darüber bewusst zu sein, dass du existierst. Als wir nach dem Spiel zum Ausgang gingen, würdigte er uns keines Blickes. Er versammelte sein Team an der Grundlinie, um die Sit-ups und Push-ups zu machen und Runden zu laufen, mit denen der Coach sie bestrafte, wenn sie ein Spiel verloren.

Billy schien uns nicht zu bemerken, als wir zusahen, wie sie Liegestütze machten, auf und ab, auf und ab, so gleichförmig, dass es aussah wie Atmen. Ich war überrascht, wie diszipliniert Billy im Stillen war. Er war ein grottenschlechter Schüler, wie du mir erzählt hattest, schlief ständig im Unterricht ein. Aber hier machte er fünfzig Liegestütze hintereinander, nur weil jemand es ihm befohlen hatte. Er sah aus wie eine Maschine; als wäre er kein Junge mehr, sondern nur noch ein Körper mit einer Funktion.

Die anderen Jungs ebenfalls. Fred Jenkins, der Furzgeräusche mit der Armbeuge machte. Drew Miller, der in der Pause immer in der Nase bohrte, wenn keiner hinsah. Alle sprinteten, so schnell sie konnten, in einer geraden Linie, was dasselbe Gefühl in mir weckte wie die Dias über die Hitlerjugend, die unser Geschichtslehrer uns gezeigt hatte – in den braunen Uniformen sahen alle gleich aus. Über Nacht in Killer verwandelt, einfach so, hatte mein Lehrer gesagt und dabei mit den Fingern geschnipst. Nach dem Motto: Hier, Jungs, eure Uniform. Herzlichen Glückwunsch. Ihr seid jetzt alle Monster.

Erst als ich in die siebte Klasse kam, wurde mir wirklich klar, wie wenig meine Klassenkameraden mit mir redeten. Wenn man an meinem Schließfach vorbeiging, hätte man meinen können, dass ich eine Menge Freunde hatte, aber das stimmte nicht. Wenn man genauer hinhörte, was meine Mitschüler sagten, war es immer etwas wie: »Wie bitte, du hast drei verschiedene Quellen benutzt?« Oder: »Was, der Geschichtstest ist heute?«

Es war immer eine Erleichterung, nach der Schule nach Hause zu kommen und dich vor dem Fernseher vorzufinden, auf dem großen Sofa, das dich fast verschluckt hat.

»Komm, wir gucken zusammen«, hast du gesagt.

Wir haben uns Sendungen angeschaut, die wir nur sehen konnten, wenn Mom und Dad nicht da waren. Trashige Talkshows. *Jillian Williams.* Dann kuschelte ich mich neben dich aufs Sofa, und wir sahen zu, wie eine Frau ihrem Mann im Studio irgendein Geständnis machte.

»Die ganze Zeit, in der wir verheiratet waren«, sagte sie, »hatte ich insgeheim zwei Vaginen.«

Der Mann hatte nichts geahnt. »Ich bin dir nicht böse«, wiederholte er wieder und wieder. »Wirklich, kein bisschen. Ich bin nur verwirrt. Wo ist die andere?«

Seine Frau gab ihm eine schallende Ohrfeige. Anscheinend

war das eine zutiefst beleidigende Frage, wenn man zwei Vaginen hatte. Das Publikum schnappte nach Luft, wir dagegen nicht. Wir waren zu abgeklärt, hatten die Sendung schon zu oft gesehen, um sie noch glaubwürdig zu finden, was, wie wir entdeckt hatten, die einzige Art war, sie unterhaltsam zu finden.

»Also echt«, hast du gesagt. »Wie konnte er nicht merken, dass seine Frau zwei Vaginen hat?«

Es machte ganz den Eindruck, als würdest du mich das ernsthaft fragen.

»Zwei Vaginen, so was *gibt's* doch gar nicht«, sagte ich im Brustton der Überzeugung, mit dem wir früher Santa Claus abgetan hatten, nachdem wir herausfanden, dass es Dad war, der jedes Jahr »Frohe Weihnachten! Ho, ho, ho! Alles Liebe, Santa« auf die Geschenke schrieb.

»Natürlich gibt's das«, hast du gesagt. »Das hier ist *Amerika*. Sei nicht dumm, Sally.«

Ich wollte nicht dumm sein. Ich wollte alles wissen, was du wusstest. Und nahm ich an, dass du recht haben könntest – dass alles möglich war. Dass das hier Amerika war, wo einige Frauen zwei Vaginen hatten und stolz darauf waren.

Und genau das erklärte ich allen in der Aula, in die die Schulkrankenschwester uns bestellt hatte, um uns über die Periode aufzuklären. Ein paar Mädchen wussten immer noch nichts darüber. »Alle achtundzwanzig Tage?«, fragten sie entgeistert. »Für den Rest unseres Lebens?« Das konnte doch nicht sein.

Ich dagegen weigerte mich, überrascht zu sein, denn ich wusste es ja besser. Ich hob die Hand. »Und was ist, wenn man zwei Vaginen hat?«, fragte ich. »Kriegt man dann zweimal seine Tage?«

Ich hatte gedacht, meine Mitschülerinnen wären beeindruckt. Hatte mir vorgestellt, wie sie sich um mich scharten, mir neugierige Fragen stellten. Aber sie sahen sich nur an, zogen die Augenbrauen hoch und schütteten sich aus vor Lachen.

»Ich fürchte, ich verstehe nicht ganz, was du meinst, Sally«, sagte die Krankenschwester. »Niemand hat zwei Vaginen.«

Nur Valerie Mitt fragte mich später im Bus danach.

»Und wenn man zwei Vaginen hat, pinkelt man dann aus beiden?«, wollte sie wissen. Ich antwortete: »Wahrscheinlich schon?«, und wir mussten lachen. Valerie interessierte sich für seltsame Dinge. Zum Beispiel für Wissenschaft. Ihr Vater sei Wissenschaftler, erklärte sie mir, und er habe eine Chemikalie erfunden, die Weißbrot noch weicher machte.

Später an jenem Abend hast du dich für mich geschämt. »Ich kann nicht glauben, dass du das gefragt hast«, hast du gesagt, als wir in unseren Betten lagen.

»Aber die Krankenschwester wollte doch, dass wir Fragen stellen!«

»Hör zu, Sally, du bist jetzt kein Kind mehr. Regel Nummer eins im Aufklärungsunterricht: Niemand stellt Fragen, nicht mal dann, wenn die Krankenschwester euch eine halbe Stunde lang anfleht: ›Bitte, bitte, stellt mir Fragen.‹«

Dann hast du mir erzählt, wie Priscilla Mountain mal gefragt hat, ob man, wenn man einen langen Zeigefinger hat, lesbisch ist, und dass alle sie seitdem für lesbisch halten.

»Ist Priscilla denn lesbisch?«, fragte ich.

»Siehst du? Deshalb stellt man keine Fragen.«

Du hattest wieder recht. Ein paar Tage später sah ich, dass jemand SALLY HOLT HAT ZWEI VAGINEN an eine Toilettentür geschrieben hatte. Ich konnte nicht mehr pinkeln, als ich es sah – wie lange stand das schon da? Wer hatte es geschrieben? Panisch versuchte ich, es mit einem Kuli zu überkritzeln.

Gedemütigt schlich ich zurück in den Unterricht. Ich hatte das Gefühl, alle in der Klasse würden mich und meine zwei Vaginen anstarren, als ich mich setzte. Für den Rest des Tages sprach ich kein Wort mehr, nicht einmal dann, als Mr Briggs mich aufrief.

»Welche Erfindung hat während der industriellen Revolution eine wichtige Rolle gespielt, Sally?«, fragte er mich; er nahm mich immer dran, wenn sich sonst keiner meldete. Er verließ sich auf mich. Und er wusste, dass ich die Antwort kannte: die Dampfmaschine. Das hatten wir schon hunderttausendmal durchgenommen. Aber ich zuckte nur mit den Schultern.

Nachdem ich mich zwei Wochen lang nicht am Unterricht beteiligt hatte, gab es Ärger. Es war das erste Mal, dass ich in der Mittelschule Probleme hatte. Lehrkräfte mochten es nicht, wenn man sich nicht meldete, selbst wenn man einen Buchstabierwettbewerb gewonnen hatte und nichts als Einsen schrieb. Schweigen war ihnen unangenehm. Es war wie eine endlose Wasserfläche, die einem das widerspiegelte, wovor man am meisten Angst hatte.

»Mr Briggs befürchtet, dass sein Unterricht dir nicht mehr gefällt«, sagte Mom, als sie vom Elternsprechtag nach Hause kam. »Er sagt, du wärst regelrecht schüchtern geworden. Was ist mit dir los, Sally?«

Mom war Gemeindevorsteherin und gehörte dem Lehrer-Eltern-Komitee an. Sie war eine wichtige Nummer in der Telefonkette. Wie war es möglich, dass eine ihrer Töchter stolz vor Hunderten von Menschen sang und die andere nicht einmal eine einfache Frage beantworten konnte?

Dad schien das weniger Kopfzerbrechen zu bereiten. Während des gesamten Abendessens zählte er Genies auf, die angeblich Spätzünder gewesen waren. Einstein habe erst mit vier Jahren angefangen zu sprechen, sagte er. Vielleicht sogar erst mit fünf. Er verteidigte Einstein und mich, als würde er sich selbst verteidigen.

Doch Mom wollte nichts davon wissen.

»Sie ist zwölf, Richard«, sagte sie. »Es wird Zeit.«

Mom kaufte ein Buch über Schüchternheit. Ich weiß nicht, ob es dir aufgefallen ist, aber das Buch hieß *Das schüchterne Kind*, und sie stellte es ganz offen ins Regal; das Einzige, was sie damit erreichte, war, mich daran zu erinnern, dass meine Schüchternheit problematisch war, und so wurde ich noch verschlossener. Ich weigerte mich, für das Schultheaterstück vorzusprechen. Lief knallrot an, wenn ein Lehrer mich drannahm, selbst wenn ich die Antwort wusste, und Mom und Dad wurden wegen meiner Schüchternheit zu noch mehr Eltern-Lehrer-Gesprächen in die Schule beordert.

»Du musst dich aktiver am Unterricht beteiligen, Sally«, wiederholte Mom in jenem Jahr ständig. Und sie rief all ihre Bekannten an, als könne sie das Problem durch ihre eigene aktive Beteiligung lösen.

»Wir haben wirklich alles versucht«, sagte sie zu Tante Beatrice.

»Sie ist so still, so ganz anders als Kathy«, erklärte sie Priscillas Mom.

»Ich weiß nicht, wie ich zu zwei so unterschiedlichen Kindern kommen konnte«, sagte sie zu einer Wildfremden im Lebensmittelgeschäft.

Der Verdacht, dass wir beide sehr verschieden, zwei komplett gegensätzliche Mädchen waren, kam mir nicht zum ersten Mal, aber dass Mom darüber Besorgnis äußerte, war neu. Ich behielt Moms Bemerkungen über mich im Hinterkopf. Danach beobachtete ich dich noch genauer, um zu sehen, wie du es machst. Wenn Priscilla und Margaret uns besuchten, saß ich in unserem Zimmer und staunte, wie mühelos dir die Worte über die Lippen sprudelten, wenn du Lieder probtest oder bei Stop & Shop Scherzanrufe gemacht hast.

»Öh, 'allo«, sagtest du mit französischem Akzent in den Hörer. »Was ist Ihr Käse *du jour*?«

Dann hast du aufgelegt und dich mit deinen beiden Freundinnen ausgeschüttet vor Lachen. Natürlich nur, bis dir auffiel, dass ich noch im Zimmer war und alles mitbekommen hatte.

»Sally«, hast du gesagt. »Geh runter zu Mom.«

In jenem Jahr fieberte ich den Sommerferien entgegen wie nie zuvor. Priscilla würde weit weg in Italien sein und Margaret im Norden in einem Musik-Ferienlager, und wir würden die erste Juliwoche wie immer zusammen in Watch Hill in Rhode Island verbringen. Die Fahrt dauerte nicht lange – vierzig Minuten auf der Interstate 95 Richtung Norden, eine Tankfüllung Benzin hin und zurück, wie Dad sagte –, aber es kam uns immer vor wie eine andere Welt. »Es *ist* eine andere Welt«, hast du gesagt. »Es ist das Meer.«

Wir liebten es, am Meer zu sein. Mom las unter dem Sonnenschirm ihre dicken Romane und machte ihren berühmten Bay Breeze Cocktail, aber wofür er genau berühmt war, hat sie nie näher ausgeführt. Dad trank Bier, das er aus einer Kühlbox holte, und brauchte unheimlich lange, um ein Kreuzworträtsel zu lösen; wenn mir ein Wort eher einfiel als ihm, war ich immer stolz. Du hast deinen Namen in den Sand geschrieben und mich gefragt, ob ich lieber extrem reich oder extrem witzig wäre, riesig groß oder winzig klein, eine erfolgreiche Ärztin oder eine berühmte Autorin, und ich entschied in einer Geschwindigkeit, die ich heute beeindruckend finde.

»Reich«, sagte ich.

»Riesig.«

»Ärztin!«

Danach rannten wir in die Brandung und schauten zurück auf die großen Häuser am Strand.

»Da will ich eines Tages leben«, hast du gesagt und auf eine Villa mit dramatischen geometrischen Formen gezeigt. Du mochtest moderne Strandhäuser. Ich nicht. Sie wirkten am Rand des majestätischen Steilufers fehl am Platz.

»Außerdem machen Strandhäuser zu viel Arbeit«, sagte ich; das hatte Dad einmal bemerkt, nachdem sich in Grandmas Haus Schimmel an den Wänden gebildet hatte und sie sich geweigert hatte umzuziehen. »Das Haus bringt dich buchstäblich um«, hat Dad zu ihr gesagt. Aber das war Grandma egal. Es sei ihr Haus, und sie wolle darin sterben, sagte sie, und genau das tat sie auch.

»Ach, Mensch, Sally.« Du hast gelacht und bist wieder zum Strand zurückgewatet. »Das hat doch mit der Realität nichts zu tun. Es ist nur ein Traumhaus.«

Nach der Heimfahrt hielt Dad immer an der Tankstelle in der Stadt an, um den Tank aufzufüllen. »Hier, Mädels, nehmt vierzig Dollar zum Bezahlen«, sagte Dad, und ich freute mich, denn das bedeutete, wir durften uns vom Wechselgeld kaufen, was wir wollten.

Wir rannten durch den Mini-Mart bis ganz nach hinten zu den Kartoffelchips. Dort blieben wir einen Augenblick vor dem Regal stehen und versuchten, uns zwischen den verschiedenen Geschmacksrichtungen zu entscheiden, als plötzlich Billy mit einem Mädchen hereinkam, das ich nicht kannte.

»Ach, du Schande«, hast du geflüstert. »Shelby Meyers.«

»Wer ist das?«

»Bloß irgendein Mädchen aus meiner Chemieklasse«, hast du gesagt.

Ich war überrascht, wie anders Billy aussah, wenn er neben einem Mädchen im Mini-Mart stand. Als würde er in einem Stück die Rolle von Shelbys Ehemann spielen. Er griff nach einer Dose Bohnen und drehte sie wieder und wieder in der Hand, als würde er sich fragen, sind das die, die meine Mom auch immer kauft? Wir beobachteten, wie er die Hand in Shelbys Gesäßtasche schob, als sie zur Kasse gingen, und sie ihre in seine.

»Wieso gehen die so komisch?«, fragte ich dich. »Sieht aus, als würde das irgendwann ganz schön nerven.«

»Weil sie verliiiebt sind«, hast du gesagt. »Wenn man verliiiebt ist, muss man die Finger in die Arschtasche des anderen stecken.«

»Mom und Dad machen das nie«, wandte ich ein.

»Mom und Dad sind ja auch verheiratet«, hast du gesagt, als könnten verheiratete Leute unmöglich ineinander verliebt sein.

Aber als wir zum Wagen zurückgingen, sah ich mich bestätigt. Mom und Dad knutschten. »Ihr habt uns erwischt!«, sagte Mom, aber es schien ihr kein bisschen peinlich zu sein. Ihre Haut war nur leicht gerötet, weil sie eine Woche in der Sonne gelegen hatte.

»Igitt!«, hast du gerufen.

»Nehmt euch ein Zimmer!«, fügte ich hinzu, weil ich wusste, dass ich über den Anblick entsetzt sein sollte. Aber Dad drehte sich zu uns um und sagte: »Nehmt ihr euch doch selbst ein Zimmer! Ich habe euer Zimmer bezahlt. Also ist es mein Zimmer.«

»Da hat euer Vater nicht ganz unrecht, Mädels«, sagte Mom.

Bevor Dad losfuhr, beugte er sich zu Mom hinüber und küsste sie theatralisch. Diesmal wurde Mom tatsächlich rot. Sie lächelte, als sie sich schließlich von ihm abwandte, um aus dem Fenster zu schauen. Keine Ahnung, warum mir das wie eine Offenbarung vorkam, aber genauso war es: *Mom ist Dads Frau*, dachte ich. *Und Dad ist Moms Mann. Und sie lieben sich, so wie wir Billy Barnes lieben.*

Gegen Ende Juli wurde es so heiß, dass die Klimaanlage den Geist aufgab. »Tja, das war's dann wohl, Leute«, sagte Dad und tätschelte sie.

Aus irgendeinem Grund ließ er sie in der Wand stecken und weigerte sich, sie zu reparieren. Vor der Arbeit lief er in Boxershorts herum, und Mom gab Gurkenscheiben ins Wasser, als ob es dadurch kühler würde.

»Ist doch gar nicht so übel, oder?«, sagte Mom und hielt das Glas hoch, als wäre es ein Cocktail.

»So lässt sich's leben!«, sagte Dad.

»Ich versteh nicht, warum wir keine Klimaanlage haben können«, hast du gesagt.

»Klimaanlage!«, sagte Dad. »Wer braucht schon eine Klimaanlage?«

»Alle«, hast du gesagt.

»*Au contraire*«, sagte Dad. »Nicht alle. Glaubst du etwa, die alten Ägypter hätten eine Klimaanlage gehabt, als sie die mächtigen Pyramiden erbaut haben?«

Dad wurde nie laut, wenn er uns etwas beibringen wollte; er sei schließlich auf die Uni gegangen, wie er uns oft erinnerte. Stattdessen erzählte er uns von den Leiden der Menschheit im Laufe der Geschichte.

»Aber wir sind keine alten Ägypter«, hast du gesagt.

Das sei nicht der Punkt.

»Was denn dann?«, hast du gefragt.

»Ihr Mädels müsst euch mal abhärten!«

Dann ging er zur Arbeit (wo es eine Klimaanlage gab, wie du einwandtest), und Mom sagte, wir müssten uns alle zusammenreißen.

»Euer Vater arbeitet sehr hart«, sagte Mom. »Er hat sich die Klimaanlage verdient.«

»Was arbeitet er überhaupt?«, fragte ich.

Das hatte ich nie ganz begriffen. Dads Job war verwirrend, obwohl du ihn mir zigmal erklärt hast.

»Er ist Sicherheitsberater«, hast du gesagt. »Er sorgt dafür, dass Menschen in Sicherheit sind.«

»Was für Leute?«

»Telefon-Menschen«, hast du gesagt.

»Was sind Telefon-Menschen?«

»Du weißt schon, diese Typen, die die Mobilfunkmasten hochklettern, die überall wie Pilze aus dem Boden schießen. Die, die bis in den Himmel reichen.«

Nein. Wusste ich nicht. Ich hatte keine Ahnung, was ein Mobilfunkmast war. Und ich hatte noch nie von den Telefon-Menschen gehört. Aber du hattest keine Lust, es mir weiter zu erklären.

»Es ist zu heiß zum Reden«, hast du gesagt.

Und so schlug Mom vor, ins Freibad zu gehen. Wir zogen unsere Badesachen an und trafen uns in der Garage.

»Kann ich fahren?«, hast du gefragt.

Du warst fast sechzehn, hattest einen Lernführerschein, und seit Kurzem ließ Mom dich manchmal ans Steuer.

»Willst du dir nicht noch was drüberziehen?«, fragte Mom.

»Wieso muss ich mir was drüberziehen?«, hast du gefragt. »Ich trag doch einen Bikini. Wir fahren nur zum Freibad.«

»Was, wenn wir in einen Unfall verwickelt werden?«, fragte Mom. »Dann stehst du da in deinem Bikini.«

»Dann bau ich halt keinen Unfall«, hast du geantwortet.

Aber Mom wollte dich nicht fahren lassen, bis du nach oben gehst und dir ein Shirt und Shorts anziehst. Du hast die Jeansshorts nicht zugeknöpft und den Hosenbund nach unten gekrempelt, sodass man das Bikinihöschen sehen konnte. Ich erwartete, dass der Streit weitergehen würde, aber Mom verlor kein Wort darüber. Wir schwiegen, während du uns zum Freibad fuhrst, und ich starrte wie gebannt deine Hände an, die auf dem Lenkrad wie Moms aussahen. Die Nagelspitzen waren im selben Farbton lackiert wie ihre: *Like Linen*.

Du hast auf dem Parkplatz gehalten. »Ziehst du die Shorts jetzt endlich richtig an?«, fragte Mom.

Du warst gerade dabei, den Wagen abzuschließen. »Hab ich doch.«

»Du hast sie nicht zugeknöpft.«

»Niemand knöpft Shorts heute noch zu.«

»Niemand knöpft Shorts heute noch zu?«, wiederholte Mom. »Im Ernst?«

»Ja. Ist der neueste Trend.«

»Ach, wirklich?«, sagte Mom. »Und wie genau heißt dieser Trend?«

»Keine Ahnung«, hast du gesagt. »Trends haben keine Namen. Trends sind Trends.«

»Sally«, sagte Mom. »Bitte, sei ehrlich zu mir. Hat deine Schwester das gerade erfunden?«

»Vielleicht, vielleicht auch nicht«, entgegnete ich. Das war die ehrlichste Antwort, die ich ihr geben konnte. Du hattest mir zwar eine Menge über die Highschool erzählt, aber nie erwähnt, ob die Leute dort ihre Shorts zuknöpften oder nicht, und mir war es nie in den Sinn gekommen, dich danach zu fragen. Ich schaute aus dem Fenster und hielt nach Telefon-Menschen Ausschau, konnte aber keine entdecken. Mom seufzte.

»Ich weigere mich, meiner Tochter zu sagen, dass sie ihre Shorts zuknöpfen soll. Das müsste selbstverständlich sein. Kinder sollten so etwas tun, ohne dass man darum bittet.«

Sie schien gar nicht mehr mit uns zu reden. Es klang eher, als würde sie sich bei unserem Hersteller beschweren.

»Ist ja gut«, hast du gesagt. »Ich knöpf sie schon zu.«

Du warst genervt, bis wir das Tor öffneten, das Freibad betraten und ihn entdeckten. Billy stand hoch oben auf dem Turm, bereit zu springen. Du hast meinen Arm gepackt und mich näher zu dir gezogen. Du brauchtest nicht mal seinen Namen zu sagen.

»Vorhersehbar, aber perfekt«, hast du nach dem Sprung gesagt, als würden wir uns die Olympischen Spiele ansehen. »Wie lautet dein Urteil, Sally?«

»Klassischer Kopfsprung«, verkündete ich mit meiner besten Sportreporterinnenstimme. »Stil neun, Technik zehn.«

Ich wäre gern im Schwimmbecken geschwommen wie im Meer. Wäre am liebsten auch vom Turm gesprungen, durch die Luft geflogen wie Billy und die anderen Jungs, aber du nicht. Hier im Freibad, wo Billy und der Rest der Stadt uns sehen konnten, warst du anders.

Du wolltest dich in die Sonne legen – weit weg von Moms Liegestuhl –, und da ich keinen Sinn darin sah, irgendwo zu sein, wo du nicht bist, breitete ich mein Handtuch neben deinem aus. Ich ließ mich in meinem unförmigen Badeanzug darauf sinken, während du in deinem Bikini mit der amerikanischen Flagge auf deinem lagst, mit einem Auge Billy im Blick, der so perfekte Bahnen schwamm, dass er kaum ein Geräusch zu verursachen schien. Danach ließ er sich auf einem großen aufblasbaren Reifen dahintreiben und hörte Walkman. Als seine Pause vorbei war, kehrte er an die Snackbar zurück, wo er Süßigkeiten verkaufte.

Das war unsere Chance.

»Komm, Sally«, hast du zu mir gesagt.

Wir gingen zum Fenster der Snackbar.

»Ich nehme ein Eis-Sandwich«, hast du zu Billy gesagt.

»Klar doch«, antwortete er.

Billys Gesicht war breiter und flacher geworden, seit ich ihn zuletzt gesehen hatte. Es erinnerte mich an die Bilder der Prärie-ebene, die ich einmal in meinem Geschichtsbuch in der Schule gesehen hatte, und ich stellte mir Farmhäuser darauf vor.

»Und was möchtest du?«, fragte er mich.

»Einen Jolly Rancher.«

»Welche Sorte?«, fragte er.

»Wassermelone.«

Du hast nichts gesagt, als Billy uns die Sachen reichte. Deine Hand zitterte nicht, und du hast auch nicht mit dem Eis herumgespielt; deine Gelassenheit überraschte mich. Es rief mir in Erinnerung, wie ruhig du warst, bevor du die Nationalhymne gesungen hast; du hast dir einfach die Haare zurückgestrichen und losgelegt.

»Hey, danke«, hast du gesagt.

»Kein Ding«, sagte Billy. »Ist mein Job.«

Billy trommelte mit dem Daumen auf die Theke. Musik ertönte aus einem Ghettoblaster, gerade so laut, dass er sie hören konnte, aber so leise, dass er nicht gefeuert wurde: Nirvana, dann Ace of Base. Unsere Lieblingsband.

»Du machst das echt gut«, hast du gesagt.

Er lachte. »Ich weiß. Bin hochbegabt.« Er öffnete die Kasse und ließ jeden Vierteldollar dramatisch in deine offene Hand fallen. »Man sollte mir einen Preis verleihen.«

»Das mit dem Wechselgeld kriegt nicht jeder so gut hin wie du«, hast du gesagt.

Dann sind wir zu unseren Handtüchern zurückgegangen; als du dich auf deins gesetzt hast, warst du wieder du selbst.

»Hast du das *mitgekriegt*, Sally?«, wolltest du wissen.

»Was?«

»Billy hat mir zugezwinkert, als er mir das Wechselgeld gegeben hat.«

Das war mir entgangen, weil ich damit beschäftigt war, meinen Jolly Rancher auszuwickeln – notorisch schwierig. Manchmal verschmolz die Plastikfolie mit dem Eis beziehungsweise das Eis mit der Folie, das war schwer zu sagen. Mom meinte, das wäre ein Grund, die Finger davon zu lassen – man sollte nichts essen, was nicht von Plastik zu unterscheiden war. Aber ich aß es trotzdem, weil Dad immer sagte, wir wären ohnehin verloren – unsere Körper würden praktisch schon halb aus Plastik bestehen.

»Wieso hat er dir zugezwinkert?«, fragte ich, während ich die süße Geschmacksexplosion in meinem Mund genoss.

»Genau das frag ich mich auch«, hast du gesagt.

Ich hatte noch nie jemanden im echten Leben zwinkern sehen, außer Grandpa, der unserer Katze Doctor zugezwinkert hatte, und das auch nur in den Monaten vor seinem Tod. Dass Grandpa Doctor zugezwinkert hatte, fand ich noch verwirrender, als dass Billy dir zugeblinzelt hatte, denn ich war davon überzeugt, dass Doctor etwas über Grandpas bevorstehenden Tod gewusst haben muss, ja, dass Doctor womöglich der Tod höchstpersönlich war, und ich hatte ihr jahrelang nicht in die Augen geschaut, weil ich Angst hatte, sie könne auch mich holen. Das tat sie natürlich nie – sie starb irgendwann. Wir fanden sie eines Tages zusammengerollt unter einer Decke. Ich fühlte mich schrecklich, als Dad sie fortbrachte, weinte tagelang, bis Mom sagte: »Aber Sally, sie war doch nur eine Katze.« Doch genau das war der Grund, warum ich weinte. Die ganze Zeit über war sie nichts als eine Katze gewesen.

»Zwinkern die Leute bei dir in der Schule oft?«, fragte ich.

»Nö«, hast du gesagt. »Kommt praktisch nicht vor.«

Dann hast du mir erklärt, dass ein Junge, wenn er die Aufmerksamkeit eines Mädchens erregen will, vage in ihre Richtung nickt, eine obszöne Geste macht oder nur »Was geht« murmelt und ihre Reaktion komplett ignoriert. Es sei unglaublich wichtig, meintest du, dass Jungs sich wie riesige Arschlöcher aufführten.

Aber Billy hatte dir zugezwinkert. Kein Junge hatte es bisher gewagt, dir zuzuzwinkern. Das sei nett, sagtest du. Altmodisch.

»Weißt du, was das heißt?«, fragte ich.

Du hast das Eis rings um die Waffeln abgeleckt, ehe du geantwortet hast. Seit du auf die Highschool gingst, hast du das öfter gemacht – mich auf deine große Schlussfolgerung warten lassen.

»Ich glaube, es heißt, er mag mich«, hast du schließlich geantwortet.

»Und was ist mit Shelby?«

»Ach, das ist vorbei.«

Du hattest von Priscillas Bruder gehört, dass Billy letzte Woche mit Shelby Schluss gemacht hatte. Er sei noch nicht für eine ernste Beziehung bereit gewesen. Er sei noch zu jung und wollte auch noch lange jung bleiben oder irgendwas in der Art. Aber Shelby war am Boden zerstört, heulte fast eine Woche lang, färbte sich die Haare noch blonder als ihre Mutter und schrieb in Online-Chatrooms böse Dinge über Billy.

»Ich brauch 'ne Serviette«, hast du gesagt.

Du warst fest entschlossen, an diesem Tag Billys Aufmerksamkeit zu erregen; du bist aufgestanden und zum Snackbarfenster zurückgegangen, ohne auf mich zu warten. Ich setzte den Hut auf, den du dabeihattest, zog ein riesiges T-Shirt über und rannte dir nach, stolperte jedoch und stieß mir den Zeh. Als ich dich eingeholt hatte, war es schon zu spät. Du hast dich über die Theke gebeugt und über irgendwas gelacht, was Billy gesagt hat, und plötzlich sahst du wieder ganz anders aus. Es hatte was mit deinen Haaren zu tun, damit, wie lang sie geworden waren, und mit deinen Brüsten, die schon aussahen wie Moms – ich weiß, du wolltest, dass ich das nie wieder sage, aber es stimmt. Mich überkam dasselbe seltsame Gefühl wie damals, als Billy vom Schuldach gesprungen ist; als wärst du jemand, den ich nicht kenne. Als hättest

42

du die echte Kathy – Stock, Stein und Gebein – irgendwo vor Rhode Island im Meer versenkt.

Aber dann reichte er dir die Serviette, wir gingen zurück zu den Handtüchern, und gleich darauf stand ein anderes Mädchen vor dem Fenster. Die Rettungsschwimmerin – sie blies in die Trillerpfeife, um die Schwimmzeit nur für Erwachsene auszurufen, dann beugte sie sich über die Theke, um weit länger mit Billy zu reden, als nötig gewesen wäre, um Pommes zu bestellen. Jedes Mal, wenn Billy etwas sagte, lachte sie sich schlapp, hielt sich sogar den Bauch, als wäre es einfach zu komisch.

»Lisa Halloway, würg«, hast du gesagt.

»Wer ist das?«

»Wenn man den Gerüchten Glauben schenkt, eine Schlampe.«

Ich verzog das Gesicht. Ich hatte noch nie gehört, wie du dieses Wort benutzt, und aus deinem Mund klang es irgendwie falsch. »Aber sie ist doch Rettungsschwimmerin.«

»Na und?«, hast du gesagt. »Man kann Rettungsschwimmerin *und* eine Schlampe sein. Weißt du überhaupt, was eine Schlampe ist?«

Ich zuckte mit den Schultern. Obwohl ich das Wort schon gehört hatte, hatte ich nie ganz verstanden, was es eigentlich bedeutete, weil die Jungs alle so nannten, mit denen sie in der Schule zu tun hatten – zum Beispiel den Bibliothekar, der uns beibrachte, wie die Dewey-Dezimalklassifikation funktionierte. Oder die Busfahrerin, die uns Schnapp-armbänder schenkte, als wir aus dem Bus stiegen. »Schlampe«, sagte Stevenson, als sie davonfuhr.

»Wie kann man so klug sein und nicht wissen, was eine Schlampe ist?«, hast du gefragt.

»Das kam noch in keinem Vokabeltest vor.«

Es war ein Scherz, aber du hast nicht gelacht.

»Na ja, wenn du es unbedingt wissen musst, eine Schlampe ist ein Mädchen, das mit allen schlafen will, sogar mit dem Freund einer anderen«, hast du gesagt.

»Aber Billy ist nicht dein Freund«, wandte ich ein.

Du hast meinen Kommentar ignoriert, eins von Moms Modemagazinen zur Hand genommen, und wir haben einen Test gemacht, mit dem man herausfinden konnte, ob man ein gelber, grüner oder roter Persönlichkeitstyp war. Ich sagte, ich hätte gar nicht gewusst, dass Persönlichkeiten Farben haben. Aber du hast so getan, als wäre er absolut wissenschaftlich, hast unsere Punkte zusammengezählt und das Ergebnis verkündet.

»Du bist rot«, hast du gesagt.

Noch ehe ich die Beschreibung las, wusste ich, dass Rot nicht gut war. Rote Persönlichkeitstypen mochten symmetrische Formen, Untersetzer und Feedback. Rote Persönlichkeiten waren rational, vernünftig, verlässlich.

»Und was bist du?«

»Grün«, hast du gesagt. Grüne Persönlichkeiten waren entspannt. Zu allem bereit. Grüne Persönlichkeiten mochten Tagträumen, das offene Meer und Kristalle. Grüne Persönlichkeiten trugen Stringbikinis im Schwimmbad und sagten Dinge wie: »Nacktheit ist, was man daraus macht, weißt du? In Europa sind die Leute ständig nackt, und es kümmert kein Schwein.«

Ich als rote Persönlichkeit fand das verstörend. »Echt?«

Das konnte nicht sein. Ein ganzer Kontinent voller Nackter? Andererseits waren Europäer den Bildern und Skulpturen zufolge, die wir in der Schule durchnahmen, auch oft nackt; unsere Lehrer taten immer so, als wäre das keine große Sache, deuteten auf ihre Genitalien und sagten: »Und hier feiert Michelangelo die Schönheit des menschlichen Körpers.«

»Amerikaner sind einfach wahnsinnig puritanisch«, hast du gesagt.

»Aber du bist doch auch Amerikanerin«, entgegnete ich.

»Ich weiß.«

Ich saß da, strich über den Flaum an meinen Beinen und hatte das Gefühl, aus jeder Haarwurzel würden mindestens zwei Haare sprießen; ich fand das grässlich, aber laut Mom war das offenbar mein Schicksal. »Du bist halb italienisch, halb deutsch«, sagte sie immer. »Und du wirst es dein Leben lang bleiben, Sally.« Trotzdem erlaubte sie mir nicht, mir die Beine zu rasieren. Sie versteckte die Rasierer im Schrank, trotzdem schleifte sie mich weiter alle sechs Wochen zum Friseur, was ich unlogisch fand – wieso durfte ich die Haare an meinen Beinen behalten, die auf meinem Kopf aber nicht?

Du hast dich immer wieder zu Billy umgedreht, um zu schauen, ob er dich beachtet. Doch er tat es nicht, redete nur mit Lisa, der Rettungsschwimmerin, die ihn lachend mit dem Ellbogen anstieß.

»Lisa ist nicht mal hübsch«, hast du gesagt. »Alle glauben nur, sie wär's, weil sie Rettungsschwimmerin ist.«

Ich nickte.

»Und Billy sieht eigentlich gar nicht so gut aus«, hast du hinzugefügt.

Das ergab keinen Sinn. Den ganzen Sommer lang hattest du davon geredet, wie attraktiv Billy geworden war.

»Wie meinst du das?«, fragte ich.

»Er sieht zu gut aus«, sagtest du. »Genauso, wie er aussehen soll.«

»Ist das nicht was Gutes?«

»So was würde nur eine rote Persönlichkeit sagen«, hast du erwidert, den Kopf auf das Handtuch gelegt und die Augen geschlossen.

Aber ich konnte nicht rumliegen. Ich war zu aufgewühlt, um

ein Nickerchen zu machen; hatte das Gefühl, dass etwas mit mir ganz und gar nicht stimmte. Dass mein Leben für immer ruiniert war. Ich war rot. Langweilig. Ich hatte es gewusst. Wieso zerbrach ich mir den Kopf darüber, wie viel Arbeit ein Traumhaus machte? Warum konnte ich den Makel in Billys Vollkommenheit nicht erkennen? Wieso mochte ich es so, wenn Mom mein Sandwich in zwei ordentliche, symmetrische Hälften schnitt? Wieso hatte ich schon als Kleinkind versucht, den Garten aufzuräumen? Ich bin früher immer nach draußen gegangen und habe Steine und Zweige sortiert und die Blätter zu Häufchen aufgeschichtet. Und wenn der Wind sie zerstreut hat, bin ich in Tränen ausgebrochen. Du hast mit Mom und Dad darüber gelacht, als wäre es zum Schreien komisch, aber das war es nicht. Es war ein weiterer Beweis dafür, dass ich verloren war.

Ich begann, in meiner Sommerlektüre zu lesen: *König Ödipus.* Doch als der Chor unverständliche Dinge zu skandieren begann, schaute ich auf und sah, dass Peter Heart auf der gegenüberliegenden Seite des Schwimmbeckens ebenfalls *Ödipus* las. Er sah streng aus unter dem Sonnendach, trug ein nasses schwarzes T-Shirt, das glänzte wie ein Robbenpelz. Es war mir jedes Mal peinlich, wenn Billy an ihm vorbeiging. Billy, der mit nacktem Oberkörper im Freibad herumlief, muskulös wie eine griechische Statue, die im Licht der Sonne zum Leben erwacht war.

»Unfassbar, dass der mal mein Freund war«, sagte ich.

»Wann hattest du denn einen Freund?«, hast du gefragt.

»Das weißt du nicht mehr? In der ersten Klasse.«

»Ach, in der ersten?« Du hast gelacht. »Das ist doch noch kein richtiger Freund.«

Ich spürte denselben Anflug von Wut wie immer, wenn du mein Leben nicht ernst nahmst. Ich deutete auf Peter, als würde das irgendetwas beweisen. »Der da. Siehst du? Der ist echt. Er sitzt direkt dort drüben!«

»Sally, zeig nicht mit dem Finger auf ihn. Er schaut zu uns rüber.«

Ich ließ die Hand sinken und wandte mich wieder meiner Lektüre zu.

»Er guckt immer noch«, hast du gesagt. »Ich wette, er ist in dich verknallt.«

»Quatsch«, widersprach ich. »Peter mag niemanden. Dazu ist er gar nicht in der Lage.«

»Nur weil du Peter nicht magst, heißt das nicht, dass er dich nicht mag.«

Dann hast du Moms extragroßen Hut aufgesetzt, der dein Gesicht verdeckte.

»Mir ist langweilig«, hast du gesagt. »Und heiß.«

Ich hatte immer das Gefühl, es wäre meine Schuld, wenn du gelangweilt warst. »Lass uns schwimmen gehen.«

»Nö.« Du hast einen Blick auf mein Buch geworfen. »Daran erinner ich mich. War gut. Es ging nur um Sex.«

»Stimmt doch gar nicht«, sagte ich. Das Stück handelte von einem König, der ermordet wird, und einem anderen, der versucht, den Mord aufzuklären. Und um eine ganze Stadt, die einer Seuche zum Opfer fällt. »Das ist für die Schule.«

»Genau«, hast du gesagt. »Und in der Schule geht's immer nur um Sex.«

Ich begriff nicht, wie man so etwas behaupten konnte. Die Schule hatte nichts mit Sex zu tun. Da ging's nur darum, wer den Zweiten Weltkrieg gewonnen hatte, was Amöben von Pantoffeltierchen unterschied und wer die beste Achterbahn aus Pfeifenreinigern basteln konnte. Ich sah zu Mom hinüber, die mir als ehemalige Lehrerin sicher recht gegeben hätte, aber sie war zu weit entfernt. Ich hatte sie für dich verlassen, und jetzt sah es so aus, als würde sie unter einem großen Hut ein Nickerchen machen.

»Wieso geht's in der Schule nur um Sex?«, fragte ich, aber du hast mir keine Antwort gegeben. Für dich war das Gespräch beendet; ich konnte es nicht ausstehen, dass du das bestimmen konntest. Du hast die Krempe des schlaffen Huts hochgeklappt und sahst aus wie einer dieser Hunde mit dickem, flauschigem Pony. Unter dem Hut warst du nie die, die ich erwartete, sahst immer anders aus, je nach Sonneneinfall.

»Wen kümmert's?«, hast du gesagt.

Dann hast du dich wieder hingelegt. Aber ein paar Minuten später konntest du nicht widerstehen. »Redet er immer noch mit Lisa?«

»Ja.«

»Was macht sie?«

Lisa lachte über irgendwas, was er gesagt hatte. Dann ging sie durch das Tor des Freibadzauns nach draußen.

»Sie geht«, sagte ich.

»Gut.«

Aber Lisa ging nicht zu ihrem Wagen. Sie blieb draußen vor dem Zaun stehen und nahm eine Zigarette zur Hand. Es sah irgendwie unpassend aus, im Bikini zu rauchen.

»Sie fährt nicht weg. Sie raucht.«

»Ich finde, eine Rettungsschwimmerin sollte nicht rauchen«, hast du gesagt. »Sie soll schließlich Leben retten.«

Ich erklärte, ich hätte keine Ahnung, warum die Leute überhaupt rauchten. Rauchen sei dumm. Das mussten wir uns jedes Jahr in der Aula anhören, wenn die Schulkrankenschwester die schwarze Lunge im Glaskasten hervorholte. »Da, Kinder«, sagte sie und deutete darauf, »das könnte eines Tages eure Lunge sein.«

»Tja, na ja, Lisa ist auch nicht die Hellste«, hast du gesagt.

Lisa sei letztes Jahr in deine Geschichtsklasse gegangen und habe nicht einmal gewusst, wer Gandhi ist. Nach einer Woche, in der eure Lehrerin über nichts anderes geredet hatte als über Gandhi, hatte sie gesagt: »Keine Ahnung, wer das ist. Hab schon mal von ihm gehört. Kann mich nur nicht erinnern, warum.«

Die ganze Klasse hatte gebrüllt vor Lachen. Du konntest nicht verstehen, warum es bei einigen Mädchen cool war, dumm zu sein, bei anderen dagegen peinlich. Hast nicht begriffen, warum alle sich über Melissa Frank lustig machten, die so begriffsstutzig war, dass sie ihren eigenen Namen nicht buchstabieren konnte, aber Lisa Beifall spendeten, bloß weil sie nicht wusste, wer Gandhi war.

»Es gibt Gerüchte, dass Lisa allen Jungs aus dem Schwimmteam, die gewinnen, Blowjobs gibt.«

»Was ist ein Blowjob?«, fragte ich.

»Im Ernst jetzt?«, hast du gefragt. »Was lernst du eigentlich in der Schule?«

Dinge, die ich in der Schule gelernt habe: Der heißeste Ort auf Erden ist nicht Death Valley. Es gibt keine Tiger in Afrika. Und der Regen, der vom Himmel fällt, sammelt sich in Seen, Pfützen und Teichen, verdunstet und steigt unsichtbar wieder zum Himmel auf, um erneut zu Regen zu werden. Ich fand es verblüffend, dass Wasser einfach so vom Erdboden verschwindet und wieder und wieder zu uns zurückkehrt. »Wenn ihr den Mund aufmacht, schmeckt ihr zweitausend Jahre alten Regen!«, hatte Mrs Felmore uns im Naturwissenschaftsunterricht erklärt.

Dinge, die ich in der Schule nicht gelernt hatte: Blowjobs.

»Erklär ich dir später«, hast du gesagt und dich wieder aufs Handtuch gelegt. Ich beobachtete weiter Billy, der, je heißer es wurde, immer mehr zu tun hatte. Aber hin und wieder, wenn er keine Kunden hatte, wenn er nur dasaß, M&Ms aß und mit dem

Daumen zum Takt der Musik trommelte, schaute er zu uns auf unseren Handtüchern herüber.

»Er guckt«, sagte ich.

»Dann hör auf hinzusehen!«

»Wie soll ich wissen, ob er guckt, wenn ich nicht hinsehen darf?«

»Man muss es clever anstellen«, hast du gesagt. »Wie eine Spionin.«

Mir gefiel der Gedanke, für dich die Spionin zu spielen. Eine Geheimagentin im Dienst der Königin im sportlichen Badeanzug. Nachdem du eingeschlafen warst, ging ich noch mal zur Snackbar.

»Noch einen Jolly Rancher, bitte«, sagte ich mit der Ernsthaftigkeit einer Frau, die viel älter war als ich. »Wassermelone.«

»Ein Wassermelonen-Jolly-Rancher«, sagte Billy. »Kommt sofort.«

Er beugte sich vor, um mir das Eis zu reichen. Aber er behielt es ungefähr eine Sekunde in der Hand, bevor ich es nehmen konnte.

»Versprich mir, mich nicht zu verklagen, wenn du dich in einen Jolly Rancher verwandelst«, sagte er.

»Versprochen«, sagte ich. In dem Moment hätte ich mir die Haare von den Schultern gestrichen, hätten sie mir bis auf die Schultern gereicht. Er gab mir das Eis. »Danke.«

»Kein Ding«, sagte er.

Und dann passierte es. Billy Barnes zwinkerte mir zu.

»Er hat dir nicht zugezwinkert«, hast du nach dem Aufwachen gesagt. »Wieso sollte er?«

»Vielleicht zwinkert er allen zu«, antwortete ich.

»Nein«, hast du gesagt. »Niemand zwinkert allen zu. Das wär creepy.«

»Tja, er hat mir aber zugezwinkert.«

»Wieso sollte er dir zuzwinkern? Du bist noch ein Kind.«

»Ich bin kein Kind mehr«, sagte ich. »Ich bin schon dreizehn.«

Dreizehn zu werden hatte sich im Mai wahnsinnig wichtig angefühlt. Mom hat mir einen Kuchen gebacken, du hast die Kerzen angezündet, und Dad hat gerufen: »Eine Rede, Sally! Eine Rede!« Aber ich wusste nicht, was ich sagen sollte. Ich war nur dreizehn geworden und hatte keine Gedanken, keine großen Erkenntnisse darüber mitzuteilen. Von einer Rede ganz zu schweigen. Wieso hatte ich keine Rede vorbereitet? Und so fing ich über den Kuchen gebeugt an zu weinen, und du hast gesagt: »Er macht doch bloß Witze, Sally. Nimm doch nicht immer alles so ernst.« Dad hielt mir danach einen Vortrag darüber, was es heißt, eine Teenagerin zu sein. Dass ich nicht mehr ständig wegen jeder Kleinigkeit in Tränen ausbrechen könne. »Je mehr ein Mädchen weint, desto bemitleidenswerter wirkt es«, sagte er. Er habe jahrelang zusehen müssen, wie seine eigene Mutter dadurch immer mehr geschrumpft sei, fuhr er fort. Ich wusste nicht genau, was das bedeutete, wollte aber auf keinen Fall jemand sein, dem man vorwerfen konnte zu schrumpfen.

»Genau. Du bist dreizehn. Noch ein Kind«, hast du gesagt. »Mir ist warm. Ich geh jetzt ins Wasser.«

Endlich. Ich erhob mich, um dir zu folgen, doch du hast gesagt: »Folg. Mir. Bloß. Nicht.«

Und ich habe dir nachgeschaut, als du ins Becken gestiegen bist, habe dich genau im Auge behalten, als ob ich etwas Wichtiges zu ergründen versuchte. Wann waren deine Haare so lang geworden? Seit wann warst du so hübsch? Und hast du immer schon Säbelbeine gehabt? Deine Beine waren nach außen gekrümmt wie verzogene Tischbeine, sodass deine Unterschenkel sich nicht berührten. Während ich dir nachsah, als du in deinem Bikini ins Wasser stiegst, wurde mir bewusst, was für einen Fehler ich an diesem Morgen mit der Wahl meines Badeanzugs begangen hatte. Es ließ mich alles infrage stellen, was ich je in meinem Leben getan hatte. Warum trug ich einen Badeanzug mit einer riesigen Drei auf dem Rücken, als wäre ich in irgendeiner Sportmannschaft, obwohl ich überhaupt keinen Sport trieb?

Du gingst tiefer ins Wasser, und ich kam mir albern vor, weil ich so verlassen herumsaß, also ging ich rüber zu Mom, die nicht mehr allein war. Ein paar Frauen, die ich nicht kannte, hatten sich zu ihr gesellt. Frauen aus ihren diversen Komitees, wie ich mir sicher war. Frauen mit Kindern, die sich irgendwo im Freibad tummelten. Sie tranken etwas aus roten Plastikbechern. Als ich mich ihnen näherte, trug der Wind mir Fetzen ihrer Klatschgeschichten zu.

»Wusstest du, dass James Green sich die Schilddrüse entfernen lässt?«

»Die Hamiltons halten illegal Hühner in ihrem Keller.«

Doch sie verstummten, als ich sie erreichte. »Hi, Mom«, sagte ich.

Mom bohrte mir den Finger in die Schulter. »Du kriegst einen Sonnenbrand«, sagte sie. »Los, Sally, creme dich ein.«

Nein. Ich konnte Sonnencreme nicht leiden. So was benutzten nur rote Persönlichkeiten.

»Die Sonne ist doch noch kaum zu sehen«, sagte ich.

Sie ging schon bald unter; Billy hatte das Fenster der Snackbar zugemacht. Lisa pfiff. »Erwachsenenschwimmen«, rief sie und ging erneut durch das Tor nach draußen, um zu rauchen.

»Können wir jetzt gehen?«, fragte ich.

»Noch nicht, Liebes«, sagte Mom. »Ich unterhalte mich noch eine Weile mit meinen Freundinnen, dann können wir gehen.«

Aber ich wollte mich nicht zu Mom und ihren Freundinnen setzen. Und ich wollte auch nicht weiter in meinem Buch lesen, weil es verstörend war. Du hattest recht gehabt – es ging nur um Sex. Ödipus hatte mit seiner Mutter geschlafen und stach sich deshalb mit ihren Haarnadeln die Augen aus.

Ich hatte das Gefühl, etwas Drastisches tun zu müssen. Etwas, das eine rote Persönlichkeit nie tun würde. Ich ging zum Sprungturm, kletterte hinauf und blieb ganz vorn stehen wie eine grüne Persönlichkeit. Es fühlte sich gut an, und ich schaute mich um, um zu sehen, wer mich beobachtete, bis mir klar wurde, dass mich niemand bemerkte.

Lisa sah ihre Zigarette an, Billy sah Lisas Finger an, die er durch den Zaun hindurch berührte. Und du sahst Billy an. Der Einzige, der mich beobachtete, war Peter, was mich traurig machte, sowohl um meinetwillen als auch um seinetwillen, und ehe ich mich's versah, verlor ich das Gleichgewicht. Ich stürzte vom Sprungturm und schlug hart auf die Wasseroberfläche auf, und das ist das Letzte, woran ich mich erinnere.

Als ich wieder zu mir kam, war Billys Gesicht direkt vor meiner Nase.

»Sally!«, rief er, und es war verblüffend. Niemand hat mir je wieder so eindringlich in die Augen gesehen und meinen Namen gerufen. Nicht mal du. »Sally!«

»Sie lebt!«, hast du geschrien, als du hinter ihm aufgetaucht bist.

»Alles in Ordnung?«, fragte Mom.

Ich war mir nicht ganz sicher, was passiert war. Ich spürte ein erdrückendes Gewicht auf dem Brustkorb, und mein Hals schmerzte. Aber ich konnte atmen. Ich sah alles vollkommen deutlich.

»Es geht mir gut«, sagte ich.

Aber du bist trotzdem in Tränen ausgebrochen. Mom hat ebenfalls geweint. »Gott sei Dank!«, hast du gesagt, und du und

Mom habt mich nacheinander umarmt. Mom war Billy so unendlich dankbar, dass sie wieder und wieder »Danke, danke, danke« zu ihm sagte.

»Ist doch selbstverständlich«, sagte Billy.

»Aber du bist doch gar kein Rettungsschwimmer!«, hast du gerufen. »Wie *hast* du das nur geschafft?«

Was geschafft?, fragte ich mich.

»Wo *ist* die Rettungsschwimmerin überhaupt?«, fragte Mom.

»Ich bin hier«, sagte Lisa. Sie sah mich an. »Bist du sicher, dass alles okay ist, Sally?«

Aus der Nähe konnte ich den Zigarettenrauch in ihrem Atem riechen. Sie sah überhaupt nicht aus wie eine Schlampe, sondern so besorgt, dass ich ihr fast die Wahrheit gesagt hätte: Ich hatte rasende Kopfschmerzen.

»Es geht mir gut«, wiederholte ich.

»Wir müssen uns irgendwie bei dir bedanken«, sagte Mom zu Billy, bevor wir gingen. »Komm doch diese Woche zu uns zum Abendessen.«

Du wurdest rot, aber Billy tat es achselzuckend ab, als wäre es kein bisschen peinlich.

»Klar doch«, sagte er. »Abendessen wär cool.«

Die Adern auf Billys Armen waren angeschwollen. Wassertropfen glitzerten auf seiner Brust, und seine Haut sah dick und amphibisch aus, als könnte nichts sie durchdringen.

Du warst auf der ganzen Heimfahrt aufgebracht.

»Ich kann nicht *glauben*, dass du ihn zum Abendessen eingeladen hast«, hast du gesagt. »Das ist so was von peinlich.«

»Ich wüsste nicht, was daran peinlich sein soll«, erwiderte Mom.

»Er ist beliebt, Mom«, hast du gesagt.

»Essen beliebte Leute nicht zu Abend?«

»Wahrscheinlich nicht.«

»Sie brauchen also nur ihre eigene Großartigkeit zum Leben«, sagte Mom.

»Genau.«

»Ach, krieg dich wieder ein«, sagte Mom. »Hier geht's nicht um dich. Es ist ein Dankeschön dafür, dass er Sally das Leben gerettet hat.«

»Du hast eine ganz schön hohe Meinung von deinen Koch-künsten«, hast du gesagt. »Vielen Dank dafür, dass du meiner geliebten Tochter das Leben gerettet hast. Hier, nimm als Belohnung meinen Kartoffelsalat.«

Mom lachte. »Es *ist* ein guter Kartoffelsalat. Ich wette mit dir, du findest kein besseres Rezept.«

Du hast ständig zu mir rübergeschaut. Meine Zähne haben immer noch geklappert, und mir war kalt.

»Hey, alles okay?«, hast du mich gefragt.

Ich nickte. »Ich könnte eine Portion Kartoffelsalat vertragen«, sagte ich und meinte es ernst, aber ihr habt beide gelacht.

»Siehst du?«, sagte Mom. »Sally mag meinen Kartoffelsalat auch.«

»Sally mag alles«, hast du gesagt. Ich weiß, du hast es als Kompliment gemeint, aber es hat sich angefühlt wie eine Beleidigung, wie etwas, das wir über unseren Hund sagen würden, wenn wir einen gehabt hätten.

In den Tagen vor dem Abendessen mit Billy waren wir aufgekratzt. Wir hatten nichts als Billy im Kopf und überlegten, was er wohl gerade machte.

»Er könnte schwimmen gegangen sein«, schlug ich vor.

»Das ist doch öde«, hast du geantwortet. »Ich glaub, Billy würde was Spannenderes tun.«

»Was zum Beispiel?«

»Er könnte ein Kätzchen retten. Oder ein Baby? Aus einem Baum?«

»Was hat ein Baby in einem Baum zu suchen?«

»Es ist eben einfach da.«

Alle waren in der Woche, in der ich fast gestorben wäre, besonders nett zu mir, aber niemand war netter als du. Du warst immer in meiner Nähe und hast mir jede Menge Fragen über meine Nahtoderfahrung gestellt. Ich war am Ende sogar fast stolz darauf. Das war etwas, was selbst du noch nicht erlebt hattest, wie ich erkannte.

»Hast du ein Licht gesehen?«, hast du mich gefragt.

»Nein.«

»Hast du Leute gesehen? Grandpa?«

»Ich hab gar nichts gesehen«, sagte ich. »Ich war einfach irgendwie nicht da. Als würd ich schlafen oder so.«

»Wie langweilig«, hast du gesagt. Du hattest dir vom Tod mehr erhofft, wolltest glauben, dass uns danach etwas Aufregenderes erwartet. Zum Beispiel, dass wir alle zu Gespenstern wurden, denn als Gespenst war man nicht richtig tot. Als Gespenster könnten wir alles tun, was wir wollten, hast du gesagt. Nach Paris gehen. In einer wunderschönen Villa am Meer leben. Und Billy nach Herzenslust ausspionieren.

»Hast du wenigstens gespürt, wie Billy dir die Mund-zu-Mund-Beatmung gegeben hat?«

»Nein«, antwortete ich. Ich konnte mir nicht mal vorstellen, wie Billy seine Lippen auf meine presste. »Ich hab nicht gespürt, wie er mich geküsst hat.«

Du musstest lachen. »Oh mein Gott, das war definitiv kein Kuss. Du musst zumindest bei Bewusstsein sein, damit es als dein erster Kuss zählt. Ich bin mir ziemlich sicher, dass das Vorschrift ist.«

»Sagt wer?«, fragte ich.

»Sagt das *Gesetz*.«

Andere Bedingungen für die Echtheit eines Kusses waren dir zufolge: Es darf nicht beim Flaschendrehen passieren. Oder während eines Theaterstücks, wenn ein anderer Schauspieler einen küssen muss.

»Ich hab doch noch nie in einem Stück mitgespielt.«

»Gut. Denn seit Priscilla in *Les Misérables* geküsst wurde, hält sie sich für eine Expertin«, hast du gesagt. »Ich zähle meine Bühnenküsse nicht.«

Du bist aufgestanden und hast dir auf dem Weg zum Bad den Zeh am Polsterhocker gestoßen. Als dir ein »Scheiße!« entfuhr, tauchte prompt Mom auf, wie immer, wenn wir ein schlimmes Wort benutzten.

»Was hast du gesagt?«, fragte Mom.

»Ich hab ›Scheiße‹ gesagt«, hast du geantwortet.

»Und wieso? Wieso sagst du so etwas? Wieso sagst du ›Scheiße‹, obwohl es so viele andere schöne Wörter in unserer Sprache gibt? Weißt du, wie viele Wörter es in unserer Sprache gibt?«

Wir hatten keine Ahnung.

»Tausend?«

»Eine Million?«

»Das denken viele«, hat Mom gesagt. »Aber sie irren sich. Niemand weiß es genau.«

»Worauf willst du hinaus?«

»Ich will darauf hinaus, dass es da draußen unglaublich viele tolle Wörter gibt.«

»Welches zum Beispiel?«

»Hm, lass mich nachdenken«, sagte Mom, dann zählte sie sie auf: Zinnober. Sibilant. Halcyon. Mom mochte Wörter mit drei Silben. »Also warum um Himmels willen solltest du dich für ein so hässliches Wort entscheiden, obwohl es so viele wunderschöne gibt?«

»Weil ich es so wollte«, hast du gesagt. »Es fühlte sich passend an.«

»Tja«, sagte Mom. »Mal gucken, ob du es immer noch willst, wenn du es hundertmal gesagt hast.«

Unsere Strafe: Wir sollten nach draußen gehen und das hässliche Wort hundertmal in kleine Frühstücksbeutel sagen. »Und kommt ja nicht zurück, bevor all die hässlichen Wörter aus eurem Kopf raus und in den Tüten sind, wo sie hingehören!«

»Mom hat sie nicht mehr alle«, hast du gesagt.

Aber wir haben es getan. Sind nach draußen gegangen und haben »Scheiße« gesagt, bis es nicht mehr wie ein Schimpfwort klang. Es klang nach gar nichts mehr. War nur noch ein Geräusch. Scheiße. Scheiße. Scheiße. Und nach einiger Zeit wurde es langweilig, was vermutlich der Sinn der Strafe war. Ein Wort so oft auszusprechen, bis man es gar nicht mehr sagen will. Und so versuchten wir es mit anderen. *Kacke. Schlampe. Schwanz*, was eigentlich kein Schimpfwort sei, wie du behauptet hast.

»Und was ist es dann?«, fragte ich.

»Ein Körperteil.«

Zurück im Haus, übergaben wir Mom die Tüten voller »Scheiße« und »Kacke«, und sie nahm sie mit so ernstem Gesicht entgegen – »Danke, Mädels« –, dass wir später in unserem Zimmer darüber lachen mussten. Wir kamen nicht umhin, uns zu fragen, was sie damit vorhatte. Wir liefen im Zimmer herum und zogen eine Schublade nach der anderen auf. »Hier drin gibt's keine Scheiße und keine Pisse!«, hast du gerufen, und ich habe den Schrank geöffnet. »Hier drin gibt's auch keine Scheiße und keine Pisse!«, rief ich zurück. Wir lachten uns kaputt, bis wir das Gefühl hatten, keine Strafe, sondern einen Preis bekommen zu haben.

Zwei Tage später kam Billy zum Abendessen, und alles schien sich wie in Zeitlupe abzuspielen. Vielleicht hatte es auch etwas mit der Gehirnerschütterung zu tun, die ich mir Anfang der Woche zugezogen hatte, aber ich glaube eher, es war der Schock über Billys Anwesenheit in unserem Haus. Billy in unserem Wohnzimmer. Billy an unserem Küchentisch. Billy, der den Kartoffelsalat unserer Mutter aß. Es war unfassbar. Billy sah an unserem Esstisch so groß aus, sogar noch größer als Dad, und ich fragte mich, wie es Dad gefiel, kleiner zu sein als ein Junge.

Auch Mom und Dad verhielten sich in Billys Gegenwart den ganzen Abend über seltsam. Sie waren nervös, als hätten wir alle ein Date mit Billy. Es fing damit an, dass er mit einem Blumen-strauß vor der Tür stand.

»Woher wusstest du, dass ich Tulpen mag?« Mom lachte, als wären die Blumen für sie.

»Mein Vater hat gesagt, mit Tulpen kann man nichts verkehrt machen«, sagte Billy, dann erzählte er uns, dass sein Vater Blumen-händler sei, als wäre uns das völlig neu.

»Ach, wissen wir doch, Bill«, sagte Mom. Wir hatten Hunderte von Blumen bei ihm gekauft, als Grandpa gestorben war, und dann noch einmal nach Grandmas Tod.

»Dein Vater ist ein netter Kerl«, sagte Dad. Er schüttelte Billy die Hand, was Billy hundert Jahre alt wirken ließ. »Gibt mir jedes Jahr Rabatt auf Ringelblumen. Wie geht's ihm eigentlich?«

»Bestens«, sagte Billy.

»Gut«, sagte Dad.

Billy steckte die Hände in die Taschen und beantwortete Dads Fragen über seine Mannschaft. Hatten sie vor, dieses Jahr die Meis-terschaft zu gewinnen?

»Na, da können Sie drauf wetten!«, sagte Billy.

Billy war ein Optimist. Er glaubte an noble Bestrebungen, trug sie sogar auf dem Ärmel. An jenem Abend stand dort: EIN TEAM, EIN ZIEL.

»Gut so!«, sagte Dad und klopfte ihm auf den Rücken. »Der neue Trainer hat wirklich einiges bewirkt.«

»Stimmt«, sagte Billy.

Dann erzählte Billy eine Menge langweiliges Zeug über den neuen Trainer, der auf dem College Basketball gespielt hatte. Seine Frau sei Finanzchefin, also brauche er nicht zu arbeiten.

»Was bedeutet, *wir* sind sein Job«, erklärte er. »Er ist echt irre.«

Anscheinend ließ er die Mannschaft dauernd trainieren, sogar an den Wochenenden und in den Ferien, aber das sei es wert, sagte

Billy. Sie würden immer besser. ÜBUNG MACHT DEN MEISTER, wie auf seinem anderen Ärmel stand.

»Wir haben dieses Jahr wirklich eine Chance«, sagte Billy.

»So steht's auch in den Zeitungen«, sagte Dad.

An jenem Abend fiel mir etwas an Dad auf: Er redete in einem Ton mit Billy, den er uns gegenüber nie benutzte – als wären sie Kollegen oder so. Zwei Männer, die sich einfach nur über ein Spiel austauschten. Als sie damit fertig waren, sah Billy mich an.

»Wie geht's dir?«, fragte er.

Du hast geantwortet, noch ehe ich den Mund aufmachen konnte.

»Sie lebt noch«, hast du gesagt. »Stimmt's, Sally?«

»Stimmt«, sagte ich.

Während des Essens bedankte sich Mom andauernd bei ihm, weil er mir das Leben gerettet hatte.

»Da waren so viele Menschen«, sagte Mom, während Billy unseren Kartoffelsalat aß, jeden Kartoffelwürfel einzeln aufspießte. »Aber du warst der Einzige, der reagiert hat.«

»Hey, keine große Sache«, sagte Billy, als würde er ständig Leuten das Leben retten, was anscheinend gar nicht so weit hergeholt war. Anfang des Jahres hatte er seiner Großmutter in den Bauch geschlagen, als sie an einem Stück Fleisch zu ersticken drohte. Der Bissen flog ihr aus dem Mund, und seine Großmutter überlebte, nur um zwei Wochen später im Schlaf an einem Herzanfall zu versterben.

»Ach, wie traurig«, sagte Mom.

»Schon okay«, sagte Billy. »Sie war ganz schön alt.«

»Moment mal, du hast deine Großmutter geschlagen?«, hast du gefragt.

»Ja«, antwortete er.

»Komm bloß nicht auf dumme Gedanken«, sagte Dad.

»So macht man das eigentlich auch nicht. Ich hab erst später erfahren, dass ich sie damit hätte umbringen können«, sagte Billy. »Mein Vater hat ständig wiederholt: ›Du hättest sie umbringen können, Billy. Was hast du dir dabei gedacht?‹ Aber ich hab mir gar nichts gedacht. Hab's einfach nur getan. Hab reagiert.«

»Kaut alle schön langsam«, hast du gesagt. »Sonst verpasst Billy euch einen Schwinger in den Magen.«

Billy lachte – ein echtes Lachen. Er hob die Hände und sagte: »Heute schlage ich niemanden, versprochen.«

Er entspannte sich.

»Könnten Sie mir bitte noch mal den Kartoffelsalat reichen, Mrs Holt?« Billy hatte Hunger. Billy hatte immer Hunger.

Nach dem Abendessen hast du angeboten abzuräumen, aber Mom sagte: »Begleite ruhig Billy nach draußen«, und dann hat sie dir zugeblinzelt, aber nur ich wurde rot.

Durch unser Küchenfenster sah ich zu, wie du dich lange mit Billy unterhalten hast. Schließlich hast du dich gegen seinen Wagen gelehnt. Hast gelacht wie Shelby Meyers. Wie Lisa, die Rettungsschwimmerin. Hast dir sogar den Bauch gehalten wie sie, wenn Billy etwas gesagt hat, als wäre es einfach zu komisch. Ich fragte mich, was Billy dir wohl erzählt hatte, dass du dich so vor Lachen ausschütten musstest. War Billy wirklich so witzig?

»Komm schon, Sally«, sagte Mom hinter mir. »Man spioniert anderen Leuten nicht nach. Lass deiner Schwester etwas Privatsphäre.«

Ich bin in unser Zimmer rauf und habe aus dem Fenster geschaut, konnte euch aber nicht mehr sehen. Du musstest in seinen Wagen eingestiegen sein. Ich kletterte auf mein Bett und konnte das alles nicht glauben. Was für merkwürdige Tage. Fast gestorben zu sein. Von Billy ins Leben zurückgeholt zu werden. Mit ihm am

Tisch gesessen zu haben, wo er den Kartoffelsalat unserer Mutter in sich hineinschaufelte.

Während du in seinem Wagen saßt, versuchte ich mir den Moment vorzustellen, in dem er mich gerettet hatte. Obwohl ich es nicht mitbekommen hatte, hatte ich irgendwie das Gefühl, es erlebt zu haben. Du hast es mir so oft beschrieben, als wärst du stolz auf mich, weil ich fast ertrunken wäre, als wäre das nichts, was du von einer roten Persönlichkeit erwartet hättest, und so konnte ich nach einer Weile plötzlich vor meinem inneren Auge sehen, wie Billy zum Schwimmbecken rannte und ins Wasser sprang. Mich herausholte. Mich auf den Rücken legte. Sich zu mir herunterbeugte und küsste, während du zugeschaut hast.

Da kamst du ins Zimmer, das Gesicht gerötet, als hättest du gerade etwas Außergewöhnliches erlebt.

»Billy hat mich geküsst«, bist du herausgeplatzt.

»Er hat dich *geküsst*?«, fragte ich.

»Er hat mich geküsst.«

Ich dachte, du würdest weiterreden, aber du hast geschwiegen.

»Wie?«, fragte ich.

»Wie ein Gentleman«, hast du gesagt.

»Wie küsst denn ein Gentleman?«

»Er fragt vorher.«

»Er hat dich vorher gefragt?«, habe ich gesagt. »Klingt irgendwie peinlich.«

»Nein. Es war nett.«

Du hast gesagt, du hättest die Nase voll von all den Jungs, die dich auf Priscillas Theaterpartys abzufüllen versuchten, Jungs, die sich übergangslos vorbeugten und einen zu küssen versuchten, ohne dass man es mitkriegt.

»Wie kann man das nicht mitkriegen?«, fragte ich.

»Du weißt, was ich meine«, hast du gesagt, und ich nickte, obwohl ich keinen Schimmer hatte.

»Wenn jemand versucht, mich zu küssen, würde ich es ziemlich sicher mitkriegen«, sagte ich.

Dann hast du die Szene beschrieben: »Ich bin mit ihm raus, und wir haben uns so lange unterhalten, dass Billy meinte: ›Warum setzen wir uns nicht in den Wagen?‹ Dann haben wir Musik gehört, und bevor ich ausgestiegen bin, hat er gesagt: ›Also, wenn wir hier nur zusammen rumhängen, würd ich dich nicht küssen. Aber wenn's ein Date wär, schon.‹«

»Und was war's?«

»Ein Date«, hast du gesagt und das Licht ausgemacht. »Natürlich.«

Aber ich wollte mehr wissen. »Wie war's denn?«, habe ich gefragt.

»Nett«, hast du gesagt. »Bis auf die Tatsache, dass er zu viel Zunge benutzt hat. Aber das machen Jungs eben. Ist ihre Art zu versuchen, Sex mit dir zu haben, bevor sie mit dir Sex haben können, verstehst du?«

Nein, ich verstand nicht. Ich hatte bisher nur meinen Handrücken geküsst, und selbst das war mir peinlich gewesen: in der Dunkelheit zu üben, ohne dass es jemand sah. Außer Jesus, wie Grandma bemerkte, nachdem sie mich mal dabei erwischt hatte. »Du solltest nichts tun, was du nicht auch vor Jesus tun würdest«, schimpfte sie, was für mich keinen Sinn ergab, weil ich nie irgendetwas vor irgendwem tat. Von Jesus ganz zu schweigen.

Aber ich sagte nur: »Ja, ich weiß.«

Als wir wieder ins Freibad gingen, war es schon August, und alles war anders. Lisa saß wieder ernst und pflichtbewusst auf dem Rettungsschwimmersitz und behielt das Schwimmbecken im Auge. Shelby Meyers war nirgends zu sehen. Und du bist nie auf deinem Handtuch liegen geblieben. Hast den ganzen Tag in der Snackbar verbracht und auf Billys Schoß gesessen. Manchmal hat er dich sogar Süßigkeiten verkaufen lassen.

Und in Moms Gesellschaft wusste ich nichts mit mir anzufangen.

»Kann ich was aus der Snackbar haben?«, fragte ich sie.

»Du hattest schon genug«, sagte Mom, ohne den Blick von ihrem Buch zu heben.

»Nur noch eine winzige Kleinigkeit?«

»Lass deine Schwester in Ruhe«, sagte Mom und blätterte um.

Aber ich konnte nicht anders. Ich beobachtete, wie du auf seinem Schoß saßt, wie er dich kitzelte oder dich ins Wasser warf. Ich sah, wie du lachtest, als du wieder aufgetaucht bist, den Mund weit aufgerissen, das Gesicht gen Himmel gereckt, als wärst du gerade geboren worden. Mom schaute ebenfalls zu – und ich dachte, sie würde dich ermahnen, weil du einem Jungen erlaubtest, dich in der Öffentlichkeit so anzufassen, aber sie tat es nicht.

»Er ist ein gut aussehender Junge, nicht?«, fragte Mom.

»Also, genau genommen nicht wirklich«, antwortete ich.

»Wie meinst du das?«

»Ich meine, er sieht zu gut aus, um gut aussehend zu sein.«

»Ich kann dir nicht ganz folgen«, sagte Mom.

»Er sieht so gut aus, dass er schon fast wieder hässlich ist.«

»Das ergibt doch keinen Sinn, Sally«, sagte Mom. »Man kann gar nicht gut genug aussehen.«

»Tja, *er* schon.«

Mom seufzte. »Dir wird das auch irgendwann passieren, weißt du? Eines Tages erlebst du auch so eine Liebe.«

Ich konnte es mir nicht vorstellen.

»Ich hab's auch mal erlebt«, sagte Mom. »In der Highschool. Er war was ganz Besonderes für mich, aber dann ist er gestorben.«

»Wie?«

»In Vietnam.«

»Oh«, sagte ich. »War Dad auch in Vietnam?«

»Nein«, sagte Mom. »Er ist der Nationalgarde beigetreten, damit er nicht nach Vietnam muss.«

Dad hat ein paar Jahre lang Gräben ausgehoben, während der Freund meiner Mutter in Übersee in die Luft gejagt wurde. Mom war am Boden zerstört, als sie von Freds Tod erfuhr – so hieß er. Mom und Dad kamen beide zu seiner Beerdigung, und danach fingen sie an, miteinander auszugehen. Dad war nett zu ihr. Ging mit ihr was trinken. Zum Tanzen. Alles, um sie von ihrem toten Freund abzulenken. Und es funktionierte.

»Aber Dad ist ein schrecklicher Tänzer«, sagte ich.

Das hatte Mom immer gesagt, wenn Dad nach dem Abendessen Frank Sinatra auflegte und sie so wild herumwirbelte, dass sie den Kopf zurückwarf und lachte. »Richard!«, rief Mom und gab ein perlendes Lachen von sich, das über den Boden zu rollen schien wie eine Murmel. »Du bist ein fürchterlicher Tänzer!«

»Aber das gefällt mir an ihm«, sagte Mom. »Er tanzt trotzdem. Um mich zum Lachen zu bringen.«

Lisa blies in ihre Trillerpfeife. Die Sonne ging unter. Zeit, nach Hause zu gehen. Gott sei Dank. Aber du hattest noch keine Lust.

»Billy bringt mich nach Hause«, hast du gesagt und dabei mein Handtuch nass getropft. »Ist das okay?«

Natürlich war es okay. Mom fand Billy toll. Er hatte mir das Leben gerettet. Sie hätte dir wahrscheinlich sogar erlaubt, mit Billy zum Mond zu fliegen.

Auf der gesamten Heimfahrt sah ich vor meinem inneren Auge Moms früheren Freund, der über ein Feld rannte, auf sein Lebensende zu, bis Mom das Radio einschaltete. Die Nachrichten. Der Verkehrsbericht. Der Wetterbericht über einen Hurrikan, der sich uns näherte.

»Schsch«, sagte Mom, obwohl ich gar nichts gesagt hatte. »Klingt, als wäre es ein heftiger.«

»Gut«, sagte ich.

Ich hörte mir den Wetterbericht aus demselben Grund gern an, aus dem ich auf einen Hurrikan wartete. Das war, als würde mir ausnahmsweise auch mal was Wichtiges passieren. Aber als ich nach Hause kam, war nichts anders. Der Sturm verspätete sich. Und so machte ich den Fernseher an, um zu sehen, wo er blieb. Ich sah den Wetteransager in Jersey am Strand stehen. Er nahm eine Handvoll Sand und hielt sie dramatisch in die Kamera. Später, als du endlich nach Hause kamst, habe ich ihn für dich nachgemacht.

»In ein paar Stunden wird dieser Strand kein normaler Strand mehr sein!«, sagte ich, aber du hast nicht reagiert. Hast dich nur hingesetzt und den Computer eingeschaltet, den Dad vor ein paar Monaten gekauft hatte. Er hatte ihn auf dem Schreibtisch im Wohnzimmer aufgestellt und behauptet: »Mädels, das hier ist die

Zukunft.« Damals hatte ich nicht verstanden, was er damit meinte, bis du angefangen hast, ihn für Chats mit Billy zu benutzen.

»Dieser Sand«, rief ich und tat so, als würde ich eine Handvoll aufheben, »könnte bald einen Menschen erblinden lassen!«

Dann flatterte das Geräusch von Billys Chatnachrichten ins Zimmer wie ein Vogel. Ich versuchte, sie zu lesen, aber du hast sie mit der Hand verdeckt.

»Sally«, hast du gesagt. »Du bist manchmal echt schräg. Verschwinde.«

Als der Hurrikan am nächsten Tag kam, wurdest du vom Haus durchgeschüttelt, bis du wieder du selbst warst. Wir saßen alle zusammen drinnen fest. Und wir waren wieder Schwestern. Spielten Scrabble. Dad trank Bier, Mom Wein. Wir alberten herum. Du hast das Wort »Penis« aufs Spielbrett gelegt, weil es das Einzige war, was du mit deinen Buchstaben zustande gebracht hast. »Ich schwöre!«, hast du gesagt. Und wir haben gelacht, als du die Buchstaben gelegt hast, bis mir klar wurde, dass dir das den Sieg bescherte. »Aber Schimpfwörter zählen nicht«, wandte ich ein.

»Ein Penis ist auch nur ein Körperteil«, verkündete Mom.

Das machte es offiziell. »Ich hab gewonnen!«, hast du gesagt.

»Deine Schwester ist ein Champion«, sagte Dad.

Er sah regelrecht stolz aus.

Dad ging Kerzen aufstellen, bevor die Elektrizität ausfiel, damit es weniger wie ein Stromausfall und mehr nach einem Zaubertrick aussah. Ta-da! Seht euch all die wunderschönen Kerzen an. Er lächelte, und ich erkannte, dass er Stürme ebenfalls mochte – ihm gefiel, dass der Fernseher nicht lief, dass die Hintergrundgeräusche der Welt verstummten, dass wir vier in der Küche zusammensaßen.

»Unsere kleine Familie«, sagte er und küsste Mom auf die Lippen.

»Siehst du? Sie sind doch verliebt«, sagte ich, als wir in unser Zimmer gingen. »Sie haben sich gerade geküsst.«

»Das ist doch nur Show«, hast du gesagt. »Das machen sie nur, damit wir das Zimmer verlassen.«

Aber das konnte es nicht sein, denn kurz darauf folgten sie uns nach oben. Dad kam an unserem Zimmer vorbei, um uns Gute Nacht zu sagen. An Abenden wie diesen behandelte er uns wieder wie kleine Kinder.

»Es gibt nichts, wovor ihr Angst haben müsstet, Mädels«, sagte er. »Der Sturm wird euch schon nicht umbringen.«

Er schwieg kurz.

»Ich meine, die einzige Art, wie er euch umbringen könnte, wäre, einen Baum auf das Haus stürzen zu lassen, was natürlich jederzeit möglich ist«, sagte er. »Wenn auch nicht wahrscheinlich.«

Er habe eigentlich vorgehabt, ein paar der Bäume zu fällen, erklärte er.

»Richard«, sagte Mom, die im Türrahmen aufgetaucht war. »Ihr seid hier sicher, Mädels. Die Bäume in unserem Garten stehen felsenfest. Sie waren schon vor uns hier.«

»Das macht mir ja solche Sorge«, sagte Dad. »Die Bäume sterben ab. Könnten jeden Moment umfallen.«

»*Wissen* wir«, sagte ich. Ich wollte in einer solchen Nacht, wo der Himmel dunkelviolett war und Dinge durch die Fensterscheibe zu schleudern drohte, nicht an sterbende Bäume erinnert werden. Und du ebenso wenig. Du hast mich angesehen. Eine Windbö ließ die Scheibe erzittern.

»Ich geh kein Risiko ein«, hast du gesagt. »Ich will nicht jung sterben. Komm, Sally.«

Wir gingen nach unten, bauten uns eine Bude aus Decken, die wir mit Sofakissen auspolsterten, und krochen hinein.

»Ich liebe Buden«, hast du gesagt.

Du warst zu alt, um Buden zu lieben – du warst schon sechzehn, ein Mädchen mit einem Führerschein und einem Freund. Aber ich erinnerte dich nicht daran, weil das das Schöne daran war, Schwestern zu sein. Manchmal durftest du jünger sein, als du warst, und ich älter.

»Ich auch«, sagte ich. »Die hier ist echt gut geworden.«

Dann spielten wir wieder unser Lieblingsspiel. Würde man sich eher von Satan eine Massage geben oder sich von einem geliebten Menschen alle Haare ausreißen lassen? Würde man lieber mit einem Prinzen rummachen, der eine Geschlechtskrankheit hatte, oder mit einem gesunden Serienkiller? Würde man lieber bis in alle Ewigkeit allein in einem Raum eingesperrt sein oder zusammen mit einem Nazi?

Wir hatten keine Ahnung. Argh. Das Leben war kompliziert.

»Dann lieber tot!«, scherzte ich.

Du hast gelacht, aber gesagt, ich könne mich nicht für den Tod entscheiden. »Der Tod macht keinen Spaß. Der Tod ist keine Option.«

»Okay, na schön, dann lieber mit einem Nazi«, sagte ich.

»Du wärst lieber mit einem Nazi zusammen?«, hast du gefragt. »Weißt du überhaupt, was ein Nazi ist?«

»Natürlich weiß ich, was ein Nazi ist!«

»Mit einem Nazi eingesperrt zu sein wär grauenvoll«, hast du gesagt.

»Wär ja auch nicht meine *erste* Wahl.«

Aber wenn man mit einem Nazi eingesperrt war, konnte man ihm Fragen stellen. Man konnte so tun, als wäre man eine Journalistin nach dem Krieg, und würde ihn in extrem hochhackigen

Schuhen in seiner Zelle besuchen und sagen: »Wann wurde Ihnen zum ersten Mal bewusst, dass Sie ein Nazi werden wollten?«, sodass der Nazi über seine Kindheit nachdenken musste und in Tränen ausbrach.

»Ich weiß nicht«, hast du gesagt. »Das klingt schräg. Ich wär lieber allein.«

Aber ich wusste, dass jeder, der lieber allein wäre, keine Ahnung hatte, was es bedeutet, allein zu sein.

Am nächsten Morgen ging Dad nach draußen, um nach den Bäumen zu schauen. Keiner war umgestürzt, doch der Sturm hatte so viele Zweige abgerissen, dass Dad in Sorge war. Wir folgten ihm, als er die Hand auf jeden einzelnen Baumstamm legte, um zu entscheiden, welche überlebt hatten und welche irreparable Schäden davongetragen hatten.

»Lebt noch«, sagte er. »Lebt noch. Lebt noch.«

Dann legte er die Hand auf den Ahornbaum vor unserem Zimmer. »Lebt nicht mehr.«

»Was machen wir jetzt damit?«, hast du gefragt.

»Vielleicht kommt der Vater deines Freundes ja bei uns vorbei und fällt ihn für uns«, sagte Dad. Es war schräg zu hören, wie Dad Billy deinen Freund nannte. So offiziell.

»Ich frage Billy«, hast du geantwortet. »Vielleicht gibt er uns ja Rabatt.«

»Sitzt sein Dad nicht im Rollstuhl?«, warf ich ein.

»Das ist doch schon zwei Jahre her«, hast du gesagt. »Er ist jetzt wieder gesund.«

Dad schleppte die abgebrochenen Zweige in die Mitte des Gartens, und abends machten wir damit ein Lagerfeuer, rösteten Marshmallows und hörten uns deine Gruselgeschichten an. Du hast Gruselgeschichten geliebt.

»Laut Billy gibt es ein Gespenst, das im Freibad umgeht«, hast du gesagt.

»Gespenster können nicht im Freibad umgehen«, sagte ich. Ich war mir nicht mal sicher, ob ich an Gespenster glaubte, war aber entschieden der Meinung, dass sie, wenn es sie denn gab, nicht in städtischen Bädern rumspukten.

»Gespenster können umgehen, wo sie wollen«, hast du mit derselben Gewissheit verkündet wie alles andere auch.

»Woher willst du wissen, ob es überhaupt Gespenster gibt?«, fragte ich.

»Woher willst du wissen, dass es *keine* Gespenster gibt?«, hast du erwidert, und ich konnte es nicht erklären.

»Ich hab einfach noch nie eins gesehen«, sagte ich.

»Tja, ich schon«, hast du gesagt. »Grandma besucht mich manchmal im Schlaf.«

»Mich auch«, sagte Mom.

Ich war geschockt. Was? Ich wollte mehr über Grandmas Gespenst wissen. Wie lange suchte sie euch schon heim? Und warum war ich die Einzige, die nicht heimgesucht wurde? Aber dann hast du deine Geschichte erzählt.

»Also, Billy sagt, die Frau hat in den Fünfzigern gelebt«, hast du gesagt. »Und sie hat sich am Tag der Eröffnung des Schwimmbads die Pulsadern aufgeschnitten. Man hat sie mit dem Gesicht nach unten im Schwimmbecken treibend gefunden. Und jedes Jahr berichtet irgendwer, dass er sie in blutigem Wasser hat schwimmen sehen. Aber wenn man reinspringt, um sie zu retten, löst sie sich in Luft auf, wenn man sie umdreht.«

»Das kann nicht wahr sein«, sagte ich.

»Natürlich ist das wahr«, hast du gesagt. »Wieso sollte Billy lügen?«

Ich wusste es nicht. Ich wusste gar nichts.

Als dein elftes Schuljahr begann, hat Billy dich zur Schule gefahren. Er klopfte natürlich vorher an unsere Tür wie ein Gentleman. Aber du warst noch nicht fertig. Du warst nie rechtzeitig fertig. Jeden Morgen hast du unzählige Outfits anprobiert, bis du dich aufs Bett hast sinken lassen, als wüsstest du nicht mehr, was ein Outfit ist.

»Sag Billy, ich bin in einer Minute unten«, hast du gesagt.

Ich öffnete die Tür und sah Billy davorstehen, die Hände in den Hosentaschen vergraben.

»Hey, Holt«, sagte er. Anfangs hatte es mich gestört, dass er mich mit unserem Nachnamen anredete, aber nach ein paar Monaten gefiel es mir. Es klang, als wären wir Mannschaftskameraden, Kumpel.

Aber wenn wir dann in die Küche gingen, schwiegen wir immer. Es gab nichts zu sagen. Er steckte die Hände wieder in die Taschen, und ich setzte mich an den Küchentisch und tat so, als würde ich mir für den Unterricht Notizen machen. Peinliches Schweigen schien ihm nichts auszumachen, oder vielleicht fand er es auch gar nicht peinlich. Vielleicht war er einfach so cool. Er stand über dem Schweigen. Bemerkte es nicht einmal.

Aber am letzten Tag des Halbjahrs, dem Freitag vor den Winterferien, konnte selbst er die Stille nicht mehr ertragen. Er kam zu mir, als hätte er etwas zu erledigen, beugte sich vor und las, was ich in mein Notizbuch schrieb.

»Was soll denn *das* heißen?«, fragte er.

Er deutete auf eine Stelle, wo ich geschrieben hatte: *Philomele: Vergewaltigung -> Vogel*

»Oh.« Ich wurde rot. »Da geht's nur um die Sage von Philomele.«

»Wer ist Philomele?«, fragte Billy.

Die Geschichte von Philomele, so wie meine Englischlehrerin Mrs Farmer sie uns erzählt hat, lautete folgendermaßen: Philomele wurde von König Tereus, dem Mann ihrer Schwester, vergewaltigt. Er schnitt ihr die Zunge heraus, damit sie ihrer Schwester nicht erzählen konnte, was passiert war. Aber dann wob Philomele einen Teppich, auf dem die Wahrheit abgebildet war, und sandte ihn ihrer Schwester. Als die Schwester ihn sah, wurde sie so wütend, dass sie ihren eigenen Sohn tötete, kochte und ihn Tereus vorsetzte. Doch bevor Tereus unwissentlich seinen eigenen Sohn verspeisen konnte, griffen die Götter ein und verwandelten sie alle in Vögel.

»Mann«, sagte Billy. »Das ist ganz schön krank.«

»Ist ja nur eine *Sage*«, wandte ich ein.

»Trotzdem.«

Danach gab es nichts mehr zu sagen, also tat ich, was du meiner Meinung nach getan hättest. »Was für ein Vogel wärst du gern?«

Sein Gesicht hellte sich auf. »Ich hätte nichts dagegen, ein Adler oder ein Falke zu sein. Und du?«

»Ich wär definitiv gern ein Kolibri«, sagte ich. Das hatte ich entschieden, nachdem ich die hübschen Vögel an Dads Futterstation auf der Veranda gesehen hatte.

»Ach, du willst kein Kolibri sein. Glaub mir«, sagte Billy. »Kolibris sind total überdreht.«

»Echt?«

»Aber so was von«, sagte er. »Sie sind extrem gestresst. Ihr Herz schlägt megaschnell, und sie flattern tausendmal pro Sekunde mit den Flügeln. So schnell, dass man ihre Flügel kaum sehen kann.«

»Woher weißt du das?«, fragte ich, aber in dem Moment bist du die Treppe heruntergekommen. Ihr habt euch immer sofort geküsst, wenn ihr euch gesehen habt, genau wie Mom und Dad. Ich wandte den Blick ab, aber so langsam, dass ich zumindest den Anfang mitbekam.

»Worüber unterhaltet ihr euch?«, wolltest du wissen.

»Darüber, was für ein Vogel wir gern wären«, sagte Billy.

»Wieso müssen es Vögel sein?«

»Die Götter«, sagte Billy. »Sie verwandeln uns in welche.«

Du hast gelacht. »Ich frag besser nicht nach.«

Dann seid ihr gegangen, ohne euch zu verabschieden, und ich ging zur Küchenanrichte, wo Dad mit dem Finger Flohsamenschalen-Pulver in ein Glas Wasser rührte.

»Das, Sally, ist der Schlüssel zum Leben«, sagte er.

»Wie kann das der Schlüssel zum Leben sein?«, fragte ich. »Das ist nur orangefarbenes Pulver.«

»Eines Tages wirst du es verstehen.«

So was wollte ich gar nicht verstehen. Ich ging zur Tür hinaus zur Bushaltestelle und sah euch beide noch in der Einfahrt stehen. Du hast Billys CD-Sammlung durchsucht, als würde der Wagen ohne die richtige Musik nicht funktionieren.

Ich winkte nicht, als ich an euch vorbeiging – das war mir zu peinlich. Ich ging einfach weiter, bis ich mit meinen noch feuchten Haaren am Ende der Straße ankam, wo Rick Stevenson wartete, der in jenem Jahr ständig Bloody Knuckles spielen wollte. Er schlug die Fingerknöchel gegen meine, und da seid ihr an mir vorbeigefahren. Die Musik war laut und wurde sogar noch lauter, als du die Scheiben nach unten gekurbelt hast. Billy raste die Straße runter, als wärt ihr zu irgendeinem megawichtigen Ereignis unterwegs. Vermutlich in eure Zukunft. Kurz bevor ihr außer Sichtweite wart, hast du die Hand in die Brise gehalten, wie es nur eine grüne Persönlichkeit wie du tun würde.

»Deine Schwester ist scharf«, sagte Rick.

Ich wurde rot, wusste nicht, was ich sagen sollte. Es war dasselbe Gefühl wie damals, als irgendwelche Leute uns sagten, unsere Katze hätte hübsche Augen.

»Danke«, sagte ich, als hätte es irgendwas mit mir zu tun.

Die Jungs im Bus waren heute besonders aufgekratzt, stachen Stecknadeln in ihre Fingerspitzen und nannten alles schwul: die Angestellten der Schulcafeteria, den Anti-Drogen-Bären und sogar den Winter, weil er sie jeden Tag zwang, in der Pause drinnen zu bleiben.

Valerie und ich hielten uns von ihnen fern. Wir setzten uns nach vorn und spielten in meinem Notizbuch Galgenmännchen, bis wir auf dem Schulparkplatz hielten und die Jungs sich um uns drängten, als wir unsere Taschen wieder einpackten.

»He, Sally«, rief Rick und streckte den Kopf über meine Sitzlehne. »Wie geht's deinen zwei Vaginen?«

Ich dachte, alle hätten es vergessen. Hatte es selbst fast vergessen.

»Ja«, sagte ein anderer Junge. »Hast du immer noch zwei Vaginen?«

Und was sagte ich?

»Nein.«

Doch Rick sagte: »Beweis es.«

Ich sah Valerie an, doch sie konnte mir nicht helfen. Ich wollte wegrennen, aber das kam mir albern vor. Wie etwas, was jemand mit zwei Vaginen tun würde. Einer von den Jungs stand neben mir, einer hielt meine Arme hoch über meinen Kopf, einer hakte meine Latzhose auf und zog mein Shirt hoch. Ich weiß nicht, wie viele es waren, aber es fühlte sich an wie eine Million Hände, eine Million Jungs, und alle sagten: »Wir kriegen schon raus, ob du lügst.« Ich schrie so gellend wie noch nie – ich glaube, bis zu dem Moment habe ich noch nie geschrien –, und alle im Bus sahen mich an, als wäre ich ein wild gewordenes Tier, sogar Valerie, sogar die Jungs, die sagten: »Hey, chill mal, wir wollten das doch nicht wirklich tun. Entspann dich. War doch nur ein Witz.«

Mit gesenktem Kopf stieg ich aus dem Bus aus. »Sally, was ist dahinten passiert?«, fragte die Busfahrerin, die uns immer Schnapparmbänder schenkte, was mir aus irgendeinem Grund Angst machte. Ich verzog immer das Gesicht, wenn sie mir das Armband umlegte, als würde es wehtun. Aber in dem Moment hatte ich das Gefühl, die Busfahrerin mehr zu lieben als jeden anderen Menschen auf der Welt. Vielleicht würde sie dafür sorgen, dass sich alles in Wohlgefallen auflöste, würde die Jungs mit einem Fluch belegen und sie in Frösche verwandeln, damit ich sie zertreten konnte.

Aber sie sah mich nur an wie alle besorgten Menschen, und ich wusste, sie konnte mir ebenfalls nicht helfen.

»Nichts«, sagte ich. »Ich meine, war nur ein Scherz.«

Und ich streckte die Hand aus und ließ mir ein Schnapparmband geben.

Ich wollte dir davon erzählen, sobald ich von der Schule nach Hause kam, aber du warst nicht da. In deinem dritten Highschool-Jahr warst du freitagabends nie zu Hause. Du bist mit Priscilla und Margaret ausgegangen oder warst mit Billy in der Mall oder im

Kino und bist erst nach Hause gekommen, wenn die Nachrichten vorbei waren. Am Wochenende durftest du bis elf wegbleiben, was mir sehr spät vorkam, aber dir anscheinend nicht, weil du manchmal sogar noch später kamst. Als du an jenem Tag nach Hause gekommen bist, hattest du Blätter im Haar. Und ein Strahlen im Gesicht.

Du hast mich nicht mal gefragt, wie mein Tag war. Hast sofort angefangen, von dem Film zu erzählen, den ihr gesehen hattet, wie schwierig es sei, bei einem Film wie *Bean* rumzumachen, obwohl Billy sein Bestes gegeben hat. Es war jedoch unmöglich. Zu viele Leute, keinerlei Privatsphäre, weshalb er schließlich mit dir den weiten Weg nach Watch Hill gefahren war.

»Ihr seid nach *Rhode Island* gefahren, um zu knutschen?«, fragte ich.

»Ist doch nur eine halbe Stunde«, hast du gesagt. »Knapp hinter der Grenze.«

Du hast erzählt, wie schön es dort im Winter ist, wenn der Parkplatz komplett leer und verschneit ist. Dort, auf dem Rücksitz, hat Billy die Hand in deine Jeans und dann seine Finger in dich gesteckt.

»Und das hast du ihm erlaubt?«, fragte ich.

»Ja«, hast du gesagt. »Ich meine, er ist mein *Freund*.«

»Trotzdem«, sagte ich. Ich war verstört. Das kam mir falsch vor. Sich auf dem Parkplatz fingern zu lassen, wo wir unsere Klappstühle ausluden? »Da machen wir *Urlaub*.«

»Tja, wo hätten wir sonst hinfahren sollen?«, hast du gefragt. »Teenager haben keinen Ort, an dem sie bumsen können.«

Du hast es mit einem lang gezogenen Seufzen gesagt, als wäre es eine nationale Tragödie. Als sollte der Präsident eine Rede darüber halten. Und ich sollte deshalb Mitleid mit dir haben?

»Habt ihr das denn getan?«, fragte ich.

»Nein«, hast du gesagt. »Das sagt man doch nur so. Gott, nimm doch nicht immer alles so wörtlich.«

Dann hast du dich herübergebeugt und das Licht ausgemacht, und in der plötzlichen Dunkelheit wurde mir klar, dass ich dir nie erzählen würde, was mir im Bus passiert ist. Es war einfach zu peinlich. Und es kam mir so vor, als wärst du irgendwie in den Witz eingeweiht. Du konntest mich nicht vor der Welt retten. Oder vor Rick Stevenson. Es war dir egal. Du hast dich mit dem Gesicht zur Wand gedreht, ich lauschte dem *Tock-Tock-Tock* der Zweige am Fenster, und zum ersten Mal wünschte ich mir, dir wehzutun. Ich wollte, dass du dich so fühlst, wie ich mich ständig fühlte. Ich wollte, dass du dich beim Aufstehen am nächsten Morgen fragst, wo ich bin.

Am nächsten Morgen, noch bevor irgendwer wach war, packte ich eine Tasche. Ich schlich aus dem Haus in die taubedeckte Dunkelheit der Garage, wo ich mich hinten in Moms Transporter versteckte. Mom fuhr am Samstagvormittag zur Bücherei. Zu irgendeinem Buchclub. Ich wusste nicht, wohin ich gehen würde, wenn Mom in der Bibliothek war, aber irgendwohin würde ich gehen. Ich würde am Highway entlanglaufen, bis ich sicher war, dass du dir Sorgen um mich machst. Bis ich spürte, dass du da draußen nach mir rufst.

Doch Mom fuhr immer weiter.

Irgendwann wurde mir klar, dass Mom gar nicht zur Bücherei wollte. Sie hörte sich eine Kassette namens *Meditationen über Wut* an, auf der eine Frau erklärte, Atmen sei ein Gegenmittel für Wut. Mom atmete sehr laut, als wüsste sie nicht mehr genau, wie das geht. Als müsste sie es üben. Sie wiederholte bestimmte Sätze von der Kassette wie »Erinnere dich daran, wie du als Kind warst«, dann: »Und jetzt stell dir vor, du würdest dieses Kind umarmen.« Es muss traurig gewesen sein, sich vorzustellen, wie sie sich als Kind umarmte, denn Mom fing an zu weinen, und ihr Atem wurde unregelmäßig, und mir wurde schlecht. Ich fragte mich, wie es mir auf einem Schiff auf dem Meer gehen würde, wenn ich nicht einmal eine Autofahrt in die Stadt aushielt. Und ich hatte Angst, dass Mom unglücklich sein könnte, und ich verstaute den Gedanken in meinem Hinterkopf, um dir später am Abend davon zu erzählen, und da wurde mir klar, dass ich doch nicht weglaufen würde. Ich würde dich nie verlassen. Würde abends immer in unser Zimmer zurückkehren, um dir zu erzählen, was passiert war.

»Hi, Mom«, sagte ich und erhob mich auf dem Rücksitz. Mom fiel der Lippenstift aus der Hand.

»Himmel noch mal, Sally!«, rief sie.

Mom hatte sich während der Fahrt entspannt, jetzt war sie wieder angespannt. Sie suchte im Fußraum nach dem Lippenstift.

»Tja«, sagte Mom. »Jetzt weißt du Bescheid. Deine Mutter ist verrückt.«

»Das wusste ich schon vorher«, sagte ich.

»Das wusstest du schon vorher?«

»Kathy hat's mir erzählt«, sagte ich.

»Je früher man es erfährt, desto besser«, erwiderte Mom. »Keine Illusionen. Ich habe erst herausgefunden, dass meine Mutter verrückt war, als ich selbst Mutter wurde.«

»Grandma war verrückt?«

»Und ob Grandma verrückt war! Grandma hat mein Geburtsdatum offiziell ändern lassen, damit ich früher den Führerschein machen konnte«, sagte Mom. »Sie brauchte noch eine Fahrerin im Haus. Als ich selbst Mutter wurde, dachte ich: *Die Frau hatte sie echt nicht mehr alle.*«

»Vielleicht brauchte sie einfach nur eine zusätzliche Fahrerin«, sagte ich.

»Das ist eine nette Art, es zu beschreiben«, sagte Mom. »Du bist wirklich lieb, Sally.«

Mom löste den Gurt und betrachtete sich im Spiegel. Trug sorgfältig den Lippenstift auf, erst auf die Ober-, dann auf die Unterlippe.

»Dir ist vielleicht aufgefallen, dass ich dich gar nicht frage, was du dahinten im Wagen gemacht hast«, sagte Mom. »Und ich werde es auch nicht tun.«

Dann hielt sie sich ein Taschentuch zwischen die Lippen und entriegelte die Autotüren.

»Warte mal, wie alt bist du denn dann wirklich?«, fragte ich sie.

»Wer weiß?«

Sie griff nach ihrer Handtasche.

»Komm schon«, sagte Mom. »Raus mit dir.«

Ich stieg aus dem Wagen und streckte die Beine, die ganz verkrampft waren vom langen Kauern hinter dem Rücksitz.

»Wohin gehen wir?«, fragte ich.

Wir standen auf einem riesigen Parkplatz. Einer dieser Parkplätze, die so gigantisch sind, dass sie immer leer wirken, so wie ich mir die Parkplätze nach dem Ende der Welt vorstellte.

»In die Mall«, sagte Mom.

Ich musste den ganzen Tag mit Mom einkaufen gehen. Das sei meine Strafe, sagte sie. Sie schien absichtlich herumzutrödeln. Berührte die Weihnachtsbäume, die bei Macy's verkauft wurden, bestaunte die Kränze, die von der Decke hingen. Hielt eine Schüssel nach der anderen hoch, um sie mir zu zeigen.

»Ist die nicht hübsch?«, fragte sie.

»Ja«, sagte ich. Denn sie war wirklich hübsch.

»Aber begeistert sie dich?«, fragte sie.

»Nein«, sagte ich. »Nichts gegen die Schüssel. Aber ich war noch nie von einer Schüssel begeistert.«

Sie stellte sie zurück. So gingen wir durch das gesamte Kaufhaus, Mom fragte mich, ob mir bestimmte Dinge gefielen, und ich leugnete jegliches vergangene oder zukünftige Interesse an dem Gegenstand. Nein, ich habe keine Meinung zu Stehlampen, Mom.

»Aber weshalb genau bist du zur Mall gefahren?«, fragte ich schließlich.

»Pantoffeln«, sagte Mom.

»Warum hast du dann gesagt, du fährst zur Bücherei?«

»Ich habe meine Meinung geändert«, sagte Mom.

»Also hast du gelogen.«

»Ich habe meine Meinung geändert.«

»Fährst du *je* zur Bücherei, wenn du sagst, dass du hinfährst?«

»Manchmal«, sagte Mom.

Dann war Mom an der Reihe mit Fragenstellen.

»Was hast du hinten im Wagen gemacht, Missy?«

»Ich dachte, du wolltest mich nicht danach fragen.«

»Ich muss dich danach fragen. Ich bin deine Mutter.«

»Ich wollte weglaufen.«

»Aber warum?«, fragte Mom. Sie klang nicht wütend, nicht einmal überrascht. Eher neugierig, als hätte ich jedes Recht, davonzulaufen, wenn mein Grund dafür nur gut genug war.

»Ich kann's dir nicht erzählen«, sagte ich. »Es ist zu peinlich.«

»Die Wahrheit«, sagte Mom. »Haben wir irgendetwas getan, Sally? Sind wir so schlimm?«

Ich fühlte mich schrecklich, weil Mom glaubte, ich würde davonlaufen, weil sie irgendetwas getan hatte. Es hatte nichts mit ihr zu tun. Mom machte uns morgens vor der Schule Pfannkuchen, sie hatte ihren Beruf an den Nagel gehängt, um uns großzuziehen, sie spielte an Feiertagen Klavier, damit wir dazu singen konnten, und als ich sie letzte Woche gefragt hatte, ob ich zunehmen würde, wenn ich vier Tage lang nicht aufs Klo ging, hat sie nicht mal gelacht so wie du. Sie runzelte nur die Stirn und sagte: »Sally, wieso bist du vier Tage lang nicht aufs Klo gegangen?« Dann machte sie einen Termin beim Arzt für mich. Mom wollte, dass wir ewig lebten, und sie verlangte die Wahrheit. Und so erzählte ich es ihr.

»Alle in der Schule glauben, ich hätte zwei Vaginen«, sagte ich.

Mom lachte.

»Lach nicht!«

»Tut mir leid«, sagte sie. »Ich hätte nicht lachen sollen. Aber ich hätte nicht erwartet, dass du so etwas sagst. Ich meine, das ist doch sowieso unmöglich.«

»Eigentlich nicht«, sagte ich. »Ein paar Frauen haben zwei.«

»Woher hast du denn den Quatsch?«

»Aus der *Jillian Williams Show*.«

»Sally, genau deshalb solltest du solche Sendungen nicht gucken«, sagte Mom. »Das ist alles gestellt. Es ist nicht echt.«

»Es wirkte echt«, sagte ich.

»Aber warte mal«, sagte sie. »Wieso glauben deine Mitschüler, *du* hättest zwei Vaginen?«

»Ich *habe* keine zwei Vaginen.«

»Natürlich nicht. Ich bin deine Mutter. Ich weiß, wie viele Vaginen du hast.«

»Mom, sch«, sagte ich. »Wir sind hier in der Mall.«

»Ach, hier kümmert's keinen, worüber wir reden. Glaubst du, das interessiert irgendwen? Nein, Sally. Vagina, Vagina, Vagina! Siehst du? Es interessiert keinen. Das ist etwas, was du lernen musst. Den Leuten sind die meisten Dinge nicht so wichtig, wie du denkst. Sie werden das mit den zwei Vaginen vergessen. So sind die Leute.«

Und dann war es um sie geschehen. Mom blieb wie angewurzelt stehen. Schnappte nach Luft. Griff sich ans Herz. Sie ging in die Möbelabteilung und fing an, eine Couch zu streicheln, als wäre sie eine Perserkatze.

»Ist sie nicht wunderschön?«, fragte sie. »Ich finde, wir sollten diese Couch kaufen.«

»Brauchen wir denn eine neue Couch?«

»Darum geht's nicht«, sagte Mom. »Die Couch ist wunderschön.«

»Ich mag unser Sofa.«

Es war ein tolles Sofa, wie Dad fast jedes Mal bemerkte, wenn er sich darauf niederließ.

»Aber was ist mit dieser Couch?«, sagte Mom. »Es ist eine *Couch*. Sieh sie dir doch mal an.«

Ich sah sie mir an. »Sie ist sehr weiß.«

»Das ist doch der Punkt«, sagte Mom.

Mom erklärte, sie habe sich immer eine weiße Couch gewünscht, als sei es ein intimes Geständnis. Tante Beatrice habe eine weiße Couch gehabt, und sie habe schon, seit sie klein war, gewusst, dass nur ein bestimmter Typ Frau sich eine weiße Couch anschaffen könne. Eine Frau wie Tante Beatrice, die keine Kinder und zwei hypoallergene Pudel hatte.

Ich setzte mich darauf. »Ich glaub nicht, dass sie Dad gefallen würde.«

»Zu versuchen vorherzusehen, was deinem Vater gefällt oder nicht, ist keine Art zu leben, Sally.«

Eigentlich war es ziemlich einfach. Dad war sehr berechenbar. Er war wie ich. Ein Gewohnheitstier.

»Okay«, sagte ich. »Tja, mir gefällt die Couch nicht. Sie ist nicht besonders bequem.«

»Soll sie auch nicht sein«, sagte Mom.

Sie war der Auffassung, dass wir langsam erwachsen wurden und dass es an der Zeit sei, dass unsere Möbel es ebenfalls wurden.

»Du weißt doch, wie dein Vater ist«, sagte sie, und obwohl ich es tatsächlich wusste, erklärte sie es mir noch einmal. Wie, als Mom schwanger gewesen war und sie in unser Haus umgezogen waren, alle Möbel kinderfreundlich und leicht abwaschbar sein mussten – alles musste Dads Sicherheitsansprüchen genügen, keine Möbel aus Glas, nur abgerundete Ecken. Sie könne den Anblick einfach nicht mehr ertragen. Sie brauche etwas Schönheit in ihrem Leben. »Etwas Schönheit, mehr verlange ich gar nicht«, sagte sie.

»Ich würde gern diese Couch kaufen«, sagte Mom zu dem Verkäufer.

»Ich fürchte, die ist nicht mehr vorrätig«, sagte der Verkäufer.

»Aber sie steht doch direkt vor uns«, sagte Mom und legte die Hand auf die Couch.

»Das ist nur ein Ausstellungsstück«, erwiderte der Mann.

Der Verkäufer bestellte eine, die in drei bis vier Monaten geliefert werden sollte. Im April. Vielleicht erst im Mai. War das in Ordnung?

»Das ist eine lange Wartezeit«, sagte Mom.

Doch sie kaufte die Couch.

»Für so eine Couch? Das ist doch nichts«, sagte sie zu mir, als wir zurück zum Wagen gingen. »Ich würde ewig auf diese Couch warten.«

Natürlich hatten wir, als wir das Kaufhaus verließen, keine Ahnung, wie anders die Situation sein würde, als die Couch geliefert wurde. Wir konnten uns damals nicht vorstellen, dass du dann schon tot wärst.

Wie hätten wir es uns damals auch vorstellen können? Als wir nach Hause kamen, warst du da, saßt in deinem Winterparka auf der Veranda und hast dich gesonnt. Deine dicken Haare hingen über die Rückenlehne des Liegestuhls, und es kommt mir selbst heute unmöglich vor, dass ein Mädchen mit solchen Haaren je sterben könnte. Es sah aus wie der Beweis, dass du immer da sein würdest, von der Sonne beschienen, entspannt, vollkommen unbekümmert.

Und so ignorierte ich dich. Ging an dir vorbei direkt in die Küche. Nachdem ich das Lieferdatum in den Großen Kalender, wie Mom ihn nannte, eingetragen hatte, fühlte ich mich besser. Mir gefiel, wie unsere Zukunft vor mir ausgebreitet darin stand, so wie immer, und wie jede Woche aus winzigen weißen Quadraten bestand – jeder Tag ebenso hoch wie breit.

Aber sechs Wochen später warst du tot.

Tut mir leid, wenn dir das plötzlich vorkommt, aber so hat es sich für mich angefühlt. So fühlt es sich heute, fünfzehn Jahre später, immer noch an. Puff, einfach so! Sally, deine Schwester ist tot! Und jetzt geh in die Kirche.

Es gab keine Warnung. Keine Vorahnung. Ganz anders als in den Filmen, in denen die Schwester oft spürt, dass etwas Schlimmes passieren wird. Sie betrachtet ein schräges Gemälde an der Wand, und ein Schauer läuft ihr über den Rücken, oder sie wacht mitten in der Nacht mit einem schrecklichen Gefühl der Beklemmung auf, greift nach dem Arm der Person neben ihr und sagt: »Glen, ich glaube, mit meiner Schwester stimmt irgendetwas nicht«, und irgendwie spürt Glen es ebenfalls.

Aber ich spürte nichts. Dachte, es wäre nur ein weiterer Abend vor einem Schultag, an dem nichts passierte, an dem wir unsere Hausaufgaben machten, zu Abend aßen und dann nach oben gingen, um unsere Kleidung für den nächsten Morgen rauszulegen.

Aber als ich nach dem Abendessen nach oben ging, fand ich dich schon im Badezimmer vor, wo du dir die Zähne geputzt hast.

»Wieso putzt du dir die Zähne?«, fragte ich. Dafür war es noch zu früh – normalerweise machten wir das erst kurz vor dem Schlafengehen.

Ich sah zu, wie sich immer mehr Schaum in deinem Mund bildete, und dachte eine Sekunde lang, du wolltest etwas sagen. Dachte, wir würden wieder zusammen lachen wie früher. Aber du warst vernünftig. Hast ins Waschbecken ausgespuckt, die Zahnbürste zurück in den Becher gestellt und gefragt: »Wie riecht mein Atem?«

»Gut?«, sagte ich. »Nach Zahnpasta. Wieso?«

»Ich gehe heute Abend mit Billy aus.«

»Du gehst aus?«, fragte ich und folgte ihr in unser Zimmer. »Du kannst nicht mit Billy ausgehen.«

»Wieso nicht?«

»Es ist ein Abend vor einem Schultag.«

Die Abende vor einem Schultag waren heilig. Es waren die einzigen Abende, an denen ich Zeit mit dir verbringen konnte.

»Na und?«, hast du geantwortet. »Auf die meisten Abende folgt ein Schultag. Statistisch gesehen bedeutet das, dass sie gar nicht so wichtig sein können.«

Etwas anderes sei viel wichtiger: Billys Halbfinalspiel gegen Dalton an jenem Abend. »Dalton, Sally!«, hast du gesagt, als würde es dir etwas bedeuten, was ich mir nicht vorstellen konnte.

»Wenn sie gewinnen, haben sie die Chance, Landesmeister zu werden«, hast du hinzugefügt.

»Und Mom hat dir das erlaubt?«

Es kam selten vor, dass Mom ihre eigenen Regeln brach. Sie führte ein strenges Regiment, wie sie gern sagte, dann sah sie zur Bestätigung Dad an. »Was meinst du, Richard?« Dad trank dann erst einmal einen Schluck Bier. Normalerweise stellte er keine Regeln auf, doch er konnte ein Veto einlegen. Einmal hat er einen Ausflug in den Hershey Park abgeblasen, weil wir gelogen und behauptet hatten, wir hätten unser Zimmer aufgeräumt.

»Sie haben gesagt, es ist okay«, hast du gesagt, mit weniger

Begeisterung, als ich erwartet hätte – als hättest du nur einen erfolgreichen Geschäftsdeal mit ihnen abgeschlossen. »Ich bin sechzehn. Ich kann tun und lassen, was ich will. Wieso kümmerst du dich nicht um deinen Kram?«

Du hast dich näher an den Spiegel herangebeugt, um Moms Lippenstift aufzutragen. Dann hast du den überschüssigen Lippenstift mit einem Taschentuch entfernt, etwas, das ich bisher nur Mom im Auto hatte tun sehen, wenn wir in den Supermarkt oder die Mall fuhren. Eine vertraute Geste, aber sie an dir zu bemerken weckte wieder dieses seltsame Gefühl in mir wie an dem Morgen vor der Schule, als du dich neben unserer Küchenanrichte an Billy geschmiegt und »Glückwunsch, Baby« gesagt hast, nachdem Billy uns gezeigt hatte, dass er im Test über globale Zivilisationen sechzig Punkte bekommen hatte. Ich war verwirrt. Seit wann nanntest du ihn »Baby«? Und seit wann waren sechzig Punkte gut? Ich wäre in Tränen ausgebrochen, wenn ich sechzig Punkte bekommen hätte, auch wenn es nur ein Test war, aber Billy war zufrieden. Alles, was er brauche, sei ein Ausreichend, sagte Billy, weil er in jener Woche schon die Zusage für ein College bekommen hatte – ein Basketballstipendium für die Villanova University. Aber du warst erst in der Elften. Du musstest in deinen Tests und Klassenarbeiten noch Einsen schreiben, wenn du Billy eines Tages an die Villanova folgen wolltest.

»Sally, du musst dir für mich Notizen über die Rede zur Lage der Union machen, während ich weg bin«, hast du gesagt und dich vom Spiegel abgewandt. Und dann, einfach so, warst du wieder Kathy. Meine Schwester, die immer irgendwas von mir brauchte – was für eine Erleichterung. »Morgen schreiben wir ganz früh einen Geschichtstest darüber.«

Obwohl ich zugeben musste, dass ich mir gewünscht hätte, es

wäre etwas Wichtigeres. Etwas, bei dem es auch um deinen Freund ging.

»Was hat die Rede zur Lage der Union überhaupt mit Geschichte zu tun?«, fragte ich. »Sie wurde ja noch gar nicht gehalten.«

»Aber sie wird bald gehalten«, hast du gesagt. »Und sie wird eines Tages in die Geschichte eingehen. Man weiß nie, ob etwas Geschichte ist, wenn es gerade passiert. Hat zumindest Mrs Klausterman gesagt.«

Du hast dich wieder vorgebeugt, um Lidschatten aufzutragen.

»Aber woher weiß ich, was ich mir notieren soll?«, fragte ich. »Ich bin doch gar nicht in deinem Kurs.«

»Schreib einfach alles auf, was wichtig klingt«, hast du gesagt.

»Aber woher *weiß* ich, was wichtig ist?«

Das war in letzter Zeit für mich zum Problem geworden. Alles, was ich für wichtig hielt, stellte sich als unwichtig heraus. Wie Abende vor Schultagen. Wie die Sage von Philomele, über die ich mir zwei Seiten Notizen gemacht hatte, weil Mrs Framer fast zwanzig Minuten darüber gesprochen hatte, und dann kam sie nicht einmal im Test vor.

Du warst unbesorgt. »Du machst das schon. Du bist doch clever.«

Du hast zwei goldene Creolen aus deinem Schmuckkästchen genommen – aus echtem Gold, ein Weihnachtsgeschenk von Billy. Während du die eine angelegt hast, nahm ich die andere in die Hand.

Ich war überrascht, wie schwer sie war. Er fühlte sich real an, wie das Gewicht der Welt, in die du mit Billy eintreten würdest. Ich konnte den Gedanken nicht ertragen: Bald würde Billy aufs College gehen, und ein Jahr später würdest du ihm folgen. Und was wurde dann aus mir?

»Ich kann nicht glauben, dass Billy nächstes Jahr schon aufs College geht«, sagte ich.

»Wieso nicht?«, hast du gefragt.

Weil es Billy war, der Junge, der so dumm war, dass er vom Schuldach sprang. Der Junge, der sich immer Hals über Kopf auf einen Ball stürzte. Der Junge, der gleich die erste Frage in seinem Test über globale Zivilisationen falsch beantwortet hatte: *Wer war Sokrates?* Billy hatte keine Ahnung. Und so schrieb er: »Sokrates war ein Mann seiner Zeit.«

»Weil«, sagte ich, »er nicht mal weiß, wer Sokrates ist.«

»Was hat das damit zu tun?«, hast du gefragt.

»Ich finde nur, wenn man aufs College geht, sollte man wissen, wer Sokrates ist.«

»Wieso, ist das so eine Art Aufnahmetest? Glaubst du, den Basketballtrainer interessiert das? Willst du so jemanden heiraten?«

Du hast dich selbst im Spiegel betrachtet.

»Ich nehme dich, Billy, zu meinem Ehemann, in guten wie in schlechten Tagen, in Krankheit wie in Gesundheit«, sagtest du theatralisch. »Vorausgesetzt natürlich, du weißt, wer Sokrates ist.«

Ich lachte. Und schluckte.

»Du willst Billy heiraten?«, fragte ich.

Du warst noch zu jung, um zu heiraten. Aber du hattest schon Dinge mit ihm getan, die ich mir nie hätte träumen lassen, was wusste ich also schon?

»Vielleicht«, hast du gesagt. »Und jetzt gib mir den anderen Ohrring.«

Du hast den anderen Ohrring angelegt, als es an der Tür klingelte. Deine Hand hat gezittert, als könntest du irgendwie spüren, was dein Freund mit seinen eigenen Händen anstellte, und du ließest den Ohrring auf den Tisch fallen.

»Sag Billy, ich bin in einer Minute unten«, hast du mir aufgetragen. »Ach, und Sally, verrat Mom und Dad nicht, dass du die Notizen für mich machst. Mom lässt mich nicht aus dem Haus, wenn sie weiß, dass ich noch Hausaufgaben erledigen muss.«

Ich log Mom nicht gern an. Sie wusste immer Bescheid. Sie sagte, die Lügen würden sich als weiße Punkte auf unseren Fingernägeln manifestieren. Wenn sie den Verdacht hatte, dass wir nicht die Wahrheit sagten, befahl sie uns, die Hände auf den Tisch zu legen, und natürlich hatten wir diverse weiße Flecken auf den Nägeln. Wir gestanden – ja, wir hatten *Jillian Williams* geguckt. Ja, wir hatten Scherzanrufe gemacht. »Tut uns leid, Mom, tut uns wirklich leid«, aber Entschuldigungen waren nie genug. »Ab auf euer Zimmer«, sagte sie dann, »und kommt erst wieder raus, wenn ihr bereit seid, die Wahrheit zu respektieren.«

Aber an jenem Abend war ich bereit, das Risiko einzugehen. Nichts liebte ich mehr, als deine Geheimnisse zu bewahren. Das war das Einzige, was mir immer noch das Gefühl gab, deine Schwester zu sein.

»Ich erzähl's keinem«, sagte ich, dann rannte ich freudig nach unten, um Billy zu begrüßen.

»Billy!«, sagte Dad.

»Hallo, Billy«, sagte Mom.

Billy hatte wie üblich Blumen mitgebracht.

»Was ist der Anlass?«, fragte Mom, als sie sie in eine Vase stellte.

»Mein Dad pflegt zu sagen, dafür braucht man keinen Anlass«, antwortete Billy.

»Ein kluger Mann«, entgegnete Mom.

Du kamst nach unten gerannt und hast Billys Arm genommen. Es war ein schneller Abschied, schon vorbei, kaum dass er begonnen hatte. »Tschüss!«, hast du uns zugerufen, als wären wir alle eine Person, dann hast du die Tür zugeworfen. Mom hat sich ein Glas Wein eingeschenkt, Dad hat sich ein Glas Bier eingeschüttet, und sie haben angestoßen.

»Auf uns!«, sagte Mom.

»Alles ist nach Plan gelaufen, nicht?«, sagte Dad, dann zählte er die Beweise dafür auf: »Wir haben zwei wundervolle Töchter, wir fahren zweimal im Jahr in den Urlaub, wir haben sogar eine Veranda mit einem Wasserspiel, nicht zu vergessen ein neues Auto, das bei Crashtests hervorragend abgeschnitten hat.« So lautete Dads Toast.

»Und Billy«, fügte Dad hinzu. »Der ist auch nicht übel.«

»Ich mag Billy sehr«, sagte Mom.

»Er ist ein fantastischer Basketballspieler«, sagte Dad, denn das war das größte Kompliment, das er Billy machen konnte. »Ein großer Junge, der auch wirklich mit dem Ball umgehen kann.«

Mom steckte die Nase in den Blumenstrauß, den er mitgebracht hatte.

»An einem *Dienstag*«, sagte Mom. »So was von lieb.«

»Sein Vater ist Blumenhändler«, sagte ich schließlich, weil ich es nicht mehr aushielt. »Er kriegt sie umsonst.«

»Ach, Sally«, sagte Mom. »Sei doch nicht so.«

Sie tätschelte mir den Kopf, als hätte ich etwas Peinliches gesagt, dabei war sie diejenige mit orangefarbenen Pollen an der Nasenspitze.

»Du hast da was an der Nase«, sagte ich.

Mom ging zum Spiegel, und Dad legte den Arm um mich.

»Komm, wir gucken uns einen Film an«, sagte er, und ich folgte ihm ins Wohnzimmer.

Dad zappte durch die Kanäle, bis er einen Western fand. Ich weiß nicht mehr, welcher es war, aber ich erinnere mich, dass es ein Western war, weil der ganze Bildschirm gelb war; in Western ist immer alles gelb, als hätte die Welt zu lange in der Sonne gelegen und wäre schlecht geworden.

»Ah! John Wayne«, sagte Dad. »Der ist gut, Sally.«

»Worum geht's?«

Dad hatte es vergessen. Auf dem Bildschirm fingen Cowboys ohne ersichtlichen Grund an, Native Americans zu erschießen. Es gab viele Tote, aber kein Blut. Leute wurden über den Haufen geschossen wie Milchflaschen. Und eine blauäugige Frau, die von ihrem Mann im Apachengebiet zurückgelassen worden war, was alles war, was man über sie wusste. Aber es reichte, damit wir und John Wayne uns in sie verliebten. Ich erinnere mich, dass ich um sie bangte, als diverse Männer sich ihrer Hütte näherten, und dass ich mich fragte, ob sie überleben oder sterben würde, und dann erschien der Präsident auf dem Bildschirm und unterbrach das reguläre Programm.

»Also wirklich!«, rief Dad aus. »Der Mann gönnt einem aber auch keine ruhige Minute.«

»Das ist die Rede zur Lage der Union«, sagte ich. »Alle Präsidenten halten sie.«

»Aber der da hört sich ein bisschen zu gern reden, findest du nicht?«, fragte Dad.

Ich hatte keine Ahnung, wusste nicht allzu viel über Bill Clinton. Ich dachte fast nie an ihn. Alles, was ich wusste, war, dass es meine Pflicht war, mir seine Rede anzuhören.

»Ich muss mir Notizen machen«, sagte ich.

»Notizen? Worüber?«

»Alles, was der Präsident sagt, das wichtig ist«, sagte ich.

Dad lachte. »Ha! Viel Glück dabei«, sagte er und schaltete auf der Suche nach einer neuen Sendung um.

»Ich muss das gucken«, sagte ich, diesmal bestimmter. Ich setzte mich auf meine Hände, damit Mom meine Fingernägel nicht sehen konnte, nur für den Fall. Aber Mom, die vor uns zusammen-gerollt auf dem Boden lag, drehte sich nicht einmal um.

»Richard«, sagte sie. »Schalte den Präsidenten wieder ein.«

Mom war zwar keine Lehrerin mehr, aber sie hatte immer noch diese Stimme, die die Leute davon überzeugte, dass es ungemein wichtig ist, zu tun, was auch immer sie nicht tun wollen. So brachte sie Dad dazu, den Präsidenten wieder einzuschalten. Aber er gab sich nicht kampflos geschlagen.

»Soll ich dir ein Geheimnis verraten, Sally?«, fragte Dad.

»Ja«, sagte ich.

»Der einzige Grund, warum deine Mutter die Rede zur Lage der Union sehen will, ist, dass sie auf den Präsidenten steht«, sagte Dad.

Ich erwartete, dass es Mom peinlich war, dass sie ihm widersprechen würde, aber sie tat es nicht. Ich war die Einzige, die peinlich berührt war. Mom war bei ihrem zweiten Glas Wein. Sie zuckte nur die Achseln und sagte: »Er hat sehr ansprechende Gesichtszüge.«

»Ladys und Gentlemen«, verkündete der Präsident. »Unsere Union ist stark.«

Alle im Publikum erhoben sich und klatschten lange und ausdauernd.

»Notierst du dir das auch, Sally? Das ist ganz wichtig. Eine Menge Leute klatschen«, scherzte Dad.

»Mach ich«, sagte ich. Ich wusste zwar, dass Dad Witze machte, aber ich tat es nicht. Wir konnten unmöglich jetzt schon wissen, was sich als wichtig erweisen würde – erst wenn die Rede vorbei, wenn der Test geschrieben war. Das hatte ich heute gelernt. Und so beschloss ich, alles aufzuschreiben, was der Präsident sagte, nur für den Fall.

Der Präsident trug einen schwarzen Anzug.

Er hatte Tränensäcke unter den Augen.

Und er wirkte sehr müde.

Aber dies war keine Zeit, um sich auszuruhen.

Es war eine Zeit, um:

ein neues Amerika aufzubauen.

Diabetes zu heilen!

Und Aids!

Der Präsident wollte viele Dinge retten, wie zum Beispiel das Sozialversicherungssystem. Die Nationalparks. Von den Kindern ganz zu schweigen. Alle wurden eingeladen, sich an der Diskussion zu beteiligen, wie man die Kinder retten könne. Die Möglichkeiten dazu waren vielfältig.

»Dies ist eine neue Welt«, sagte der Präsident.

»Wohl wahr«, stimmte Dad ihm zu.

Er trank einen Schluck Bier. Dann räusperte er sich, was bedeutete, dass er etwas verkünden wollte. »Wir leben in einer großartigen Zeit, weißt du? Früher war das Leben schwerer.«

Gründe dafür, dass das Leben früher schwerer war, waren Dad zufolge: Würden wir noch »anno Tobak« leben, hätte ich schon zwei Kinder, und du wärst schwanger mit dem dritten, und wir würden nachts über eine endlose Prärie irren, auf der Suche nach Wasser. Falls wir Wasser fanden, was unwahrscheinlich war, würden wir auf eine Klapperschlange treten.

»Schon gut, Richard«, sagte Mom. »Lass uns einfach die Show ansehen.«

»Das ist keine Show, Mom«, sagte ich. »Es ist die Rede zur Lage der Union.«

»Ach, klar ist das Show«, widersprach Dad. »Guck dir all die applaudierenden Leute an.«

In dem Moment klingelte das Telefon. Wir waren so in die Rede vertieft, dass niemand abnahm.

»Na, will nicht endlich jemand rangehen?«, sagte Mom schließlich.

»Ich mach mir gerade Notizen!«, sagte ich.

»Ich dachte, wir sollten uns *die Show ansehen*!«, sagte Dad.

»Na ja, irgendwer sollte rangehen«, sagte Mom. »Bin ich hier die Einzige im Haus, die ans Telefon geht?«

»Wieso sollte *ich* rangehen?«, fragte Dad. »Es ist sowieso nie für mich.«

»Woher willst du das wissen, Richard?«

»Weil ich keine Freunde habe.«

Mom fand das amüsant. »Natürlich hast du Freunde, Richard.«

»Nenn mir einen«, sagte Dad, der jetzt ebenfalls lachte. »Nenn mir einen Freund, den ich habe.«

Doch Mom fiel keiner ein. Sie sah besorgt aus, bis ihr John einfiel. Aus dem Club!

»Du meinst Frank? Aus dem Fitnessclub?«, fragte Dad. »Frank und ich sind keine Freunde. Wir sind nur Leute, die zusammen ins Fitnessstudio gehen. Wir machen zusammen Sit-ups. Frank hält meine Knöchel.«

Mom lachte. Sie wirkte leicht angetrunken.

»Tja, das ist doch was, Richard«, sagte Mom. »Immerhin etwas.«

Mom wirkte leicht beunruhigt darüber, dass Dad keine Freunde hatte. Sie selbst hatte jede Menge Freundinnen. Freunde zu haben sei wichtig, wie sie mir immer versicherte. Mom war mit einigen Freunden mal auf Rucksacktour in Europa gewesen, hatte dort ein Marmorschachbrett gekauft, war um drei Uhr morgens über den leeren Marktplatz von Amsterdam gerannt und wünschte sich für mich das Gleiche. Mom glaubte, wir seien auf dieser Welt, um *zusammen zu sein*, weshalb sie ständig mit Mrs Mitt oder Mrs Mountain telefonierte und gemeinsame Fahrten zum Supermarkt organisierte, damit niemand allein hinfahren musste.

Aber Dad war wie ich. Er war ständig allein. Dadurch bekam er Dinge erledigt. Er konnte in seiner Holzwerkstatt arbeiten, mit einem dicken fetten Buch und einem trüben Bier auf der Veranda sitzen und die Stille genießen. Komplett freundlos zu sein sei, worum es beim Vatersein ginge, sagte Dad.

»Wozu brauche ich denn Freunde?«, sagte Dad. »Dafür habe ich doch euch.«

So hatte ich das auch immer gesehen. Aber plötzlich war es mir peinlich, keine Freunde zu haben. Wie Dad zu sein.

»Na gut, ich geh ran!«, sagte ich, denn wenn unsere Eltern sich weigerten, etwas zu tun, wurde es zu deiner Aufgabe; es sei denn, du warst nicht da, dann wurde es zu meiner. »Ist wahrscheinlich eh für mich.«

Ich verließ das Fernsehzimmer, ging durch die Küche, und in dem Moment, als ich die Hand auf den Hörer legte, verstummte das Klingeln.

»Hallo?«, sagte ich, aber es war nichts zu hören. Nur das Freizeichen. Ich legte wieder auf, und in der darauffolgenden Stille hörte ich Moms und Dads Stimmen aus dem Wohnzimmer.

»Gib's zu!«, sagte Dad. »Du stehst auf den Präsidenten.«

Mom lachte. Ich liebte ihr Lachen. Ihr Lachen war dein Lachen, und es ließ Dinge lustiger klingen, als sie waren.

»Richard!«, sagte Mom. »Sei nicht albern.«

»Nur, wenn du es zugibst«, sagte Dad. Dann murmelte er so leise, dass ich es kaum hören konnte: »Gib zu, dass du den Präsidenten der Vereinigten Staaten vögeln willst.«

»Na schön«, sagte Mom. »Gut. Okay. Ich will den Präsidenten vögeln. Bist du jetzt zufrieden?«

»Sehr«, sagte Dad.

Panik stieg in mir auf, während ich in der Küche stand. Ich hatte keine Ahnung gehabt, dass es Leute auf der Welt gab, die den Präsidenten der Vereinigten Staaten vögeln wollten. Das klang irgendwie krank. Als wäre es ein Verbrechen. Wie etwas, das ich Mom erzählen sollte – aber sie wusste es schon. Sie hatte kein Problem damit, und selbst Dad wirkte fast glücklich darüber.

Hä?

Wärst du da gewesen, wäre das Ganze lustig gewesen. Wir hätten uns angesehen und gelacht, bis wir auf dem Küchenboden zusammengesackt wären. Aber du warst nicht da – du warst ausgegangen. Wahrscheinlich war Billys Spiel schon vorbei, und ihr wart auf dem Weg nach Watch Hill. Wahrscheinlich war die Musik laut aufgedreht, und seine Hand lag auf deinem Oberschenkel. Oder vielleicht wart ihr schon da und habt, umgeben von unberührtem Schnee, auf dem Parkplatz geknutscht. Vielleicht lagst du auf dem Rücken, und dein Freund lag auf dir drauf, zog dich aus, saugte an deinen Titten – denn so nannte Billy sie, wie du mal erzählt hast, und ich war entsetzt. *»Titten?«*, fragte ich. Ich konnte mir nicht vorstellen, wie Billy das Wort in den Mund nahm. Doch du hast gesagt: »Ja. Aber das ist nun mal, was sie sind, Sally. Titten.«

Mir wurde schlecht.

Ich wäre am liebsten nach oben gegangen und ins Bett gekrochen. Stattdessen kehrte ich ins Fernsehzimmer zurück. Ich war noch nicht fertig mit meinen Notizen. Als ich mich setzte, konnte ich Mom und Dad nicht einmal ansehen; irgendwie schienen sie gar nicht mehr Mom und Dad zu sein.

»Wer war dran?«, fragte Mom.

»Niemand«, sagte ich. »Es wurde auch keine Nachricht hinterlassen.«

»Telefonverkäufer«, sagte Mom. »Die hinterlassen nie eine Nachricht. Daran erkennt man sie.«

Ich zuckte die Achseln, wusste nichts über Telefonverkäufer. Aber ich wusste, dass Mom aus irgendeinem Grund gern glauben wollte, dass es ein Telefonverkäufer war. Sie aß weiter Popcorn, trank Wein und wirkte ganz zufrieden mit ihrer Entscheidung, nicht ans Telefon zu gehen. Ausnahmsweise mal nicht das Dienstmädchen zu spielen.

»Notierst du dir auch das Wichtigste?«, fragte Dad.

»Ja«, sagte ich.

Der Präsident fuhr fort: Dies sei das Informationszeitalter. Wir dürften Krankheiten nicht als Waffe benutzen. Müssten mit anderen Ländern kooperieren. Aber nichts davon klang noch wichtig. Das einzig Wichtige am Präsidenten war, dass Mom ihn vögeln wollte. Und dass es Dad aus irgendeinem Grund nichts auszumachen schien. Er saß einfach nur da, trank Bier und mampfte Brezeln.

»Willst du auch welche?«, fragte er mich.

»Nein.«

Ich spürte, wie sich ein seltsamer Schmerz in meiner Brust ausbreitete. Mom saß jetzt ganz nah am Fernseher, als hätte sie ein Date mit dem Präsidenten.

Dies ist Amerika.

Dies ist der Planet Erde.

Und damit war die Rede zur Lage der Union beendet.

»Gott sei Dank«, sagte Dad, und der Western ging weiter. Aber es war mittlerweile schon zehn Uhr am Abend, und der Film war fast vorbei, was bedeutete, dass die Native Americans alle tot waren.

Ich ging nach oben und wartete im Dunkeln auf dich. Ich übte, was ich zu dir sagen würde, wenn du nach Hause kamst, und wie ich es sagen würde. Beschloss, sofort damit herauszuplatzen, noch bevor du deine Ohrringe abnehmen konntest, bevor du auch nur ein Wort über Billy und die verblüffenden Stellen sagen konntest, an denen er dich am Strand berührt hatte. Ich würde mit tiefer, ernsthafter Stimme scherzen: »Ich weiß nicht, wie ich es dir beibringen soll, Kathy, aber Mom will den Präsidenten der Vereinigten Staaten vögeln.«

Du würdest geschockt reagieren. »Nein!«

»Aber es stimmt!«, würde ich erwidern, und dann würden wir uns ausschütten vor Lachen, so wie damals auf dem Gehsteig, wo wir »Scheiße, Scheiße, Scheiße, Scheiße, Scheiße« wiederholt hatten, bis alle schlimmen Dinge auf dieser Welt nur noch ein Witz waren.

Aber du warst spät dran. Und ich wurde müde. Ich schlug dein Notizbuch auf und schrieb in Großbuchstaben MOM WILL DEN PRÄSIDENTEN VÖGELN hinein, damit du es sahst, sobald du nach Hause kamst.

Am nächsten Morgen verschliefen wir. Wir wachten erst auf, als Billy an die Tür klopfte.

»Scheiße«, hast du gesagt, bist ins Bad gerannt, hast dir beim Pinkeln die Zähne geputzt und einen Apfel gegessen, während du dir gleichzeitig die Haare gekämmt hast. Dann, bevor du los bist, hast du mich angesehen. »Sally, wo sind die Notizen über die Rede zur Lage der Union?«

»Die sind fertig«, sagte ich.

»Kann ich sie haben?«, hast du gefragt.

Und vielleicht, wenn du »bitte« gesagt hättest …

Vielleicht, wenn du nett gefragt hättest …

Vielleicht, wenn du gesagt hättest: »Danke, Sally, dass du dir Notizen über die Rede zur Lage der Union gemacht hast, während ich mit meinem Freund rumgemacht habe.« Aber du hast es nicht getan.

»Nur wenn Billy mich zur Schule bringt«, sagte ich.

»Was? Das war nicht Teil der Abmachung.«

»Tja, war halt keine gute Abmachung.«

»Sally, du bist meine Schwester«, hast du gesagt. »Schwestern tun sich gegenseitig Gefallen.«

»Wann hast du mir denn zuletzt einen Gefallen getan?«

»Weiß ich ehrlich gesagt nicht mehr. Aber er kann dich nicht zur Schule bringen. Die Hendrick liegt in der entgegengesetzten Richtung. Wir kommen zu spät zum Test!«

»Na und?«, sagte ich und achtete darauf, es genauso zu sagen wie du. »Ist doch nur ein Test. Wen kümmert's?«

»Mich«, hast du gesagt. »Ich muss eine gute Note kriegen.«

Du hast mich angefleht. Etwas über Villanova gesagt. Etwas darüber, dass du zu den besten zehn Prozent deiner Klasse gehören müsstest.

»Es geht um meine *Zukunft*, Sally«, hast du gesagt.

Doch ich ließ mich nicht erweichen. Ich wollte nicht über deine Zukunft mit Billy an der Villanova nachdenken. Ich wollte, dass du hierbleibst, in diesem Haus, für immer.

»Dann hättest du vielleicht gestern Abend zu Hause bleiben sollen«, sagte ich.

»Sally! Komm schon. Wieso bist du so?«

Ich hätte es dir sagen können. Hätte dir erklären können, wie dieses Jahr für mich gewesen war, was die Jungs im Bus mit mir gemacht hatten, wie es sich anfühlte, dich jeden Tag ein kleines bisschen mehr zu verlieren.

Aber du warst in Eile. Und so schwieg ich trotzig. Hielt die Notizen hartnäckig hinter meinem Rücken versteckt. Ich hatte die Nase voll davon, dass du alles bekamst, was du wolltest. Du hast versucht, sie mir wegzunehmen, hast jedoch danebengegriffen, und ich war froh drüber.

»Na schön«, hast du gesagt und deinen Mantel geschnappt. »Komm schon.«

Du hast auf der Fahrt nicht mit mir geredet. Ich weiß nicht, ob es daran lag, dass du sauer auf mich warst, oder ob du nur damit beschäftigt warst, dir vor dem Test zu merken, was der Präsident gesagt hatte. Aber zu dem Zeitpunkt war es mir egal. Ich hatte bekommen, was ich wollte. Ich saß auf Billys Rücksitz und fühlte mich wie eine Königin, als wir an Rick Stevenson vorbeifuhren und Billy die Musik aufdrehte. Die Counting Crows.

»Los geht's«, sagte Billy.

»Gib Gas«, hast du gesagt. »Ich darf nicht zu spät zum Test kommen.«

»Jawohl, Ma'am«, sagte Billy.

Du hast dich dem Notizbuch zugewandt, und Billy trat aufs Gas. Er legte eine Hand auf deinen Oberschenkel. Als er vor einer Ampel in der Main Street hielt, schaute er in den Rückspiegel und fing an, mit mir zu reden.

»Und, wie findest du's, Holt?«, fragte er.

»Wie finde ich was?«, fragte ich zurück.

»Na, das Auto.«

Bis jetzt hatte mich noch nie jemand gefragt, wie ich sein Auto fand.

»Ich habe keine Meinung zu Autos«, sagte ich.

»Ach, klar hast du eine«, sagte er. »Du denkst doch ständig über irgendwas nach, Holt. Ist quasi dein Job.«

»Woher weißt du das?«, fragte ich, verwirrt, dass Billy an irgendeinem Punkt Schlussfolgerungen über mich gezogen hatte.

»Weil du immer so aussiehst, als wolltest du irgendwas sagen, es dann aber nicht tust.«

Am liebsten hätte ich ihn gebeten, weiter von mir zu sprechen; ich wurde rot. Schaute aus dem Fenster. Die ganze Zeit hatte ich keine Ahnung gehabt, dass Billy sich tatsächlich Gedanken über mich machte. »Tja, über Autos denke ich selten nach«, sagte ich.

Dann erzählte ich ihm alles, was ich über Autos wusste, also alles, was ich gelernt hatte, indem ich Dad in dem Jahr zuhörte, in dem er versuchte, sich für einen neuen Wagen zu entscheiden: Ein Subaru ist ein guter Wagen, weil alle anderen Autos Todesfallen sind. Ausnahmslos.

Er lachte. »Na, großartig.«

»Ich meine, deins ist nett. Es ist unheimlich sauber.«

Ich fuhr mit der Hand über das Leder des Rücksitzes. »Ja«, sagte er, als wäre das das einzige Manko an dem Wagen. »Manchmal ist es mir *zu* sauber. Als wär's ein Mietwagen.«

Dein Freund erklärte mir, ihm gefielen Autos, die ein bisschen eklig waren; wie sein alter, der so eklig war, dass er schon wieder cool war. Einmal hatte er eine ganze Packung Butter auf dem Rücksitz gefunden, hatte jedoch keine Ahnung, wie sie dorthin gekommen war. Er klang stolz, als wäre das der Stoff, aus dem echte Autos gemacht waren. Butter.

Der neue Wagen hatte eine Automatikschaltung. Ein weiterer Nachteil, sagte Billy. Er lege gern einen neuen Gang ein. Das schaffe eine Verbindung zum Wagen. Als wäre er ein Teil deines Körpers.

Ich stimmte ihm zu, obwohl ich noch nie am Steuer eines Autos gesessen hatte. Außer wenn Dad uns auf seinem Schoß die Straße runterfahren ließ. Das machte Mom fuchsteufelswild, aber Dad verstand nicht, was das Problem war.

»Ich hab alles unter Kontrolle, Susan«, sagte er.

Als die Ampel auf Grün sprang, brauste Billy die ruhige Main Street hinunter, ließ die Einkaufsmeile hinter sich. Da hast du schließlich von dem Notizbuch aufgesehen.

»Mom will den Präsidenten vögeln?«, hast du gefragt.

»Was hast du gesagt?«, wollte Billy wissen. Er stellte die Musik leiser. Wieder wurde ich rot. Ich hatte total vergessen, was ich in dein Notizbuch geschrieben hatte. Selbst das mit Mom und dem Präsidenten.

»Oh mein Gott«, hast du gesagt. Du hast dich zu mir umgedreht und angefangen zu lachen, genau wie ich es mir gewünscht hatte. »Sally, wieso hast du das da reingeschrieben? Ich muss die Notizen Mrs Klausterman geben.«

»Warte mal, wer will den Präsidenten vögeln? Deine Mom?«, fragte Billy.

»Sieh dir das an«, hast du gesagt und das Notizbuch hochgehalten. »Sieh dir an, was Sally geschrieben hat.«

Und Billy sah es sich an.

Es ist so schnell passiert. Das hat Dad immer über Unfälle gesagt. »Es braucht nur eine Sekunde, einen Blick, Mädels, einen Moment der Unaufmerksamkeit, und plötzlich fällt ein Schraubenschlüssel sechshundert Meter tief von einem Mobilfunkmast. Und Herr im Himmel, diesmal ist er Jim auf den Kopf gefallen, und Jim hatte keinen Schutzhelm auf, und jetzt läuft Jim für den Rest seines Lebens der Haferbrei aus dem Mund, weil dieser Idiot den Schraubenschlüssel nicht an seinem Gürtel gesichert hatte.«

»Scheiße!«, rief Billy.

Mitten auf der Straße stand ein Hirsch. Ein blöder Hirsch. Und Billy wollte ihn nicht überfahren. Er hatte es nicht kommen sehen. Der Hirsch blieb einfach auf der Straße stehen, rührte sich nicht, als hätte er auf uns gewartet. Billy lenkte den Wagen unvermittelt nach rechts, auf einen Baum zu.

»Billy!«, hast du geschrien.

Und das war's – das war dein letztes Wort. So habe ich es der Polizei erzählt. Ich wollte, dass es im offiziellen Bericht steht. Hatte das Gefühl, dass die Leute das erfahren sollten; dass du im letzten Augenblick nach Billy gerufen hast, obwohl er dich gerade umbrachte. Weil du ihn so sehr geliebt hast.

DIE FRANZÖSISCHE REVOLUTION (UND ANDERE ÄUSSERST WICHTIGE MOMENTE DER GESCHICHTE)

Ich bin mir nicht ganz sicher, was ich dir über deinen eigenen Tod erzählen soll. Die Leute in der Leichenhalle sagten zu Mom und Dad, es sei so schnell gegangen – ein stumpfes Kopftrauma –, dass du gar nichts mitbekommen hast. Bei ihnen klang das wie etwas Gutes, als wäre dir dadurch das Wissen um deinen eigenen Tod erspart geblieben.

Aber ich ließ mich davon nicht täuschen. Ich saß auf einem der blauen Stühle der Leichenhalle, und mir war klar, du würdest alles über deinen Tod erfahren wollen, so wie du wissen wolltest, ob Billy sich im Freibad mit Lisa unterhielt, ob du Spinat zwischen den Zähnen hattest oder ob deine Haare sich nach einem Sommergewitter kräuselten.

Und mir war klar, es war meine Aufgabe, dir die Wahrheit zu sagen, denn wenn ich es nicht tat, hast du in den Spiegel geschaut und gesagt: »Sally, wieso hast du mir nicht gesagt, dass meine Haare sich kräuseln?«, und genau das war der Grund, warum ich es dir nicht erzählt hatte. Du klangst, als wärst du wütend auf mich, als wäre ich dein Haar, deine Hässlichkeit, die dir auf Schritt und Tritt folgte, dich von allen Seiten attackierte.

Aber heute bin ich viel älter. Achtundzwanzig. Ich weiß vieles, was ich nicht wusste, als ich auf dem blauen Stuhl saß und darauf wartete, deinen Leichnam zu identifizieren. Ich weiß, dass es

Dinge gibt, die man lieber nicht wissen sollte, was wohl auch der Grund war, warum Billy mir nach dem Unfall befahl, dich nicht anzusehen. »Schau nicht hin!«, rief er, aber ich guckte trotzdem hin, weil du meine Schwester warst und es mir falsch vorkam, nicht hinzusehen, als würde ich dich im Tod allein lassen.

Aber manchmal, wenn ich mir vor dem Spiegel die Haare kämme, mir die Zähne putze, mein Gesicht eincreme, mit meinem Verlobten auf einem Balkon in New York City lache und einen Moment lang vergesse, dass es dich je gegeben hat (verblüffend, dass das überhaupt möglich ist), schließe ich die Augen, und dann sehe ich deine Zähne vor mir. Sie waren hämorrhagisch, wie im Autopsiebericht vermerkt war. So blutig, dass mir ganz anders wird.

Das ist alles, was ich für den Moment dazu sagen werde. Denn es gibt noch andere Dinge – bessere Dinge –, die du garantiert wissen willst. Wie zum Beispiel die Tatsache, dass Billy sich dem Beifahrersitz zuwandte, sich über deinen Körper beugte und so entschlossen und ausdauernd »Kathy!« rief, dass ich glaubte, er müsse dich lieben. Glaubte, je lauter Billy schrie, desto mehr würdest du zum Leben erwachen. Wie bei dem Applausometer aus *Der Preis ist heiß*; je lauter dein Freund schrie, desto höher wurde die rote Zahl im Fernsehen, und du würdest gewinnen. Dich erheben und dein Leben zurückgewinnen. Deinen Preis.

Aber du hast dich nicht gerührt. Warst offensichtlich tot. Trotzdem fragte ich unablässig: »Ist sie tot?«, als wüsste nur Billy die Wahrheit über den Tod. Aber Billy antwortete nicht. Rief nur weiter: »Sally, schau deine Schwester nicht an!« Dann fügte er hinzu. »Geh Hilfe holen!«

Es war das erste Mal, dass Billy mich Sally nannte, seit jenem Tag, an dem er mir im Schwimmbad das Leben gerettet hatte. Das machte die Situation ernst – zu ernst –, als würde das alles wirklich passieren. Als wärst du tatsächlich tot. Also stieg ich aus, und als ich losrannte, um Hilfe zu holen, dachte ich die ganze Zeit: War das wirklich meine Schwester? War das *Kathy*?

Ich klopfte an die rote Tür eines Hauses, doch in dem Moment wurde sie schon von einer Frau aufgerissen. Ihre Kinder standen am Fenster. Sie hatte den Knall gehört. Hatte den Notdienst alarmiert. Doch das erschien mir nicht genug. Sie begriff nicht. Hatte dich nicht gesehen. »Sie müssen meiner Schwester helfen!«, schrie ich, und in dem darauffolgenden Schweigen fiel mir das weiße Schweißband um ihren Kopf auf. Ich hörte den Fernseher im Hintergrund. Sah die Frau auf dem Bildschirm, die im Takt der Musik von Gloria Estefan die Beine hob. Aerobic.

Als ich zum Wagen zurücklief, hatte ich das Gefühl, als hätte der Unfall nichts mehr mit mir zu tun. Es sah aus wie eine Szene aus einem dieser schrecklichen Filme, die wir manchmal mit Dad ansehen mussten. Die Cops sagten ständig: »Komm schon, Junge, du musst sie loslassen«, und der Freund – der weit blutüberströmter war, als ich Billy in Erinnerung habe – entgegnete wieder und wieder: »Nein, ich lasse sie nicht zurück!« Die Cops sagten mit tiefer Cop-Stimme, die typisch für sie ist: »Du musst, Junge. Wir müssen den Unfallort räumen«, als wäre es in jedermanns Interesse nachzugeben, aber dein Freund sah das ganz anders. Er hatte fast überall blutige Schrammen im Gesicht – sein Kiefer war an drei Stellen gebrochen, wie ich später erfuhr –, und doch war seine einzige Pflicht als Freund, bei dir zu bleiben. Er schüttelte die Cops ab und rannte zurück zum Wagen, um seine Freundin ein letztes Mal zu umarmen, weil ihm gerade etwas Wichtiges klar geworden war. Jetzt, ganz am Ende, verstand er, wie sehr er dich liebte. Er erkannte, dass dies seine letzte Chance war, es dir zu sagen, und was für ein Idiot er gewesen war. Warum hatte er es dir nicht früher gesagt? Wie dumm er gewesen war! »Ich liebe dich, Kathy«, rief Billy wieder und wieder und wieder. Dann schlug er die Hände vors Gesicht und weinte durch die Lücken zwischen den Fingern hindurch, denn so, wie ich erfuhr, weinte dein Freund.

»Es war ein Unfall!«, erklärte ich den Beamten. »Das ist meine Schwester! Lassen Sie mich dahin!«

Jetzt waren sie um mich besorgt. Sie brachten mich zur Rückseite eines Krankenwagens, wo meine Vitalfunktionen überprüft wurden. Ich sei unversehrt, sagte ein Sanitäter, was sehr enttäuschend für mich war. Ich war vollkommen gesund. Hatte nicht einen Kratzer abgekriegt.

»Sind Sie sicher?«, fragte ich.

Während ich dasaß, wartete ich die ganze Zeit darauf, dass mir jemand verkündete, ich sei tot. Mir ein Stethoskop auf die Brust presste und sagte: »Sie ist kaputt.« Aber dann sah ich mich selbst im aufblitzenden Krankenwagenfenster. Sah meinen Pferdeschwanz hoch oben auf meinem Kopf, so wie ich es mochte. Die Schnapp-armbänder, immer noch alle vier an meinem Handgelenk. Mom und Dad, die auf mich zu rannten, als wäre ich noch am Leben.

Ich war unversehrt. Aber Billy nicht. Billy hatte eine blutende Kopfwunde. War mit dem Gesicht gegen das Lenkrad geprallt, als wir gegen den Baum fuhren. Er musste sofort ins Krankenhaus. »Komm schon, Junge«, beschworen die Polizisten ihn erneut, und er war zu erschöpft oder zu angeschlagen, um sich noch länger zu wehren. Er stieg in den Krankenwagen und war verschwunden.

Keiner von uns verabschiedete sich von ihm. Aber das war okay. Ich dachte ständig, ich würde euch beide bald wiedersehen. Und so saß ich einfach nur da und sah zu, wie die Cops Fotos von dir im Wagen machten.

Während wir warteten, stellte ein Cop mir Fragen. Wie war es zu dem Unfall gekommen? War Billy absichtlich ausgewichen? War er leichtsinnig gefahren? Hatte er so schnell gegen den Baum fahren wollen? Was für eine Art Freund war er? Und wieso fragten sie mich das? Glaubten sie etwa, Billy hätte das mit Absicht getan? Dass es Billys Schuld war? Es war meine Schuld. Ich hatte Billy gezwungen, mich zur Schule zu fahren, und er hatte es getan, weil er ein guter Freund war.

»Er ist ein sehr guter Freund«, sagte ich zu ihnen. Er benutze immer höflich die Türklingel. Bringe uns Tulpen mit. Esse Moms Kartoffelsalat mit einer Begeisterung, die wir nicht aufbringen konnten. »Er ist verrückt nach Moms Kartoffelsalat.«

Aber der Cop sagte nur »Ich glaube, sie hat einen Schock« zu einem anderen Polizisten, den ich überraschenderweise kannte. Er arbeitete als ehrenamtlicher Trainer der Mädchenfußballmannschaft an der Mittelschule, und alle nannten ihn aus irgendeinem Grund Jelly Roll. Ich hatte nie begriffen, warum. Er war nicht fett. Ich hatte ihn noch nie einen Doughnut essen sehen. Er hatte ständig einen grünen Smoothie dabei. Aber immer, wenn die coolen Mädchen wie Lia McGree ihn im Flur trafen, riefen sie »Jellyyyy Roll«, und Jelly Roll klatschte sie ab.

Mich klatschte er nicht ab. Er sah mich an, als wäre ich kein Mädchen, das man abklatschte, sondern eins, das man bemitleidete, und ich verabscheute ihn dafür, dass er alles an diesem Morgen so real wirken ließ.

»Wo ist meine *Schwester*?«, fragte ich schließlich. »Geht es ihr gut? Ist sie noch im Wagen?«

»Wieso trinkst du nicht einen Schluck Wasser?«, sagte Jelly Roll. »Ich glaube, du bist im Moment ein bisschen verwirrt.«

Und vielleicht hatte er recht. Vielleicht war ich verwirrt. Denn ich weiß noch, dass ich dir etwas sehr Wichtiges sagen wollte, sobald ich heute Abend nach Hause kam. Ich stellte mir vor, wie du auf dem Bett liegen und sagen würdest: »Erzähl mir alles. War es aufregend? War Billy am Boden zerstört? Hat er versucht, mich zu retten?«

Aber es dauerte eine halbe Ewigkeit, bis wir wieder zu Hause waren. Wir mussten zur Polizeiwache. Dann in die Leichenhalle. Wusstest du, dass wir eine Leichenhalle in der Stadt haben? Ich nicht. Aber natürlich gab es eine. Jede Stadt braucht einen Ort, wo man die Toten aufbewahrt, und unsere lag zwischen McDonald's und dem Highway. Das schien mir kein passender Ort zu sein, aber so war es eben.

Ich war überrascht, dass die Leichenhalle ein ganz normales Gebäude war, wie alle anderen auf der Welt. Fast wie ein Krankenhaus, bis auf all die toten Menschen im Untergeschoss.

»Lassen Sie mich zu meiner Tochter!«, sagte Mom, als ein Arzt aus der Tür trat.

Überflüssig zu erwähnen, dass Mom und Dad außer sich waren. Seit ihrer Ankunft am Unfallort schwankten sie zwischen Schreien und Weinen. Und jetzt, hier in der Leichenhalle, schrien sie immer noch. Beziehungsweise Mom. Mom wollte dich sehen. Doch der Arzt ließ es nicht zu. Er war unheimlich ruhig, wie er da in seinem weißen Kittel vor dem Eingang stand, wie der Türsteher der Unterwelt.

»Es tut mir leid, Sie können nicht zu ihr«, sagte er.

In der Hand hielt er zwei goldene Creolen.

»Gehören die Ihrer Tochter?«

»Ich weiß nicht«, sagte Dad und rieb sich verstört die Wangen. Kniff sich in die Nasenwurzel, so wie er es immer tat, wenn er sich wünschte, in die Zeit vor dem Moment zurückreisen zu können, in dem er den Wagen des Bürgermeisters von hinten gerammt oder Kaffee auf dem Teppich verschüttet hatte. »Ich erkenne sie nicht. Sie könnten jedem gehören.«

Mom hörte dem Arzt nicht zu. Würdigte die Ohrringe keines Blickes. Mom wollte mehr sehen als ein Paar Ohrringe.

»Lassen Sie mich zu meiner Tochter!«, schrie sie.

Aber der Arzt war ein Profi. Stand da in seinem weißen Kittel mit dem Kuli in der Tasche und einer Khakihose, die Haare zurückgegelt – unglaublich, dass er sich tatsächlich die Haare nach hinten gelte. Dass es Leute gab, die ihr ganzes Leben in einer Leichenhalle verbrachten. Leute wie dieser Arzt standen jeden Morgen auf, duschten, benutzten Eau de Cologne und frisierten sich, um in der Leichenhalle gepflegt zu wirken.

»Ich kann Sie nicht zu ihr lassen«, sagte er. »Es tut mir leid. Sie ist nicht mehr Kathy.«

Das war sicher etwas, das man ihm beigebracht hatte zu sagen, etwas, das dafür sorgen sollte, dass die Angehörigen sich besser fühlten, aber für mich war es das Schlimmste, was ich je gehört hatte. Du warst nicht mehr Kathy. Aber wenn du nicht mehr Kathy warst, wer warst du dann?

Dann haben alle mich angesehen.

»Ja«, sagte ich schließlich. »Das sind ihre Ohrringe.«

Und in dem Moment, in dem Mom anfing zu schreien und an die Brust meines Vaters sank, kam es mir vor, als hätte ich dich endgültig getötet.

Es war vorbei. Mom und Dad unterzeichneten irgendwelche Papiere. Der Arzt gab mir deine Ohrringe. Sie lagen schwer in meiner Handfläche, wie zwei Fossilien, aus Schutt geborgen. Ich wusste nicht, was ich damit anfangen sollte, also steckte ich sie kurzerhand in die Tasche. Der Türsteher klemmte sich das Clipboard unter den Arm. Dad legte Mom den Arm um die Schultern. Und dann taten wir etwas vollkommen Verrücktes: Wir verließen das Gebäude und ließen dich dort zurück. Traten durch die Tür zurück in die Welt, und der Arzt ging wieder in den Keller, wo er den schönen Tag mit deiner Leiche verbringen würde.

Auf der Heimfahrt gab es kein Geschrei mehr. Mom und Dad schwiegen, auf eine schreckliche Art. Jetzt war es Gewissheit – du warst tot, und wir waren wieder nur Leute in einem Auto. Wie konnte das sein? Das Ende der Welt war gekommen, und doch mussten wir immer noch Dinge tun wie Straßenschilder beachten oder vor Ampeln stehen bleiben. Dad umklammerte das Lenkrad, und Mom drehte sich immer wieder mit tränenüberströmtem Gesicht zu mir um, um mir die Hand zu drücken. Aber dann schaute sie wieder auf die Straße, es wurde ganz still, und es war immer noch möglich, so zu tun, als wäre nichts von alldem passiert. Als wären wir nur auf dem Weg zum Kino. Oder zur Mall, um dir für Billys Abschlussball ein Kleid zu kaufen.

Aber dann erreichten wir die Main Street, und eine rote Ampel wollte einfach nicht auf Grün umspringen. Wir standen so lange davor, dass jemand das Radio hätte anmachen sollen, doch niemand tat es. Musik war bedeutungslos geworden.

In der Stille vor der roten Ampel umklammerte Dad das Lenkrad noch fester. Mom starrte aus dem Fenster, als würde sie nach dir Ausschau halten. Eine Bewegung im Wald. Ein Hund rannte über die Straße. Ich hatte das Gefühl, jemand sollte etwas sagen, denn wenn niemand etwas sagte, würde es nie wieder etwas zu sagen geben.

»Ist die Ampel kaputt?«, fragte ich.

Niemand wusste es. Niemand wusste irgendwas über die Ampel. Niemand wusste überhaupt irgendwas, außer Mom, wie es schien.

»Manchmal dauert es eben solange«, sagte Mom.

Man darf nicht vergessen, dass Mom auf eine Art mit der Stadt verbunden war, die Dad völlig abging. Sie war Mitglied im Eltern-Lehrer-Ausschuss. Im Ernährungsausschuss. Das würde sich in den kommenden Wochen als wichtig erweisen – Mom würde überall, wohin sie auch ging, von Frauen umringt sein, Dad dagegen würde sich zum Trauern zurückziehen wie ein sterbender Wolf. Immer im Haus. In seinem Wagen. In seinem Büro. Dad gehörte, wie mir klar wurde, zu niemandem in der Stadt, außer zu uns.

»Wirklich?«, sagte Dad.

»Ja.«

»Ich kann mich nicht erinnern, dass es schon mal solange gedauert hätte«, sagte Dad.

Ich wartete. Bitte, werd grün, flehte ich innerlich. Bitte, werd grün. Aber es wurde nicht grün. Es gab keine Gnade. Dad schlug aufs Lenkrad. Ein leises Hupen ertönte. Als wären wir in einem Clownmobil unterwegs.

»Wo haben sie Billy hingebracht?«, fragte ich.

»Ins Krankenhaus«, sagte Mom.

»Wird er wieder gesund?«

»Wissen wir nicht«, sagte Dad.

»Können wir ihn besuchen?«

»Sally«, sagte Dad. »Bitte hör auf, nach Billy zu fragen.«

»Ich will doch nur wissen, ob er wieder gesund wird.«

»Wir wissen es nicht, Liebes«, sagte Mom.

»Wär besser für ihn, wenn nicht«, sagte Dad. »Wenn der Junge noch lebt, bringe ich ihn um. Wirklich.«

Dann war es im Wagen wieder ruhig. Die Ampel war immer noch rot.

»Das ist doch lächerlich«, sagte Dad.

Er konnte nicht mehr warten. Trat aufs Gas, überfuhr zum vielleicht ersten Mal im Leben eine rote Ampel, und Mom schrie, flehte ihn an, wie ein normaler Mensch zu fahren, denn: »Unsere andere Tochter ist noch im Wagen, falls du es vergessen hast.«

»Ich weiß, dass unsere Tochter im Wagen sitzt!«, schrie Dad.

Und wir reden hier über unseren Vater, den Mann, der immer »Konzentriert euch« rief, wenn wir zu viele Einkaufstüten ins Haus schleppten. Unser Vater, der unserer Mutter immer noch nicht erlaubte, Glasmöbel mit scharfen Kanten zu kaufen, obwohl wir schon im Teenageralter waren. Unser Vater, der gelben Malerkrepp auf die oberste Treppenstufe klebte, damit wir auch ja nie vergaßen, dass es die oberste war. Unser Vater, der du bist im Himmel, geheiligt werde dein Name. Das wiederholte ich wieder und wieder, als wir nach Hause fuhren, als ich die Treppe zu unserem Zimmer hinaufging und deine goldenen Ohrringe zurück in die kleine Schublade deiner Schmuckkassette legte, damit du wusstest, wo du sie findest.

Nach deinem Tod gingen wir in die Kirche. So waren wir in unserer Familie – nie religiös, bis wir es sein mussten. Wir beteten nie, bis wir unsere Schlüssel verloren. Gingen nicht in die Kirche, bis Mrs Mitt anrief und fragte, ob ich die Erstkommunion mit Valerie zusammen feiern wolle.

»Natürlich bekommt Sally ihre Kommunion«, hatte Mom gesagt.

Wir waren schließlich katholisch, oder? Wir waren getauft. Waren über ein Taufbecken gehalten und in der Kirche willkommen geheißen worden. Mom ließ mich das wunderschöne weiße Kleid anprobieren, das du bei deiner Erstkommunion getragen hattest, und ich hatte das Gefühl, ein Kostüm für ein Stück anzuprobieren, in dem es darum ging, eine gute Katholikin zu sein. Und du weißt, wie sehr ich es verabscheute, in Theaterstücken mitzuspielen, ganz zu schweigen von einem, in dem ich etwas beichten sollte. Einem Priester! Aber du hast gesagt, das wäre kinderleicht.

»Alles, was du tun musst, ist, in die kleine Kammer zu gehen und dem Priester das Schlimmste zu gestehen, was du je getan hast«, hast du gesagt.

»Aber wieso?«

»Damit er dir vergeben kann.«

»Und wofür?«

»Für die schreckliche Sache, die du getan hast.«

»Was, wenn ich gar nichts Schreckliches getan hab?«

Du hast gelacht. »Alle tun schreckliche Sachen. Selbst du, Sally.«

Der Trick dabei sei, nicht zu viel darüber nachzudenken. Wenn man zu viel darüber nachdachte, konnte man sich zwischen all den scheußlichen Dingen, die man getan hatte, gar nicht mehr entscheiden. Und so versuchte ich, mir keinen Kopf zu machen. Ich stieg in den Wagen, wo Dad ein Baseballspiel im Radio hörte. Mom sah in den Spiegel und legte Lippenstift auf. Ich beschloss zu sagen, was auch immer du bei deiner ersten Beichte gesagt hattest.

»Was hast du dem Priester denn erzählt?«, fragte ich dich.

»Ich hab mich kurz gefasst«, hast du gesagt. »Ich hab mich dafür entschuldigt, dass ich die Jungs in meiner Klasse gekniffen hab.«

Aber ich würde nie einen Jungen kneifen. Würde nie einem Lehrer widersprechen, die Angestellten bei der Essensausgabe schikanieren oder jemandem Milch über den Kopf gießen. Ich war eine gute Schülerin. Still. *Sehr großzügig*, wie die Lehrer schrieben. Eine Buchstabierwettbewerbssiegerin, die vor der Mittagspause die Tafel abwischt.

»Es muss ja nicht Kneifen sein«, hast du eingewandt. »Kann auch irgendwas anderes sein, was du falsch gemacht hast. Was hast du in letzter Zeit falsch gemacht?«

Es war zu schrecklich, um es zuzugeben: Bei Grandpas Trauerfeier wartete ich, bis alle das Wohnzimmer verlassen hatten, dann ging ich zum Kaminsims, öffnete die Urne und spähte hinein. Wenn das da wirklich Grandpa war, würde ich etwas von ihm mit nach Hause nehmen. Ich fasste hinein, griff mir eine Handvoll, und im nächsten Moment stand Grandma neben mir und gab mir eine schallende Ohrfeige.

»Was glaubst du, was du da machst?«, fragte sie. »Das ist keine blöde Keksdose, in die du deine Hand reinstecken kannst! Das ist mein *Ehemann*!«

Danach wusste ich nicht, ob ich mir die Hände waschen sollte oder nicht. Es kam mir falsch vor, Grandmas Ehemann den Abfluss hinunterzuspülen. Also behielt ich sie auf der Heimfahrt in der Tasche. Ich schämte mich so sehr dafür, dass ich nicht einmal dir davon erzählte.

»Mir fällt echt überhaupt nichts ein«, sagte ich zu allen im Wagen.

»Du musst ja nicht unbedingt etwas *getan* haben«, sagte Mom. »Es könnte auch etwas sein, was du empfunden hast. Was war dein schlimmstes Gefühl in letzter Zeit?«

»Na ja«, sagte ich. »Also, wenn ich ganz ehrlich sein soll, ich mag Grandma nicht besonders.«

»Endlich gibt es jemand zu«, sagte Dad.

Mom wurde sauer. »Sally! So etwas Schreckliches sagt man aber nicht über seinen einzigen Großelternteil, der noch am Leben ist.«

»Ich dachte, es *müsste* etwas Schreckliches sein«, sagte ich.

»Tja, *das* kannst du nicht beichten«, sagte Mom. »Deine Großmutter liebt dich. Sie fährt den ganzen weiten Weg vom Meer hierher, nur um dich Sünderin zu sehen. Hab ich recht, Richard?«

Mom sprach immer davon, dass Grandma vom Meer kam, als würde sie darin leben, so wie Ursula in *Die kleine Meerjungfrau*, die Menschen in ihren wilden Stürmen zu ertränken versuchte.

»Deine Mutter hat recht, Sally«, sagte Dad.

»Aber manchmal ist sie schon ein bisschen gemein«, hast du eingeworfen.

»Eure Großmutter hatte ein schweres Leben, Mädels«, sagte Dad. »Versetzt euch mal in ihre Lage und fragt euch, wie es gewesen ist, während der Weltwirtschaftskrise aufzuwachsen.«

Ich fühlte mich schrecklich, als ich Grandma bei meiner Kommunion in der Kirche sah, aufgetakelt in einem orangefarbenen Hosenanzug, mit blauem Lidschatten und einer Perlenkette um den Hals. Ich ließ den Kopf hängen, versuchte, sie mir als junges Mädchen auf einem kleinen Boot vorzustellen, leidend, im Wind zitternd. Aber nach der Zeremonie auf dem Parkplatz war ich in meinem weißen Kleid ganz aufgedreht. Ich fühlte mich wie reingewaschen! Von etwas Schrecklichem befreit. Von mir selbst.

Wir fuhren mit unseren Eltern nach Hause, zu der kleinen Feier in unserem Garten, mit Mini-Hotdogs und Zitronenkuchen, an denen wir uns gütlich tun würden; unsere Partys waren damals so klein, dass sie auf einem Klapptisch auf dem Rasenstück zwischen den Häusern Platz hatten, trotzdem kamen sie mir riesig vor. Aber gegen Ende des Abends fühlte ich mich ausgefüllt. Als wäre ich wieder ich selbst. Würde mit beiden Beinen fest auf dem Boden stehen. Ich aß Süßes. Vermied es, Grandma anzusehen, die am Tisch saß und mich beobachtete.

»Sally«, sagte Grandma. »Komm her. Zeig uns mal, was du mit deinem hübschen Kleid angestellt hast.«

Ich ging hin. Zeigte ihnen mein weißes Kleid, das beim Fangenspielen mit Rick Stevenson und Peter Heart schmutzig geworden war. Mom war das egal. »Ach, wen kümmert das Kleid?«, sagte sie. »Ich kriege keine Kinder mehr. Von mir aus kann Sally es ruinieren.«

Dad war es auch gleichgültig. Er sagte: »Was soll man da machen? So sind Kinder nun mal. Sie ruinieren alles«, was Mom ihm übel nahm.

»Es ist schrecklich, so etwas über Kinder zu sagen, Richard«, sagte Mom.

Aber Grandma sah mich nur an. Sie konnte die Wahrheit über mich sehen, bis tief in mein verdorbenes Herz hinein.

»Sally, was hast du dazu zu sagen?«

Mir fiel nichts ein.

»Warum lässt du die Katze nicht aus dem Sack?«, fragte Grandma.

Das sagte sie ständig zu mir. Aber ich verstand es nicht. Hatte sie vergessen, dass unsere Katze tot war? Das wir Doctor im Garten begraben hatten?

»Was stimmt nicht mit dir, Sally? Wieso machst du den Mund nicht auf?«, fragte Grandma. »Was stimmt nicht mit ihr, Susan? Das Kind ist viel zu schüchtern.«

War ich wirklich viel zu schüchtern?

»Sally ist nicht schüchtern«, hast du widersprochen.

Aber das überzeugte Grandma nicht. Ich ging ihr für den Rest des Abends aus dem Weg. Beziehungsweise für den Rest ihres Lebens. Ich sah sie erst aufgebahrt im Bestattungsinstitut wieder. Sie wirkte schockierend klein, kein bisschen wie eine Meerhexe. Grandma war nur ein Mensch gewesen, und jetzt war sie tot; ich schämte mich dafür, dass ich Angst vor ihr gehabt hatte, dass ich mich weigerte, auf ihrer Beerdigung zu sprechen. Ich sei zu schüchtern, erklärte ich Mom. Grandma hatte recht gehabt. Und was hätte ich zu dem Zeitpunkt noch sagen sollen, außer: »Tut mir leid«?

Auf deiner Beerdigung habe ich mich ebenfalls geweigert, eine Rede zu halten. Der Gedanke, vor der versammelten Stadt aufzustehen, machte mich nervös. Und so saß ich still auf der ersten

Bank zwischen Mom und Dad und erstellte im Geiste eine Liste all der Dinge, die die Leute über dich sagten:

Du warst ein wunderschöner Engel.

Wie eine Kerze im Wind.

Die warmen Sonnenstrahlen auf unseren Gesichtern.

Der Grund, warum Sonnenblumen in die Höhe wuchsen.

Es erstaunte mich, mit welcher Leichtigkeit die Leute Dinge über dich sagten, wie selbstbewusst sie klangen, wenn sie behaupteten, du wärst jetzt an einem besseren Ort.

Dann war es vorbei, und all die Menschen strömten in unser Haus, aßen Apfelkuchen und schwirrten um unsere Mutter herum, die katatonisch auf ihrem Stuhl am Küchentisch saß. Sie redeten immer weiter:

»Wie schrecklich«, sagte Mrs Mountain. »Ein furchtbarer Unfall.«

»Ein dummer Unfall«, sagte Tante Beatrice. »Dumm, dass der Junge so schnell gefahren ist.«

»Er sollte verhaftet werden«, sagte Mrs Mitt.

Verhaftet?

»Aber Kathy hat ihn gebeten, schneller zu fahren!«, sagte ich schließlich, denn das stimmte. Aber alle im Raum sahen mich an, als wäre ich verrückt geworden, selbst Mom und Dad. »Sie hat ihn angefleht, er soll Gas geben.«

»Sally, sei still«, befahl Dad.

Billy hatte mir nur einen Gefallen getan, als er mich zur Schule fuhr, obwohl er absolut keine Zeit dazu hatte. Wenn es Billys Schuld war, dass du tot warst, dann war es auch meine – das wusste ich mit absoluter Gewissheit. »Es stimmt«, sagte ich. Aber niemand wollte es hören. Sie weigerten sich, dir die Schuld an dem Unfall zu geben.

»Sally, geh nach oben in dein Zimmer!«, schrie Dad, ohne mich anzusehen. Seit deinem Tod schien es ihn zu schmerzen, mich anzuschauen, als wäre es zu schwierig, ein Mädchen zu sehen und sich gleichzeitig an ein anderes zu erinnern.

Für den Rest des Abends sprach ich kein Wort mehr. Fühlte mich seltsam unwillkommen in unserem Haus. Ich ging in unser Zimmer, wo ich hingehörte. Schaltete das Licht aus und starrte an die Decke, wo wir immer noch zusammen waren. KATHY und SALLY, im Dunkeln leuchtend.

»Was glaubst du, macht Billy gerade, *in diesem Moment?*«, fragte ich, aber du hast nicht geantwortet.

Billy kam nicht zur Beerdigung. Es tat ihm sehr leid, machte ihn ganz krank. Als er die Intensivstation verlassen konnte, schrieb er uns einen Brief, um sich zu entschuldigen, und nachdem er aus dem Krankenhaus entlassen worden war und nach Hause kam, entschuldigte er sich noch einmal online bei mir.

Ja, ich chattete von deinem Konto aus. Aber ich tat es nur einmal, danach löschte ich es, weil all deine Freunde hektisch Nachrichten schickten, um zu sehen, ob du buchstäblich von den Toten auferstanden warst. Selbst Billy war es unheimlich.

Wer bist du?, schrieb er, sobald ich mich einloggte.

Ich bin's nur, Sally, schrieb ich zurück.

Oh, antwortete er.

Tut mir leid, ich wollte dich nicht verwirren.

Kein Grund, sich zu entschuldigen, schrieb er. Ich bin derjenige, der sich entschuldigen sollte.

Eine lange Pause entstand.

Tut mir auch leid, dass ich nicht zur Beerdigung gekommen bin, schrieb er schließlich.

Du warst doch im Krankenhaus, antwortete ich. Niemand macht dir einen Vorwurf.

Deine Eltern hassen mich bestimmt.

Sie hassen dich nicht.

Unsere Eltern waren sich nicht einig, was Billy betraf. Abends diskutierten sie oft darüber, was sie tun sollten. Verklagen oder nicht verklagen? Das war hier die Frage.

Dad war für verklagen. Wollte Billy anzeigen.

»Der Junge hat es verdient, bestraft zu werden«, sagte er. »Was hat er sich dabei gedacht, so die Main Street runterzurasen?«

Aber Mom war sich nicht sicher, ob das etwas ändern würde. Sie war auch schon fünfzig Meilen pro Stunde auf der Main Street gefahren. Und sie war seit deinem Tod zur guten Katholikin geworden. Glaubte nicht, dass Billy zu bestrafen uns dabei helfen würde, uns besser zu fühlen. Stattdessen schlug sie vor, für ihn zu beten.

»Für ihn *beten*?« Dad lachte auf.

»Mrs Barnes sagt, es geht Billy nicht gut«, sagte Mom. Sie erzählte uns, sein gebrochener Kiefer habe mit einer Drahtschienung verschlossen werden müssen, die er mehrere Wochen tragen müsse. »Sie sagt, er kann nicht mal sprechen. Oder essen. Er weint die ganze Nacht, quält sich.«

»Wieso erzählst du mir das, Susan?«

»Weil sie mich um ein Treffen gebeten hat«, sagte Mom. »Sie glaubt, es wäre hilfreich, wenn Billy sich persönlich bei uns entschuldigen könnte.«

»Wieso sollte ich mir den Kopf darüber zerbrechen, was Billy helfen könnte?«, sagte Dad. »Der soll uns bloß nichts vorheulen. Wir haben schon genug am Hals.«

»Vielleicht würde es uns auch guttun«, sagte Mom. »Es könnte heilsam sein.«

»Nein«, sagte Dad. »So etwas kann man nicht heilen, Susan.«

Dad rieb sich das Kinn, auf dem Bartstoppeln wuchsen. Seit deinem Tod hatte er aufgehört, sich zu rasieren und zur Arbeit zu gehen. Er nahm auch kein Flohsamenschalen-Pulver mehr – es schien ihm egal zu sein, wie oft er aufs Klo ging. Er wirkte fremd auf mich, wie ein wildes Tier, dem Haare um den Mund sprossen, das immer wütend war.

»Diese Frau will ihn uns nur hier zu Hause präsentieren, damit wir Mitleid mit ihm bekommen«, sagte Dad. »Damit wir sie nicht verklagen und um den letzten Penny bringen. Das könnten wir, weißt du? Wir könnten sie verklagen und um den letzten Penny bringen.«

»Es war doch ein Unfall, Richard«, sagte Mom. »Gerade du müsstest das doch verstehen.«

»Ja, es war ein Unfall«, sagte Dad. »Aber weißt du, warum Unfälle passieren? Weil Menschen unvorsichtig sind. Weil Menschen nicht aufpassen, was sie tun. Und es tut mir leid, aber dafür müssen sie bestraft werden.«

Aber ich wollte Billy nicht bestrafen. Ich war nicht wütend auf Billy. Alles, was ich in den Monaten nach deinem Tod wollte, war, mit ihm zu reden. Während Mom und Dad in der Küche über Billys Schicksal stritten, redete ich insgeheim online mit ihm. Je wütender Dad in der Küche auf Billy wurde, desto hektischer tippte ich auf die Tastatur ein.

Ich hasse dich nicht, schrieb ich. Ich weiß, es war ein Unfall. Weiß, dass du zu schnell gefahren bist, weil sie dich darum gebeten hat. Und du hast nur versucht, den Hirsch nicht totzufahren.

Dieser gottverdammte scheiß Hirsch, schrieb Billy. Ich hätte ihn einfach überfahren sollen.

Er sah den Hirsch ständig vor sich. In seinen Albträumen. In seinen Träumen. Und selbst im Traum konnte er ihn nicht überfahren. Der Hirsch kam immer davon. War schnell im Wald verschwunden, bevor Billy ihn erreichen konnte.

Es ist ja auch ein Hirsch, schrieb ich. Und du wusstest nicht, was passieren würde. Weil du nicht in die Zukunft sehen kannst. Du bist ja kein Prophet.

Tja, das stimmt definitiv, schrieb Billy. Das wissen wir jetzt mit absoluter Sicherheit. Billy Barnes: definitiv kein Prophet.

In jenem Februar stellte Billy mir fast jeden Abend Fragen. Hast du Zeit zu reden? Wie geht's dir? Und wie *war* die Beerdigung eigentlich? Findest du die Frage komisch?

Vielleicht.

Ich war trotzdem froh, dass er sie stellte.

Bisher hatte sie mir noch niemand gestellt, weil alle, die ich kannte, auf der Beerdigung gewesen waren. Aber ich redete gern über die Beerdigung. Ich wünschte, ich hätte bis in alle Ewigkeit auf der Beerdigung bleiben können. Denn da warst du immer noch bei uns, mitten in der Kirche. Und alle anderen, die wir kannten, waren ebenfalls da. Priscilla. Valerie. Unsere Cousins und Cousinen. Leute, die im Sportunterricht mit dir Sit-ups gemacht haben. Ehemalige Grundschullehrerinnen. Geno aus unserer Straße. Die alte Dame, die uns an Halloween immer große Snickers-Riegel schenkte. Sogar Shelby und Lisa, die Rettungsschwimmerin. Sie trugen enge schwarze Kleider; Lisas hatte winzige dreieckige Löcher an den Seiten. Ich starrte sie an, als sie mich umarmte und mir von ihrer Lieblingserinnerung an dich erzählte: Als ihr in Bio eine Schnitzeljagd gemacht habt, bei der der Lehrer euch aufgetragen hat, die seltsamsten Dinge in euren Tüten zu sammeln wie Raupen oder Hirschkot, was, wie Lisa sagte, nur ein überkandideltes Wort für Scheiße ist; es sei ziemlich seltsam, aber verdammt lustig gewesen.

»Wie auch immer«, sagte Lisa. »Mein Beileid.«

Jeder hatte eine Geschichte über dich zu erzählen, die ich noch nicht kannte. Jeder außer mir, wie es schien, hatte etwas zu deinem

Tod zu sagen; wie konnte das sein, wo ich doch die Einzige war, die dabei gewesen war? Und doch gingen alle zum Rednerpult und nannten dich einen Engel, einen leuchtenden Stern; Priscilla beugte sich sogar dicht über das Mikro und sagte: »Ich weiß, Kathy ist jetzt im Sonnenlicht und im Gesang der Vögel«, und mir war gar nicht bewusst, wie sehr mich all das ärgerte, bis ich es Billy online beschrieb.

Das ergibt doch keinen Sinn, schrieb ich Billy. Ich meine, man kann doch nicht gleichzeitig ein Engel, ein leuchtender Stern und ein Vogel sein.

Stimmt, sagte er. Das sind drei völlig verschiedene Dinge.

Und ich habe ganz vergessen, was ich antworten muss, wenn der Priester »der Leib Christi« sagt, schrieb ich. Meine Kommunion war schon so lange her, dass ich nicht mehr wusste, ob es »amen« oder »danke« ist, ob es heilig oder höflich sein sollte, und es kam mir komisch vor, mich zwischen beidem entscheiden zu müssen.

Und was hast du am Ende gesagt?, wollte Billy wissen.

Ich hatte »danke« gesagt.

Aber als ich zur Bank zurückging, wusste ich nicht, ob ich die Hostie kauen oder auf der Zunge zergehen lassen sollte. Denn wenn das wirklich der Leib Christi war, kam mir Kauen falsch vor. Und so schaute ich zu Dad hinüber, um zu sehen, wie er es machte, doch er hatte die Lippen zusammengepresst. Dann blickte ich zu Mom hinüber, doch sie hatte das Gesicht in die Hände gelegt. Dann schaute ich dich an, aber du lagst in deinem Kasten, undurchschaubar. Schwer zu sagen, was du gemacht hast.

Und so habe ich gekaut.

Ich glaube nicht, dass man kauen sollte, schrieb Billy.

Tja, zu spät, entgegnete ich.

Danach gingen wir zu Celine Dions »Because You Loved Me« aus der Kirche, was ein bisschen peinlich war, weil es ein peinlicher

Song war, und man könnte meinen, es wäre unmöglich, am Tag der Beerdigung der eigenen Schwester peinlich berührt zu sein, aber wie sich herausstellte, geht das tatsächlich überall.

Zu deiner Verteidigung, Kathy mochte den Song nicht, schrieb Billy.

Das wollte ich den Leuten auch die ganze Zeit sagen, schrieb ich. Ich wollte zum Mikrofon gehen und sagen: Eigentlich mochte Kathy Ace of Base lieber.

Haha, schrieb Billy. Von Janet Jackson ganz zu schweigen.

Aber ich schätze, solche Songs kann man auf einer Beerdigung nicht spielen.

Nein, antwortete Billy. Das wäre wohl unpassend.

Und so sind wir zu Celine Dion aus der Kirche marschiert, dann folgte das Begräbnis. Wusstest du übrigens, dass Leute nicht in Anwesenheit der Familie begraben werden? Ich nicht.

Ich wusste über tote Menschen nur, was ich in Dads Filmen gesehen hatte, und dort lassen sie den Sarg dramatisch ins Grab hinunter, während die Familie weint.

Im wahren Leben heben sie den Leichnam (so nennen sie es, den Leichnam) über das Grab, und alle werfen ihre Rosen hinein, gehen davon, steigen in ihren Wagen und vertrauen darauf, dass zwei fremde Angestellte ihn noch vor Sonnenuntergang begraben.

Und Billy meinte: Das wusste ich tatsächlich.

Er war letztes Jahr auf einer Beerdigung. Auf der seiner Großmutter. Seine Großmutter war Polin gewesen. Eine wirklich beeindruckende Dame. Kam im Alter von vierzehn nach Amerika, wurde in einem riesigen Koffer durch Kanada geschmuggelt. Sie habe richtig gute Piroggen gemacht, sagte er.

Ich hab noch nie Piroggen gegessen, schrieb ich.

Was?, schrieb er zurück. Wie ist das möglich?

Sie sind mir halt noch nie begegnet.

Aber sie sind überall, schrieb er. Oh mein Gott, Sally. Du musst unbedingt Piroggen probieren. Lass alles stehen und liegen und iss Piroggen.

Aber das ging nicht. Ich musste mich auf den nächsten Schultag vorbereiten.

»Sally, hast du alles für die Schule fertig?«, fragte Mom schon seit einer halben Stunde.

Nein. Hatte ich nicht. Das mit der Schule kam mir absurd vor. Wie konnten die Leute von mir erwarten, in einer solchen Zeit zur Schule zu gehen? Aber ich musste, wie Dad mir befohlen hatte, ins Leben zurückkehren.

Können wir irgendwann mal wieder quatschen?, fragte Billy. War wirklich schön, mit dir zu reden.

Klar, schrieb ich. Ich bin morgen online.

Nach deinem Tod habe ich nur drei Wochen Schule verpasst, aber in Geschichte waren zweitausend Jahre vergangen.

»Während du weg warst, ist das Heilige Römische Reich zerbrochen«, erklärte mir Peter Heart. Peter hatte alles für mich notiert, was ich verpasst hatte, und er klang ganz aufgeregt. »Jetzt ist es 1806, und wir sind in Frankreich, kurz nach der Französischen Revolution. Der König und die Königin sind tot. Das Volk rebelliert. Doch dann kommt Napoleon, praktisch aus dem Nichts. Aus Korsika! Was übrigens gar nicht so richtig zu Frankreich gehörte.«

Dann gab er mir ein Notizbuch. »Hier, da steht alles drin.«

»Danke«, sagte ich.

Er wirkte unzufrieden mit meiner Reaktion, als hätte er mehr als ein Dankeschön erwartet. Aber ich hatte nicht mehr zu sagen, und Mr Klein klatschte in die Hände, sagte »Setzt euch« und schrieb NAPOLEON an die Tafel. »Das Erste, was ihr über Napoleon wissen solltet, ist, dass er nicht so klein war, wie alle glauben.«

Anscheinend beruhte diese Annahme auf einem Missverständnis. Etwas, das mit dem französischen Messsystem zu tun hatte. Damit, dass Amerikaner von nichts eine Ahnung hatten außer von Amerika.

Nach dem Unterricht sagte Mr Klein zu mir: »Während deiner Abwesenheit haben alle Themen zur Französischen Revolution aus meinem Hut gezogen, und jeder hat über sein Thema ein Referat gehalten.«

Aber er habe geschummelt und mir das beste Thema aufgehoben. Das Thema, das alle Jungs haben wollten.

»Kannst du dir denken, was es ist?«

Nein, konnte ich nicht.

»Die Guillotine«, sagte er. »Lass dir ruhig Zeit mit den Recherchen. Gib mir Bescheid, wenn dein Referat fertig ist.«

Auch im Aufklärungsunterricht hinkte ich hinterher. Ich hatte alle Geschlechtskrankheiten verpasst, wie mir Valerie erklärte. Valerie hatte ebenfalls für mich Notizen gemacht. Gab mir ein Informationsblatt, das unsere Lehrerin ausgeteilt hatte. Ein Diagramm, das Mrs Klusspuss selbst gezeichnet hatte. Die Linien waren so gerade, dass es tatsächlich beeindruckend war.

Aids kann jeden treffen. Selbst Verliebte! Aids ist es egal, ob man verliebt ist oder nicht. HIV ebenfalls.

»Warte mal«, sagte ich. »Was ist HIV?«

»Das ist Aids«, antwortete Valerie.

»Was ist der Unterschied zu Aids?«

»Es kommt vor dem Aids«, sagte Valerie.

»Kommt nach Aids auch noch was?«

»Auf jeden Fall der Tod.«

In allen Fächern hatte jemand Notizen für mich gemacht, und ich konnte nicht anders, ich war gerührt. Ich hatte nicht geahnt, dass meine Klassenkameraden so nett sein konnten. Bevor du gestorben bist, waren die meisten mir gegenüber gleichgültig, wenn nicht sogar ein bisschen gemein. Aber jetzt war sogar Rick Stevenson freundlich zu mir. Genau genommen hat er mir sogar am ersten Morgen an der Bushaltestelle sein Beileid ausgesprochen.

»Das mit deiner Schwester tut mir leid«, sagte er.

Anfangs wusste ich nicht, wie ich darauf reagieren sollte. Ich war nicht daran gewöhnt, von Leuten angestarrt, von Lehrern bemitleidet oder von Jelly Roll auf dem Parkplatz hinter der Schule abgeklatscht zu werden. Ich war es auch nicht gewohnt, dass ein beliebtes Mädchen wie Lia McGree im Sportunterricht den Kopf schräg legte und sagte: »Unglaublich, dass du den Unfall echt überlebt hast. Das sah in der Zeitung so was von übel aus.«

Ich war jetzt berühmt. Wie Billy, nachdem er vor so vielen Jahren vom Schuldach gesprungen war. Ich war eine Überlebende – zumindest, wenn man Lia McGree und der *Aldan Times* glaubte. Ich hatte einen schrecklichen Autounfall überlebt. Hatte Fleisch, Blut und Knochen gesehen. Hatte den Beweis dafür, dass wir am Ende alle gleich waren und dass jeder, der so tut, als wäre es anders, lügt. Wenn Lia McGree so tat, als wäre sie etwas Besseres, weil sie in einem Werbespot für die Restaurantkette Olive Garden mitgespielt hatte, wusste ich, dass sie eine Idiotin war. Ja, Lia mochte langes fließendes blondes Haar und ein makelloses Gesicht haben. Aber auch Lia würde eines Tages sterben, würde ihr Haar und ihre Schönheit einbüßen, genau wie Rick Stevenson, und daran zu denken – an Rick in seinem Sarg – gab mir das Gefühl, ihm dort an der Bushaltestelle alles sagen, alles tun zu können.

»Fick dich, Rick«, sagte ich.

Aber selbst das war mir nicht genug. Ich wollte Rick bestrafen. Auf ihn war ich in den Monaten nach deinem Tod wütend. Nicht auf Billy.

Aber Rick kapierte es nicht und sagte bloß, was?

»Was soll der Scheiß, Sally?«, sagte Rick. »Ich wollte bloß nett sein.«

Aber Rick würde nie auf dieselbe Art nett sein wie Billy. Rick fütterte die Fische im Klassenzimmer, als wollte er sie würzen. Flirtete mit Valerie im Informatikunterricht, indem er sie drückte, um sie zum Furzen zu bringen.

Aber Billy war anders. Billy trauerte. Er war plötzlich so voller Liebe für dich, eine Liebe, die so tief ging, dass er sich abends nur einfach ernsthaft darüber unterhalten wollte.

Ich weiß nicht, was ich tun soll, schrieb Billy. Ich liebe sie einfach so sehr, Sally.

Dinge, die Billy an dir liebte: dein Gesicht. Deine Haare. Die Art, wie du gelacht hast. Die Art, wie du manchmal im Auto gesungen hast. Wie du ihm den Nacken gestreichelt und Kaugummi gekaut hast. Wie aufgeregt du warst, wenn ein Song, den du mochtest, im Radio lief.

Ich hab noch nie so für jemanden empfunden, schrieb Billy. Noch nie ein Mädchen so geliebt. Nicht wirklich.

Nicht mal Shelby?, fragte ich. Oder Lisa?

Shelby? Lisa? Oh. Nein, das war nichts.

Billy gab zu, dass er ein bisschen in dich verknallt war, seit du bei seinem Spiel die Nationalhymne gesungen hast. Dich anzusehen, mit deinen Haaren, der Stimme, die die ganze Turnhalle ausfüllte, weckte das Gefühl in ihm, dass Dinge möglich waren. Das Gefühl, das er als Kind gehabt hatte, wenn er Bilder von seiner Familie gezeichnet hatte, so groß, dass ihre Gesichter kaum auf das Blatt passten.

Du zeichnest?, fragte ich.

(Wusstest du das über deinen Freund?)

Ja, antwortete er. War mal ganz gut darin.

Wieso hast du aufgehört?

Weiß nicht mehr genau, schrieb er. Ich glaube, ich hab einfach nur angefangen, Basketball zu spielen, und damit war's vorbei.

Basketball nahm all seine Zeit in Anspruch. Und was für eine Zeitverschwendung das alles gewesen war, erklärte Billy. All die Abende, die er damit verbracht hatte, auf dem Spielfeld auf und ab zu rennen. Die Familienurlaube, die er verpasst hatte. Die Unterrichtsstunden, die er verschlafen hatte. Die Knöchel, die er sich verstaucht, und die Knie, die er sich zerschrammt hatte, wenn er sich auf den Ball stürzte. Billy stürzte sich immer auf den Ball. Gab immer alles. Das hatte auch über Billy in den Zeitungen gestanden. Dass er ein Star werden würde. Er würde eines Tages ein College sehr, sehr glücklich machen.

Aber das ist jetzt vorbei, schrieb Billy.

Billy konnte nicht mehr für das Villanova-Basketballteam spielen. Er würde nie wieder so laufen können wie früher – jetzt hatte er zwei Schrauben im rechten Bein. Jetzt war er nur noch ein normaler Mensch, der für den Rest seines Lebens unter Schmerzen leiden würde.

In einigen Nächten, schrieb Billy, sitze ich einfach nur im Dunkeln und denke: Wer zum Teufel war ich?

Willst du eine Antwort darauf haben?, schrieb ich zurück.

Sicher, sagte er. Schieß los.

Ich hielt mich an die Fakten.

Du warst der Vorsitzende von Schüler gegen das Rauchen, schrieb ich. Du warst der Junge, der an der Snackbar gearbeitet hat. Du warst Basketballspieler.

Das war ich, schrieb er.

Du warst sehr gut.

Der beste im Staat, schrieb er.

Das hatte er nach dem Training in der Dusche früher immer zu sich selbst gesagt. Er saß auf den Kacheln, die Knöchel unten ganz blau, und sagte: »Ich bin der beste Basketballspieler im Staat«, und es machte ihm Angst, dass er das tat, dass er den Zwang hatte, vor sich selbst zu prahlen, und so tat er es nie wieder. Von da an duschte er nur noch kurz. Manchmal konnte er sich abends kaum im Spiegel ansehen.

Ich konnte nachvollziehen, was er meinte. Mir fiel es ebenfalls schwer, in den Spiegel zu schauen, nachdem ich mit Billy gechattet hatte.

Wusstest du, dass Kinder im achtzehnten Jahrhundert mit winzigen Spielzeug-Guillotinen gespielt haben? Sie haben damit ihre Puppen geköpft.

Ganz schön gestört, schrieb Billy.

Und manchmal haben sie sie auch für Mäuse benutzt.

Darf ich fragen, woher du all das weißt?, fragte Billy. Und wieso sollte irgendwer seinem Kind eine Spielzeug-Guillotine schenken?

Weil ich bald ein Referat halten muss, schrieb ich. Weil das Leben früher schrecklich war.

Tja, na ja, das Leben heute ist auch ziemlich schrecklich, schrieb Billy. Versuch mal, jeden Abend einen Hamburger-Smoothie zu trinken, ohne dich umzubringen.

Billy verstand, warum man die Guillotine als human betrachten könnte. In den meisten Nächten wünschte er sich, er wäre bei dem Unfall umgekommen. Wünschte, er hätte ihm den Kopf vom Körper abgetrennt. Es dauerte zwei Monate, bis er mir das gestand.

Ich habe es nicht verdient, zu überleben, schrieb er. Ich fühle mich wie ein Monster.

Er sehe auch aus wie eins, sagte er; sein ganzer Körper sei voller Narben, und die OPs hätten nicht viel gebracht. Die Chirurgen hatten sich alle Mühe gegeben, hatten Haut von anderen Körperteilen genommen und sie in sein Gesicht verpflanzt.

Aber das heißt nur, dass ich jetzt meinen Arsch im Gesicht hab, schrieb er. Ist der neueste Trend.

Was, echt?

Ja. Sie haben mir Arschhaut ins Gesicht verpflanzt. Arschhaut eignet sich anscheinend gut für so was. Die kann man praktisch überallhin verpflanzen.

Also bist du jetzt ein Arschgesicht?

Lol. Das ist das Erste, was mich seit langer Zeit zum Lachen gebracht hat. Danke.

Gern geschehen.

Wär ja schon lustig. Aber nein. Mein Gesicht sieht nicht wirklich aus wie ein Arsch.

Tja, das ist doch gut.

Es ist nur normale Haut. Mein Gesicht. Aber irgendwie auch wieder nicht. Weil es überhaupt nicht mehr aussieht wie mein Gesicht.

Kapier ich nicht.

Kommt noch, wenn du mich siehst.

Aber wann würde ich Billy wiedersehen? In jenem Frühling war das die einzige Frage, die mich beschäftigte, was nicht gut war, weil es in unserem Haus immer noch als Hochverrat galt, Sorge oder irgendeiner Art von Zuneigung zu Billy Ausdruck zu verleihen. Immer, wenn Billy Mom auch nur ansatzweise leidtat, meinte Dad nur so: NEIN.

Und Mom so: Vielleicht doch?

Und Dad so: Wie kannst du nur?

Und Mom so: Wie kannst du nicht?

Und wenn Dad mich dann in die Küche kommen sah, meinte er: Was gibt's zum Abendessen?

Wir holten eine Aluschale aus dem untersten Fach des Gefrierschranks. Daraus bestanden unsere Abendessen jetzt meist. Aluschalen mit Essen, die uns Nachbarn, Verwandte oder sonst wer vorbeigebracht hatte, der Mitleid mit uns hatte. Wir bekamen so viele, dass wir sie einfroren. Irgendwann nahmen wir sie dann heraus, standen über die Theke gebeugt da und aßen mit der Gabel direkt aus der Schale, wie Barbaren, sagte Dad. »Wir sind Barbaren.« Aber anscheinend störte es ihn nicht allzu sehr, denn wir aßen weiter wie die Barbaren.

Mom nahm den Deckel ab.

»Was ist das?«, fragte ich.

»Ich glaube, es sind Fajitas«, sagte Mom.

»Fajitas?«, sagte Dad.

Anscheinend wusste Dad nicht, was Fajitas sind. »Ich schwöre, ich habe das Wort noch nie gehört«, sagte er, und Mom entgegnete in ihrem üblichen Ton: »Richard, sag nicht, ich habe einen Mann geheiratet, der nicht weiß, was eine Fajita ist«, und Dad erwiderte: »Ich fürchte, doch.« Er wiederholte es ein zweites Mal, sodass es Unheil verkündend klang, als wären wir alle dem Untergang geweiht, nur weil wir ihn kannten.

Ich erklärte, dass Fajitas im Grunde wie Tacos sind, nur dass man sie selbst zusammensetzen muss, was Dad nicht kapierte, denn warum sollte man seine Mahlzeit selbst zusammensetzen wollen, wenn man es nicht musste? War nicht der Sinn der Aluschale, dass man sich keine Arbeit mehr zu machen brauchte?

»Richard«, sagte Mom, »wir müssen schon mal Fajitas gegessen haben. Ich weiß es einfach. Wir haben unsere Flitterwochen in Mexiko verbracht.«

»Du erwartest, dass ich mich erinnere, was wir während unserer Flitterwochen gegessen haben?«, fragte Dad.

Und so aßen wir, bis Dad irgendwann sagte: »Schluss jetzt. Setzen wir uns heute zum Essen an den Tisch. Wie zivilisierte Menschen.«

Aber ich wollte den Tisch nicht decken. Wollte kein zivilisierter Mensch sein. Ich hatte gelernt, dass es mit der Zivilisation nicht allzu weit her war. »Der Versuch der Menschheit, zivilisiert zu sein«, hatte Mr Klein uns erzählt, »hat mehr Massaker, Massen- und Völkermorde produziert, als Barbaren es je getan haben.« Das verunsicherte einige meiner Mitschüler – besonders Valerie. Valerie hörte es nicht gern, dass sie, indem sie einfach nur dasaß, ihre Schuhe, ihr Shirt und Socken trug, Kinder in Indonesien ausbeutete. »Ich sitz doch bloß hier«, sagte sie. »Ich mach doch nichts. Ich hab diese Sneaker nicht mal *gekauft*. Wenn man mit dem Finger auf jemanden zeigen will, dann auf meine Mutter. Sie kauft diesen Kram für mich.« Valerie wollte einfach nur Schuhe, Shirts und Socken tragen, ohne sich schlecht fühlen zu müssen. Und wer konnte es ihr verdenken?

Aber allmählich glaubte ich all diese verstörenden Dinge; erkannte, dass all die schlimmen Dinge höchstwahrscheinlich stimmten. Dass die Zivilisation eine Katastrophe war. Denn immer, wenn wir an dem mit Platzdeckchen gedeckten Tisch zusammensaßen *wie eine gottverdammte Familie* und Dad sagte: »Und, wie war's in der Schule?«, und ich erwiderte: »Gut war's«, glaubte er mir aus irgendeinem Grund nicht.

»Wie, gut?«, sagte er. »Immer war's gut in der Schule. Man könnte meinen, dass es manchmal auch nicht gut ist, oder?«

»Wie meinst du das?«, fragte ich.

Vorher, als es in der Schule nicht gut gewesen war, als Jungs mich festgehalten und mir vorgeworfen hatten, ich hätte zwei Vaginen, hatte Dad »gut« immer als Antwort akzeptiert. Aber jetzt, wo die Leute tatsächlich freundlich zu mir waren, im Labor mit mir zusammenarbeiten und beim Mittagessen neben mir sitzen wollten, machte er einen auf misstrauisch. Als könnte es in der Schule unmöglich gut gewesen sein.

»Aber es *war* gut«, sagte ich. »Was soll ich denn deiner Meinung nach sonst sagen?«

Dad stellte sein Wodkaglas ab. Dad trank neuerdings viel

Wodka. Um vier Uhr nachmittags gab er Trauben hinein, als wäre es dann kein richtiger Wodka mehr.

»Ich bin früher auch zur Schule gegangen«, sagte er. »Und ich erinnere mich, dass es immer entweder der beste oder der schlimmste Tag meines Lebens war. Entweder hat mich Cindy Lee gefragt, ob ich mit ihr zur Pep Rally vor dem Spiel komme, oder ich hab mir im Sportunterricht die Hose vollgeschissen.«

Und Mom ermahnte ihn nicht einmal, sagte nicht »Richard!«. Denn seit du tot warst, konnten wir alles sagen, was wir wollten. Kein Schimpfwort konnte je wieder so schrecklich sein wie das Wort »tot«.

»Wer ist Cindy Lee?«, fragte ich.

»Ein Mädchen, in das ich mal schwer verknallt war.«

»Warst du nicht schwer verknallt in Mom?«

»Mom war mit Fred Hopper zusammen«, sagte er.

»Dem Vietnam-Typen?«

Dad trank einen Schluck Wodka.

»Dem Typen, der Motorrad gefahren ist und einen auf tough gemacht hat. Ein Schlägertyp.«

Ich sah Mom an. Ich dachte, sie würde vielleicht gern wieder über ihren ehemaligen Freund sprechen, wie damals im Freibad. Aber sie hörte nicht mal hin.

»Sally, ist das das Shirt deiner Schwester?«, fragte sie.

Ja. Natürlich war es das. Ich hatte nach deinem Tod einen Wachstumsschub bekommen, und deine Shirts passten mir allmählich besser als meine eigenen. Aber Mom schob dem einen Riegel vor.

»Wir müssen mit dir in die Mall«, sagte sie. »Neue Shirts kaufen.«

Aber ich wollte keine neuen Shirts. Ich wollte deine anziehen, wollte aus demselben Grund in deinem Bett schlafen und deine goldenen Creolen tragen. Ich war immer davon ausgegangen, dass ich deine Sachen erbe. Mom war immer eine Verfechterin davon gewesen, gut erhaltene Sachen aufzutragen.

Aber jetzt tat sie so, als wäre ich eine Verbrecherin, als hätte ich unser Zimmer entweiht, das sich jetzt weniger wie ein Zimmer anfühlte als wie eine heilige Stätte, die uralten Ruinen deiner Vergangenheit.

Also schlief ich nicht in deinem Bett. Trug deine Ohrringe nicht. Aber ich ließ mir Ohrlöcher stechen. Bat Valerie, mir zu helfen, und wir machten es nach der Schule in ihrem riesigen Bad. Sie war Expertin darin. »Halt still«, sagte sie. Es blutete stärker, als ich erwartet hatte. Meine Ohrläppchen waren tagelang rot und entzündet, und ich konnte nicht mehr auf der linken Seite schlafen. Aber Valerie fand das nicht besorgniserregend. »Dann schlaf halt auf der rechten Seite«, sagte sie im Aufklärungsunterricht.

»Darf ich aufstehen?«, fragte ich Mom und Dad. Ich wartete immer noch darauf, dass sie die Ohrlöcher bemerkten, mich für irgendetwas bestraften, aber sie taten es nie. »Ich muss den Computer benutzen.«

Der Computer. Ich verbrachte fast den gesamten Frühling davor und chattete selbst an Abenden vor der Schule mit Billy, weil es Mom jetzt egal war, wann ich ins Bett ging. Mom hatte ein schlechtes Gewissen wegen mir. Meist hielt sie sich abends von mir fern, schlich stumm und mit besorgtem Blick um mich herum, bis sie irgendwann zu mir kam, um mir Gute Nacht zu sagen. Eines Abends beugte sie sich vor, küsste mich auf die Wange und sagte: »Ich weiß, das muss sehr schwer für dich sein.«

»Ist schon gut«, antwortete ich und versuchte, Billys Nachrichten auf dem Bildschirm mit dem Körper zu verdecken.

»Ich kann mir nicht vorstellen, wie es ist, in einer solchen Zeit zur Schule gehen zu müssen«, sagte Mom.

»Ist schon okay, wirklich«, sagte ich.

Als sie gegangen war, hatte Billy sich bereits abgemeldet, ohne sich zu verabschieden. Damals schien es mir keine große Sache zu sein, weil ich wusste, dass er am nächsten Abend wieder online sein würde. Seine Anwesenheit online kam mir verlässlich vor wie der Sonnenuntergang.

Aber am nächsten Abend war er nicht online. Am übernächsten auch nicht. Und auch am überübernächsten nicht. Sein Schweigen dauerte wochenlang an, und als er sich Ende April immer noch nicht gemeldet hatte, war ich verstört.

Ich fühlte mich krank.

Aber ich ging zur Schule. Hielt mein Referat über die Guillotine, die hauptsächlich den Adeligen vorbehalten war. Eine humane Errungenschaft für die Gesellschaft des achtzehnten Jahrhunderts. Zu ihren Vorteilen gehörte ein schneller, schmerzfreier Tod, verglichen mit Hängen und Vierteilen, wobei man von vier Pferden auseinandergerissen wurde und vielleicht danach noch eine Zeit lang weiterleben konnte.

»Marie Antoinette und ihr Mann —«

»Du meinst den König?«, unterbrach mich Mr Klein.

»Ja«, sagte ich. »Marie Antoinette und König Ludwig XVI. wurden mit der Guillotine hingerichtet. Vom Volk enthauptet. Dabei war Ludwig XVI. gar kein schlechter Kerl. Aber das Volk musste es tun. Es war ein symbolischer Akt.«

»Danke, Sally«, sagte Mr Klein. »Das war sehr gut.«

Alle klatschten.

Aber mir war das egal.

Wo war Billy?

»Billy hat versucht, sich umzubringen«, erzählte mir Priscilla schließlich an deinem siebzehnten Geburtstag.

»*Was?*«, sagte ich.

»Hast du das nicht mitbekommen?«

Priscilla war vorbeigekommen und saß auf deiner Tagesdecke. Um zu feiern. Um zu trauern. Um die Säume ihres alten Lebens zu spüren, herumzusitzen und über Billy zu reden wie in guten alten Zeiten.

»Ich glaube, er hat Schmerztabletten zu einem Smoothie zerkleinert und ihn getrunken.«

Seine Mutter habe ihn gerade noch rechtzeitig gefunden. Habe die Drähte, mit denen sein Kiefer verschlossen war, mit ihrer Nähschere aufgetrennt und ihm den Finger in den Hals gesteckt, bis er alles erbrach.

Anfangs dachte ich, Priscilla hätte sich das alles nur ausgedacht.

»Billy würde so etwas nie tun«, sagte ich.

Billy war nicht unterzukriegen. Ein Optimist. Billy glaubte, dass man gewinnen könne, wenn man sich den Sieg vorher vor seinem inneren Auge ausmalte.

»Wieso sollte ich über so etwas lügen?«, fragte Priscilla.

»Ich weiß auch nicht«, entgegnete ich. »Ich kann mir nur nicht vorstellen, dass Billy so etwas tun würde.«

Das Einzige, was ich mir bei Billy vorstellen konnte, war, dass er alles schaffte, was er sich vornahm.

»Ich lüge nicht«, sagte Priscilla. »Der Junge will offensichtlich sterben. Hat zumindest meine Mom gesagt. Sein Leben ist *ruiniert.*«

»Es ist nicht ruiniert.«

»Natürlich ist es ruiniert. Und er hat es verdient. Es war dumm, mit fünfzig Meilen pro Stunde die Main Street runterzubrettern.«

»Uns kam es gar nicht so schnell vor«, sagte ich. »Du hast doch keine Ahnung. Du warst nicht dabei.«

Und das stimmte, also hielt sie den Mund. Sie strich über deine Tagesdecke.

»Ich kann immer noch nicht glauben, dass Kathy nicht mehr da ist«, sagte sie wieder und wieder. »Dass ich nie wieder in diesem Zimmer sein werde.«

»Du kannst jederzeit herkommen«, sagte ich, obwohl ich wusste, dass sie es wohl nicht tun würde.

Nachdem sie gegangen war, ging ich zum Abendessen nach unten und erzählte Mom und Dad von der Sache mit Billy.

»Billy hat versucht, sich umzubringen«, sagte ich.

»Wer hat dir das erzählt, Liebes?«, fragte Mom.

»Priscilla«, antwortete ich.

Dad legte nur das Gesicht in die Hände. »Himmel«, sagte er.

»Ich finde, wir sollten die Familie einladen«, sagte Mom. »Es muss etwas geschehen.«

Eine Woche später war Billy wieder online. Ich erwähnte seinen Selbstmordversuch nicht. Es erschien mir unhöflich, jemanden daran zu erinnern, dass er hatte sterben wollen. Deshalb schrieb ich nur: Oh, hey.

Aber er sprach es sofort an, sagte: Tut mir leid, wenn ich dir Angst gemacht hab.

Er sei völlig fertig gewesen, erklärte er. Und einsam. Niemand rede mehr mit ihm, außer mir, und es sei seltsam, mit seinem mit Draht verschlossenem Mund durch die Flure zu gehen. Ohne irgendwem Hallo sagen zu können.

Die Leute tun so, als wär ich ein Mörder, schrieb er. Und vielleicht bin ich das ja auch.

Du bist kein Mörder, schrieb ich zurück. Ich war *da*.

Das einzig Gute ist, schrieb er, seit ich nicht mehr Basketball spielen kann und keine Freunde mehr habe, kann ich endlich meine Hausaufgaben machen.

Er fing zum ersten Mal im Leben an, Hausaufgaben zu machen. Las alle Schullektüren, die er lesen sollte, fing an, die Bücher von der Sommerleseliste der Villanova zu lesen, las mehr als in seinem gesamten bisherigen Leben, was ironisch war, weil sein rechtes Auge jetzt im Arsch war.

So lautet nämlich, schrieb er, die offizielle Diagnose des Chirurgen, wie ich dir berichten kann.

Wie sich herausstellte, fand Billy Lesen gar nicht mal so übel. Er mochte Miltons *Das verlorene Paradies* und konnte sich mit Luzifer identifizieren, der von Gott aus dem Paradies vertrieben worden war. So fühlte sich auch Billy. Als wäre er jetzt auf der anderen Seite des Lebens angekommen. Wo die Leute ihn nicht abklatschten, wenn er den Flur hinunterging. Wo die Mädchen seinem Blick auswichen, weil sein Gesicht so hässlich war.

Hast du schon mal *Beowulf* gelesen?, schrieb er.

Nein, antwortete ich.

Du musst unbedingt *Beowulf* lesen.

Worum geht's darin?, fragte ich.

Im Grunde geht es um eine Gruppe von Typen, die Bier trinken und mit einem Monster kämpfen. Das eigentlich gar kein Monster ist.

Wieso halten die Leute es dann für ein Monster?

Weil es eine Stadt terrorisiert.

Klingt aber schon so, als wär's ein Monster.

Ja, bis einem klar wird, wie schrecklich sie ihn behandelt haben.

Ein paar Wochen später kam Billy schließlich mit seinen Eltern zu uns.

Ich gebe zu, ich war den ganzen Tag nervös. Verbrachte Stunden im Badezimmer. Rasierte mich zum allerersten Mal, bis hinauf zu den Oberschenkeln. Ich trug deinen Lippenstift auf und entfernte die überschüssige Farbe zum ersten Mal mit einem Taschentuch. Ich glättete mir sogar die Haare, genau wie du, trotzdem sahen sie nicht aus wie deine. Meine Haare waren immer noch zu kurz, zu buschig, und nach dem Glätten sah ich aus wie ein zu stark gebürsteter Hund.

»Sally«, sagte Mom, klopfte an und kam im selben Moment herein.

»Komm nicht rein!«

In Moms Gegenwart war mir der Lippenstift peinlich. Ich wischte ihn mit dem Ärmel ab, doch das war nicht so leicht. Er verschmierte am Rand. Und ich spürte, dass Mom etwas dazu sagen würde, doch dann klingelte es an der Tür.

»Oh«, sagte Mom. »Schätze, Billy ist da.«

Sie ging nach unten, aber es war nicht Billy, sondern ein paar Möbelpacker.

»Hier hat jemand eine Couch bestellt?«, fragte einer von ihnen.

»Die Couch«, sagte Mom.

Selbst sie hatte die weiße Couch vergessen. Ich rannte nach unten, um sie in Augenschein zu nehmen. Sie sah merkwürdig aus. Wie ein Artefakt aus vergangenen Zeiten. Nachdem die Möbelpacker gegangen waren, starrten wir sie an.

»Was ist das?«, fragte Dad. »Susan, warum haben diese Männer eine Couch bei uns abgeliefert?«

»Weil ich die Couch gekauft habe«, sagte Mom, als würde sie sich an einen wunderschönen Urlaub erinnern.

»Wann?«

»In einem anderen Leben.«

»Susan, das ist nicht gerade hilfreich. Brauchen wir denn eine neue Couch?«

Mom antwortete nicht. Sie setzte sich darauf.

»Nein. Mom hat sie gekauft, weil sie schön ist. Sieh sie dir doch an. Ist sie nicht wunderschön?«

»Sie ist sehr weiß«, sagte Dad.

»Sie soll so weiß sein«, sagte ich.

»Sie ist zu weiß«, sagte Mom. Dann sah sie mich an. »Sally. Wieso trägst du Lippenstift?«

Darauf hatte ich keine Antwort.

»Geh ihn abwischen«, sagte sie.

Aber es war zu spät. Billy und seine Eltern standen schon vor der Tür.

»Hallo«, sagten Mr und Mrs Barnes.

Billy stand zwischen ihnen im Türrahmen, und sein Anblick schockierte mich. Er war extrem dünn. Als hätte etwas das Leben aus ihm rausgesaugt. Und er hatte zwei tiefe Narben auf der Stirn, die so dick, rot und wulstig waren, dass mir ein Schauer über den Rücken lief, als ich sie sah. Aber das Schlimmste waren die Drähte, mit denen seine Kiefer größtenteils verschlossen waren – sie machten es ihm unmöglich, deutlich zu sprechen, und so winkte er uns nur zu, was ihn noch distanzierter erscheinen ließ, als würde er versuchen, von der anderen Straßenseite aus Hallo zu sagen.

»Hallo«, sagte Dad, aber sie schüttelten sich nicht die Hände.

»Nehmen Sie doch Platz«, sagte Mom.

Billy und seine Eltern setzten sich auf die neue weiße Couch. Ich sah Billy immer wieder erwartungsvoll an, als würde er gleich etwas zu mir sagen. Oder als könnten seine Wunden jeden Moment wieder anfangen zu bluten. Aber vielleicht ließ die weiße

Couch jeden so aussehen – als würde man sie jeden Moment ruinieren.

»Danke, dass Sie uns eingeladen haben«, sagte Mr Barnes. Danach verschwendete niemand mehr Zeit.

Niemand machte eine Bemerkung darüber, wie schön die Couch war oder wie hübsch die Ringelblumen rings um den Briefkasten aussahen, weil es in diesem Frühling keine Ringelblumen gab. Mr Barnes räusperte sich und sagte: »Mein Sohn möchte Ihnen etwas sagen.«

Billy hatte ein Whiteboard und einen Stift dabei, um mit uns zu kommunizieren. Als er etwas darauf schrieb, sagte Dad zu mir: »Geh nach oben.«

Ich nahm es ihnen übel, dass sie versuchten, deinen Tod von mir fernzuhalten, dass sie so taten, als wäre Billy ein nicht jugendfreier Film, den ich nicht sehen durfte. Billy gehörte uns beiden. Er hatte immer uns beiden gehört. Billy war ein Geheimnis, das wir mitten in der Nacht teilten. Ich rührte mich nicht. Blieb sitzen, während Billy das Whiteboard hochhielt. ES TUT MIR SO LEID, hatte er darauf geschrieben.

Mom und Dad nickten.

»Wir wissen, dass das nicht leicht für Sie ist«, sagte Mrs Barnes.

»Ist es auch nicht«, bestätigte Dad.

»Und deshalb danken wir Ihnen dafür, dass Sie bereit waren, sich mit uns zu treffen«, sagte Mr Barnes.

»Natürlich«, sagte Mom.

Sie unterhielten sich eine Weile darüber, wie es Billy ging (nicht gut, aber bald würden die Drähte entfernt werden), wie es Mom und Dad ging (nicht gut, aber sie taten ihr Bestes, um durchzuhalten), und dann begann Billys Mutter, sich für Billy zu entschuldigen, fing an zu weinen und sagte Dinge wie: »Es tut ihm so leid, Worte können es gar nicht ausdrücken«, und dann hielt

Billy erneut das Whiteboard hoch, auf dem immer noch ES TUT MIR SO LEID stand. Dann fing er ebenfalls an zu weinen, was, wie seine Mutter sagte, keine gute Idee war. »Nein, Billy, nicht«, sagte sie, als wäre er ein Hund. »Wir haben doch darüber gesprochen. Du könntest ersticken.«

Daraufhin brach Mom ebenfalls in Tränen aus.

Es war alles so schrecklich. Du hättest es nicht geglaubt – ich konnte ja selbst kaum glauben, wie mitleiderregend Billy aussah. Ich kam mir plötzlich dumm vor, weil ich mit geglätteten Haaren und rot geschminktem Mund dasaß, obwohl Billys eigener immer noch mit Drähten verschlossen war. Was hatte ich geglaubt, was passieren würde? Dass Billy mich sehen und sich Hals über Kopf in mich verlieben würde? Am Ende des Treffens konnte ich es nicht mehr ertragen, Billy anzusehen. Nicht einmal Dad konnte ihn lange ansehen. Dad, der sich selbst mal einen Zahn gezogen hatte, legte das Gesicht in die Hände und sagte: »Oh Gott. Das ist einfach schrecklich.«

BITTE, SIE BRAUCHEN KEIN MITLEID MIT MIR ZU HABEN, MIR GEHT'S OKAY, schrieb Billy.

Schließlich sagte Dad ihnen, was sie wissen wollten.

»Wir werden keine Anzeige erstatten. Aber bitte, tun Sie uns einen Gefallen, kontaktieren Sie uns nie wieder. Bitte, lassen Sie uns in Frieden trauern.«

Billy nickte. Sein Vater nickte. Seine Mutter nickte. Eine Lawine der Zustimmung, dann erhoben sich alle.

»Es ist einfach schwer für uns, mit Ihnen zu sprechen«, sagte Mom. »Wir wollen nicht grausam sein.«

»Wir verstehen das«, sagte Mrs Barnes. »Sie sind zu freundlich.«

Als wir uns an der Tür verabschiedeten, sah Billy mich zum gefühlt ersten Mal an jenem Abend an. Es war nur ein kurzer Blick, aber er war seltsam. Als würde man einem Tier im Käfig in die

Augen schauen. Als könnte ich für einen kurzen Moment den alten Billy sehen, und der alte Billy versuchte, mir etwas mitzuteilen. Aber dann sagte Mr Barnes: »Danke, dass Sie sich mit uns getroffen haben«, und Billy verließ wortlos unser Haus. Ich ging zum Fenster und sah ihm nach, als er fortging, so wie ich es früher immer getan hatte, aber diesmal stieg er in den Wagen seiner Mutter. Und diesmal wusste ich, er würde nie zurückkommen.

Billy war in jener Woche an jedem Abend online. Ich ebenfalls. Ich wartete vor dem Computer, in der Hoffnung, dass er mit mir chatten würde, obwohl ich tief im Inneren wusste, dass er es nicht tun würde. Ich wusste, dass er sich nicht mehr bei mir melden würde; er würde Dads Bitte respektieren. Und der Gedanke daran, nie wieder mit Billy zu reden, war unerträglich.

Ich verlor den Appetit. Drückte mich vor dem Abendessen, so oft ich konnte, aber es war schwierig, weil Mom und Dad darauf bestanden, dass ich etwas aß. »Iss, Sally. Iss.«

Und so aß ich ein Stück Pizza.

»Gut, hm?«, sagte Dad.

Und das war sie. Sie war gut. Wie seltsam – du warst tot, nicht mehr Teil des Universums, aber Pizza schmeckte immer noch gut. Ich wollte schlucken, aber es ging nicht. Zu essen, während meine Schwester keinen funktionierenden Mund mehr hatte? Es kam mir falsch vor. Wie Verrat. Ich öffnete den Mund und spuckte die Pizza in eine Serviette.

»Stimmt was nicht?«, fragte Mom.

»Hab einfach keinen Hunger«, sagte ich.

»Geht's dir gut?«, fragte Mom. »Bist du krank?«

Ich wusste es nicht. Mir war schlecht. Aber Mom holte das Thermometer, und ich hatte keine erhöhte Temperatur. Es ging mir gut.

»Es geht dir gut«, sagte sie und strich mir über die Stirn. So was von gut.

»Aber ich fühl mich nicht gut«, sagte ich.

»Ich weiß, dass du dich nicht gut fühlst«, sagte Mom. Sie zog die Bettdecke zurück. »Deshalb haben dein Vater und ich beschlossen, dass du zu einer Therapeutin gehen solltest.«

Am letzten Schultag kam es mir so vor, als wäre das Ende der Welt gekommen. Vielleicht, weil Mr Klein es andauernd so beschrieb.

»Das war's, Kinder«, sagte Mr Klein. »Das ist das Ende der Geschichte.«

Denn damit endet die Geschichte: mit uns. Dem amerikanischen Imperium. Mit Bill Clinton, der mit ziemlicher Sicherheit einen Blowjob von jemandem bekommen hatte, von dem er keinen Blowjob hätte kriegen dürfen. Aber was war schon dabei?, fragte sich Mr Klein. »Was der Mann getan hat, war gar nichts! Wisst ihr, was die Kaiser der römischen Antike getan haben?«

Es stimmte also doch, was du mal gesagt hast.

Es ging wirklich immer nur um Sex.

Selbst in der Schule. Besonders in der Schule. Im Englischunterricht, als Mrs Forster aus *Tess von den d'Urbervilles* zitierte, um zu beweisen, wie charmant der Landwirt Angel Clare war, aber in Wirklichkeit meinte sie, dass sie gern Männer vögelte, die Flanell trugen, und in Sozialwissenschaften erzählte Mrs Hoyt, dass Männer und Frauen in Borneo sich nur zum wöchentlichen Verkehr trafen, und auch in Biologie war Sex der kleinste gemeinsame Nenner: Säugetiere, Vögel und Pflanzen, vereinigt euch! In Geschichte erklärte Mr Klein: »Kaiser Caligula verwandelte den Palast in ein Bordell, um zusätzliche Steuern kassieren zu können!«

Peter wollte wissen, ob das im Test vorkommen würde.

»Nein«, sagte Mr Klein. »Nein, das kommt nicht im Test vor.«

Aber natürlich schrieb ich Billy doch wieder an, Mitte des ersten Sommers nach deinem Tod. Tut mir leid, ich konnte nicht anders. Ich war gelangweilt, einsam und saß, ein Bein auf den Schreibtisch gelegt, vor dem Computer, während Mom und Dad die Nachrichten schauten. Das hatten wir den ganzen Sommer lang getan: die Nachrichten geschaut. Es war das Einzige, was Mom und Dad sich zusammen ansahen, als wären sie sich einig darüber, dass sie sich nicht mehr von Filmen unterhalten lassen dürften. Keinen Spaß mehr haben dürften. Ich gebe zu, es machte mir nichts aus, all die schrecklichen Dinge zu erfahren, die im ganzen Land passierten. Es war schwierig, mir selbst leidzutun, wenn ich sah, wie eine Frau im Fernsehen von ihrer geliebten Schwester berichtete, die »völlig grundlos« von ihrem Ehemann enthauptet worden war.

»Als gäb's irgendeinen Grund, seiner Frau den Kopf abzuschlagen«, sagte Mom und schlürfte ihren Tee. »Als könnte es je einen geben, so etwas zu tun.«

Da hörte ich den Ton, der ankündigte, dass Billy online war; es war wie ein Wunder. Es kam mir vor, als wäre er aufgetaucht, um mich vor Mom und Dad zu retten. Vor dem langen Sommer ohne dich. Und ehrlich, was hatte ich schon zu verlieren, indem ich ihm eine Nachricht schickte? Ich hatte ihn ja bereits verloren.

Hi, schrieb ich.

Hi, schrieb er zurück, als wäre keine Zeit vergangen.

Kannst du reden?, schrieb ich.

Kann ich, sagte er. Und zwar in echt. Ich kann wirklich wieder sprechen. Die Drähte wurden entfernt.

Oh, gratuliere, schrieb ich.

Willst du's hören?, fragte er.

Deine Stimme?

Ja, ich könnte dich anrufen. Wär eine gute Übung.

Okay, schrieb ich. Später, wenn meine Eltern ins Bett gegangen sind.

Wir saßen weiter im Wohnzimmer und schauten zusammen die Nachrichten, aber für mich hatte sich alles verändert. Ich würde mit Billy telefonieren. Zum ersten Mal seit Monaten fühlte ich mich wieder energiegeladen. Plötzlich fand ich alles interessant, einschließlich des Interviews, das Jane Mills im Fernsehen mit dem blutrünstigen Diktator irgendeines Landes führte. Wir saßen da und hörten zu, wie sie dem blutrünstigen Diktator eine Menge Fragen stellte, zum Beispiel, was sein Lieblingsbuch sei. Dad regte sich darüber auf, war der Meinung, man dürfe Diktatoren keine Plattform geben, um zu verkünden, was ihr Lieblingsbuch sei, aber ich wollte unbedingt wissen, was ein blutrünstiger Diktator vor dem Schlafengehen las.

»Psst«, sagte ich. »Ich will das hören.«

»*Huckleberry Finn*«, sagte der blutrünstige Diktator. »Ich habe eine Schwäche für Abenteuergeschichten.«

Aber irgendwann nahmen beide ihre kleinen weißen Pillen (die brauchten sie jetzt, um einschlafen zu können) und gingen ins Bett. Ich ging ebenfalls ins Bett, blieb jedoch wach. Wartete, bis es im Haus still geworden war. Dann ging ich nach unten, holte das Telefon (wir hatten jetzt ein kabelloses) und rief deinen Freund an.

»Sally«, sagte Billy, als er ranging. »Wie schön, deine Stimme zu hören.«

»Ja, ich bin's«, sagte ich. »Beziehungsweise meine Stimme.«

»Keine schlechte Stimme.«

»Danke. Ich benutz sie schon mein ganzes Leben lang.«

»Merkt man.« Er lachte. »Und, wie klingt meine?«

»Ein bisschen anders. Rauer, denke ich. Andererseits bin ich mir nicht ganz sicher. Ist nicht leicht, sich zu erinnern.«

»Ist auch ziemlich komisch, wieder zu reden. Ich bin's nicht mehr gewohnt.«

Billy sagte, es sei schön, die Drähte los zu sein. Und es sei großartig, wieder feste Nahrung zu sich nehmen zu können. Aber das Reden hatte auch seine Nachteile.

»Jetzt, wo ich es wieder kann, zwingt meine Mom mich die ganze Zeit dazu«, sagte er. »Ich muss zu einer Therapeutin gehen.«

Seine Therapeutin hieß Barbara.

»Und heute meinte sie, Billy, warum nimmst du nicht diesen Schläger und haust ihn gegen einen Baum, und ich so: ›Sie wollen wirklich, dass ich gegen einen Baum haue?‹«

»Ich geh auch zu einer Therapeutin«, sagte ich.

Das hatte ich nicht mal Valerie erzählt. Es war peinlich, den ganzen Sommer lang zur Therapie zu gehen, während Valerie ihren im Apartment ihrer Cousine im Disney Safari Park verbrachte.

Aber Billy konnte ich von Lydia erzählen, die in einem beigefarbenen Sessel unter einem Bild von einer großen Jacht saß.

Ich hatte zu ihr gesagt: »Ich find's keine gute Idee, Bilder von Jachten aufzuhängen, weil die Leute, die Sie behandeln, wahrscheinlich depressiv sind und nie in ihrem Leben einen Fuß auf eine Jacht setzen werden.«

Und sie hatte geantwortet: »Bist du depressiv, Sally?«

»*Nein*«, erwiderte ich.

Lydia fragte mich, warum ich dann hier sei, also antwortete ich: »Meine Schwester ist gestorben.«

»Und wie geht es dir damit?«

»Nicht gut«, sagte ich. »Deshalb haben sie mich zu einer Therapeutin geschickt.«

Lydia hatte widersprochen, sie sei keine Therapeutin.

»Und was ist sie dann?«, fragte Billy.

»Sie ist nur ein Mensch«, antwortete ich.

Denn genau das hatte sie gesagt.

»›Ich bin nur ein Mensch‹«, sagte ich. »›Ein Mensch, der dazu da ist, dir bei deinen Problemen zu helfen, Sally.‹«

Billy lachte.

»Mir gefällt, wie du die Stimmen nachmachst«, sagte er.

Ich hatte gar nicht gemerkt, dass ich Stimmen nachmachte.

»Und dann hab ich gesagt: ›Ich hab eigentlich gar keine Probleme‹«, sagte ich. »›Ich meine, etwas Schreckliches ist passiert. Aber es ist nicht mir passiert, sondern meiner Schwester. Und ich hab keine Probleme. Oder na ja, jeder hat Probleme. Also weiß ich nicht, worüber ich hier eigentlich reden soll.‹ Und Lydia so: ›Tja, hier, an diesem Ort, musst du nicht reden.‹«

»Aber geht's nicht genau darum?«, fragte Billy. »Dass du reden musst?«

»Das habe ich ihr auch gesagt.«

»Und was hat Lydia geantwortet?«, fragte Billy.

»›Wenn du bereit bist, Sally, kannst du reden.‹« Achtundvierzig Minuten später war ich bereit.

»Ich sagte: ›Bis dann, Lydia. Schönen Tag noch.‹«

Bevor Valerie zum Disney Safari Park aufbrach, lud sie mich ein, in ihrem Pool zu schwimmen. Wir saßen am Beckenrand und aßen das weichste aller Weißbrote, auf dessen Plastikverpackung ein einsames »K« prangte.

»K«, sagte ich und hob das Brot hoch. »›K‹ für Krebs?«

»Für Kontrolle«, sagte Valerie. »Aber wär schon witzig. Wenn es Krebs heißen würde.«

Valeries Lachen war kurz und gewehrsalvenartig. Ein hohles Geräusch, das klang wie ein Lachen, aussah wie ein Lachen, sich aber nicht wie eins anfühlte. So wie das Weißbrot, das aussah wie Essen, von sich behauptete, Essen zu sein, aber sich nicht so anfühlte oder schmeckte wie Essen.

»Oh, hallo, Sally«, sagte Mrs Mitt. Sie hatte einen roten Drink in der Hand und führte einen Hund an der Leine.

»Wir haben einen neuen Hund«, sagte Valerie.

»Wie heißt er?«

»Wir konnten uns noch nicht für einen Namen entscheiden, und so haben wir ihn für eine Weile ›Hund‹ genannt, und jetzt klingt es wie sein Name«, sagte Valerie.

Ich beugte mich vor, um ihn zu streicheln, doch er knurrte.

»Der Hund wird gern hinter den Ohren gekrault«, sagte Mrs Mitt und beugte sich so weit vor, als wollte sie dem Hund etwas von ihrem Drink abgeben.

»Es ist eine Kreuzung zwischen einem Pudel und einem Shih Tzu«, sagte Valerie. »Also nennen wir ihn manchmal ShitPu.«

»Das ist nicht nett, Valerie«, sagte ihre Mutter.

»Aber das ist er nun mal«, sagte Valerie.

Wir gingen nach oben in ihr Zimmer, wo Valerie über Jungs reden wollte.

»Auf wen stehst du?«, fragte Valerie.

Aber ich wollte nicht mehr über Jungs reden. Es machte keinen Spaß, wenn ich dabei nicht ehrlich sein konnte, und in jenem Sommer konnte ich niemandem gegenüber ehrlich sein. Nicht einmal Valerie gegenüber, die bald zu meiner besten Freundin werden würde, das Mädchen, dem ich alles erzählte. Aber damals, ganz zu Anfang, vertraute ich ihr noch nicht ganz. Als sie mich fragte: »Findest du Chris Miller gut? Er mag dich«, antwortete ich: »Ja, klar. Ist ganz okay.«

Ich betrachtete meine Fingernägel. Ich hatte angefangen, sie in allen möglichen schrägen Farben zu lackieren. Silber, dann Gold, dann Blau. Ich log andauernd. Belog Valerie, belog Mom, wenn sie morgens fragte: »Hey, wo ist das Telefon?« Ich vergaß immer, das Telefon wieder nach unten zu bringen, nachdem ich mit Billy telefoniert hatte, und Mom wusste nie, wo es war. »Jetzt verstehe ich, warum Telefone früher Kabel hatten!«, sagte sie. Und dann: »Hast du gestern Abend telefoniert, Sally?«

»Nein«, log ich.

Aber das hier ist die Wahrheit: Billy und ich hatten dich zusammen sterben sehen. Und jetzt verstand mich niemand so wie Billy. Er begriff, dass mein wahres Leben vorbei war, dass sein wahres Leben vorbei war und dass wir jetzt ein Paralleluniversum bewohnten, in dem nichts mehr eine Rolle spielte, außer uns. Es war ein seltsam befreiendes Gefühl. Wir konnten uns alles sagen.

»Glaubst du, unsere Eltern bereuen es manchmal, Kinder in die Welt gesetzt zu haben?«, fragte Billy.

Wir redeten oft über unsere Eltern, als wären sie die Bösewichte in unserem Leben. Und wir redeten über seine Freunde, die offiziell nicht mehr seine Freunde waren – Billy hatte es schon eine Weile vermutet, aber nun, da der Draht entfernt worden war, nun, da Sommer war, war er sicher. Sie riefen ihn nicht mehr an, er rief sie nicht mehr an. Ihm war nicht danach, mit ihnen zu reden. Ihm war nicht danach, mit irgendwem zu reden.

»Aber du redest doch mit mir«, wandte ich ein.

»Das ist was anderes«, sagte er. »Mit dir will ich immer reden.«

»Wirklich?«

»Es ist leicht, sich mit dir zu unterhalten«, sagte er. »Aber alle anderen erwarten, dass ich immer noch derselbe Mensch bin. Mein Dad sagt immer: ›Junge, sei einfach, wer du immer warst.‹ Dann gibt er mir einen Klaps auf den Rücken und sagt: ›Vergiss nicht, du bist Billy Barnes.‹«

Dann fügte er hinzu: »Bin ich aber nicht. Ich bin nicht mehr Billy Barnes. Keine Ahnung, wer ich jetzt bin.«

Billy machte sich nichts mehr aus Basketball. Die Sommerpartys waren ihm ebenso egal wie die Frage, wer sich am häufigsten übergab und wer ein Fässchen mitbringen würde. Es war ihm egal, dass Lisa die Rettungsschwimmerin mit Ryan Ronald auf dem Golfplatz Analverkehr hatte. Der Abschlussball war ihm auch egal – er hatte ihn sausen lassen. Warum hätte er hingehen sollen? Seine Freundin war tot.

»Um ehrlich zu sein, weiß ich nicht mal, wieso man überhaupt zum Abschlussball gehen sollte«, sagte er. »Wenn man mal drüber nachdenkt, ist das doch nur ein Haufen Leute in einem Raum in schicken Klamotten, die ihre Genitalien aneinanderreiben.«

»So hab ich das noch nie gesehen«, sagte ich.

Ich war nur einmal bei einem Schultanz gewesen, und es war eigentlich kein richtiger Tanz gewesen. Mehr ein Spieleabend in der Cafeteria. Sackhüpfen, Rollbrettspiele, dann ein kurzer Squaredance, bevor wir nach Hause gingen.

Ich tanzte mit Chris Miller, der mir wieder und wieder erzählte, dass er Warzen an den Händen habe. Dass sie ansteckend seien.

»Wieso hat er mir das ständig erzählt?«, fragte ich Billy. »Ich mein, war ihm das nicht peinlich?«

»Tja, ich schätze, weil es das Richtige war«, sagte Billy. »Wenn sie ansteckend waren.«

»Vermutlich schon«, sagte ich.

»Und wer wäre schon mit mir zum Abschlussball gegangen?«, sagte Billy.

»Ich wette, Shelby wär mit dir hingegangen. Oder vielleicht Lisa?«

»Nicht mal Shelby«, sagte er. »Nicht mal Lisa. Wie gesagt. Ich bin jetzt ein Monster.«

»Du hast schon ein bisschen gruselig ausgesehen.«

»Danke, dass du mich nicht anlügst«, sagte er. »Wirklich, ich mein's ernst. Es ärgert mich, wenn die Leute lügen. Ich weiß, ich hab jetzt meinen Arsch im Gesicht. Es ist okay.«

Ich lachte. Er seufzte.

»Scheiße«, sagte er. »Das Leben ist echt schräg.«

»Ja«, sagte ich. »So verdammt schräg.«

Ich wartete darauf, dass Mom mich fluchen hörte, wartete darauf, dass sie auftauchte. Um uns mit unserer Strafe auf den Gehsteig hinauszuschicken. Aber Mom schlief. Hatte keine Ahnung, zu wem ich spät in der Nacht am Telefon wurde, während sie schlief.

»Weißt du, was das Einzige ist, was mich manchmal aufbaut?«, fragte er.

»Was?«

»Zu wissen, dass dir nichts passiert ist«, sagte er. »Zu wissen, dass du nicht einen Kratzer abbekommen hast. Dafür danke ich verdammt noch mal Gott.«

»Komisch«, sagte ich. »Das ist was, was mich manchmal völlig fertigmacht.«

An manchen Tagen redeten Billy und ich, bis die Sonne aufging. Es war mir egal, wenn ich morgens müde war. Es war Sommer. Du warst tot. Wozu sollte ich morgens früh aufstehen?

»Das ist verrückt«, sagte Billy. »Wir sollten eine Runde schlafen.«

Doch er legte nicht auf.

»Wusstest du, dass unsere Augenlider so dick sind, dass sie morgens gerade genug Licht hindurchlassen, damit wir wach werden?«, sagte er.

»Nein, wusste ich nicht.«

Wenn es so spät wurde wie heute, weiß ich nicht mal mehr, worüber wir geredet haben. Wir brauchten uns über nichts Besonderes zu unterhalten. Hauptsächlich haben wir über nichts Bestimmtes geredet. Das machte am meisten Spaß. Das fand er auch.

»Ich unterhalte mich gern mit dir über nichts«, sagte er. »Das ist heutzutage mein Lieblingsgesprächsthema. Mit Sally Holt über nichts reden.«

»Ist das dein Hauptfach?«, fragte ich.

»Für Hochbegabte«, sagte er. »Ziemlich gut. Bereitet mich aufs College vor.«

»Oh«, sagte ich. Ich war überrascht. Das mit dem College hatte ich ganz vergessen. »Hast du immer noch vor, auf die Villanova zu gehen?«

»Ich denke schon«, sagte er. »Die Zulassung habe ich. Nur das Stipendium krieg ich nicht mehr.«

Das machte ihm Sorgen. Er wusste, dass er akademische Rückstände hatte. Und er wusste, der einzige Grund, warum man ihn aufgenommen hatte, war Basketball gewesen. Wenigstens sei er klug genug, um zu wissen, wie dumm er war, sagte er.

»Du bist nicht dumm«, sagte ich.

»Tja, ich bin nicht so klug wie du«, sagte er. Aber er versuche, es zu werden. Er wolle es werden. Sagte, ich sei sein Vorbild. Gestand, dass er von mir beeindruckt war, davon, wie ich in der Küche morgens Notizen gemacht hatte, davon, wie ich mich ganz dem Lernen zu widmen schien. »Ich wäre auch gern so.«

Er wolle ein ganz neues Leben anfangen, wiederholte er immer wieder. »Am College kann etwas aus mir werden.«

»Weißt du schon, was du studieren willst?«, fragte ich.

Nein, wusste er nicht. Er habe gerade erst angefangen zu lernen, zum ersten Mal in seinem Leben, und alles war interessant für ihn, besonders Kunst. Und Poesie. Er hatte in letzter Zeit viele Gedichte gelesen.

»Robert Frost«, sagte er. »Echt trauriges Zeug. Hast du schon mal Robert Frost gelesen, Sally?«

In dem Sommer, in dem wir uns am Telefon unterhielten, schlugen wir nie vor, uns zu treffen. Es sollte nicht sein, wie Grandma immer sagte. Mom und Dad hätten es auch nie erlaubt. Und ich weiß nicht, ob wir gewusst hätten, was wir tun sollen, wenn wir uns im selben Raum aufgehalten hätten. Und so telefonierten wir eben. Es half mir, die Nacht rumzubringen. Einzuschlafen. Wenn ich aufwachte, lag das Telefon noch neben meinem Ohr, und Mom sah unten fern. Sie ging nirgendwo mehr hin. Schleifte mich nicht mal mehr zum Friseur. Das war okay, weil meine Haare mir jetzt bis auf die Schultern reichten. Allmählich sahen sie richtig gut aus. Fielen in weichen Wellen, statt sich um die Ohren zu kräuseln.

Nicht, dass es noch eine Rolle gespielt hätte, wie ich aussah. In jenem Sommer kriegte ich kaum jemanden zu Gesicht außer Mom, Dad und dem Briefträger. Ich blieb im Haus; da gab's wenigstens eine Klimaanlage. Das sagte Mom den ganzen Sommer über. »Wir mögen in der Hölle sein, aber wenigstens ist es schön kühl hier drin.«

»Ja«, sagte ich.

Die Sendung ihrer Wahl war in jenem Sommer deine Lieblingstalkshow: *Jillian Williams*. Mom war besessen davon. Sie schaute sie ganz offen und schien ganz vergessen zu haben, dass sie uns noch vor einem Jahr dafür bestraft hatte, sie einzuschalten.

Wir saßen da und hörten den Frauen im Fernsehen zu, die davon erzählten, dass sie, alle aus unterschiedlichen Gründen, keinen Sex mehr mit ihren Männern haben wollten. Das war das Thema der Sendung: Wieso will ich keinen Sex mehr mit meinem Mann?

»Ich kann's einfach nicht mehr ertragen«, gestand eine Frau. »Was stimmt nicht mit mir?«

Es war an Jillian Williams und dem Fernseharzt, das herauszufinden. Der Arzt betrat das Podium und sagte: »Mit Ihnen ist alles in Ordnung. Mit Ihrer Vagina stimmt etwas nicht.« Es gab so vieles, wie ich erfuhr, was mit einer Vagina nicht stimmen konnte. Man konnte eine trockene Vagina haben. Man konnte gar keine Vagina haben. Man konnte eine Vagina haben, die sich verkrampfte, wenn man es am wenigsten gebrauchen konnte. Das alles seien Gründe dafür, wie der Arzt erklärte, dass viele Frauen keinen Sex wollten, und es sei auch völlig in Ordnung, keinen Sex zu wollen, so wie es in Ordnung sei, ständig Sex zu wollen. Es sei denn, man sei sexsüchtig, ergänzte er. Wenn man zum Sklaven der Sache werde, die einen früher befreit hatte. Wenn man seinen Körper mit Heroin vollpumpte, mit der Nadel noch in der Hand anfing zu weinen und es dann wieder tat.

»Das ist Abhängigkeit«, sagte er im nächsten Beitrag, in dem es um Mütter und Töchter ging, die zusammen Drogen nahmen. »Es ist die Sucht, die einen davon abhält zu wissen, dass man süchtig ist.«

Gegen vier stand Mom auf, mixte sich einen Cocktail und

machte Abendessen. Sie drehte den Fernseher noch lauter, damit sie ihn selbst in der Küche hören konnte.

»Ich sehe den Buchstaben K«, sagte das TV-Medium. »Hat jemand einen verstorbenen Angehörigen, dessen Name mit einem K beginnt?«

Ja. Eine Menge Leute.

Ich ging in unser Zimmer. An den Abenden, an denen ich nicht mit Billy telefonierte – manchmal schlief Billy früh ein oder musste für ein paar Tage mit seinen Eltern wegfahren –, konnte ich nicht schlafen. Keine Ahnung, was mich wach hielt. Ob es die Hitze im Zimmer oder die Sterne an unserer Decke waren, die mir irgendwann in der Nacht zu hell vorkamen. Ich rief Billy an, und das Telefon klingelte und klingelte. Wenn seine Mutter abnahm, legte ich sofort auf. Ich war nervös. Wusste nichts mit mir anzufangen. Ich hatte Angst, Mrs Barnes könne zurückrufen und mir irgendwelche Vorwürfe machen, aber sie tat es nicht. In unserem Zimmer war es still. Zu still. Und ich wusste, dass ich, wenn Billy mich nie wieder anrief, für den Rest meines Lebens allein sein würde.

Und so sagte ich: »Kathy?« Nur einmal, in die Dunkelheit. »Bist du da?«

Natürlich warst du nicht da. Du warst auf dem Friedhof, wo wir dich begraben hatten. Wieso vergaß ich das immer? Ich kletterte auf dein Bett und entfernte deinen Namen von der Decke, riss jeden einzelnen Stern ab, wobei sich etwas Farbe ablöste. Aber mir war das egal. An irgendeinem Punkt in jenem Sommer konnte ich den Anblick deines Namens einfach nicht mehr ertragen.

Ende Juli mussten Mom und ich schließlich doch noch das Haus verlassen. Wir hatten einen Zahnarzttermin, was mich ebenso überraschte, wie Dad nur wenige Wochen nach deinem Tod eine Krawatte anziehen und zur Arbeit fahren zu sehen.

»Vom Trauern kann man keine Rechnungen bezahlen«, sagte er, als er in den Spiegel sah.

Unser Leben war vorbei, und doch mussten wir immer Dinge tun, wie zum Zahnarzt zu gehen. Wir hatten die Zahnreinigung schon zu lange aufgeschoben. Und Mom brauchte eine Beißschiene für die Nacht. Sie knirschte neuerdings mit den Zähnen, sodass von einem ihrer Backenzähne ein Stück abgebrochen war.

Auf dem Weg zum Zahnarzt hielt Mom an einer Tankstelle. Sie gab mir Geld und sagte: »Sally, bist du so lieb?«, und so ging ich rein, um zu bezahlen, und da sah ich ihn.

Dein Freund stand mit irgendeinem Mädchen, das ich noch nie gesehen hatte, vor dem Kühlschrank mit den Softdrinks. Sie standen lange da, denn das Mädchen konnte sich nicht entscheiden. Dein Freund sagte: »Was möchtest du?«, und das Mädchen wiederholte dauernd: »Ich weiß es nicht. Ich weiß es einfach nicht.«

Sie war hin- und hergerissen. Trug Sketchers und ungefähr tausend Armreifen. Sie habe ein Riesenproblem, sagte sie: Sie möge Orangenlimo wirklich unglaublich gern, Traubensaft auch,

Sprite trinke sie vor jedem Tanzwettbewerb, aber Cola sei auch gut. Es gab auch einen richtigen Zeitpunkt für Cola. Sonntagmorgens gönnte sie sich immer eine Cola mit ihrem Bruder.

»Hmmm, das ist so schwierig«, sagte sie wieder, und an dem Punkt hätte ich sie fast angeschrien, so wie Dad uns anschrie, wenn wir uns nicht entscheiden konnten, welches Eis wir wollten. »Jetzt nehmt irgendeins!«, fuhr er uns an. »Das ist keine strategische Militärentscheidung. Es ist nur Eis, Mädels.« Und wir lachten, denn er hatte recht. Es war nur Eis. Und Dad war nie wirklich böse. Er war wie die Väter in den Sitcoms, die nur sauer werden, weil es komisch war.

Ich schrie das Mädchen natürlich nicht an. Das wäre seltsam gewesen. Das, was Lydia die Therapeutin als eine *Affekthandlung* bezeichnet hätte. Ich stand nur da und tröstete mich mit der Tatsache, dass das Mädchen schreckliche Haare hatte, ganz anders als deine. Und das sage ich nicht nur, weil du tot oder meine Schwester bist. Es war eine Tatsache. Festgestellt bei der Umfrage zum Ende des Schuljahrs. »*Kathy Holt: Beste Haare*« stand im Jahrbuch. Priscilla hatte es uns gezeigt, und das war nett, wie Mom sagte. Sehr nett. Obwohl du tot warst, hatten deine Mitschüler trotzdem für dich gestimmt. Was für freundliche Mitschüler. Deine Haare mussten ihnen wirklich gefallen haben.

Aber die Haare dieses Mädchens waren nicht die schönsten. Fielen nicht wie ein Wasserfall. Sie waren kurz, braun und hässlich. Endeten knapp über ihren Schultern wie meine früher. Sie hatte so viel Haarspray benutzt, dass sie sich kaum rührten, als sie sich vorbeugte, das Gewicht auf das rechte Bein verlagerte, dann aufs linke, dann wieder aufs rechte. Und sie brauchte so lächerlich lange, um sich zu entscheiden, dass ich es dir als Einakter präsentieren werde:

DEIN FREUND UND DAS MÄDCHEN BEIM SOFT-DRINKKAUF: EIN DRAMA IN EINEM AKT

Das Mädchen: Ich weiß nicht, warum mir die Entscheidung so schwerfällt.
Dein Freund: Vielleicht sollten wir einen Experten hinzuziehen.
Dein Freund: Oder vielleicht kannst du mir die Augen verbinden, und ich greife einfach rein und lasse die willkürliche Hand des Schicksals für uns entscheiden?
Das Mädchen: Gute Idee. Ich liebe die willkürliche Hand des Schicksals.

Das Mädchen hielt deinem Freund mit beiden Händen die Augen zu. Drehte ihn dreimal im Kreis. Dann griff dein Freund wahllos in den Kühlschrank, nahm zwei Softdrinks heraus, und das Mädchen lachte sich kaputt, bis es sah, was er ausgesucht hatte.

Das Mädchen: Oh. Root Beer. Ich mag eigentlich kein Root Beer.
Dein Freund: Schätze, das ist Schicksal. Gegen das Schicksal kommst du nicht an.

Und ist es nicht seltsam, dass dein Freund dich an irgendeinem Punkt gegen einen Baum in den Tod gefahren hat, dass wir alle blutüberströmt waren und geschrien hatten und dass er jetzt hier im Mini-Mart stand, mit irgendeinem Mädchen, das nicht du warst und sich nicht für einen Softdrink entscheiden konnte? Und du würdest nie wieder einen Softdrink trinken. Du warst tot, lagst in der Erde, begraben unter hundert Rosen, und dein Freund war hier im Mini-Mart mit einem anderen Mädchen, umgeben von Softdrinks. Von neuen Möglichkeiten. Und ich merkte an der Art, wie sie sich ansahen, wie sie sich auf dem Weg zur Kasse aneinanderschmiegten, dass sie irgendwohin gehen, ihr Root Beer trinken und Sex haben würden. Wahrscheinlich im Wagen deines Freundes. Irgendwo am Strand.

Solche Dinge sah ich den Leuten mittlerweile an. Und nicht nur, weil ich den ganzen Sommer lang *Jillian Williams* geguckt hatte. Ich war jetzt vierzehn – nicht, dass ich irgendwem erlaubt hatte, meinen Geburtstag dieses Jahr zu feiern. Trotzdem fühlte ich mich älter. Weiser. Ich war über Nacht tausend Jahre gealtert, wie Mom zu sagen pflegte. Das kann der Tod einem Menschen antun. Der Tod zerstört Menschen, reißt sie auf. Enthüllt, wer wir innen drin wirklich sind, und es ist kein schöner Anblick. Ziemlich blutig, um genau zu sein. Und deine Zähne …

Aber ich darf nicht an deine Zähne denken. Lydia die Therapeutin hat mir gesagt, ich soll nicht über solche Dinge nachgrübeln. Sagte, es wäre nicht hilfreich. Aber manchmal dachte ich trotzdem an deine Zähne. Manchmal tauchten Bilder von deinen blutigen Zähnen vor meinem inneren Auge auf, wenn ich es am wenigsten erwartete, wie zum Beispiel hier, im hell erleuchteten Gang mit dem Chipsregal, wo dein Freund »Oh, hey, Sally« zu mir sagte, als wäre ich niemand. Als würde er einer Lehrerin aus der Schule begegnen oder einer Freundin seiner Mutter. Und so erwiderte ich nur: »Oh, hey, Billy.«

Als hätte ich ihn gerade erst entdeckt.

Als hätte er keine riesige Narbe, die quer über seine gesamte Wange verlief.

Als hätte er nicht seinen Arsch im Gesicht.

Das hätte ich dem Mädchen am liebsten erzählt. Wusstest du, dass er seinen Arsch im Gesicht hat? Aber so etwas sagt man nicht.

Und so standen wir nur da, als wäre jede Konversation der Welt verschwunden, wie das Meer am Strand vor einer Flutwelle. All die schönen Worte, weit aufs Meer rausgesogen.

»Tja, dann bis bald mal«, sagte er.

Er ging mit den Softdrinks. Die Türglocke ertönte, und ich sah mich in der Tankstelle um, als könntest du dich jeden Moment dort materialisieren, als wäre die Liebe zu deinem Freund so stark, dass sie dich von den Toten auferstehen ließe.

Aber du bist nicht erschienen. Und Billy ging mit dem anderen Mädchen zu seinem Wagen. Ich blieb allein im Geschäft zurück, und der Typ hinter der Kasse meinte: »Äh, kann ich dir helfen?«

»Nein«, sagte ich. »Können Sie nicht. Echt nicht.«

Ich kotzte den ganzen Boden voll. Der Typ hinter der Kasse war nicht mal sauer. Seufzte nur. Als wäre das sein Schicksal. Als wäre sein Leben ein schlechter Film, und er hätte die Kotze schon von der ersten Szene an kommen sehen. Ganz gleich, was er tat, es gelang ihm nicht, seine Tankstelle sauber zu halten.

Ich bot an, ihm zu helfen, doch er sagte: »Nein, bitte nicht«, als wäre es besser, wenn ich einfach nur ging. Ich bezahlte das Benzin und kaufte noch irgendwelche Kaugummis, um den schlechten Geschmack im Mund loszuwerden. Und eine in Plastik eingeschweißte Waffel. Die mochtest du am liebsten.

Zurück im Wagen, war Mom genervt. »Wieso hast du so lange gebraucht?«, fragte sie.

Ich wagte nicht, ihr zu erzählen, dass ich deinen Freund gesehen und mich übergeben hatte. Beides würde Mom aufregen, und ich wollte nicht, dass sie sich aufregte. Im Moment war Mom nicht aufgebracht. Und es waren kostbare Augenblicke, in denen Mom Radio hörte, Lippenstift auflegte, das Scheckheft zückte oder ein

Sandwich machte. In wenigen Sekunden würde sie den Motor starten und wieder anfangen zu weinen.

»Es gab eine lange Schlange«, sagte ich.

»Hast du dich im Geschäft mit Billy unterhalten?«, fragte Mom. »Ich habe ihn rauskommen sehen.«

»Nein«, sagte ich. »Wir haben uns nicht unterhalten.«

»Sieht aus, als würd's ihm besser gehen«, sagte Mom, und es klang, als wäre sie nicht glücklich darüber. Sie sah aus, als würde sie gleich in Tränen ausbrechen. Und vielleicht würde sie das. Mom konnte in fast jeder Situation weinen. Sie war eine Meisterheulsuse. Ich weiß nicht, wer für so was Preise vergibt, aber Mom hätte einen gewinnen können. Ich hatte sie beim Staubsaugen weinen sehen. Sie vor der Mikrowelle schluchzen sehen, während sie darauf wartete, dass die Erbsen auftauten. Hatte sie in den Armen des Postboten zusammenbrechen sehen. Sie hatte sogar mal geweint, während wir im Sunny-Daes-Eis aßen. Wir waren an deinem Geburtstag dorthin gegangen, weil wir nicht wussten, was wir sonst tun sollten, nachdem Priscilla gegangen war – zu feiern kam uns falsch vor, nicht zu feiern ebenso –, und so sagte Dad: »Wie wär's mit einem Eis?«, als könnten wir dich durch eine Eiswaffel ersetzen, als wäre Mom ein Kind. Ich gebe zu, manchmal, wenn sie weinte, sah sie aus wie unser kleiner Cousin, wenn er etwas Süßes haben wollte. »Okay, warum nicht«, hauchte sie mit kaum hörbarer Stimme. Aber dann starrte sie die Eiswaffel an und sagte: »Kathy war verrückt nach Eis«, und ich hätte am liebsten gesagt: »Alle sind verrückt nach Eis«, aber ich sah nur zu, wie ihr das geschmolzene Eis die Hand hinunterlief.

So starrte sie jetzt auch die Waffel in meiner Hand an. Ich riss die Verpackung auf, um sie zu essen, bevor sie ihre Wirkung auf Mom entfalten konnte, doch es war zu spät.

»Kathy war ganz wild auf diese Waffeln«, sagte Mom, und als ihre Augen sich mit Tränen füllten, wurde ich wütend.

»Es ist nur eine Waffel! Jeder mag solche Waffeln«, sagte ich. »Deshalb stellen sie sie ganz vorne an die Kasse. Sie haben nichts mit Kathy zu tun.«

Mom sah mich an.

»Sally, sei doch nicht so«, bat sie.

Ich versuchte, nicht so zu sein, was auch immer so war. Ich hatte die Waffel aufgegessen, und wir hörten Musik im Radio, ein trauriges Lied darüber, dass Kinder älter werden. Mom hörte sich immer so traurigen Mist an. Vorbei waren die Tage, an denen wir durch die Stadt gefahren waren und die Beach Boys oder Ace of Base gehört hatten, oder irgendeinen anderen Song, von dem du gerade besessen warst. Stattdessen gab es nur:

MOM UND ICH IM WAGEN: NOCH EIN DRAMA IN EINEM AKT

Ich: Wieso hörst du dir so traurige Songs an?

Mom: Sie sind nicht traurig, Sally. Sie sind wunderschön.

Für mich klangen sie ganz schön traurig. Ich machte das Radio aus, bevor der Song den ganzen Wagen ausfüllen und uns zerstören konnte. Nicht, dass die Stille viel besser gewesen wäre. In der Stille war mein Kaugummi-Kauen sehr laut.

Mom: Ich wünschte wirklich, du würdest vor dem Zahnarzttermin kein Kaugummi kauen.

Ich: Genau genommen wird dieser Kaugummi von Zahnärzten empfohlen.

Wieder Stille. Aber selbst sie half nicht, ich wünschte mir nur noch mehr, dass du da wärst. Ich wollte dir erzählen, dass ich Billy mit einem anderen Mädchen hatte flirten sehen, obwohl ich wusste, dass es dich eifersüchtig gemacht hätte. Wenn du eifersüchtig warst, wurdest du gemein. Eifersucht und Neid brachten dich manchmal dazu, dich gegen mich zu wenden, zum Beispiel auf netten Autofahrten zu Grandmas Haus – Wieso darf Sally vorn sitzen? Ich bin die Ältere, sollte ich nicht vorn sitzen? Neid brachte dich dazu, schlecht über deine beste Freundin Priscilla zu reden, wenn sie in den Ferien mit ihrer Familie an weit entfernte Orte fuhr und dir Postkarten schickte – etwas Nettes, das man für eine Freundin nun einmal tat –, aber du hast finstere Absichten dahinter vermutet. »Ich kapier einfach nicht, worin der Sinn von Postkarten liegt«, hast du zu mir gesagt und Priscillas Karte in den Müll geworfen. »Die sagen doch quasi nur: Haha! Ich bin in Europa und du nicht.«

Wir reisten nie nach Europa. Immer nur nach Watch Hill und einmal nach Amish Country, wo es uns gut gefiel. Über Amish Country konnte man sich nicht beschweren.

Weißt du noch, wie wunderschön wir Amish Country fanden?

»Ich wünschte, ich könnte Amish sein«, habe ich zu dir gesagt, nachdem wir ein Amish-Haus besichtigt hatten.

»Ich auch«, hast du gesagt.

Ich fand es faszinierend, dass die Amish Cola trinken durften, aber du warst mehr an dem Sarg interessiert, der in einem anderen Zimmer ausgestellt war. Ich weiß noch, wie du gesagt hast: »Guck dir den an, Sally«, und wir haben ihn uns angeguckt. Ein ganz schlichtes Ding. Kein großer Kasten wie die aus dem Fernsehen. Er hatte abgeschrägte Ecken, um Platz zu sparen, war kostengünstig und praktisch, und das Innere war mit weißem Stoff ausgeschlagen. Jeder bekam den gleichen Sarg, wie der Reiseführer erklärt hatte, also brauchte man sich nicht den Kopf zu zerbrechen, welchen man aussuchen sollte; wir fanden das albern. Wie schwer konnte es schon sein, einen Sarg auszusuchen?, fragte ich dich auf dem Weg nach draußen.

Aber es war tatsächlich ein Problem für Mom und Dad. Es gab so viele verschiedene. Ein paar waren im Sonderangebot, was Dad schrecklich fand. »Wer macht so was? Wer kauft einen runtergesetzten Sarg für seine Tochter?« Mom entgegnete: »Richard, diese Dinger können ganz schön teuer sein.« Dann starrten sie wieder die Särge an. Es war eine verblüffend schwierige Entscheidung. Als müssten sie dir ein neues Zuhause für die Ewigkeit aussuchen. Und so war es ja auch.

Das meine ich damit, wenn ich vom Älterwerden spreche. Damals hatte ich vor den hundert Särgen gestanden, und als Dad fragte: »Was meinst du, Sally?«, hatte ich keine Ahnung, was einen Sarg besser machte als einen anderen, und so deutete ich auf den glänzendsten und antwortete: »Der Sarkophag da gefällt mir«, und Mom regte sich auf, weil wir anscheinend das Wort »Sarkophag« nicht benutzen sollten. Es hieße »Sarg«. Särge seien für Menschen bestimmt, Sarkophage für Vampire.

Wie auch immer. Woher hätte ich das wissen sollen? Mom war in letzter Zeit ständig sauer auf mich, und das aus merkwürdigen Gründen. Zum Beispiel: Wieso kaufte ich eine zuckerhaltige Waffel vor unserem Zahnarzttermin? Das verstehe sie nicht. Lief das nicht dem Zweck eines Zahnarztbesuchs zuwider?

Ich: Ich habe die Waffel gekauft, weil wir auf dem Weg zum Zahnarzt sind.
Mom: Du tust so, als wäre das deine Henkersmahlzeit.
Ich: Ist es vielleicht auch.

Es sollte ein Witz sein, aber anscheinend kam es nicht so an, weil

Mom anfing zu weinen. Es gab jetzt nur noch Mom, Mom, ihre Tränen und den Blinker, der die verstreichende Zeit maß, als wir auf die Main Street abbogen. Als wir an dem Ort vorbeikamen, an dem du gestorben bist, schluchzte Mom so heftig, dass sie am Straßenrand anhalten musste. Direkt vor dem Baum mit der Gedenkstätte aus Teddybären und Kreuzen. Nicht, dass du religiös gewesen wärst. Aber jetzt war es so, puff! Kathy ist tot! Faltet die Hände und betet für ihren Seelenfrieden.

»Im Namen des Vaters, des Sohnes und des Heiligen Geistes«, sagte Mom. »Amen.«

Mom sprach jedes Mal ein kurzes Gebet, wenn wir am Unfallort vorbeikamen, was fast jeden Tag vorkam, denn er lag an der Hauptstraße, die man praktisch immer benutzen musste, wenn man in der Stadt irgendwo hinwollte, und so fuhren wir ständig daran vorbei, sprachen ständig ein kleines Gebet.

Als sie mit Beten fertig war, weinte Mom immer noch heftig. Sie war im Sitz zusammengesunken, hatte die Hand auf das Lenkrad gelegt und heulte, als würde sie gerade ausgeweidet, und ich wusste, so sollte der Tod sich für einen Menschen anfühlen, als würde das Innerste nach außen gekehrt.

Doch ich saß einfach nur da.

»Japp. Hier ist es passiert«, sagte ich schließlich. Ich hatte das Gefühl, im Geschichtsunterricht zu sein, mir Dias von irgendeiner heiligen historischen Stätte anzusehen, die mir nichts bedeutete. Als würde Mr Klein auf die antiken Häuser deuten, in denen die Menschen früher gelebt haben.

Dort haben sie geschlafen.

Dort sind sie zur Toilette gegangen.

Dort haben sie gegessen. Stellt euch das nur mal vor.

Aber ich konnte es nicht.

»Mom«, sagte ich. »Wir kommen zu spät zum Zahnarzt.«

»Tut mir leid, Sally«, sagte Mom und wischte sich die Tränen ab. »Tut mir wirklich leid, dass du deine Mutter so sehen musst.«

Ich nickte. Mir tat es auch leid. Aber ich wusste, es war nicht ihre Schuld. Nichts war schlimmer als die Trauer einer Mutter, woran mich ständig alle erinnerten, einschließlich Mom selbst, wenn sie spätabends nicht schlafen konnte. »Nichts ist schlimmer als die Trauer einer Mutter, Sally«, sagte sie in ihren Tee (Mom trank jetzt viel Tee), und ich nickte. Der Meinung war ich auch. Es klang tiefgründig. Wahr. Aber als sie es noch einmal auf dem Weg zur Bank sagte und dann noch einmal auf der Fahrt zum Zahnarzt, wurde ich skeptisch. Es war die Art von Aussage, die wir den Lehrern zufolge besser nicht in unseren Aufsätzen verwenden sollten, kühne Behauptungen, die Begriffe wie *nie, immer* oder *seit Anbeginn der Zeit* enthielten. Mrs Framer sagte, solche Sätze solle man mit Vorsicht genießen, denn es gebe immer Ausnahmen. »Nichts ist immer wahr«, fügte sie hinzu. »Und das ist genau die Art Satz, von der ich spreche!«

»Genau genommen gibt es schlimmere Dinge als die Trauer einer Mutter«, sagte ich.

»Ach?«, sagte Mom.

Ich erzählte ihr von Leuten, die gehängt und geviertelt worden waren. Ihre Körper wurden von Pferden auseinandergerissen und durch die Stadt geschleift. Nicht zu vergessen die Millionen Menschen, die an der Pest gestorben waren. Und die Römer!

»Was ist mit den Römern?«, fragte Mom.

»Sie haben sich den Hintern mit Scheißstöcken abgewischt.«

»Ich weiß nicht, was ein Scheißstock ist«, sagte Mom. »Aber das klingt nicht gut.«

»Es war ein Stock mit Schwämmen in den römischen Latrinen, der gemeinschaftlich genutzt wurde«, sagte ich. »Alle haben denselben genommen. Kannst du dir das vorstellen?«

Mom konnte es nicht.

»Du willst mir also erzählen, dass sich alle in der Antike mit demselben Stock den Hintern abgewischt haben?«

»Stell dir mal vor, alle in Aldan würden dasselbe Toilettenpapier benutzen.«

»Sally«, sagte Mom. »Hör auf.«

Aber ich konnte sehen, wie sich ein Lächeln auf ihrem Gesicht ausbreitete, was bedeutete, dass sie gleich wie eine Verrückte loslachen würde, wie sie es immer tat, wenn sie geweint hatte. Aber dass es leicht irre klang, war mir egal. Ich liebte Moms Lachen. Ich würde alles sagen, um es zu hören (obwohl das mit dem Scheißstock stimmte).

»Tja, Gott sei Dank gibt's heute moderne Klos«, sagte sie.

Dann tupfte sie sich die Augen ab. Startete den Wagen. Ganz gleich, wie aufgelöst Mom war, ganz gleich, wie viele Kinder sie beerdigt hatte, sie würde nicht zu spät zum Zahnarzt kommen. Das wäre einfach nur unhöflich.

»Okay«, sagte sie. »Los geht's.«

»Fünfhundert Dollar?«, sagte Mom, nachdem der Zahnarzt ihr erklärt hatte, was eine Beißschiene kostet. »Gibt's keine günstigeren Alternativen?«

»Tja, Sie könnten sich entspannen«, erwiderte er.

Es war ein Scherz, aber Mom konnte nicht darüber lachen. »Unmöglich«, sagte sie. Dann sah sie mich an. »Lassen Sie mich darüber nachdenken. Geh du zuerst, Sally.«

Der Zahnarzt hatte das Behandlungszimmer mit selbst gemalten Aquarellen dekoriert. Alle zeigten grüne und rote Menschen, die auf einer weißen Dachterrasse saßen und Kaffee oder Wein tranken, was umso trauriger war, weil seine Praxis zwischen einem

One Hop Pleasure Stop und einem Geschäft für Malereibedarf namens Where Art and Animals Come Together lag.

Mom, die schon unser ganzes Leben lang mit uns hierherkam und nie ein Wort über die Aquarelle verloren hatte, redete während meiner Untersuchung ununterbrochen darüber. Der Zahnarzt bohrte und stocherte zwischen meinen Zähnen herum, bis mein Zahnfleisch blutete, sodass ein roter Streifen auf dem Papiertuch zurückblieb, wenn er das Instrumentendings daran abwischte.

»Sie haben das Licht wirklich perfekt getroffen«, sagte Mom und warf ihre Haare zurück.

Flirtete sie etwa mit dem Zahnarzt? Oder gefielen ihr die Bilder tatsächlich? Waren sie so gut? Ich wusste es nicht.

»Malen Sie auch?«, fragte der Zahnarzt, als er das Instrument erneut abwischte. »Sally, dein Zahnfleisch blutet so stark. Benutzt du auch Zahnseide?«

Ich nickte. Ich benutzte zwar keine Zahnseide, aber wer tat das schon?

»Ich wäre fast auf die Kunsthochschule gegangen«, sagte Mom.

»Was ist dazwischengekommen?«

»Ich habe Kinder bekommen«, antwortete Mom.

Ich wusste, dass Mom Lehrerin gewesen war, aber nicht, dass sie fast auf die Kunsthochschule gegangen war. Wusstest du das? Mom hatte mal bei einem Wettbewerb eine Zeichnung eingereicht und einen Sommer auf der Kunsthochschule in Paris gewonnen. Sie fuhr natürlich nicht hin, weil sie mit dir schwanger war.

»Man muss Opfer bringen«, sagte sie. »Man macht es einfach.«

»Okay«, sagte der Zahnarzt. »Jetzt ist deine Mutter dran.«

Mom setzte sich auf den Stuhl.

»Aber warum hast du überhaupt bei dem Wettbewerb mitgemacht, wenn du schwanger warst?«

Mom antwortete nicht, öffnete nur den Mund für den Zahnarzt, damit er den Abdruck für die Schiene anfertigen konnte, und ihr Schweigen ließ meine Frage wie eine Anklage wirken. Ich hatte das seltsame Gefühl, dass ich Mom eigentlich gar nicht kannte. Wer war diese Frau, die den Mund aufriss, damit der Zahnarzt die mit Silikon gefüllte Form anbringen konnte? Die Frau, die den Präsidenten vögeln wollte? Die die Kunsthochschule für uns aufgegeben hatte? Die die Aquarelle des Zahnarztes mochte? Ich schaute zu, wie sie auf die Form biss und das Silikon über ihre Zähne quoll, und befürchtete, dass sie den Mund nie wieder würde öffnen können, so wie du. Ich hatte ein schlechtes Gewissen, weil ich sie so angefahren hatte. Als ich mich umschaute, sah ich grüne und rote Menschen auf den Bildern, die sich großartig amüsierten. Irgendwie fühlte ich mich plötzlich genötigt, ebenfalls eine Bemerkung über die Aquarelle des Zahnarztes zu machen, vielleicht um ihn daran zu erinnern, dass es eine bessere Version von ihm gab oder eine bessere Version von mir, die eines Tages durch die Straßen von Paris bummeln und selbstbewusst über Kunst reden würde.

Aber eigentlich wusste ich nie, was ich über Kunst sagen sollte; ich war in Museen schrecklich unbeholfen, stand da, betrachtete die Statuen und brachte kein Wort heraus. Großartige Werke verwandelten mich in ein stummes, geistloses Nichts.

Aber ich wusste, es war jetzt an mir, das Schweigen zu füllen. Du warst tot, Moms Mund war voller Silikon, und so betrachtete ich die Bilder, seufzte und sagte: »Tja, also Ihr Werk gefällt mir wirklich sehr.«

Später erklärte mir Mom peinlich berührt, es sei beleidigend gewesen, all seine Bilder über einen Kamm zu scheren, als wären sie alle gleich, als würden sie bei BJ's Wholesale Club verramscht.

»Was hast du gegen BJ's? Wir kaufen alles bei BJ's.«

»Eben. Man kann *alles* dort kaufen.«

Es tat mir leid, als wir die Praxis verließen und die Glocke über der Tür läutete, aber nicht so leid, dass ich zurückging, um mich zu entschuldigen. Mom zufolge hieß das, dass es einem kein bisschen leidtat.

»Zeig mir deine hübschen weißen Zähne«, sagte Mom im Auto, aber ich weigerte mich. Es kam mir vor, als würde ich damit angeben oder so. So nach dem Motto, meine Schwester hat *blutige* Zähne, aber guck dir an, wie weiß meine sind!

Also schwiegen wir wieder auf der gesamten Heimfahrt, bis Mom auf unsere Einfahrt abbog und die Türen verriegelte. »Mit wem redest du nachts, Sally?«

»Mit niemandem«, sagte ich.

Ich versuchte, wütend zu klingen, denn so warst du meistens mit Lügen davongekommen. Wenn du logst, klangst du wütend, als wärst du selbst betrogen worden.

Aber das hier war unsere neue Mutter: Sie zündete im Nachthemd Kerzen an und betete den Rosenkranz. Sie sagte ständig Dinge, die ich nicht erwartete. Stellte Fragen, die mir peinlich waren. Ob ich nachts mit dir sprach?

»Wenn du mit Kathy sprichst, ist es okay«, sagte Mom. »Das mache ich auch manchmal.«

»Echt? Was sagst du denn zu ihr?«

»Ich erzähle ihr nur von unserem Tag. Von den Dingen, die sie meiner Meinung nach interessieren könnten.«

»Aber wieso?«, fragte ich. »Ist ja nicht so, als könnte sie dich hören.«

»Doch, kann sie«, sagte Mom. »Natürlich kann sie mich hören. Sag so etwas nie wieder.«

Es wurde immer schwerer vorherzusehen, was Dad wohl tun würde, wenn wir nach Hause kamen. Einmal hatte er Fotos von uns auf dem Küchentisch ausgebreitet und sie mit Tränen in den Augen betrachtet. Und als wir vom Zahnarzt zurückkamen, beäugte Dad gerade den Kühlschrank. Er war irgendwie zu dem Schluss gekommen, dass der Kühlschrank fünf Zentimeter höher sein müsste.

»Wieso?«, wollte ich wissen.

»Weil er zu klein ist«, sagte er. »Guck dir das doch nur mal an. Das ist doch ein Skandal!«

»Kommt mir ganz normal vor.«

»Tja, du bist ja auch klein. Ich bin ein großer Mann«, sagte er. »Ich habe es satt, mich runterbeugen zu müssen, um die Aluschalen aus dem Gefrierfach zu holen.«

»Dann sollte vielleicht einer von uns anfangen zu kochen«, sagte ich.

Wir kochten an jenem Abend. Räumten auf. Mom und Dad gingen ins Bett, und ich nahm das Telefon mit in mein Zimmer. Ich wählte Billys Nummer, und als das Freizeichen ertönte, war ich nervös, als würden die Dinge zwischen uns jetzt anders liegen, aber es war nicht so. Er nahm ab.

»Tut mir leid, dass das vorhin in der Tanke so peinlich war«, sagte Billy. »Ich war nur überrascht, dich zu sehen.«

»Ich war auch überrascht«, sagte ich. »Ich konnte nicht wirklich mit dir reden. Ich war spät dran, und wir mussten zum Zahnarzt.«

»Wie ätzend. Ich kann's nicht ausstehen, zum Zahnarzt zu gehen«, sagte er. »Der fuhrwerkt mir immer zwischen den Zähnen rum, sagt, ich muss sie gründlicher putzen, weil mein Zahnfleisch blutet. Und sag nur, ich glaub, es blutet, weil Sie ständig mit 'nem winzigen Metallspeer reinstechen.«

Ich lachte. »Ja, ging mir auch so. Guter Punkt. Genau das macht mein Zahnarzt auch.«

»Haben wir womöglich denselben Zahnarzt?«

»Dr. Kurn?«

»Ja. Ich geh auch zu Dr. Kurn.«

»Der Maler.«

»Der ist Maler? Ich wusste gar nicht, dass er malt«, sagte er.

»In der Praxis hängen doch jede Menge Bilder. Die sind alle von ihm.«

»Echt jetzt?«, sagte dein Freund. Er klang schwer beeindruckt. Als würde er den Zahnarzt jetzt gar nicht mehr so sehr hassen. »Die sind echt gut.«

»Woran erkennt man, dass ein Bild gut ist?«, fragte ich.

»Keine Ahnung«, sagte Billy. »Ich glaub, man mag es oder man mag es nicht. So einfach ist das.«

Ich zog mir die Bettdecke über den Kopf und presste den Mund an den Hörer. Dann erzählte ich ihm von Mom, dass sie sich zwischen einem Leben als Künstlerin und dem als Mutter hatte entscheiden müssen.

»Ich wette, jetzt denkt sie, sie hat die falsche Wahl getroffen«, sagte ich.

Billy berichtete, dass auch seine Mutter in letzter Zeit unglücklich gewesen sei. Sie träume davon, sich von seinem Vater scheiden zu lassen – er hörte sie ständig darüber streiten. Der Unfall, die Schuldgefühle, Billys Behandlung – das alles war sehr schwer für sie alle gewesen. Sein Vater hatte eine neue Hypothek auf das Tree and Garden aufnehmen müssen. Machte an den Wochenenden Überstunden, nur um ein paar Rechnungen bezahlen zu können, während seine Mutter die Wochenenden im Tennisclub verbrachte und mit Leuten spielte, die nicht Billys Vater waren. All das klang logisch, überraschte mich jedoch – es wäre mir nie in den Sinn gekommen, dass ich mal Mitleid mit Billys Eltern haben würde. Aber klar. Es war für alle Beteiligten schwer.

Wir redeten in jener Nacht so lange, dass Billy irgendwann einschlief. Und wenn Billy am Telefon einschlief, merkte ich es sofort, denn er schnarchte. Keine Ahnung, ob du das über deinen Freund wusstest, aber es war verdammt laut.

»Billy«, sagte ich. »Wach auf!«

Er schreckte hoch.

»Wer war das eigentlich heute bei dir?«, fragte ich. »Wer war das Mädchen?«

Das Mädchen, sagte dein Freund, sei niemand. Bloß irgendein Mädchen. Von der Highschool. Aus seinem Biounterricht. Ihr Name sei Karen. Sie hätten im Mai zusammen einen Frosch seziert. Sie sei ganz witzig. Hübsch und freundlich. Sie schien ihn zu mögen, aber er sei sich nicht sicher. Schließlich sei er immer noch im Arsch. Komplett im Arsch.

»Ich muss ständig an Kathy damals im Wagen denken«, sagte er. »Manchmal, wenn ich die Augen zumache, sehe ich nichts anderes mehr.«

»Ich weiß«, erwiderte ich. »Geht mir genauso.«

Manchmal schlief ich ebenfalls am Telefon ein. Fiel in einen tiefen Schlaf, wie sonst nur auf meinem Handtuch am Strand – und wenn ich plötzlich aufwachte, war ich verwirrt vom Anblick des Meeres. Ich hatte das Gefühl, als sei ich von weit her angereist und hätte keine Ahnung, wo oder wer ich war, bis du mich ansahst. Und dann fiel es mir wieder ein: Du warst meine Schwester. Und wir waren nur am Strand.

»Sally«, sagte Billy. »Du bist eingeschlafen.«

Wir redeten weiter.

»Habt ihr diesen Sommer irgendwas vor?«, fragte Billy. »Ich meine, außer zum Zahnarzt zu gehen.«

»Ich geh eigentlich immer nur zum Zahnarzt«, sagte ich.

»Tja, sagen wir mal, du könntest irgendwo anders hinfahren«, sagte er. »Wohin würdest du gern verreisen?«

»Amish Country«, sagte ich.

»Amish Country? Ist ja seltsam. Amish Country find ich gruselig.«

»Wieso?«

»Diese ganzen Kutschen«, sagte er. »Die sind so dunkel. Ich weiß noch, wie ich mal auf der Straße an einer vorbeikam und das Gesicht der Frau neben dem Mann nicht erkennen konnte, und ich dachte: Was zum Teufel passiert mit den Frauen in diesen Kutschen?«

»Daran hab ich noch nie gedacht. Was glaubst du denn, was passiert?«

»Keine Ahnung. Das ist es ja.«

»Und du?«, fragte ich.

Billy fuhr sogar zu oft weg. Er gehe nach Disney World, dann nach Long Island, dann nach Kalifornien, um seine Cousinen zu besuchen. Das war die Idee seiner Mutter gewesen. Sie machte sich Sorgen, weil er nicht die normalen Dinge tat, die ein Junge in seinem Alter tun sollte. Er ging nie mit seinen Freunden weg. Spielte nicht mehr Basketball. Hatte nicht den Sommer seines Lebens, bevor er aufs College ging.

»Jeden Tag heißt es: ›Hast du Depressionen, Billy?‹ Ich glaub ehrlich, meine Mom wär erleichtert, wenn ich auf eine Party gehen und verhaftet werden würde, weil ich betrunken bin.«

Bei dem Gedanken musste er lachen.

»Also geht's ab nach Disney World.«

»Weil es der glücklichste Ort auf Erden ist?«

»Genau«, sagte er. »Und weißt du, warum Disney World der glücklichste Ort auf Erden ist?«

»Weil es das Zuhause von Micky Maus ist?«

»Weil es der versauteste Ort auf Erden ist.«

»Kann nicht sein.«

»Doch. Bei den Mitarbeitern gilt: Jeder vögelt jeden.«

»Das glaub ich nicht.«

»Ist aber so. Meine Cousine hat da gearbeitet, in Epcot. Sie hat gesagt, es ist einfach nur ein Haufen Leute, die ständig Sex haben.«

»Du meinst, auch die Figuren in ihren Kostümen?«

»Alle, sagt sie.«

Wir lachten und spannen die Geschichte weiter. Micky Maus beim Sex. Donald Duck beim Fummeln.

»Cinderella beim Rimming«, sagte er.

»Was ist Rimming?«

»Oh Gott, das sollte ich dir besser gar nicht erzählen.«

»Komm schon.«

»Wenn man jemandem den After leckt.«

»Wieso?«

»Weil's Spaß macht.«

»Weil's Spaß macht?«

»Ein paar Leuten stehen drauf, schätze ich.«

»Quatsch«, sagte ich. »Niemand steht da drauf!«

»Cinderella schon, wetten?«, sagte er.

Ich lachte. Mir war nicht bewusst gewesen, wie laut ich redete, wie spät es war oder dass wir beide praktisch schon schliefen und uns mit geschlossenen Augen unterhielten, bis Dad ins Zimmer platzte.

»Mit wem sprichst du da?«, fragte er.

»Niemand«, sagte ich.

Dad war klug genug, mir keine Vorwürfe zu machen. Er war ein langjähriger Bewunderer von John Locke und Benjamin Franklin. Las jeden Abend vor dem Schlafengehen die Biografien der großen amerikanischen Präsidenten. Er hielt jeden für unschuldig, bis seine Schuld erwiesen war.

Und so schnappte er sich das Telefon.

»Wer ist da?«, fragte Dad.

Ich weiß nicht, was Billy gesagt hat.

»Billy«, sagte Dad. »Ich habe dir gesagt, du sollst uns nicht mehr kontaktieren. Ich empfehle dir, nie wieder hier anzurufen, es sei denn, du willst vor Gericht enden.«

Dann sah Dad mich an.

»Ab nach unten, sofort«, sagte er.

Wir trafen uns auf der weißen Couch. Dad war fuchsteufelswild. Mad Dad. Ich glaube nicht, dass du diesen Mann kennst. Ich habe ihn auch erst nach deinem Tod kennengelernt. Ein Vater, der so laut brüllte, dass seine Stimme klang, als käme sie aus dem Mittelpunkt der Erde. Seine Worte sprudelten wie flüssiges Magma aus ihm heraus.

Wer weiß, was er gesagt hat?

Etwas über unsere Familie.

Etwas über Respekt.

Etwas darüber, dass Billy zu alt für mich sei.

Ich erklärte ihm, darum gehe es doch gar nicht.

Doch Dad beharrte darauf, dass es immer darum gehe.

Ich erinnerte ihn daran, dass Billy dein Freund war, aber er verstand es nicht.

Er sah mich nur an und sagte: »Sally, deine Schwester hat keinen Freund mehr.«

Das war das Schlimmste, was er hätte sagen können. Ich fing an zu weinen, heftiger als damals, als du auf St. Martin's Field begraben wurdest oder als Mom schließlich das Laken von deinem Bett abgezogen hat, denn selbst damals hatte ich nicht richtig begriffen, was es bedeutete, dass du tot warst. Ich verstand nicht, dass alles, was du hattest, alles, was wir teilten, einfach verschwinden würde.

»Billy hat nichts mehr mit uns zu tun«, sagte Dad.

Er hatte recht. Billy würde im Herbst aufs College gehen, um Poesie und Kunst zu studieren, und du würdest in deinem Grab bleiben. Billy würde in ein Wohnheim ziehen, neue Leute kennenlernen und sich ein ganz neues Leben aufbauen, während du verwesen würdest. Du würdest für immer in deinem Sarg liegen, und bei dem Gedanken daran begann ich so laut zu schluchzen, dass Dad aufhörte zu schreien. Er legte den Arm um mich, versuchte, mich zu beruhigen, aber es war zu spät. Ich war am Ende, würgte, kurz davor zu hyperventilieren, als es erneut passierte: Ich übergab mich auf die weiße Couch.

»Oh, nein«, sagte ich und sah zu, wie das Erbrochene von dem schönen Stoff tropfte. »Die weiße Couch.«

»Mach dir um die keine Sorgen«, sagte Dad und ging Handtücher holen. »Der macht das nichts aus. Die weiß nicht mal, wie ihr geschieht.«

Anders als Mom, die gerade ins Zimmer kam.

»Sally, was ist denn mit der Couch passiert?«, fragte sie. »Hast du dich übergeben?«

Mom holte Sodawasser und Küchenkrepp. Schrubbte die Couch. Behandelte sie mit Bleichmittel. Dann entschuldigte sie sich bei der Couch für den Zustand der Couch.

»Ich muss verrückt gewesen sein«, sagte sie. »Zu glauben, ich könnte zwei Kinder und eine weiße Couch haben.«

Gegen Ende des Sommers tauchten nachts Katzen an unserer Hintertür auf. Vielleicht war ich auch nur so einsam, dass es mir zum ersten Mal auffiel. So oder so, schwer zu sagen, was man von ihnen halten sollte.

»Es muss doch irgendetwas zu bedeuten haben«, sagte Mom.

Dad stimmte ihr zu.

»Es bedeutet, dass sie Hunger haben.« Aber natürlich war das nicht das, was Mom meinte. Sie fütterte die Katzen, was sie eigentlich nicht tun sollte, weil Katzen Tollwut und Zecken haben. Die Katzen könnten uns umbringen – davor hatte Dad Angst, dass wir an irgendeiner dummen vermeidbaren Sache sterben könnten, was, wie ich schätze, sein Job war.

Aber ich mochte sie. Ich fand es schön, auf die Veranda hinauszutreten und zu spüren, wie mir die Katzen um die Beine strichen.

»Verschwindet!«, zischte Dad, der mit einem Besen in der Hand nach draußen kam wie eine alte Hexe. »Los, macht, dass ihr wegkommt.«

Die Katzen zerstreuten sich, und Dad setzte sich auf seinen Verandastuhl.

Er war anscheinend immer noch wütend auf mich. Und er blieb für den Rest des Jahres wütend. Wütend auf die Steuern, wütend über Fernsehsendungen mit Sexszenen, wütend auf die

Ärzte, die Mom nicht wieder glücklich machen konnten, wütend, weil ich meine Sneaker auf dem Treppenabsatz liegen gelassen hatte, wo jeder über sie fallen und sich ein Bein oder Schlimmeres brechen konnte. Dad war unglaublich sauer über meine Achtlosigkeit, mein unordentliches Zimmer, das er als Gefahr für uns alle beschrieb. Er bekam Herzrasen, wenn er mich in Socken um die Ecke rennen sah, und er drohte mir halb im Scherz, wenn ich noch einmal die Treppe hinunterfiel, müsse ich sein Sommer-Sicherheitstraining absolvieren.

»Um sicher zu sein«, erklärte er mir, »muss man alle potenziellen Gefahren eliminieren.«

Sicherheit verlange, dass man seine Aufmerksamkeit stets auf die Aufgabe gerichtet halte, dass man vorausdachte, organisiert war und darauf achtete, wo man seine Werkzeuge verstaute, denn wenn man in dreihundert Metern Höhe auf einem Mobiltelefonmast eine Mittagspause einlegte und einem der Hammer runterfiel, dann war das nicht gut. Dadurch konnten Menschen sterben, erklärte er.

Dad brachte den Leuten bei, schlimme Dinge vorauszusehen, bevor sie passierten. Einen Tisch anzuschauen und die vier scharfen Ecken zu sehen, an denen sich ein Kleinkind stoßen konnte. Auf eine Veranda zu blicken und den Nagel zu sehen, der aus dem Holz ragte, das schwarze Eis in der Einfahrt zu bemerken, noch ehe es sich bildete. Dad sah all das, und man könnte meinen, so etwas mache jemanden zum Helden, aber dem war nicht so. Wenn nichts Schlimmes passierte, bemerkte es niemand, dann war es einfach ein normaler Tag. Manchmal, wenn Dad mich anschrie, schien er zu sagen: Wisst ihr eigentlich, wie viele normale Tage ich euch schon verschafft habe?

Aber Dad würde so etwas nie offen aussprechen. Er sah sich

nur im Garten um, die Steinmauer, die das Grundstück umgab. Die drei Walnussbäume.

»Die Bäume müssten mal gefällt werden, was meinst du, Sally?«, fragte er.

»Ja«, sagte ich, denn es erschien mir wichtig, ihm zuzustimmen.

»Zumindest sollte ich die Äste stutzen«, sagte er.

Am nächsten Tag fuhr er in den Baumarkt, um eine Leiter und eine Kettensäge zu kaufen. Doch stattdessen kam er mit einem roten Ledersessel zurück, den er neben der weißen Couch im Wohnzimmer platzierte. Er saß und schlief so oft darin, dass ich ihn insgeheim den Männersessel nannte, denn Dad war ein Mann und wohnte jetzt praktisch in dem Ding.

Nachts, wenn ich nicht schlafen konnte, versuchte ich, mich an die guten Zeiten zu erinnern. Das hatte mir Lydia die Therapeutin empfohlen. »Denk nicht an die Zähne deiner Schwester. Denk an die guten Zeiten. Stell vielleicht sogar eine Liste schöner Momente zusammen.«

Damals, als wir auf Boogie Boards durch die Wellen vor Rhode Island gesurft sind.

Damals, als wir auf dem Gehsteig »Scheiße« sagen mussten.

Damals, als wir am Meer eine ganze Flasche Mountain Dew getrunken haben und so lachen mussten, dass wir die Limo ins Meer spuckten.

Aber schließlich dachte ich an Billy. Fragte mich, was er wohl gerade machte. Ob ich ihn anrufen sollte. Es fiel mir schwer, ihn nicht anzurufen. Sogar noch schwerer, ihn mir in Disney World vorzustellen, auf der Achterbahn, den Mund weit aufgerissen vor Lachen. In den schlimmsten Nächten sah ich ihn in aller Deutlichkeit vor mir, wie er mit allen Disney-Prinzessinnen Sex hatte. Cinderella einen Rimjob gab. Gegen Ende des Sommers sah ich sogar ihr Arschloch vor mir, mit Feenstaub bestäubt.

»Ich kann nicht schlafen«, sagte ich zu Mom.

Mom klopfte neben sich aufs Bett, und ich kuschelte mich an sie. Dad schlief jetzt immer unten im Männersessel, und Mom aß ständig Clementinen im Bett.

»Gut«, sagte sie. »Ich traue Leuten nicht, die zu gut schlafen.«

Ich deckte mich zu.

»Dein Vater«, sagte sie. »Ich weiß nicht, wie er das macht. Er setzt sich in den Sessel und fällt sofort in Tiefschlaf. Keine Ahnung, wie man in einem Sessel schlafen kann. Aber er tut's. Frei nach dem Motto: Auf Wiedersehen, Welt! Das ist krank. Ganz ehrlich.«

Danach schlief ich oft bei Mom im Bett. Es gefiel mir im Schlafzimmer. Mom hatte schicke goldene Vorhänge aufgehängt und Blumen an die Wand malen lassen. Sie schälte die Clementinen, sah fern und strich mir übers Haar, während wir uns die Nachrichten anschauten, in denen es gewöhnlich um den Präsidenten ging. Der Präsident musste sich einem Impeachment unterziehen, nicht, weil ihm jemand einen Blowjob gegeben hatte, sondern weil er über den Blowjob gelogen hatte. Das war der allgemeine Konsens: Wenn er in Bezug auf den Blowjob von Anfang an ehrlich gewesen wäre – hätte er vor Gericht die Hand gehoben und hätte geschworen: »Jawohl, ich habe diesen Blowjob bekommen« –, wären die Leute nicht so sauer gewesen. Ein paar wären vielleicht sogar stolz auf ihn gewesen. Es hätte mir peinlich sein müssen, neben Mom zu sitzen und mir Details über den offiziellen White-House-Blowjob des Präsidenten anzuhören, aber das war es nicht.

»Die Welt ist ein sehr seltsamer Ort, Sally«, sagte Mom.

»Ich weiß«, entgegnete ich.

Dinge, die Dad im August beim Abendessen sagte:

»Wusstet ihr schon, dass Lewis und Clark ihre Kanus selbst bauen mussten, als sie sich schon auf ihrer Expedition befanden? Könnt ihr euch das vorstellen?«

»Wusstet ihr schon, dass John Adams und Thomas Jefferson am selben Tag gestorben sind? Am 4. Juli 1826!«

»Richard, bitte«, sagte Mom, als wäre es unpassend, beim Abendessen über Amerika zu sprechen.

Aber Amerika bot wenigstens Gesprächsstoff. Mom redete selten über etwas anderes als dich, und dann fing sie an zu weinen, was unangenehm war. Es war unangenehm, Kartoffeln zu essen und gleichzeitig jemandem beim Weinen zuzusehen. Zu schlucken und zu denken: *Hmm, was für eine leckere Kartoffel*, während deine Mutter weint.

»Woran sind sie gestorben?«, fragte ich.

Mom stand auf und brachte die Teller zur Spüle. Sie wusch sie von Hand ab, denn sie behauptete steif und fest, die Spülmaschine wäre kaputt, während Dad darauf beharrte, er habe sie repariert. Mir war nicht ganz klar, wie man darüber unterschiedlicher Meinung sein konnte, aber so war es eben.

»Wer weiß?«, sagte Dad. »Könnte alles Mögliche gewesen sein.«

»*Richard*, hör auf«, sagte Mom, und damit hatte es sich.

Ich begann, immer nach dem Abendessen ein langes Bad zu nehmen, und machte es mir zur Mission, absolut haarlos zu werden. Ich zupfte alle Härchen an meinem Körper und benutzte Wachsstreifen für meine Achseln, aber die schienen sich eher für die Entfernung von Hautfetzen zu eignen.

»Autsch!«, sagte ich und dachte daran, wie schwer es für Lewis und Clark gewesen sein musste, sich mitten im Nirgendwo ein Kanu zu bauen. Ich riss gerade einen weiteren Streifen ab, als Mom reinkam.

»Mom!«, rief ich. »Ich bin halb nackt!«

»Ach, wen kümmert's? Ich bin deine Mutter«, erwiderte sie. »Ich weiß, wie du nackt aussiehst!« Was so ziemlich das Schlimmste ist, was eine Mutter zu ihrem Kind sagen kann. Ich wollte nicht wissen, dass Mom sich jederzeit ausmalen konnte, wie ich nackt aussah.

»Wieso tust du dir das an?«, fragte Mom.

Ich wusste es auch nicht.

Und so hörte ich wieder auf zu baden und fing an, an meinem Schreibtisch Geschichten zu schreiben. In der ersten ging es um ein Mädchen, das zu lange in der Badewanne sitzen blieb. Ihre Haut wurde so schrumpelig, dass alle im Haus glaubten, sie wäre über Nacht achtzig Jahre gealtert. Und so begab sie sich auf Abenteuer für ältere Menschen, entdeckte, dass sie gut im Bingo war, und buk jede Menge Nusskuchen. Doch dann ließ die Wirkung des Bads nach, ihre Haut glättete sich, und sie sah wieder jung aus. Aber sie hatte eine neue Wertschätzung für ältere Menschen gewonnen.

»Die ist gut«, sagte Mom, nachdem ich sie beim Abendessen vorgelesen hatte.

»Sehr gut«, sagte Dad. »Mit einer schönen Lektion fürs Leben am Ende.«

»Ich glaube, ich werde sie Grandma widmen«, sagte ich.

Während draußen ein Sturm tobte, schrieb ich eine Geschichte über eine Farmerstochter, die von einem Hurrikan in einen Fluss geweht wurde. Sie war glücklich, weil sie unter Wasser so viel weinen konnte, wie sie wollte, denn dort fiel es niemandem auf. Es war, als wäre sie von Tränen umgeben. Aber dann ließen ihre Tränen den Fluss über die Ufer treten, und so wurde die Stadt geflutet, bis alles unter Wasser stand.

»Du könntest das Drama etwas abmildern«, schlug Dad vor,

nachdem ich sie beim Abendessen vorgelesen hatte. »Und warum beschreibst du nicht, was dem Mädchen passiert, wenn es nach der großen Flut auf die Farm *zurückkehrt? Das* wäre doch mal interessant.«

»Und wieso rufst du Valerie nicht mal an?«, sagte Mom.

»Sie ist immer noch in Disney World«, sagte ich.

»Was ist mit Priscilla?«, fragte sie.

»Priscilla war Kathys Freundin«, erinnerte ich sie. »Und Kathy ist tot.«

Gegen Ende des Sommers hatte ich so viele Geschichten über Mädchen geschrieben, die in ihr in Trümmern liegendes Zuhause zurückkehrten, dass ich wusste, was ich werden wollte, wenn ich erwachsen war.

»Ich will eine viktorianische Schriftstellerin werden«, verkündete ich beim Abendessen. Ich wollte wie Thomas Hardy sein.

»Ohne dich entmutigen zu wollen«, sagte Dad, »aber die Viktorianer sind alle tot.«

Das stimmte leider. Sie waren alle tot.

»Aber du könntest eine zeitgenössische Romanschriftstellerin werden«, sagte Mom. »Eine noch lebende.«

»Unglücklicherweise«, fügte Dad hinzu, »sind das die, die nicht ganz so viel Geld verdienen.«

Mom musste Priscilla kontaktiert haben, wieso hätte Priscilla mich sonst anrufen sollen? Sie wollte wissen, ob ich mit ihr und den anderen beim Aldan Day Carnival Ende August abhängen wollte. Ich fragte nicht, wer »die anderen« waren.

»Kann ich jemanden mitbringen?«, fragte ich.

»Klar«, sagte Priscilla. »Bring mit, wen du willst. Alle gehen hin.«

Als ich Valerie einlud, war sie beeindruckt. »Zum Jahrmarkt, mit Priscilla?«, fragte sie. »Ist Priscilla nicht in der Zwölften?«

»Ja«, sagte ich.

Valerie freute sich. Sie hatte schon einiges über den Jahrmarkt gehört. »Was zum Beispiel?«, fragte ich.

»Dass man dahin geht, um rumzuknutschen«, sagte sie.

»Rumknutschen? Mit jemand Bestimmtem?«, fragte ich.

Valerie lachte. »Mit jemand *Bestimmtem*«, wiederholte sie. »Nur du würdest dich so ausdrücken, Sally.«

»Aber so ist es richtig«, sagte ich. »Alle sollten sich so ausdrücken.«

»Wie auch immer, du kannst rumknutschen, mit wem du willst«, sagte Valerie. »Ich glaube, mit wem spielt keine Rolle. Es geht nur ums Knutschen.«

»Aber wie soll das denn gehen? Sind da nicht wahnsinnig viele Leute?«

»Genau«, sagte Valerie. »Ich weiß ja nicht, wie's bei dir ist, aber ich habe vor, mit einem Menschen zu knutschen.«

»Stimmt.« Ich lachte. »Menschen. Keine Eichhörnchen.«

»Du kannst danach bei uns übernachten«, sagte Valerie. »Mom hat gesagt, es ist okay.«

Ich erzählte Mom von dem Jahrmarkt und der Sache mit dem Übernachten, und sie war Feuer und Flamme. Hielt es für meinen ersten großen Sommerausflug, und plötzlich hatte ich keine Lust mehr hinzugehen.

Aber ich ging trotzdem. »Steig in den Wagen«, sagte sie und brachte mich höchstpersönlich zu Valerie. Als sie aus der Einfahrt fuhr, konnte man ihr anmerken, dass sie am liebsten selbst hingegangen wäre. Dass Mom sich wünschte, dass alles anders wäre. Sie wollte wieder ein junges Mädchen sein. Wollte ihr Leben noch einmal von vorn beginnen. Sich für Paris entscheiden.

Aber das ging nicht.

Sie hatte sich für uns entschieden, und jetzt war sie gefangen. Gefangen in einem Haus wie die Frauen der griechischen Antike. (Das hatte Mr Klein uns mal erzählt – dass die Griechen zwar die Demokratie erfunden haben mochten, doch das mache sie nicht zu Helden. Sie hätten ihre Frauen trotzdem im Haus eingesperrt.) Mom würde nach Hause fahren, allein herumsitzen und *Jillian Williams* gucken.

»Sei vorsichtig«, sagte Mom im Auto zu mir. »Ruf mich an, wenn du irgendetwas brauchst.«

Als wir in Valeries Einfahrt einbogen, hatte ich das Gefühl, in den Krieg zu ziehen, als wäre es ein Abschied für immer, als wüssten wir beide, dass ich nicht als derselbe Mensch zurückkehren oder gar nicht zurückkehren würde. Das machte mir ständig Sorge. Wenn Mom einkaufen fuhr, sah ich ihr traurig nach, als wäre sie schon so gut wie tot. Ich liebte sie so schmerzlich, dass ich manchmal am liebsten geweint hätte.

Aber dann sagte Mom: »Sally, du musst irgendetwas mit deinen Haaren unternehmen«, als wären meine Haare meine eigene Schuld. Sie leckte ihren Daumen an, drückte sie glatt und strich mir eine Strähne hinters Ohr, und in dem Moment hatte ich das Gefühl, sie zu hassen.

»Hey«, sagte Mom. »Du hast dir ja Ohrlöcher stechen lassen.«

Ich wartete darauf, dass sie sauer wurde. Etwas sagte wie, ich hätte mich ihren Anordnungen widersetzt. Mich fragte, warum in Gottes Namen ich mir Ohrlöcher hatte stechen lassen? Aber alles, was sie dazu bemerkte, war: »Wie nett. Du siehst hübsch aus, Sally«, und ein tiefer Brunnen der Traurigkeit klaffte in mir auf, als ich auf Valeries Haus zuging.

»Hast du Ohrringe, die ich tragen kann?«, fragte ich Valerie in ihrem Zimmer. Ich hatte die Nase voll von den Metallsteckern, die ich seit Monaten trug und die so subtil waren, dass sie Mom nicht auffielen. Aber nun, da sie davon wusste, wollte ich etwas Größeres. »Irgendwas Abgefahrenes?«

»Du kannst die hier tragen«, sagte Valerie und gab mir zwei dreieckige Ohrringe, die sie in Florida gekauft hatte. Die Spitzen zeigten nach unten. »Sie bestehen aus echten Knochen, Sally.«

Ich war verwirrt. »Wessen Knochen?«

»Was meinst du damit, wessen Knochen?«

»Na, sind's Menschenknochen?«

Valerie lachte. »Nein! Keine Ahnung, was für Knochen. Aber keine menschlichen.«

»Woher willst du das wissen?«

»Keine Ahnung. Aber wer will schon Ohrringe aus Menschenknochen?«

Alles, was sie wisse, sei, dass der Typ, der sie ihr verkauft habe, ständig gesagt habe: »Drei Dollar, echte Knochen, echte Knochen!«, und sie fand, das sei ein gutes Geschäft. Als wäre das ziemlich günstig für Knochenohrringe. Aber jetzt gab sie zu, dass es seltsam klang.

»Ich weiß nicht, aus was für Knochen die sind.« Sie zuckte die

Achseln, und ich zuckte ebenfalls die Achseln und beschloss, sie zu tragen. Ich beugte mich dicht vor den Spiegel, so wie man es machte, kurz bevor man das Haus verließ, und dachte daran, dass es nur zwei Gesichtsformen auf der Welt gab: herzförmige und ovale.

»Wusstest du, dass meine Schwester ein herzförmiges Gesicht hatte?«, fragte ich Valerie.

Nein, wusste sie nicht. »Ist meins auch herzförmig?«

»Nein. Du hast ein ovales.«

Valerie sah enttäuscht aus, so wie ich es gewesen war, als du verkündet hast, dass Gott mir ein ovales Gesicht gegeben hat. »Wieso kann ich nicht auch ein herzförmiges haben?«

Eine gute Frage, obwohl ich damals nicht daran gedacht hatte, sie dir zu stellen. »Ich schätze, so arbeitet Gott nun mal nicht.«

Ich betrachtete mich mit den Ohrringen im Spiegel und lächelte.

»Sieht cool aus«, sagte Valerie. »Knochen stehen dir.«

Wir lachten. Wir waren bereit.

Wir gingen nach unten, durch die Küche zur Tür hinaus und kamen an Valeries ShitPu vorbei. Der Hund bellte uns an, als wir die Straße hinuntergingen. Als wollte er die Welt vor uns warnen. Oder vielleicht hielt er uns auch nur für Fremde, weil er uns mit der ganzen Schminke und unseren an den Säumen aufgerissenen Jeansshorts nicht erkannte. Das fühlte sich besser an.

Der Weg zur Highschool war nicht weit, aber länger, als Valerie ihn am Telefon beschrieben hatte. Ich begriff, warum ihre Mutter uns mehrmals angeboten hatte, uns zum Jahrmarkt zu fahren. »Ist doch keine große Sache«, hatte Mrs Mitt gesagt, »wir bringen euch gerne hin«, aber es war Valerie seltsam wichtig, dass wir nicht von unseren Eltern dort abgesetzt wurden, wichtig, dass wir nicht da-

bei gesehen wurden, wie wir dem dunklen Minivan der Mutter-
liebe entstiegen.

Wir waren jetzt Teenager, und wenn man uns die Gelegenheit
dazu gab, wollten wir lieber leiden.

Schweigend gingen wir die Main Street hinunter. Kamen am
Mini-Mart und an Bill's Tree and Garden vorbei. Dem verlassenen
Parkplatz. Dem Baum, der dich umgebracht hat. Wir sprachen
kein Wort, bis ich die leeren Backsteinbauten sah, bei denen es sich
laut Beschilderung um »Professionelle Räumlichkeiten« handelte,
was uns zwei früher immer zum Lachen gebracht hatte, denn jedes
Mal, wenn wir sie sahen, hast du gesagt: »Die müssen ja echt was
davon verstehen, Räumlichkeiten zu sein«, und ich erwiderte:
»Japp, sie sind die besten.«

Aber als ich das zu Valerie sagte, klang es falsch, war aus irgendeinem Grund nicht mehr lustig, und wir taten beide so, als
hätte ich nichts gesagt. Schweigend gingen wir weiter, bis die
Highschool in Sicht kam.

»Warte«, sagte Valerie. »So können wir da nicht aufkreuzen.«

Wie sahen wir denn aus?

Wir sahen aus wie Mädchen in Bluejeans und gestreiften
Shirts. Valerie gab mir einen Lippenstift mit grüner Verpackung.
Clinique. Wir legten ihn auf.

»Wir sind da!«, verkündete Valerie.

Wir gingen zum Eingang. Der Karneval kostete zehn Dollar
Eintritt. Seltsam, dass wir den Schulhof zu jedem anderen Zeit-
punkt umsonst betreten durften, aber für drei Tage im August
hängte jemand ein orangefarbenes Banner mit der Aufschrift
ACHTUNG zwischen zwei Bäume, und plötzlich musste man
Geld abdrücken, um die Linie zu überqueren.

Auf dem Jahrmarkt wurde nicht so viel rumgeknutscht, wie
Valerie mir vorgegaukelt hatte. Eine Rockband auf der Bühne ent-

schuldigte sich gerade beim Publikum und bat um Verständnis dafür, dass sie abends mit dramatischer Beleuchtung viel besser klangen. Ich verstand das. Bei Tageslicht war ich auch nicht ich selbst. Unglaublich, dass Valerie um vier Uhr nachmittags mit jemandem rumknutschen wollte.

»Wo treffen wir uns mit Priscilla?«, fragte Valerie.

»Hat sie nicht gesagt«, antwortete ich.

Ich sah mich nach Priscilla um, konnte aber kein bekanntes Gesicht entdecken, obwohl mir alle irgendwie vertraut vorkamen. Wer waren all diese Leute? Und würden wir mit ihnen rumknutschen?

Ich wusste es nicht.

»Sollen wir aufs Riesenrad?«, fragte ich.

»Nein«, sagte Valerie. Wir waren uns einig, dass wir beide das Riesenrad nicht ausstehen konnten. Es war zu langsam. Gab einem das Gefühl, dass man eine bedeutsame Unterhaltung führen oder am höchsten Punkt einen Antrag machen sollte. Und so begaben wir uns ins Bungee-Katapult, das ich toll fand. Ich liebte das Gefühl, in die Luft geschleudert zu werden und gleich darauf so schnell wieder zu fallen, dass man sich selbst zurückzulassen schien.

Wir kamen an einfachen Spielen vorbei. Dosenwerfen, Entenangeln, »Rate, wie viel ich wiege!«. Wir überlegten, unser Gewicht erraten zu lassen, aber Valerie wandte ein: »Was ist das für ein blödes Spiel? Wieso sollte man einen Dollar dafür bezahlen, um herauszufinden, wie viel man wiegt? Ich *weiß* doch, wie viel ich wiege.«

Valeries Mutter stellte sie jeden Tag auf die Waage. Anscheinend wog Valerie zu viel. Wenn die Schule wieder anfing, würde sie sie auf eine Weight-Watchers-Diät setzen. Valerie kaufte Big League Chew und hielt die Kaugummifäden dramatisch hoch, bevor sie sie in ihren Mund fallen ließ. Dann senkte sie den Blick und sagte: »Hey! Rick Stevenson.«

Rick arbeitete an einem der Stände.

»Was machst du denn hier?«, fragte ihn Valerie.

»Ich muss hier sein«, sagte Rick.

Er erklärte, alle Highschool-Sportmannschaften müssten ohne Bezahlung an den Ständen arbeiten – für einen guten Zweck.

»Seit wann bist du im Basketballteam?«, fragte ich.

»Seit letzter Woche«, antwortete er.

»Und, was ist das hier für ein Stand?«, fragte Valerie.

Rick zuckte die Achseln. Er wusste es selbst nicht wirklich. Hinter ihm stand ein riesiger Pappaufsteller in Form eines Schulbusses, dessen Fenster aus Löchern bestanden. Valerie beugte sich über die Theke zu Rick hinüber. »Wirf einfach den Ball da in eins der Löcher«, sagte er.

»Was soll daran Spaß machen?«, fragte Valerie.

»Das findest du erst raus, wenn du's tust«, sagte Rick.

Valerie nahm einen weißen Ball von der Theke und warf ihn durch eins der riesigen Löcher.

»Tja!«, sagte Rick. »Das macht dann einen Dollar.«

»Einen Dollar?«, fragte ich. Wir sahen uns an. Dafür würden wir Rick nie und nimmer einen Dollar bezahlen.

»Lauf!«, rief sie mir zu.

Wir sprinteten davon, ohne zu bezahlen, und kicherten los, weil das die einzige Art war, wie wir lachen konnten. Wir hielten uns den Bauch, ließen uns gegen die Popcorn-Maschine sinken und warteten darauf, dass Rick uns nachlief und den Dollar einforderte, aber er tat es nicht. Es war ihm anscheinend egal. Der Erlös würde ohnehin an uns Schüler gehen. Würde in einen neuen Informatikraum fließen, wie Valerie erklärte.

»Aber wozu brauchen wir in der Schule schon Computer?«, fragte sie.

Ich hatte keine Ahnung. Alles, was wir im Informatikunterricht machten, war, unseren Namen zu schreiben und *Oregon Trail* zu spielen. Ein Spiel, bei dem wir schon eine halbe Ewigkeit versuchten, unsere Planwagen durch irgendeinen Fluss zu bringen, aber es gelang mir nie. Der Fluss war zu tief. Die Strömung zu stark. Irgendwer ging immer drauf, jedes Mal ein anderes Mädchen mit einem Namen, über den Valerie und ich viel zu lange nachgegrübelt hatten.

Wir schlenderten weiter zwischen den Ständen herum, wo es laut war. Das gefiel mir am Jahrmarkt am besten, entschied ich. Es gab keinen Druck zu sprechen oder das Schweigen zu füllen, wie beim Abendessen mit Mom und Dad. Hier gab es zu viel Lärm: Sirenen, Trillerpfeifen, Kinder, die lautstark irgendetwas verlangten. Valerie und ich sahen schweigend zu, wie ein älterer Mann in ein Fass mit Wasser getaucht wurde. Wie eine Ziege auf dem Rücken eines Pferdes stand. Wie eine Frau mit Cowboyhut ein Lied über gebrochene Herzen sang. Dann aßen wir Krapfen und sahen zu, wie die Leute auf dem Kettenkarussell hin und her geschleudert wurden.

»Wo ist Priscilla?«, fragte Valerie. Ich hatte keine Ahnung.

»Oh mein Gott, guck mal«, sagte ich. »Da ist Mr Klein.«

Ich mochte gar nicht hinsehen, aber wir taten es trotzdem. Da war er. Mr Klein, ganz allein auf dem Kettenkarussell. Ein Schicksal, das ich meinem schlimmsten Feind nicht gewünscht hätte. Wir sahen zu, wie seine Backen im Fahrtwind schwabbelten.

»Komm schon, gehen wir weiter«, sagte ich. Als wäre es irgendwie unanständig, wie von der anderen Straßenseite aus einen Unfallwagen anzuglotzen.

Die Sonne ging allmählich unter, und der Jahrmarkt füllte sich.

Ich sah immer mehr Leute, die ich kannte. Peter und seine Schwester. Unseren Mathelehrer. Aber keine Priscilla. Und keinen Billy – nicht, dass ich erwartete, ihn dort zu sehen. Ich hatte keine Ahnung, wo Billy jetzt war.

Ich sah, dass Valerie sich auf dem Jahrmarkt zu langweilen begann, weil sie ständig auf ihre pinkfarbene Uhr schaute, die schon seit drei Jahren nicht mehr die korrekte Zeit anzeigte. Das war ihr egal; sie mochte die Lederstreifen, die an den Rändern braun geworden waren, als würden sie allmählich zu einem Teil von ihr werden. Doch plötzlich tauchte Priscilla auf.

»Hey, da drüben ist Priscilla«, sagte ich.

Sie kam mit einem Haufen Mädchen, die ich nicht kannte, auf uns zu. Ich fragte mich, ob sie dich gut gekannt hatten, ob sie auf deiner Beerdigung gewesen waren, ob sie an deinem Sarg geweint hatten. Aber es fiel mir zugegebenermaßen schwer, sie sich traurig vorzustellen, während sie sich eine gigantische Zuckerwatte teilten. Nicht einmal Priscilla sah auf dem Jahrmarkt traurig aus. Als sie mich erspähte, lächelte sie.

»Sally, meine Güte, wie schön, dich zu sehen!«, sagte sie.

Sie umarmte uns wie lange verschollene Verwandte.

»Kommt mit«, sagte Priscilla. »Wir gehen zum Hurricane. Das ist das beste Fahrgeschäft hier.«

Beim Hurricane fingen die Mädchen an, sich in Zweiergrüppchen aufzuteilen, was ein Problem war, denn wir waren sieben. Wir alle wussten, dass eine von uns übrig bleiben, allein unten stehen bleiben würde, und mir war klar, es würde Valerie sein, weil niemand sie kannte. Und so sagte ich: »Valerie, warum gehst du nicht mit Priscilla in eine Gondel«, war aber aus irgendeinem Grund überrascht, als sie es tatsächlich tat. Ich blieb unten auf dem Rasen stehen, und da hörte ich seine Stimme.

»Hey, Sally.«

Ich brauchte mich nicht umzudrehen, um zu wissen, dass es Billy war. Aber ich wandte mich trotzdem um und sah ihn in der Steuerkabine des Hurricanes sitzen. Er trug eine Baseballkappe, sodass seine Narben kaum zu sehen waren. Alles, was ich erkennen konnte, war ein riesiges Lippenpiercing, ein silberner Ring an der linken Seite seines Mundes. Er sah wie ein Fremdkörper aus, kein bisschen wie etwas, das Billy in seinem Gesicht haben wollen würde. Und doch war er da, glänzte in der Sonne.

»Arbeitest du hier?«, fragte ich.

»Für den guten Zweck«, erwiderte er.

»Aber du bist doch gar nicht mehr in der Basketballmannschaft.«

»Och. Manchmal glaube ich, ich werde für immer in der Basketballmannschaft sein.«

»Wie meinst du das?«, fragte ich.

»Wieso kommst du nicht rein?«, sagte er. »Setz dich einen Moment zu mir.«

Es war still in der Kabine, was Billy nicht zu bemerken schien.

»Und wie ist der Job so?«, fragte ich.

Die Frage fühlte sich falsch an und brachte Billy aus irgendeinem Grund zum Lächeln.

»Echt fesselnd«, sagte er. Er erklärte mir, der aufregendste Teil seines Jobs sei zu hören, wie Metall auf Metall traf. »Ka-lick.«

Ich konnte ihm in den Mund sehen, als er das Geräusch nachmachte.

»Ansonsten muss ich einfach nur mit dem Steuerknüppel hier rumspielen.«

»Oh«, sagte ich. Ich überlegte, was ich zu jemand anderem sagen würde. Zu Dad zum Beispiel. »Ist ja interessant.«

»Echt?«, sagte er. »War eigentlich nur ein Scherz.«

Ich wünschte, ich wäre nicht hierhergekommen, in diese winzige Kabine, in der eigentlich gar nicht genug Platz für zwei war. Es war allgemein schon schwer, mit Jungs zu reden, von Billy mit Sonnenbrille ganz zu schweigen. Ich konnte seine Augen nicht sehen. Er war absolut undurchschaubar. Ich nahm mir vor, selbst öfter eine Sonnenbrille zu tragen.

»Willst du es mal ausprobieren?«, fragte er.

Mir stockte kurz der Atem. »Was ausprobieren?«

»Den Hurricane zu steuern«, sagte er.

»Oh.« Eigentlich wollte ich lieber nicht. Durfte er mir das überhaupt anbieten? Wenn ich im Hurricane säße, würde ich nicht wollen, dass ich das Ding steuerte. Was wusste ich schon über Fahrgeschäfte? »Das kommt mir nicht richtig vor. Ich meine, ich weiß ja gar nicht, wie das geht.«

»Wie du willst«, sagte er.

Das Strahlen war aus seinem Gesicht gewichen. Ich hatte einen Fehler gemacht. Plötzlich war ich befangen, so wie früher in unserer Küche, wenn Billy und ich nicht wussten, worüber wir reden sollten. Ich hätte einfach Ja sagen sollen. Hätte offener sein sollen, zu allem bereit. Wie eine grüne Persönlichkeit.

»Na ja, ist das denn sicher?«, fragte ich.

Er lächelte.

»Klar«, sagte er. »Babyleicht.«

Ich legte die Hand auf den Steuerknüppel. Billy lächelte, als wäre er stolz auf mich.

»Ja, genau so«, sagte er. »Aber starte das Ding erst, wenn alle Türen geschlossen sind.«

Er legte die Hand auf meine. Es war in vielerlei Hinsicht ein erstes Mal. Das erste Mal, dass ich das Gesetz missachtete. Das erste Mal, dass Billy meine Hand berührte. Es war, als würde ich zum ersten Mal an diesem Nachmittag durchatmen. Oder vielleicht zum ersten Mal in meinem Leben.

»Na schön«, sagte er. »Los geht's.«

Er gab dem Typen draußen das Okay. Dann drückte er einen Knopf, auf dem »On« stand.

»Ich zieh sie für dich hoch«, sagte er, »aber wenn sie oben sind, übernimmst du.«

Ich sah zu, wie er die Gondeln hoch in die Luft beförderte, und schon ging das Geschrei los. Oder Gelächter. Aus der Distanz war schwer zu sagen, ob die Leute im Hurricane außer sich vor Angst waren, sich großartig amüsierten oder beides gleichzeitig.

»Sind die okay?«, fragte ich.

»Die lachen doch nur«, sagte er. »So sieht Lachen aus der Ferne aus.«

»Ganz schön gruselig. Irgendwie dämonisch.«

Mir fielen einzelne Leute in den Gondeln auf, Leute, die wir kannten. Mr Beers, der Schulleiter der Highschool. Die Bibliothekarin. Valerie und Priscilla. Aber bald war alles nur noch ein Strudel aus wehenden Haaren. Ein roter Slurpie flog aus einer Gondel. Der Hurricane drehte sich schneller und schneller, und ich konnte nicht fassen, dass ich diejenige war, die ihn steuerte.

»Macht Spaß!«, sagte ich und lachte.

Ich war für all diese Leben verantwortlich. Ich glaube nicht, dass ich vor diesem Moment schon mal für irgendetwas verantwortlich war. Es war ein unglaubliches Gefühl.

»Du brauchst den Knüppel gar nicht so viel zu bewegen«, sagte er. »Dreh ihn einfach in kleinen Kreisen und hör nicht auf.«

»Okay.«

»Jetzt musst du ihn nach unten ziehen«, sagte Billy.

»Sie langsam wieder auf den Boden runterlassen.«

Ich sah zu, wie die Gondeln immer weiter nach unten sanken,

bis sie das Gras berührten. Billy und ich hatten es zusammen geschafft. Und deine Freundinnen sahen von hier aus so winzig aus, als wären sie völlig irrelevant für Billy und mich.

Billy und mich.

Aber dann stiegen die Leute aus, und Priscilla und die anderen Mädchen rannten auf unsere Kabine zu. Da erkannte ich sie: das Mädchen aus dem Mini-Mart – das Mädchen mit den braunen Haaren. Karen. Sie sah mich an, dann Billy und dann wieder mich.

»Wer bist du?«, fragte sie, als hätte ich ihr den Platz gestohlen.

»Oh«, sagte Billy. »Das ist Sally. Kathy Holts Schwester.«

»Oh, tut mir so leid, was mit deiner Schwester passiert ist, Sally«, sagte Karen. »Sie fehlt uns allen sehr.«

»Ja«, sagte ich.

Billy lehnte sich auf seinem Stuhl zurück, und ich sah zu, wie er die Hände hinter dem Kopf verschränkte. Eifersucht war dunkel, ließ alles zur Nacht werden, der Blick verengte sich, konzentrierte sich auf eine einzige Sache: das Gesicht deines Freundes. Seine Arme. Sein Kinn.

»Hast du ihr den Trick gezeigt?«, fragte Karen.

»Welchen Trick?«, fragte ich.

Eine Mücke klebte an ihrer verschwitzten Wange wie an einem Fliegenfänger. »Wenn du den Steuerknüppel genau richtig hältst und ihn im richtigen Moment absenkst, hüpfen den Mädchen die Titten aus dem Ausschnitt.«

»Oh«, sagte ich.

»*Karen*«, sagte Billy. Er sah entsetzt aus. »Sie ist doch noch klein. Bring ihr so was nicht bei.«

Aber ich bin doch gar nicht mehr klein, wollte ich schreien. Ich bin vierzehn.

»Lass es mich mal probieren«, sagte Karen und quetschte sich an mir vorbei, damit sie sich setzen konnte, und Billy hinderte sie nicht daran.

Ich verließ die Kabine und schaute nicht zurück, um zu sehen, ob sie sich auf seinen Schoß setzte. Ich ging schnell weg, kam am Stand der Amerikanischen Diabetesvereinigung vorbei, wo eine Frau Zuckerwatte aß. Dann am Stand der Brustkrebsvereinigung, wo Lutscher verkauft wurden. Dann blieb ich vor einem Stand stehen, an dem für neunundneunzig Cent Hamster verkauft wurden.

»Was ist *los*?«, fragte Valerie, die mich eingeholt hatte.

»Neunundneunzig Cent?«, fragte ich. »Hamster kosten nur neunundneunzig Cent?«

»Wir könnten uns hundert Stück kaufen!«

Mir war nicht klar gewesen, dass Hamster so billig sind. Keine Ahnung, wieso mich das überraschen oder betreffen sollte. Neunundneunzig Cent.

»Ein Fisch, na gut, ein Einsiedlerkrebs, okay, aber ein Hamster?«, sagte ich.

Je öfter ich es aussprach, desto trauriger klang es.

»Das ist weniger als ein Hamburger bei McDonald's«, sagte Valerie.

»Billiger als eine Packung Kaugummi«, fügte ich hinzu.

»Selbst ein Bleistift kostet mehr.«

Am liebsten wäre ich weinend zusammengebrochen. Ich spähte durch die Käfigstäbe. Die Hamster schauten zurück, schnüffelten, Sägespäne im Fell. Sie versuchten nicht einmal zu entkommen. Es war, als wüssten sie, dass sie nichts wert sind. Als wären sie mit dem Preis einverstanden.

»Kommt«, sagte Priscilla, die ebenfalls zu uns gestoßen war.

»Wir treffen uns mit ein paar Jungs draußen auf dem Spielfeld.«

Ich habe wohlgemerkt nicht gefragt: »Was für Jungs?« Ich bin einfach mitgegangen. Denn so wurde man zu einem »Mädchen, das sich mit Jungs auf dem Spielfeld trifft«. So wurde man von einer Sache zu etwas ganz anderem. Ich weiß nicht, wieso ich geglaubt hatte, dass das so schwer ist. Keine Ahnung, warum es mir wie Zauberei erschienen war, als du es getan hast. Dabei war es, wenn man erst auf dem Spielfeld stand, eigentlich gar keine große Sache. So leicht wie atmen.

Die Jungs standen um uns herum, in unterschiedlichen und doch irgendwie gleichen T-Shirts. T-Shirts, die stolz verkündeten, wo sie zuletzt Urlaub gemacht hatten (St. John's, Kanada), was sie trinken wollten (Sprite) oder wo ihr Dad arbeitete (Lenny's Landscaping).

»Ich hab Alk«, sagte Priscilla.

Der Inhalt der Flasche war klar, majestätisch wie etwas, das auf dem Meeresgrund gebraut worden war. Genau das, was ihre Mutter trinken würde. Parrot Bay. Coconut Rum. Er war widerlich. Er war süß. Aber ich umklammerte die Flasche, als enthielte sie eine Art Elixier.

»Ist Karen Billys neue Freundin?«, fragte ich Priscilla.

»Ja«, sagte Priscilla. »Sie sind schon den ganzen Sommer zusammen.«

Priscilla muss gesehen haben, wie die Traurigkeit mich übermannte, deshalb sagte sie: »Hier. Trink das. Vergiss sie.«

Und genau das tat ich. Der Rum milderte an diesem Abend alles ab. Die Hitze war nicht mehr so heiß, die Menschen weniger menschlich, sondern eher wie die gemalten Figuren auf den Aquarellen unseres Zahnarztes. Rote und grüne Menschen, die sich auf einem Spielfeld amüsierten. Rote und grüne Menschen, die unter den Sternen im Kreis tanzten.

»Wie heißt du?«, fragte der mit dem Sprite-T-Shirt mich schließlich. Er hielt mich mitten im Tanz am Handgelenk fest.

»Sally«, sagte ich.

»Nice«, sagte Sprite. So nach dem Motto, solide Wahl. Er nahm meine Hand und wirbelte mich herum, bis mir schwindlig wurde und ich gegen ihn prallte. Er legte mir die Arme um die Taille. »Und, worauf stehst du so?«

»Keine Ahnung«, sagte ich.

Dann näherte sich sein Gesicht meinem, und ich öffnete den Mund, legte den Kopf nach hinten und ließ zu, dass er mir die Zunge in den Mund schob.

»Der hat mir die Zunge so tief reingesteckt«, erzählte ich Valerie auf dem Rückweg.

»Meiner auch«, sagte Valerie. »Als wollte er mir den Rachen putzen.«

Wir lachten auf dem Weg zu Valerie, lachten darüber, dass Küssen wirklich keine große Sache war. Pressten uns ständig die Finger auf die Lippen. Ich versuchte, mich an das Gefühl zu erinnern, weil ich kaum was gespürt hatte. Vielleicht war ich betrunken. Oder vielleicht hatte es sich einfach nur nicht so angefühlt, wie du es immer beschrieben hast. Wenn du vom Küssen erzählt hast, hast du nie erwähnt, dass es sich manchmal nach gar nichts anfühlt. Und du hast nie von der Traurigkeit gesprochen, die mir den ganzen Weg bis in Valeries hell erleuchtetes Zimmer folgte.

Zum Glück legte Valerie eine Tonbandaufnahme ihres Geschirrspülers ein, bevor wir ins Bett gingen.

»Das stört dich hoffentlich nicht«, sagte Valerie. »Ich bin süchtig danach.«

Valerie hatte das Geräusch ihrer Spülmaschine aufgenommen, bevor sie nach Disney World gefahren war, damit sie sie im Hotel anhören konnte. Und ich muss zugeben, es war angenehm. So war es leicht einzuschlafen, neben Valerie, in der Gewissheit, dass alles Geschirr ihrer Mutter am nächsten Morgen blitzblank sein würde.

WATCH HILL

Im Winter vor meinem Highschool-Abschluss hast du angefangen, uns heimzusuchen.

Es fing im Wohnzimmer an, wo wir uns versammelt hatten, um die Rede zur Lage der Union anzusehen.

»Wir haben uns zuletzt in einer Stunde des Schocks und Leids gesehen«, sagte Präsident Bush, dann wurde der Bildschirm schwarz.

»Das war seltsam«, sagte Mom und sah mich an.

Das stimmte – alle Lichter im Raum waren noch an.

»Ich werfe mal einen Blick auf den Sicherungskasten«, sagte Dad und ging in den Keller.

Als er weg war, flüsterte Mom: »Glaubst du, das war Kathy?«

»Ich glaube, es war nur eine Sicherung«, erwiderte ich.

Und so muss es gewesen sein. Denn als Dad aus dem Keller zurückkam, ging der Fernseher wieder an, er setzte sich wieder in seinen Männersessel und sagte: »Na bitte. Er läuft wieder.«

Aber während wir dem Präsidenten zuzuhören versuchten, flog immer wieder ein Vogel – ein Kardinal – gegen die Scheibe. Der Vogel prallte jedes Mal mit einem dumpfen Geräusch gegen die Scheibe, das Mom zusammenfahren ließ. Sie verschüttete ihr Getränk auf ihrem Schoß und sagte: »Okay, *das* ist aber Kathy! Sie versucht, wieder ins Haus zu gelangen.«

Das ergab für mich überhaupt keinen Sinn. Wie konnte Mom glauben, du seist ein Vogel, und dann aber einfach so dasitzen und sich den Schoß abtupfen? Ich schaute zu Dad hinüber, aber der warf sich nur Erdnüsse in den Mund. Tat einfach das, worum Mom ihn sonst immer bat – er schaute sich die Sendung an.

»Wenn das Kathy ist, die zurück ins Haus will, sollten wir dann nicht das Fenster aufmachen?«, fragte ich.

»Was sollen wir denn mit einem Vogel im Haus anfangen, Sally?«, fragte Mom.

Sie stand auf, um sich noch einen Cocktail zu machen. Mom trank jetzt ebenfalls Wodka. Sie gab Cranberrysaft und Selters hinzu, und das Eis klirrte jedes Mal, wenn sie daran nippte. Dad stellte den Fernseher lauter.

Um die Union war es nicht gut bestellt.

Die Twin Towers waren angegriffen worden. Unsere Nation stand am Rande eines Kriegs.

Die Wirtschaft befand sich in einer Rezession.

Ganz zu schweigen davon, dass Mom seit einer Woche nicht auf die Toilette hatte gehen können und dass Dad seinen Job verloren hatte.

Aber Dad machte sich keine Sorgen. Alles würde wieder in Ordnung kommen, hatte er aus den Tiefen des Männersessels verkündet. Er werde seine eigene Firma gründen.

In den Wochen nach der Rede zur Lage der Union ging Mom zu einem Medium, wie sie mir gestand, als wir zur Mall fuhren, um ein Kleid für den Abschlussball zu kaufen. Der Ball würde erst in ein paar Monaten stattfinden, aber Mom befürchtete, kein Kleid zu finden, das mir passte. Und so ließ sie den Motor an, bog auf unsere Straße ab und sagte ganz schamlos: »Sally, ich treffe mich mit einer Frau, die mit Kathy redet.«

»Du gehst zu einem *Medium*?«, fragte ich.

»Sie wird nicht gern Medium genannt«, sagte Mom.

»Wie will sie denn dann genannt werden?«

»Jan«, sagte Mom.

»Jan? Wieso Jan?«

»Weil das ihr Name ist.«

Sie sei schon in unserer Rollkartei aufgeführt. Der erste Eintrag unter J. Doch ich war verwirrt.

»Ihr Name ist Jan?«

»Was stimmt nicht damit?«, fragte Mom, als sie auf die Main Street einbog. Sie fuhr sie ganz hinunter, ohne einmal anzuhalten. Blieb nicht mehr an dem Ort stehen, wo du gestorben bist, um ein Gebet zu sprechen. »Ist doch ein ganz hübscher Name.«

»Schätze schon«, sagte ich. »Ist nur ein ziemlich normaler Name für ein Medium.«

Es war der Name eines sehr normalen Mädchens aus *Drei Mädchen und drei Jungen*. Und der Name der Schulbibliothekarin.

»Na ja, Jan ist ja auch eine sehr normale Frau.«

»Klingt nicht so.«

»Sie hat eine Gabe«, sagte Mom.

Jan war Mom zufolge nur eine ganz normale Frau mit einer Gabe. Sie verlange nicht einmal Geld. Wozu auch? Sie habe schon genug, erklärte Mom. Sie und ihr Mann seien extrem wohlhabend – beide seien Anwälte und lebten in Watch Hill.

»Warte mal, Jan lebt in Watch Hill?«, fragte ich.

»Ja«, sagte Mom. »Ihr Haus ist wunderschön. Einfach wunderschön. Direkt am Strand. Erinnerst du dich, wie gut es Kathy da immer gefallen hat?«

Mom erzählte mir all diese Dinge über Jan, als wäre es eine Art Beweis. Ein Beweis, dass Jan wirklich die Verstorbenen sehen konnte, denn wieso sollte eine Anwältin mit blonder Bobfrisur und einem Minivan aus Watch Hill mit zwei Töchtern, die herausragende Schülerinnen waren, so tun, als könnte sie Tote sehen, obwohl sie so viele andere Dinge zu tun hatte?

»Jan wusste, dass uns ein Kind fehlt«, sagte Mom. »Das war das Erste, was sie gesagt hat, als ich hereinkam. Sie sagte: ›Da fehlt ein Kind.‹«

Ich spürte, wie sich die Härchen auf meinem Arm aufstellten. Wir erreichten den Mall-Parkplatz.

»Natürlich weiß Jan das«, sagte ich. »In den Zeitungen wurde wochenlang über Kathys Tod berichtet!«

»Jan kennt unseren Nachnamen nicht«, sagte Mom. »Und Kathy ist vor fünf Jahren gestorben, Sally. Diese Artikel sind schon uralt. Und anscheinend sieht sie Kathy direkt neben sich stehen.«

»Macht ihr das keine Angst?«, fragte ich.

»Wieso sollte ihr das Angst machen?«, fragte Mom zurück. »Es ist doch nur Kathy.«

Ja. Aber immer, wenn ich dich in meinen Träumen sah – wenn ich in unser Zimmer ging und dich auf unserem Bett liegend vorfand, die Augen zugenäht –, wachte ich voller Panik auf. Seit der Rede zur Lage der Union war das mein Albtraum: Deine Leiche tauchte ständig an irgendwelchen Orten auf, wo ich sie nicht erwartete. Einmal stand dein Sarg sogar mitten in der Küche.

Aber wenn ich nachts aufwachte, konnte ich mit niemandem darüber reden. Du warst nicht mehr da. Und wer wusste schon, wo sich Billy herumtrieb? Ich hatte seit dem Tag des Aldan Day Carnival nicht mehr mit ihm gesprochen. Er war nach Villanova verschwunden, als ich auf die Highschool kam, und ich sah ihn nicht mehr. Ich dachte, er würde mir irgendwo mal wieder über den Weg laufen – im Sommer auf dem Jahrmarkt, auf dem Basketballplatz neben dem Freibad, wo die Jungs immer spielten, oder vielleicht bei einer Party bei Rick Stevenson, denn da machten wir in unserem Abschlussjahr ständig Party. Dort trank die Basketball-mannschaft das Bier ihrer Väter. Und jedes Mal, wenn ich dorthin ging, jedes Mal, wenn ich mich an Ricks Zaun lehnte, an meinem Bier nippte oder an einer Zigarette zog, schaute ich mich um, als könnte Billy jeden Moment um die Ecke kommen.

Aber er kam nicht. Und ich rauchte auch nicht wirklich. Rauchen war dumm – das hatte ich vor der gesamten Aula bei einer der jährlichen Versammlungen verkündet, als ich die schwarze Lunge im Glaskasten hereinrollte. Ich war in meinem Abschluss-jahr Vorsitzende von »Schüler gegen das Rauchen«. Mitarbeiterin der Schülerzeitung. Sekretärin des Key Clubs. Vorsitzende des La-teinclubs – nicht, dass sich viele für dieses Amt beworben hätten. Nicht viele Highschool-Schüler waren daran interessiert, Latein zu lernen, außer Peter, der Arzt werden wollte und es für die gan-zen medizinischen Begriffe brauchte. Aber die meisten sahen kei-nen Sinn darin. »Wozu soll man eine Sprache lernen, die man im wahren Leben nicht benutzen kann?«, fragte mich Valerie, aber das war genau das, was mir daran gefiel. Endlich. Eine Sprache, die ich nie laut sprechen musste. »Eine Sprache, die es einem auf gewisse Art erlaubt, mit den Toten zu kommunizieren«, sagte Mr Prim am ersten Unterrichtstag, was mir tatsächlich sehr praktisch vorkam. Du warst die Einzige, mit der ich damals sprechen wollte. Und die Sätze, die wir als Hausaufgabe übersetzen sollten, wurden im Laufe der Jahre immer archaischer; Peter und ich fanden sie witzig.

»Bitte übersetze: *insidias nautae heri non tolerabas*«, sagte er.

»Gestern hast du den Verrat eines Seemanns nicht toleriert«, sagte ich.

»Bitte übersetze: *stultus vir mala belli laudat.*«

»Der dumme Mann lobt die Übel des Krieges.«

»Bitte übersetze: *populus multam pecuniam filiis Romanorum dat.*«

»Du brauchst nicht jedes Mal ›bitte übersetze‹ zu sagen, Peter«, warf ich ein.

»Hm?«

»Du sagst ›bitte‹, als wärst du der Lehrer.«

»Ich bin nur höflich«, erwiderte Peter.

»Na schön. Das Volk gibt den Söhnen der Römer viel Geld.«

»Korrekt«, sagte er. »Wieso steht das Verb im Lateinischen eigentlich immer ganz am Ende des Satzes?«

»Das erhöht die Spannung«, sagte ich. »Weil man nicht weiß, was das Subjekt ganz am Ende des Satzes tun wird.«

Dann klappten wir die Schulbücher zu, und Peter und ich machten auf dem Bett rum. Ja, Peter. Peter war im Abschlussjahr mein Freund – aber ich rief ihn nicht mitten in der Nacht an, um mit ihm über meine Albträume zu reden. Peter war ein herausragender Sportler. Kapitän des Tennisteams. Homecoming King. Schulsprecher. Vizevorsitzender des Lateinclubs. Vorsitzender der Honor Society. Er habe am nächsten Tag viel zu tun, sagte er immer, wenn wir abends gegen zehn auflegten. Er hatte am nächsten Tag immer viel zu tun. Er brauchte seinen Schlaf.

Und so wachte ich in den meisten Nächten auf, saß allein in unserem Zimmer und starrte an die dunkle Decke. Hörte, wie die Äste ans Fenster klopften. Lauschte dem Ächzen der Heizung. Übersetzte römische Mythen in meinem Notizbuch, Geschichten über schreckliche Dinge, die unscheinbaren Mädchen passierten. Ich blieb lange auf und übersetzte – Ironie des Schicksals, denn am nächsten Tag verschlief ich und kam zu spät zur Schule. »Du bist schon wieder zu spät«, sagte Mr Prim – und machte weiter mit der Diavorführung über die Ruinen und Ausgrabungen antiker Städte. Die Stadt Pompeji, erklärte er, sei 79 vor Christus bei einem Vulkanausbruch zerstört worden. Die Menschen waren sofort tot – an einem »Hitzeschock« gestorben, wie Mr Prim es beschrieb – und seien mitten bei dem, was sie gerade taten, aus dem Leben gerissen worden. Er zeigte uns Bilder der Dinge, die in den Ruinen gefunden worden waren – ein Paar Ohrringe, eine Bronzelampe und die Körper der Toten, die eigentlich gar keine Körper waren, sondern nur Abgüsse von Körpern. Abdrücke der Verstorbenen in ihrer letzten Haltung: ein küssendes Paar. Ein Kind, das zum Beten niederkniet. »Eine komplette Straßenszene, eine Vision des antiken Roms in 3-D, der Traum jedes Historikers!«, sagte Mr Prim. Aber mein Albtraum.

»Tote Menschen zu sehen kommt mir unheimlich vor«, sagte ich zu Mom.

»Es ist doch nur Kathy, beim Golfen«, sagte Mom.

»Beim Golfen?«, sagte ich. »Aber Kathy hat nie Golf gespielt.«

Mom stellte den Motor aus.

»Tja, ich schätze, dann hat sie jetzt damit angefangen«, sagte Mom. »Jan sagt, Kathy hätte einen Golfschläger geschwungen. Sie wolle, dass Dad weiß, dass er das mit seinem Abschlag hinbekommen wird. Er wird besser. Und woher soll Jan wissen, dass Dad gern Golf spielt?«

»Jeder in Connecticut spielt gern Golf«, sagte ich. »Das machen die Leute hier eben. Sie spielen Golf.«

»Ach, das ist doch einfach nicht wahr«, sagte Mom. »Ich spiele nicht gern Golf. Grandma spielte nicht gern Golf. Und wann hast du zum letzten Mal Golf gespielt, hm?«

Sie wartete, als würde ich ihr darauf eine Antwort geben.

»Das hat sie nun einmal gesehen, Sally. Ein junges Mädchen, das einen Golfschläger schwingt.«

»Dads Abschlag ist immer daneben«, sagte ich. »Und wieso sollte Kathy von den Toten zurückkommen, nur um über Dads

Abschlag zu sprechen? Ich meine, wen interessiert das? Kathy hat's definitiv nicht interessiert.«

»Sie hat gern Scherze gemacht«, sagte Mom. »Vielleicht war es nur ein Scherz. Um Dad zu ärgern. Jan sagt, sie hätte ein verschmitztes Grinsen im Gesicht gehabt, als sie es gesagt hat. Erinnerst du dich an ihr verschmitztes Grinsen?«

Mom ahmte ein »verschmitztes Grinsen« nach, und als ich nicht lachte, sagte sie: »Siehst du, Jan weiß auch, wie du drauf bist.«

»Wie denn?«

»Wütend. Hast keine Lust zu lachen.«

»Liegt vielleicht daran, dass ich das einfach nicht lustig finde«, sagte ich.

»Vielleicht hast du nur Hunger.«

Wir holten uns bei Sbarro was zu essen. Pizza und Salat. Und natürlich ein paar Knoblauchknoten. Mom ließ mich beim Essen nicht aus den Augen. Sagte: »Iss, iss.« Jan mache sich Sorgen, dass ich nicht genug aß.

»Woher will Jan wissen, wie viel ich esse?«, fragte ich.

»Jan sagt, es hat etwas mit einem Jungen zu tun.«

»Was für ein Junge?«, fragte ich.

»Hat sie nicht gesagt.«

»Peter?«

Mom schwieg.

»Was stimmt nicht mit meinem Freund?«

»Sally, es ist alles in Ordnung mit Peter. Aber du bist zu jung für einen Freund.«

»Ich bin fast achtzehn!«, sagte ich. »Kathy war sechzehn, als sie ihren ersten Freund hatte.«

»Genau mein Punkt.«

»Ich bin erwachsen«, sagte ich.

»Noch nicht.«

»Aber in zwei Monaten. Ich könnte Peter sogar heiraten, wenn ich wollte.«

»Willst du Peter denn heiraten?«

»Nein!«

»Tja, wenn du Peter nicht heiraten willst, wieso gehst du dann mit ihm?«

»Ich meine ja nur …«

»Was meinst du nur? Denkt ihr etwa übers Heiraten nach?«

Ich lachte, da und dort, bei meiner Pizza in der Erfrischungsoase der Mall. Nein, Peter und ich dachten nicht übers Heiraten nach. Das Einzige, worüber Peter und ich nachdachten, waren unterschiedliche Arten zu fummeln. Peter schlug andauernd etwas Neues vor – »Warum ziehst du den Slip nicht aus? Wieso spreizt du die Beine nicht ein bisschen weiter?« Und ich: »So? Oder so?«

»Wäre ich eine Siebzehnjährige im alten Rom, hätte ich schon zwei Kinder«, erklärte ich Mom.

»Du klingst wie dein Vater.«

»Na ja, stimmt doch.«

»Bist du nicht froh, dass du nicht im alten Rom lebst? Bist du nicht froh, dass dir das erspart geblieben ist?« Mom seufzte. »Du hast noch dein ganzes Leben vor dir.«

Wenn man im Abschlussjahr anfängt, sich fürs College zu bewerben, sagen einem die Leute so etwas oft. Mom und Dad sagten es beim Abendessen, die Berufsberaterin sagte es am Ende der Beratungsstunde, der Arzt sagte es bei der letzten Untersuchung, als er mein Herz mit einem Stethoskop abhörte. »Du hast noch ein langes Leben vor dir«, sagte er, als wäre es eine gute Nachricht, was es im Grunde ja auch war. Ich hatte einen normalen Herzschlag, saubere Lungen, eine Wirbelsäule, die gerade war wie ein Bleistift. Es gab keine Entschuldigung dafür, nicht langsam über meine Zukunft nachzudenken, und so verbrachten Valerie und ich den Herbst damit, Colleges zu besuchen und in der Mittagspause Tests zu machen, um zu sehen, was wir werden sollten. Krankenschwester. Ärztin. Farmerin!

»Farmerin?«, sagte Valerie, und wir lachten. »Nichts für ungut, aber ich seh dich echt nicht als Farmerin.«

»Schon okay.«

Aber dann verschickte ich eine Bewerbung für die Villanova University und fühlte mich schuldig, als würde ich ein Rennen laufen, das längst vorbei war, und über deine Leiche hinweg die Ziellinie nach Villanova überqueren.

Und Peter! Auch das kam mir manchmal falsch vor. Wir taten nachts, auf Moms weißer Couch, Dinge, die wir nicht tun sollten. Peter schob seine Hand unter mein Shirt, vergrub das Gesicht zwischen meinen Brüsten und sagte: »Am liebsten würde ich da drin sterben«, und ich fand es lustig, dass Peter (Peter!) jetzt solche Dinge zu mir sagte. Und dass ich jetzt solche Dinge sagen konnte: »Ich glaube, das würde eine peinliche Todesanzeige werden. Peter Heart, achtzehn Jahre, erstickt zwischen den Brüsten irgendeines Mädchens.«

»Ach, ist das alles, was du für mich bist?«, fragte Peter. »Irgendein Mädchen?«

»Ist das dein Ernst?«, fragte ich.

»Mein völliger Ernst.«

Aber er scherzte. Er wusste, was er mir bedeutete.

»Du bist mein Freund.« Ich liebte es, das laut auszusprechen. Und Peter liebte es, das zu hören. Ich war seine erste richtige Freundin, und Peter war mein erster richtiger Freund. Das verstand Mom einfach nicht.

Ich schob die Pizza auf dem Teller herum.

»Siehst du?«, sagte Mom. »Du rührst dein Essen kaum an.«

In dem Jahr führte Mom sich auf wie eine Detektivin. Als wären wir bei *Jillian Williams*, und das Thema wäre: »Was stimmt nicht mit meiner Tochter?«

»Das ist doch kein Essen«, sagte ich. »Wir sind hier in der Mall. Und nur zur Info, ich esse sehr wohl.«

»Aber *was* isst du?«, sagte Mom. »Pizza! Oreos! Jan meint, du solltest Nahrungsergänzungsmittel nehmen.«

Jan habe Zink vorgeschlagen. Eisen. Vitamin B6. Omega-3-Fettsäuren.

»Ist Jan jetzt auch noch Ärztin?«, fragte ich.

»Nein«, sagte Mom. »Sie ist einfach nur sehr klug.«

Sie holte ein Aufnahmegerät aus der Tasche. Anscheinend erlaubte Jan ihr, die Sitzungen aufzuzeichnen. »So authentisch ist sie.«

»Okay«, sagte ich.

»Ich spiel dir das Band vor, wenn du mir nicht glaubst«, sagte sie, hielt das Gerät hoch und legte den Finger auf »Play«.

»Nein!«, schrie ich.

Ich glaubte Mom nicht. Und ich glaubte Jan nicht. Kein Stück. Trotzdem konnte ich es nicht ertragen, mir das Band anzuhören.

»Wir sind hier in der *Mall*«, sagte ich.

Danach gingen wir von Geschäft zu Geschäft, von hübschem Kleid zu hübschem Kleid – »Na, das ist doch wirklich hübsch«, sagte Mom, aber dann zupfte sie am Stoff herum. Sie nahm ein Maßband aus der Handtasche und wickelte es um meine Brüstchen. So nannte Mom sie, als würde sie das kleiner machen.

»Sally, wir müssen was wegen deiner Brüstchen unternehmen«, sagte sie.

»Was zum Beispiel?«, fragte ich. »Sollen wir sie abschneiden?«

Mom lachte. »Sei nicht albern.«

Als ich mich im Spiegel betrachtete, ging mir durch den Kopf, wie verblüfft du wärst, mich so zu sehen.

Sally? Bist du das wirklich? Wahnsinn. Was ist mit deinen Titten passiert?

Sie waren gewachsen. Sahen jetzt aus wie deine. Und meine Hüften – sie waren mehr wie Moms als Moms eigene, schwer und breit wie ein Boot. Wenn ich durch die Schulflure ging, fühlte ich mich oft wie ein Boot. Als wäre alles im Boot real, alles außerhalb davon eine Luftspiegelung. Immer, wenn ich glaubte, Land zu sehen, mich etwas Echtem, Solidem zu nähern wie Peters Körper, wenn ich seine Hände überall auf mir spürte, war es nicht genug. Seine Hände veränderten mich nicht. Konnten den Schiffsrumpf nicht durchdringen, der einem Ozean standhalten konnte.

»Fester«, sagte ich oft zu Peter. »Beiß fester zu.«

Peter löste sich von mir. »Tut das wirklich nicht weh?«, fragte er. »Ich hab das Gefühl, dich zu verletzen.« Er war besorgt. Ich war ebenfalls besorgt. Denn wenn Peter das Haus verließ und seine Hände gleich mitnahm, war ich wieder mit mir allein.

»Wir müssen dir woanders ein Kleid besorgen«, sagte Mom. »Eine Sonderanfertigung bestellen. Hier gibt es nichts für dich.«

»Okay«, sagte ich.

Das hätte ich ihr gleich sagen können.

Vor Peter hatte es andere Jungs gegeben.

Alex aus dem Chemieunterricht in der Neunten mit dem Lippenpiercing, was das Einzige an ihm war, woran Mom sich erinnern konnte. Ich dagegen erinnerte mich an Folgendes: Er hatte unter der Tribüne an der Schule meine Brüste befummelt, und es hatte sich gut angefühlt. Es war das erste Mal, dass sie mir nicht peinlich waren. Tagsüber in der Schule starrten die Leute mich an, als wären sie unanständig, so nach dem Motto: Was hast du dir dabei gedacht, Brüste mit in die Schule zu bringen! Mädchen beäugten sie in der Sportumkleide, als würde ich zu viel Persönliches von mir preisgeben. Und im Flur waren sie immer im Weg. »Sorry, tut mir leid«, entschuldigte ich mich, wenn es an den Abzweigungen auf den Fluren eng wurde. Wenn wir bei dem Versuch, die Klasse zu betreten, gegeneinandergepresst wurden. Tut mir leid, dass meine Brüste so verdammt riesig sind. Sorry, dass sie voller Gewebe, Fett und Blut sind. Tut mir leid, dass ich noch am Leben bin. Aber dort, unter der Tribüne mit Alex, schienen sie der beste Teil von mir zu sein.

Dann war da noch Jake, der Erste, mit dem ich im Kino rumgemacht habe. Er hatte seine Brieftasche mit einer Kette an einer Gürtelschlaufe befestigt, etwas, das Mom nicht nachvollziehen konnte. Was er denn so Wertvolles in seiner Brieftasche aufbewahre, wollte sie wissen, nachdem er mich zu Hause abgesetzt hatte.

»Geld?«, fragte ich.

»Wie viel Geld hat er denn da drin?«

Ich wusste es nicht. Das war keine Frage, die man einem anderen Menschen stellte, nicht, dass Mom das begreifen würde. Mom würde jeden alles fragen. (»Haben Sie Kleider für Frauen mit großen Brüsten?«, hatte Mom die Kassiererin bei Macy's gefragt.)

Und jetzt gab es eben Peter, meinen ersten richtigen Freund. Ich weiß, es klingt kindisch, es so auszudrücken, aber so nannte ich ihn in meinen Gedanken, als er in meinem letzten Highschool-Jahr zum ersten Mal an unserer Tür klingelte. Ich dachte: *Da ist mein erster richtiger Freund, um mit mir und meinen Eltern zu Abend zu essen, genau wie Billy.*

»Hallo, Mr und Mrs Holt«, sagte Peter.

Er stand im Flur und schüttelte Dad die Hand.

»Wie Sally uns erzählt hat, gehst du im Herbst nach Michigan?«, fragte Dad.

»Ja, Sir«, sagte Peter.

»Gute Uni«, sagte Dad.

»Stimmt«, sagte Peter.

»Sie haben ein tolles Footballteam«, sagte Dad.

Danach schienen sie nicht mehr zu wissen, worüber sie reden sollten.

»Wie läuft's für deine Mannschaft dieses Jahr?«, fragte Dad.

»Welche Mannschaft?«

»In welcher Mannschaft bist du noch gleich?«

»Leichtathletik«, antwortete Peter. »Schach. Und Tennis.«

»Ach, du spielst Tennis?«, sagte Mom.

Früher, bevor du gestorben bist, hatte Mom Tennis gespielt. Und früher trug Mom Ohrringe, Lippenstift und einen weißen Tennisrock und verabredete sich mit anderen Frauen zum Hallentennis. Aber heute verließ sie das Haus nur noch, um mit dir Kontakt aufzunehmen.

»Nicht so richtig«, sagte Peter.

Dann erklärte er, seine Mutter sei die Managerin der Tennishalle.

»Oh«, sagte Mom. »Wirklich? Wow. Muss ja ein wichtiger Job sein.«

Mom wirkte nicht besonders interessiert, aber Peter redete einfach weiter. Erklärte, dass er schon sein ganzes Leben lang Gratisunterricht bekommen hatte. Ich weiß nicht, warum er Letzteres immer hinzufügen musste. Es wäre besser gewesen, wenn er nur gesagt hätte: »Ja, ich bin in der Tennismannschaft.« Aber Peter schien Wert darauf zu legen, dass jeder erfuhr, dass er den Unterricht umsonst bekam. Dass er niemanden hatte bezahlen müssen, um gut zu werden.

»Tja, dann setz dich«, sagte Mom. »Das Abendessen ist fertig.«

An dem Abend, an dem sie Peter kennenlernte, benahm Mom sich vorbildlich. Sie kochte sogar. Sonst kochte sie kaum noch. Sie aß massenhaft Diät-Fertigmenüs. Aber es war schön, zu sehen, wie sie den Salat zubereitete, während Dad draußen Burger grillte. Obwohl ich Dad gesagt hatte, dass er nicht grillen sollte. Peter war Vegetarier, aber Dad konnte das nicht akzeptieren.

»Jungs sind keine Vegetarier«, sagte er.

»Peter schon«, beharrte ich.

Peter verschmähte den Burger, den Dad gegrillt hatte (wovor ich ihn gewarnt hatte), doch Dad tat völlig überrascht. Entsetzt. Und in dem Moment sah ich Peter durch Dads Augen und war ebenfalls entsetzt. War das wirklich mein Freund? War er es, dem ich meinen einzigen Körper schenkte? Der Vegetarier, der kein Fleisch isst, aber nicht, weil ihm das Wohl der Tiere am Herzen lag, sondern wegen der Entzündungswerte, wie Peter beim Abendessen erklärte. Er sagte, es liege nicht daran, dass ihm die Tiere leidtaten.

»Ich denke, wir sollen sie essen«, sagte Peter, als würde er eine öffentliche Rede halten. »Aber wenn ich weniger Fleisch esse, bin ich nicht so schmerzempfindlich.«

Mom war verwirrt.

»Und woher beziehst du dann deine Vitamine?«

Dad war aufgebracht. Murmelte etwas von Fleisch, Höhlenmenschen, Evolution und unserer Gehirngröße. Sagte: »Unsere Gehirne sind doppelt so groß wie früher.«

Und Peter sagte: »Tja, da spielen vielleicht noch andere Faktoren eine Rolle.«

Dad biss ein großes Stück von seinem Burger ab.

Mom schüttete sich noch ein Glas Wein ein.

Ich versuchte, in andere Sphären zu entfliehen, mich von meinem Körper zu lösen, wie die Stoiker, die wir in der Schule durchgenommen hatten.

»Und, wo habt ihr zwei euch kennengelernt?«, fragte Mom, als könne es eine andere Antwort als »in der Schule« geben.

»Wir kennen uns schon eine Ewigkeit«, scherzte ich. »Seit der Fünften.«

Peter hatte mir ein Pflaster auf den Mund geklebt, erinnerst du dich? Hatte zu mir gesagt: »Zeig mir deine Wunden.«

»Die Geschichte ist schon witzig«, sagte Peter. »Sally und ich *gehen* eigentlich schon seit der Fünften miteinander.«

Mein Magen krampfte sich zusammen.

»Oh«, sagte Mom. Sie sah verwirrt aus. »Wirklich?«

»Das war nur ein Scherz«, sagte ich.

»Ich habe Sally in der Fünften gefragt, ob sie mit mir gehen will«, sagte Peter. »Und sie hat Ja gesagt.«

Aber danach hatten Peter und ich jahrelang nicht miteinander gesprochen. Nicht mal im Lateinunterricht. Wir hatten hauptsächlich Sätze zusammen übersetzt und waren getrennte Wege gegangen, sobald es läutete.

Aber als ich im Abschlussjahr an der Schülerzeitung mitarbeitete, verbrachte ich viel Zeit damit, Peter in der Cafeteria zu interviewen, denn er tat die eindrucksvollsten Dinge. Peter dachte sich ständig schnelle, effiziente Dinge aus, mit denen er für die Leute an der Schule zum Helden wurde, weshalb er für das Amt des Schülersprechers kandidierte: Die Leute wollten Getränkeautomaten in der Cafeteria. Und jetzt hatten wir endlich welche. Und alle liebten Peter dafür. Klatschten, wenn er in der Mittagspause die Cafeteria betrat. Ich schrieb darüber einen Artikel für die Schülerzeitung. »Wie hast du das geschafft?«, fragte ich Peter. »Wie hast du die ganzen bürokratischen Hindernisse überwunden und es geschafft, das an diesem gottverlassenen Ort auf die Beine zu stellen?« Peter sah mich erstaunt an, als wäre es ein Kinderspiel gewesen. So nach dem Motto: Weißt du nicht, wer ich bin? Ich bin

Schülersprecher. Der Vorsitzende der Honor Society. Der Homecoming King. Letzteres hatte mich überrascht. Ich hatte gar nicht gewusst, dass man Vorsitzender der Honor Society und Homecoming King sein konnte. Das eine hieß, dass man cool war, das andere, dass man es nicht war.

»Ist Peter Heart jetzt cool?«, fragte ich Valerie in der Mittagspause.

»Ich glaube, man muss nicht mehr cool sein, um Homecoming King zu werden«, antwortete sie. »Das ist nur ein Mythos.«

Der Punkt ist: Es spielte keine Rolle mehr, wer cool war. Das Abschlussjahr war anders als alle anderen Highschool-Jahre. Alle wurden jetzt zu den Partys bei Rick Stevenson eingeladen, denn wen scherte es noch? Als das Abschlussjahr begann, kam es uns so vor, als wären wir gar nicht mehr auf der Highschool, und manchmal war ich an den Wochenenden tatsächlich schon am College, besuchte mit Mom und Dad Universitäten. Als wir durch die Flure der Villanova flanierten, sagte Dad: »Ah, nett, das ist nett hier.« Und Mom meinte: »Eine katholische Universität? Ich hätte nicht gedacht, dass das etwas für dich ist.«

Ich erstarrte. Wartete darauf, dass sie mir Vorwürfe machte. Dass ihr wieder einfiel, dass Billy seit vier Jahren hier war. Aber vielleicht wusste sie das gar nicht mehr?

»Aber ich bin doch katholisch, oder etwa nicht?«, sagte ich, womit sie sich zufriedenzugeben schien.

Ich gebe zu, anfangs hatte ich die Villanova nur besucht, weil ich hoffte, Billy würde mir über den Weg laufen. Ich suchte jeden Raum nach ihm ab. Ließ den Blick über die Studierenden, die Reihen voller Bärte und Baseballkappen schweifen, um zu sehen, ob er unter ihnen war – vergebens. Es waren nur irgendwelche Fremden, die, ganz in ihre Gespräche vertieft, an winzigen Holztischen saßen. Sie sahen aus, als würden sie über den Sinn des Lebens reden. Aber dann hörte ich, wie ein Mädchen laut lachte und sagte: »Also echt, als ob es bei Delfinen Gruppenvergewaltigungen gibt. Das ist doch totaler Quatsch.« Ich wartete darauf, dass die Professorin sie ermahnte, aber die stapelte nur weiter Papiere aufeinander. Es war ihr egal. Und da wusste ich, dass es auf dem College okay war, über solche Dinge zu sprechen – Gruppenvergewaltigungen unter Delfinen oder Ähnliches, vielleicht standen sie sogar im Lehrplan.

»Hier will ich studieren«, erklärte ich Mom und Dad auf der Heimfahrt.

Als ich an die Highschool zurückkehrte, kam sie mir wahnsinnig klein vor. Alles, was mir vor meinem Besuch an der Villanova so wichtig erschienen war, war es nicht mehr. In einem Jahr würde ich diese Leute nicht mehr kennen. In einem Jahr würde ich in Philadelphia sein und mit bärtigen Studenten über Delfin-Gruppenvergewaltigungen sprechen. Valerie würde nach Kalifornien gehen. Rick Stevenson an die New York University. Und wer cool war und wer nicht, war keine coole Frage mehr. Die Einzigen, die immer noch glaubten, sie wären cool, waren es eigentlich gar nicht mehr, wie Lia McGree, die Homecoming Queen.

»Und ihr geht zusammen?«, fragte ich, als ich Lia und Peter in jenem Herbst für die Schülerzeitung interviewte.

»Nein«, sagte Peter.

»*Definitiv nicht*«, sagte Lia. »Ich habe einen Freund. Derek Simms. Mit Doppel-M. Er geht aufs College.«

»Aber müssen Homecoming King und Queen nicht miteinander gehen?«, sagte ich. »Ich dachte, das wäre Pflicht.«

Es war nur ein Scherz. Aber Peter und Lia sahen sich an und wurden rot, als wäre es ihnen plötzlich peinlich, dass sie nicht zusammen waren. Als hätten sie als Homecoming King und Queen versagt.

»Wir kennen uns doch kaum«, sagte Lia.

»Na ja, wir haben Mathe zusammen«, sagte Peter.

Lia schaute auf ihre Uhr. Sie war so schön wie ein Model. Ich meine, sie war buchstäblich ein Model. Sie war bei einer Agentur unter Vertrag, die sich John Casablancas nannte. Sie war im L.L.Bean-Katalog in jenem Winter in einem Skort zu sehen gewesen. Aber das machte sie nicht so beliebt, wie es immer in Filmen dargestellt wurde. Es ließ sie nur ein bisschen langweilig und vielleicht sogar leicht schräg wirken. »Lia trägt heute tatsächlich einen Skort«, sagte Valerie und lachte.

»Sind wir hier fertig?«, fragte Lia. »Ich muss gleich noch einen Test schreiben.«

Lia ging, aber Peter blieb sitzen, als hätte er mehr von dem Interview erwartet. Als hätte er sich eine Stunde dafür freigenommen, was er, wie sich herausstellte, tatsächlich getan hatte.

»Tja, das ist jetzt peinlich«, sagte Peter.

»Was ist peinlich?«, fragte ich.

»Muss ich dich etwa daran erinnern, dass wir miteinander gehen?«, sagte Peter.

»Wie bitte?«

»Wir haben ja nie Schluss gemacht«, sagte Peter. »Wir gehen seit der fünften Klasse zusammen, weißt du nicht mehr?«

»Doch, weiß ich.«

»Und du hast nie mit mir Schluss gemacht.«

»Ah. Schätze, ich bin einfach davon ausgegangen, wir hätten es stillschweigend getan«, sagte ich. »Während dieser Sieben-Jahre-nicht-mehr-miteinander-sprechen-Phase.«

»Sieben Jahre?«, sagte Peter. »Das ist eine lange Zeit.«

»Ich schätze, es ist unser Siebenjähriges«, sagte ich.

»Ein wichtiger Meilenstein.«

»Ich hoffe, du hast mir etwas Hübsches besorgt«, sagte ich,

und er antwortete: »Leider habe ich nur diesen Bleistift«, und ich nahm ihn an, weil ich dachte, wir würden nur rumflachsen. »Ein ausgezeichneter Bleistift«, sagte ich und war überrascht, dass ich rot wurde. Dass ich Peter plötzlich mochte – Peter, der schon Tage im Voraus um seine Lateinhausaufgabe gebeten hatte. Kapitän der Leichtathletik- und Tennismannschaft. Auf dem Weg zur University of Michigan, wo er das vormedizinische Studium beginnen würde. Ein netter Kerl und Alleskönner. Das sagten die Leute im Abschlussjahr oft über Peter.

Netter Kerl. Netter Kerl. Netter Kerl.

Aber Mom und Dad sahen das anders.

Mom und Dad glaubten nicht mehr an nette Kerle. Jeder Freund war ein schlechter Freund. Selbst Peter, der einen exakten Mittelscheitel trug und in seinem Zimmer Poster von berühmten Astronauten aufhängte. Peter, der nur versuchte, ihnen eine witzige kleine Anekdote über unser Kennenlernen zu erzählen. Aber sie fanden sie nicht komisch. Sie waren verwirrt.

»Warte mal, ihr geht schon seit sieben Jahren miteinander?«, sagte Mom.

Ich konnte es nicht leiden, wenn so etwas passierte, wenn bestimmte Zuhörer etwas so Wundervolles in etwas so Peinliches verwandelten. Wie sie einen dazu brachten, jemanden anzusehen und ihn plötzlich, völlig grundlos, zu hassen.

»Es ist nur eine lustige kleine Story«, sagte ich.

»Interessant«, sagte Dad.

Er lehnte sich auf seinem Stuhl zurück. Sein kühles Schweigen war unerträglich. Er war insgesamt sehr still geworden. Wurde nur laut, wenn der Computer sich aufhängte oder die Fernbedienung nicht da war, wo sie hingehörte.

Wenigstens Mom versuchte, nett zu Peter zu sein. Sie aß eine Tomate.

»Eine süße Geschichte«, sagte Mom. »Sally hat erzählt, du willst Arzt werden?«

»Wieso glauben alle, dass ich Arzt werden will?«, fragte Peter.

»Weil du allen erzählt hast, dass du Arzt werden willst«, sagte ich.

»Seit dem elften September interessiere ich mich sehr für Politik«, sagte Peter.

Was er jetzt wirklich werden wolle, sei Präsident der Vereinigten Staaten. Aber er wisse, dass das ziemlich weit hergeholt sei, wenn das also nichts werde, strebe er an, Senator zu werden. Von Connecticut.

»Weißt du, was man über das Kandidieren für ein politisches Amt sagt?«, fragte Dad schließlich. »Die besten Leute tun es nie.«

Nach dem Abendessen mit Peter ging Mom nach oben ins Schlafzimmer, stellte ihren Ventilator so laut, dass sie nicht mehr hören konnte, was im Rest des Hauses vor sich ging. Dad ging auf die Veranda, um sein Buch über Abraham Lincoln zu lesen (er war neuerdings ein Fan von Abraham Lincoln) oder aß Müsli in der Küche (er stand jetzt auf Müsli zum Abendessen), und Peter und ich schlüpften ins Wohnzimmer, um die weiße Couch für uns zu beanspruchen.

»Sorry wegen der Couch«, sagte ich, als könnte Peter mich wegen der Couch vielleicht nicht mehr leiden. Sie war unbequem, wenn man so lange darauf saß und Filme schaute wie wir. Aber Peter war das egal.

»Wie man hört, hat Lia McGree eine wahnsinnig gemütliche Couch«, sagte er. »Vielleicht sollte ich besser zu ihr gehen.«

Ich lachte. Gab ihm einen Klaps.

»Ist sie aus Wildleder? Ich hab gehört, sie ist aus Wildleder.«

»Klar.«

Anfangs rührten wir einander kaum an. Ich ging nicht davon aus, dass es ihm etwas ausmachte, weil er Filme so ernst nahm. Vermutlich konnte er nicht gleichzeitig knutschen und einen Film schauen, so wie Dad sich nicht unterhalten konnte, wenn ein Golfturnier im Fernsehen lief.

Aber schließlich ließ er die Hand unter die Decke gleiten und legte sie auf meinen Oberschenkel. Und ich begriff, dass es beim Filmschauen nicht wirklich um den Film ging. Sondern darum, dass Peter unter der Decke meinen Oberschenkel berührte.

Natürlich kam Dad herein.

»Und, was guckt ihr euch an?«, fragte er und setzte sich in den Männersessel. Mit einem Schälmesser schnitt er einen Apfel in Spalten, denn das war die einzige Art, wie man im Männersessel einen Apfel essen durfte: mit einer Waffe.

»*Alien*«, sagte ich.

»Worum geht's?«, fragte Dad.

»Um einen Alien«, sagte ich.

Dad machte es sich in seinem Sessel gemütlich. »Hat der Alien einen Namen?«

»Glaub nicht«, sagte ich. »Alle nennen es nur Alien.«

Dad sah eine Weile schweigend zu. Bis zu dem Teil, in dem Aliens aus dem Bauch einer Frau krochen.

»Diese Aliens sehen irgendwie albern aus, findet ihr nicht?«, fragte Dad.

»Was meinen Sie mit albern?«, fragte Peter zurück.

»Sie sehen gar nicht aus, wie Aliens aussehen sollten«, sagte Dad.

Sie sahen nicht so aus wie die Aliens, die Dad kannte.

»Aber woher wissen Sie, wie Aliens aussehen sollten?«, fragte Peter.

»Ich weiß es einfach«, antwortete Dad.

»Aber ist das nicht das, worum es bei Aliens geht?«, sagte Peter. »Dass sie den Status quo herausfordern? Dass sie uns dazu bringen, die Zufälle unserer eigenen Evolution infrage zu stellen?«

Ich war stolz auf Peter. Darauf, wie viel er wusste.

Bis Dad sagte: »Schon gut, Peter, lass uns einfach den Film weitergucken.«

Und so saßen wir drei da, schauten den Film, und ich begriff, wieso du mit Billy über die Grenze nach Rhode Island gefahren bist, nur um zu fummeln. Aber als ich Peter dasselbe vorschlug, verstand er nicht, weshalb wir so weit fahren sollten. »Ich bin nicht so der Strandtyp«, sagte er.

Nach neun Uhr am Abend wurden die Filme im Fernsehen immer durchgeknallter. Wie der über einen misogynen Geist, der in einem Hotel spukte und den schlafenden Frauen die Decken wegzog.

»Das ergibt überhaupt keinen Sinn«, sagte ich. »Wieso sollten Geister Türknäufe drehen, wenn sie durch Wände gehen können?«

»Weil es ein echt mieser Film ist«, sagte Peter. »In echt miesen Filmen kann alles passieren. Das macht sie ja so mies.«

Es machte Spaß, sich mit Peter über Filme lustig zu machen. Aber wenn er damit fertig war, sich über einen Film lustig zu machen, wusste ich, dass er bereit war, rumzumachen. Er legte unter der Decke die Hand auf meinen Oberschenkel, und als ich eine Bemerkung darüber machte, dass Dad wohl oben in seinem Abraham-Lincoln-Buch las, sagte Peter: »Was? Glaubst du etwa, Abraham Lincoln hätte was dagegen? Ist es das, worauf du hinauswillst?«

Ich lachte. Zum ersten Mal hatte ich das Gefühl, dass ich Peter womöglich liebte. Wir fingen an, da und dort auf Moms weißer Couch rumzuknutschen, während der Fernseher im Hintergrund laut plärrte, um die Geräusche zu übertönen, die wir womöglich machen würden. Rummachen war so neu für uns, dass es alles andere, was im Universum geschah, übertrumpfte – bis auf die Werbung über schmutzige Katheter.

»Achtung, Katheter-Nutzer!«

Peter und ich hielten inne und sahen uns an. Lachten. Aber dann zuckte er nur die Schultern und steckte mir die Zunge wieder in den Hals.

»Benutzen Sie nie wieder schmutzige Katheter!«

Schließlich tastete sich Peter zu meiner Hose vor und knöpfte sie einhändig auf – etwas, worauf er sehr stolz zu sein schien – und ließ die Hand tiefer wandern, die Finger in mich gleiten, was sich anfangs seltsam anfühlte. Es kam mir nicht richtig vor, das hier im Haus zu machen, die Art Mädchen zu werden, die sich ausgerechnet auf dieser Couch fingern ließ, aber es fühlte sich so gut an, von einem anderen Menschen berührt zu werden, dass ich die Couch komplett vergaß. Es gab nur noch mich, Peter und unsere Hände.

Dann: Schritte.

Mom wachte immer auf, wenn es zwischen uns zu hitzig zu werden drohte, als könnte sie die schrecklichen Dinge spüren, die sich auf ihrer Couch ereigneten.

Wir hielten inne. Sahen uns schweigend an, warteten darauf, was passieren würde. Doch nichts geschah. Mom zog die Toilette ab und kam nicht nach unten.

»Wenn Sie oder einer Ihrer Angehörigen schmutzige Katheter benutzen …«

Wir kamen so richtig in Fahrt. Küssten uns, bis unsere Lippen wund waren. Ich fragte mich, wie lange wir damit weitermachen konnten, würden wir knutschen, bis uns die Lippen abfielen? Wir wollten beide mehr, das spürte ich. Aber manchmal waren wir zu höflich. Zu vorsichtig. Zu nervös.

»Sorry«, sagte Peter. »Fühlt sich das okay an?«

»Ja«, sagte ich. »Ja, fühlt sich okay an. Ich meine, gut.«

Trotzdem, jeden Abend: Schritte. Wir setzten uns rasch auf der Couch auseinander. Peter ließ für gewöhnlich seine Rede für die Abschlussfeier auf dem Polsterhocker liegen. Als Schülersprecher musste er eine Rede halten und arbeitete schon seit April daran. Er hatte sie stets bei sich, damit er sie in die Hand nehmen und so tun konnte, als hätten wir die ganze Zeit nichts anderes gemacht, als um Mitternacht an der Rede zu feilen. Gerade hatte er noch an meinen Titten gesaugt – denn auch Peter nannte sie so –, aber schon im nächsten Moment las er so schnell und so förmlich aus seiner Rede vor, dass wir beide lachen mussten.

»China ist eine aufsteigende wirtschaftliche Supermacht, die wir endlich ernst nehmen müssen«, sagte er.

»Gut«, sagte ich. »Das ist wirklich gut. Die beste Rede über China, die ich heute gehört hab.«

»Oh, danke sehr«, sagte Peter. »Ich habe daran ja auch nur mein ganzes Leben lang gearbeitet. Ich meine, China könnte uns alle zerquetschen, einfach so! Einfach so, Sally!!«

Er schnippte mit den Fingern, und in dem Moment sah ich, was im Herbst geschehen würde, wenn er nach Michigan und ich nach Villanova ging und wir zu neuen Menschen werden würden. Peter würde Politikwissenschaften studieren, für die Regierung arbeiten und versuchen, die Todesstrafe abzuschaffen. Würde eines Tages an einem Mahagonischreibtisch sitzen und Gesetzesvorlagen unterzeichnen. Aber was würde aus mir werden?

Die Schritte im oberen Stockwerk verstummten. Doch wir beschränkten uns aufs Fernsehen. China hatte die Stimmung kaputt gemacht. Wir schauten uns irgendeine schreckliche Sendung über Serienkiller an, die ihre Mütter zu sehr geliebt hatten, und das in absolutem Schweigen, was ich verstörend fand. Schließlich streckte Peter wieder die Hand nach mir aus, um wieder Schwung in die Sache zu bringen. Aber einer Frau auf dem Bildschirm wurde gerade die Kehle durchgeschnitten. Blut quoll aus der Wunde, als Peter die Hand über meine Brüste gleiten ließ.

»Deine Titten sehen im Licht des Fernsehers heiß aus«, sagte er.

Ich zog die Decke darüber.

»Ist spät geworden«, sagte ich. »Vielleicht solltest du besser gehen.«

»Aber ich kann nicht gehen«, sagte Peter und schob mir die Hand unters Shirt. Zog mit der anderen die Decke beiseite. »Ich weiß noch nicht, wer sie umgebracht hat.«

»Ihr Freund, ist doch offensichtlich«, sagte ich.

Zwei Wochen vor dem Abschlussball, an dem Tag, der dein einundzwanzigster Geburtstag gewesen wäre, hätten Peter und ich fast zum ersten Mal miteinander geschlafen.

Es war spätabends, und ich war durcheinander. Dein Geburtstag war eine Katastrophe gewesen, und so rief ich Peter an und sagte: »Komm vorbei.« Und er kam vorbei. Nahm auf unserer weißen Couch Platz und fragte: »Was ist los?«, doch ich sagte es ihm nicht.

Der ganze Tag war zu schräg gewesen, und Peter hatte mit schräg nichts am Hut. Der Verdacht war mir gekommen, als Peter mir erzählt hatte, dass er zum letzten Mal geweint hatte, als er mit elf mit seinem Vater *Feld der Träume* gesehen hatte.

»Der ist so was von traurig«, erklärte Peter. »Aber auch unglaublich berührend. Der Typ spielt Baseball mit seinem Dad, obwohl sein Dad tot ist, und, oh mein Gott, ich glaub, ich fang schon wieder an zu heulen, obwohl ich dir nur die Handlung erzähle.«

In dem Moment, als Peter eine einsame Träne über die Wange lief, wusste ich, dass Peter sehr normal war. Peter kam aus einer sehr normalen Familie. Betonte oft, dass seine Mutter jeden Abend um Punkt sechs das Abendessen servierte, Fleisch mit drei Gemüsebeilagen, obwohl sie arbeitete und ehrenamtliche Arbeit leistete, weil die Hearts keine Heulsusen waren. Sie waren Macher. Das erste und einzige Mal, dass er seine Mutter hatte weinen sehen, war, als sie ihm eines Tages Müsli zum Abendessen servieren musste, weil sie zu spät nach Hause gekommen war, nachdem sie die Turnhalle für das Tanzfest der achten Klasse geschmückt hatte.

Mom dagegen war nicht normal. Mom arbeitete nicht. Mom hatte nicht einmal mehr Freundinnen; keine Ahnung, was aus ihnen geworden war. Für kurze Zeit nach deinem Tod war Wendy, eine korpulente Frau aus unserer Straße, Moms beste Freundin gewesen. Sie trafen sich, um puerto-ricanisches Gras zu rauchen, das Wendys Bruder ihnen besorgt hatte. Es war ihnen gleichgültig, wie das aussah – zwei Frauen mittleren Alters mit Joints auf ihren Gartenliegestühlen, deutlich sichtbar für das ganze grausame Viertel. »Uns doch egal!«, sagten sie dann und lachten. Mir war es auch egal. Denn es brachte sie zum Lachen; ein herzliches Lachen tief aus dem Bauch heraus, das ich bei Mom seit deinem Tod nicht mehr gehört hatte. Wendy und Mom waren beide depressiv, aber wenn die Depression etwas Gutes hatte, dann war es, wie ich erkannte, die Freiheit, sich einen Dreck um alles zu scheren.

Während meines gesamten Jahrs als Zehntklässlerin rauchten Wendy und Mom Gras, lachten und kochten aufwendige Gerichte, an denen wir uns fast den ganzen Abend gütlich taten. Das waren noch Zeiten. Die einzig guten nach deinem Tod, in denen Mom halbwegs glücklich wirkte, aber dann nahm Wendy an einem Gewichtsreduktionsprogramm teil und schrumpfte, bis sie fast gar nicht mehr zu sehen war. Sie grüßte Mom kaum noch, wenn sie mit ihrem neuen Mann, einem Sportmediziner, durch das Viertel ging.

Jetzt rauchte Mom allein Zigaretten auf der Veranda. Saß den ganzen Tag im Pyjama vor dem Fernseher. Sie verließ das Haus nur, um sich mit dem Medium zu treffen, zum Zahnarzt zu gehen oder einen Kuchen für deinen einundzwanzigsten Geburtstag zu kaufen.

»Gehen wir eine Backmischung für Kathy kaufen«, hatte Mom an jenem Vormittag vorgeschlagen.

Ich sagte nicht, was ich hätte sagen sollen. Kathy ist tot. Wie soll Kathy Kuchen essen, obwohl sie tot ist? Denn Mom wusste, dass du tot bist, und es erschien mir grausam, sie darauf hinzuweisen. Und so stieg ich einfach in den Wagen. Spielte die pflichtbewusste Tochter. Es gab mir ein gutes Gefühl, solche Dinge für Mom zu tun, nachdem ich schlimme Sachen auf ihrer Couch getrieben hatte. Ich hielt einfach den Mund und fuhr mit.

Anfangs war es ganz okay. Ich ging gern mit Mom in den Supermarkt. Es schien der einzige Ort zu sein, an dem Mom wieder Mom zu sein schien. Ich sah gern zu, wie sie den Einkaufswagen schob und nach den Dingen griff, die wir brauchten.

Aber dann lief uns jemand über den Weg. Uns lief beim Einkaufen immer jemand über den Weg – diesmal jemand, den wir schon lange nicht gesehen hatten. Billys Mutter.

»Hallo«, sagte Billys Mutter.

»Hallo«, sagte Mom.

»Wie geht's Ihnen?«, fragte Billys Mutter, und wärst du der alte Mann mit Schnurrbart gewesen, der an uns vorbei zu den Paprikas ging, hättest du ihrem Tonfall nie entnommen, dass ihr Sohn am Steuer gesessen hatte, als du verunglückt bist. Du hättest geglaubt, sie wären nur zwei ganz normale Frauen, Bekannte, die im Supermarkt plauderten. Billys Mutter trug ein kurzes weißes Tennisröckchen und erschreckend große Ohrringe (wie konnte sie mit derart großen Ohrringen Tennis spielen?).

»Ganz gut, wir erledigen nur ein paar Einkäufe«, sagte Mom. »Wie ich sehe, erledigen Sie ein paar mehr.«

Du hättest Mrs Barnes' Einkaufswagen sehen sollen. So voller

Lebensmittel, als wollte sie damit angeben. Lauter Dinge, die nur hungrige Jungs gern aßen: Orangengetränkepulver, Pop-Tarts, Tiefkühlpizza, Gatorade. Dinge, die Billy mochte. Billy liebte Eggo-Waffeln – manchmal, wenn wir nachts telefonierten, nahm Billy alle acht aus der Packung, stapelte sie übereinander und aß sie mit Messer und Gabel. Er sagte, das sei, als würde man versuchen, ein Couchpolster durchzuschneiden. Bedeutete das, dass Billy zu Hause war? Ich konnte mir nicht vorstellen, dass Mrs Barnes Eggo-Waffeln aß. Dafür war sie nicht der Typ – sie war eine Frau, die permanent für den Tennisplatz gekleidet zu sein schien.

Ich fragte natürlich nicht nach. Beäugte nur unseren Einkaufs-wagen. Tee, Blaubeermarmelade und eine Backmischung für eine Tote. Konfettikuchen natürlich. Denn alle, selbst die Toten, lieben Konfettikuchen.

»Ja.« Mrs Barnes lachte. »Ich stocke die Vorräte auf. Billy ist ge-rade aus Villanova zurückgekehrt.«

Ich erstarrte.

»Villanova?«, fragte Mom. Sie sah mich an. Ein Blick, und ich wusste, sie hatte begriffen.

»Ja. Er hat gerade seinen Abschluss gemacht«, sagte Mrs Barnes. »Genau genommen geben wir heute Abend eine kleine Party für ihn.«

»Oh«, sagte Mom. »Nett. Das ist nett. Und wie hat es Billy in … Villanova gefallen?«

»Großartig«, sagte Mrs Barnes.

»Tja, das ist doch schön«, sagte Mom. »Freut mich für ihn.«

»Und wie geht es dir?«, fragte Billys Mutter mich. »Du gehst doch bestimmt auch bald aufs College, oder?«

»Ja«, sagte ich und schwieg. Unter normalen Umständen hätte ich ihr gesagt, auf welche Uni ich gehen würde, aber ich brachte es nicht über mich. »Und mir geht's gut.«

»Prima. Tja, das ist doch schön.«

»Ja, es geht uns ganz gut«, sagte Mom.

Ich war beeindruckt von ihrer Zurückhaltung.

Dinge, die sie nicht sagte, aber hätte sagen können:

Ach, wissen Sie. Ich habe darüber nachgedacht, mich umzubringen.

Oh, am liebsten würde ich mit der Faust den Spiegel einschlagen und mir mit den Scherben die Handgelenke aufschlitzen.

Ich denke gerade an den Friedhof, wo wir meine Tochter beerdigt haben.

Wissen Sie noch, wie Ihr Sohn damals meine Tochter umgebracht hat? Der Sohn, für den Sie heute Abend eine Party geben?

Hat ihr hübsches kleines Gesicht gegen einen Baum gefahren. Genießen Sie Ihre Waffeln!

»Ich sollte wirklich gehen«, sagte Mrs Barnes. Sie schaute schon in die Richtung, in die sie gleich gehen würde, zurück in ihr Leben, als wäre es gefährlich, Mom zu lange anzuschauen. Als wäre Schmerz ansteckend.

»Ja«, sagte Mom.

»Es war schön, Sie zu sehen, Susan«, sagte Mrs Barnes. »Sie sehen gut aus. Gut zu wissen, dass Sie zurechtkommen.«

»Ich geb mir Mühe«, erwiderte Mom.

»Das ist gut, mehr kann man nicht tun«, sagte Mrs Barnes. »Tja, einen schönen Tag noch.«

Sie umarmte uns beide. Aus der Nähe konnte ich sehen, dass sie eine dicke Schicht Make-up trug. Ich roch das Spray, mit dem sie dafür sorgte, dass jedes Haar an seinem Platz blieb. Ich stellte mir vor, wie Mrs Barnes in den Tennisclub ging und jemand wie Peters Mutter sie empfing.

»Wieso Frauen sich schminken, um Tennis spielen zu gehen, ist mir ein Rätsel«, sagte Mom an der Kasse.

Fast hätte ich sie daran erinnert, dass sie das früher selbst getan hatte. Sie hatte sogar bei der Gartenarbeit Make-up getragen. Hatte goldene Ohrringe im Bett getragen. Aber ich war klug genug, um zu wissen, dass es unfair ist, die Vergangenheit einer Frau gegen sie zu verwenden. Und so bezahlten wir schweigend die Lebensmittel, und Mom riss sich am Riemen, bis wir sie in den Kofferraum packten. Dann hob sie eine Papiertüte hoch, deren Boden aufgeweicht war; sie platzte auf, die Lebensmittel fielen heraus, und sie fing an zu weinen. Der alte Mann mit dem Schnurrbart, den ich zuvor im Supermarkt gesehen hatte, kam vorbei und bot uns Hilfe an.

Das sei die erste seltsame Sache gewesen, sagte Mom danach, als wir in den Wagen stiegen.

Die zweite seltsame Sache sei gewesen, als der alte Mann fragte: »Und wie viele Kinder haben Sie sonst noch?«

»Keine«, sagte Mom.

Dann korrigierte sie sich und sagte: »Zwei. Ich habe zwei Töchter.«

»Stimmt«, sagte er. »Sie haben zwei Töchter.«

»Wieso hat er das gesagt? Das war doch merkwürdig«, sagte Mom. »Als hätte der Mann es gewusst.«

»Was gewusst?«, fragte ich.

»Er wusste, dass Kathy mit einbezogen werden wollte. Es war, als *wäre* er Kathy.«

»Du glaubst, der alte Mann war Kathy?«, fragte ich.

»Ich glaube, Kathy hat durch den alten Mann gesprochen«, sagte Mom.

Ich lachte. Ich konnte mir nicht helfen.

»Du hast ihn doch gehört! Er wusste es. Er wusste, dass wir zwei Kinder haben.«

»Das heißt nur, dass er dich wahrscheinlich stalkt«, sagte ich.

»Tja«, sagte Mom. »Wenn er mich stalkt, tut er mir leid. Ist ja nicht so, als würde ich irgendwohin gehen oder interessante Dinge tun.«

»Stimmt«, sagte ich. »Aber er kriegt eine Menge guter Fernsehsendungen zu sehen.«

»Vielleicht stalkt er mich deshalb«, sagte Mom.

»Klar«, sagte ich. »Er stalkt dich, weil er kein Kabelfernsehen hat.«

»Wir kriegen jetzt alle guten Sender«, sagte Mom.

Und wir lachten, zum ersten Mal seit langer Zeit.

Aber dann waren wir wieder zu Hause, buken den Kuchen, gingen auf den Friedhof und standen an deinem Grab, das jetzt komplett grasüberwachsen war. Mom sagte: »Jemand sollte ein Gebet sprechen«, und Dad erwiderte: »Dann sprich du doch eins.« Und Mom meinte: »Sally, möchtest du vielleicht ein Gebet sprechen?« Und ich antwortete: »Ich kenne keins«, und Mom sagte: »Was soll das heißen, du kennst kein Gebet, du wolltest doch unbedingt auf ein katholisches College gehen, oder?« Und die ganze Zeit standen wir über deinen Gebeinen. Hast du irgendwas davon mitbekommen? Die Augen verdreht? Ich erwartete halb, dass du den Kopf aus dem Grab stecken und sagen würdest: *Boah, Leute. Bitte, hört auf!*

Aber schließlich sagte Dad etwas.

»Lieber Gott«, sagte er. »Bitte, wach weiterhin über unsere Tochter Kathy.«

Da fing Mom an zu weinen, und diesmal hörte sie nicht wieder auf. Sie weinte auf der gesamten Heimfahrt, beim Abendessen, ja, sogar noch, als sie den Kuchen anschnitt.

»Ausgezeichneter Kuchen«, sagte Dad.

Ich stimmte ihm zu.

Aber ich rührte ihn nicht an.

»Magst du den Kuchen nicht, Sally?«, fragte Mom.

»Er ist gut«, sagte ich.

»Du hast ihn noch nicht mal probiert!«

Weil es sich falsch anfühlte, deinen Geburtstagskuchen ohne dich zu essen. »Darf ich aufstehen?«, fragte ich.

»Richard, wusstest du, dass Billy Barnes auf die Villanova University gegangen ist?«, fragte Mom.

»Das wusste ich nicht«, entgegnete Dad.

»Und was sagst du dazu?«

»Ich weiß nicht, ob ich überhaupt eine Meinung dazu habe«, sagte Dad.

»Ich finde nur, es ist ein seltsamer Zufall«, sagte Mom.

Dad trank einen großen Schluck Bier. Weigerte sich, darauf einzugehen. »Es ist eine tolle Uni«, sagte Dad.

»Ich krieg ein Stipendium«, erinnerte ich sie. »Darf ich jetzt aufstehen?«

Sie erlaubten es mir. Mom war erledigt und zog sich ins Schlafzimmer zurück. Dad schüttete sich noch ein Bier ein und ging nach draußen. Und ich rief Peter an. Das Einzige, was den Tag besser machen könnte, wäre, Peter davon zu erzählen, aber dann saß er auf der Couch, fragte mich, was los sei, und es fühlte sich einfach nicht richtig an, ihm davon zu erzählen. Es würde in der Übersetzung verlieren. Und Peter war gerade von der Taufe seines Cousins zurückgekommen. Er war Taufpate gewesen.

»Ich habe gerade Satan widersagt«, sagte er. »Und es war komisch. Nicht, dass ich auf Satan stehen würde. Es ist einfach nur seltsam, jemandem zu widersagen, an den du nicht glaubst.«

»Ich will jetzt nicht über Satan sprechen, wenn das okay ist«, sagte ich.

»Was willst du dann tun?«

Ich wollte rummachen. Wollte Peters Hände auf meinem Körper spüren.

»Lass uns heute miteinander schlafen«, sagte ich.

»Heute?«

»Ja«, sagte ich. »Jetzt gleich.«

Ich wollte auf Moms weißer Couch vögeln. Wollte sie ruinieren.

Wir fingen an rumzuknutschen. Rumzumachen. Aber es war nie genug. Manchmal verspürte ich diesen unwiderstehlichen Drang, Peter noch näher zu sein. Ihn zu küssen, aber wenn ich ihn küsste, reichte es nicht. Ich wollte mehr.

»Fass meine Titten an«, sagte ich zu ihm.

Peter tat es. Aber es war immer noch nicht genug. »Fester«, sagte ich.

»So?«

»Ja. Aber noch fester.«

Ich wollte, dass Peter sie packte, damit ich etwas spürte. Dass er mich aus meinem Leben riss und an seinen Esstisch versetzte, wo seine Mutter uns jeden Tag Abendessen vorsetzte. Doch er knöpfte nur meine Hose auf, zog sie mir bis auf die Knöchel hinunter, ohne sie ganz auszuziehen (nur für den Fall), und berührte mich, so wie ich mich in manchen Nächten selbst berührte, bis es sich so gut anfühlte, dass ich den Mund weit aufriss und ihn gegen ein Kissen presste, das Grandma mit Blümchen bestickt hatte.

»Kathy!«, rief Mom von oben.

Sie war wach. Diesmal klangen ihre Schritte lauter. Peter und ich sahen uns an. Er suchte nach seiner Abschlussrede (wo war das Ding hin?), und ich versuchte, meine Jeans hochzuziehen, aber sie war zu eng (damals waren sie immer zu eng). Ich zog die Decke über mich. Peter setzte sich aufrecht auf die Couch, umklammerte seine Rede.

»China ist eine aufsteigende Superwirtschaftsmacht«, sagte er, während Mom schreiend die Treppe hinuntergerannt kam.

»Kathy war hier!«, rief sie.

Es fällt mir schwer, Mom in jenem Moment zu beschreiben. Ihr Gesicht war gerötet und wund vom Weinen, ihre Augen weit aufgerissen, wie die eines Kindes, das etwas Wunderbares gesehen hat.

»Kathy war hier!«

»Was meinst du damit, Kathy war hier?«, fragte ich.

»Kathy war hier«, wiederholte Mom. »Kathy war hier!«

Dann war Dad ebenfalls da, zog Moms Kopf auf seinen Schoß, sagte: »Sch, Susan, komm schon, es war nur ein Traum.« Doch Mom wiederholte hartnäckig: »Nein, Kathy war hier.« Dann wurde sie wütend. »Es war kein Traum, hör auf, mir zu sagen, es war nur ein Traum.«

»Sally, geh Mom einen Tee machen«, sagte Dad.

Ohne meine Hose?

Und mein Shirt war auf links gedreht.

Verdammt.

Ich sah Peter an, der jetzt fast zitterte. »Peter kann Tee machen.«

Wusste Peter überhaupt, wie man Tee machte? Wusste er, wo unser Tee war?

»Ich kümmere mich darum«, sagte Peter, als wäre er schon Präsident.

Er ging, und wir drei saßen da und lauschten der Fernsehwerbung und Peter, der in der Küche Schränke aufriss. Peter wirkte in jenem Moment wie ein Fremdkörper, wie er allein in unserer Küche für Mom Tee kochte, während sie darüber sprach, dass du ein Engel geworden warst.

»Wenn Kathy wirklich ein Engel ist, wie hat sie ausgesehen?«, fragte ich.

»Sally«, sagte Dad. »Deine Mutter muss sich jetzt ausruhen.«

Aber Mom wollte sich nicht ausruhen. Sie stand unter Strom.

»Oh, sie war ein wunderschöner Engel«, sagte Mom. »Einfach wunderschön. Du kennst ja deine Schwester. Sie könnte sich eine Papiertüte über den Kopf ziehen und wäre immer noch wunderschön!«

»Hatte sie eine Papiertüte über dem Kopf?«, fragte ich.

»Nein, Sally. Wieso sollte sie eine Papiertüte über dem Kopf haben?«

Ich wusste es nicht. Aber wer konnte schon sagen, was nach deinem Tod geschehen war? Über solche Dinge durften wir in der Schule nicht reden. Wir zählten nur all die Leute zusammen, die in sämtlichen Kriegen gestorben waren, und verliehen unserem Schock und unserer Scham darüber Ausdruck, wie viele es waren.

»Sie sah aus wie Grace Kelly«, sagte Mom.

»Grace Kelly?«

»Aber mit Dreadlocks.«

»Wieso sollte sie Dreadlocks tragen?«

»Wer weiß?«, erwiderte Mom. »Aber es waren lange weiße Dreadlocks, die ihr bis zu den Kniekehlen reichten.«

Ich war skeptisch. Konnte mir nicht vorstellen, dass irgendwer dich dazu überreden könnte, deine Haare weiß zu färben und in Dreadlocks zu tragen, nicht einmal Gott.

»Ihre Haare waren wild, ganz bauschig«, sagte Mom. »Du weißt ja, wie sie ausgesehen haben. Wenn sie sie nicht malträtiert hat.«

Mom konnte es nicht leiden, wenn du deine Haare malträtiert, wenn du sie gekämmt, geglättet, gebleicht hast – »Du bleichst ihnen allen Charakter aus, Kathy!«. Etwas, das du an einem Abend mit Priscilla im Badezimmer gemacht hast, weil deine Haare zum Ende hin nicht mehr richtig blond waren – sie dunkelten mit den Jahren immer mehr nach, und eines Tages, das wussten wir beide, hätten sie wie Moms ausgesehen.

»Genug jetzt«, sagte Dad.

Mom fing wieder an zu weinen. Peter kehrte mit einer Tasse Tee zurück, die er ihr überreichte wie den Heiligen Gral.

»Vorsicht«, sagte er. »Der ist heiß.«

»Danke«, sagte Mom.

Mom trank viel Tee. Tee versprach ihr Dinge wie erholsamen Schlaf oder Entspannung, aber ich glaube nicht, dass es funktioniert hat. Sie war nie entspannt. Schlief nachts nie durch. Doch sie trank den Tee in kleinen Schlucken, als könne er vielleicht doch eines Tages wirken, als wäre sie zumindest immer noch eine Frau, die an etwas glaubte.

»Es ist spät. Ich sollte wahrscheinlich gehen«, sagte Peter, noch ehe er auf die Uhr geschaut hatte.

»Ist deine Mom in Ordnung?«, fragte Peter in seinem Wagen. Ich konnte seinen sanften Tonfall, die Art, wie er den Kopf schief legte, nicht ausstehen.

»Ja«, sagte ich. »Ihr geht's gut.«

Peter war anzumerken, dass er das nicht glaubte. Er hatte noch nie gesehen, dass eine Mutter sich so aufführt wie Mom – außer vielleicht im Fernsehen.

»Sie macht eine schwierige Zeit durch«, sagte ich.

Ich erklärte ihm, dass Mom fast alles glaubte, was die Leute ihr auf der Beerdigung erzählt hatten: Kathy ist jetzt ein Engel. Kathy ist eine Sternschnuppe. Kathy ist der Grund, warum sich Vorhänge mysteriöserweise bewegen, obwohl die Fenster geschlossen sind.

»Sie geht zu einem Medium, das eigentlich gar kein Medium ist«, sagte ich.

Und Peter regte sich um meinetwillen auf.

»Solche Leute sollten verhaftet werden«, sagte er.

»Das ist ein bisschen hart.«

»Finde ich nicht«, sagte er.

Er erinnerte mich daran, dass so etwas ständig passierte. In der gesamten Weltgeschichte seien falsche Propheten zum Tode verurteilt worden. Und er verstehe das jetzt irgendwie, denn was könnte grausamer, sadistischer sein, als um des Ruhmes willen mit den Ängsten der Menschen zu spielen? Oder schlimmer noch – wegen des Geldes?

»Jan nimmt gar kein Geld«, sagte ich.

Doch er runzelte die Stirn. »Wenn deine Mutter professionelle Hilfe braucht«, sagte er, »mein Dad kennt einen Haufen Psychiater.«

»Danke«, sagte ich. »Aber an solchen Kram glauben wir nicht.«

»Das ist kein Kram«, sagte Peter. »Das ist Wissenschaft.«

Dann küsste mich Peter zum Abschied. Mit Zunge. Immer mit jeder Menge Zunge.

»Ich ruf dich morgen an«, sagte er.

Peter rief nicht an. Und ich weigerte mich, ihn anzurufen. Denn wenn man sagt, man ruft morgen an, dann sollte man morgen anrufen. Und so blieb ich am Sonntagabend lange auf und sah mit Mom im Bett fern.

Wiederholungen von *Jillian Williams*, aber ich wusste, dass Mom insgeheim auf deine Rückkehr wartete. Schweigend saßen wir da, schauten zu, wie Frauen in der Sendung Dinge beichteten.

»Ich habe einen undichten Schließmuskel«, sagte eine Frau. »Aber es ist mir zu peinlich, das vor irgendwem zuzugeben. Deshalb habe ich keine Hilfe gesucht. Das Stigma bringt mich fast um.«

Das Publikum spendete unterstützenden, solidarischen Applaus. Viele im Publikum hatten ebenfalls einen undichten Schließmuskel. Ein Arzt bat die Leute im Publikum, die ebenfalls einen undichten Schließmuskel hatten, aufzustehen. Der halbe Raum erhob sich, dann klatschten sie, für sich selbst, für ihren Schließmuskel.

»Wussten Sie, dass Millionen von Amerikanern an einem undichten Schließmuskel leiden?«, fragte der Fernseharzt. »Nein. Wahrscheinlich nicht.«

Der Arzt erklärte, fünfzig Prozent aller Frauen geniere sich, das Wort »Schließmuskel« in den Mund zu nehmen. »Sprechen wir es alle zusammen einmal aus«, schlug er vor. Dann empfahl er den Leuten mit undichtem Schließmuskel, ab sofort auf Schokolade, Kaffee und Alkohol zu verzichten. Wenn es danach nicht besser werde, sollten sie einen Arzt aufsuchen, der nicht er sei.

»Schließ-mus-kel«, skandierten die Frauen.

Ich sah zu Mom hinüber. Ihre Augen waren beunruhigend weit aufgerissen, und so schaute ich aus dem Fenster und stellte mir Moms armen Stalker vor, der sich all das mit uns zusammen reinziehen musste.

»Schließ-mus-kel«, sagte ich, und Mom prustete los. Lachte die hysterische Art von Lachen, die sie nur überfiel, wenn sie am traurigsten war.

»Du bist echt witzig, Sally«, sagte sie.

»Das ergibt doch keinen Sinn«, sagte ich. »Wenn es einem zu peinlich ist, seinem Arzt so etwas im Vertrauen zu erzählen, warum erzählt man es dann aller Welt im Fernsehen?«

»Ich glaube, die Leute tun es für die Allgemeinheit«, sagte Mom.

»Die Allgemeinheit der Menschen mit undichtem Schließmuskel?«

Mom lachte, bis ihr Tränen über die Wangen liefen. Dann nahm sie meine Hand und sagte: »Wieso kommst du morgen nach der Schule nicht mal mit zu Jan?«

»Nein«, sagte ich.

»Wir können danach noch nach einem Kleid für den Abschlussball gucken«, fügte sie hinzu, als würde es das verlockender machen.

»Ich fühle mich nicht so gut«, sagte ich.

»Bist du krank?«

»Vielleicht«, sagte ich. »Wahrscheinlich.«

Ich blieb vier Tage zu Hause. Mom stellte mir jeden Tag Milch auf das Platzdeckchen und legte Vitamintabletten dazu, dann ging sie wieder schlafen, als wäre ihre Aufgabe für den Tag getan. Aber ich rührte sie nicht an. Weigerte mich, auf Jan zu hören. Ich schnippte die Tabletten von der Theke, und unsere neue Katze Bear fraß sie – ein Streuner, den Mom vor zwei Jahren aufgelesen hatte. Bear rannte im Raum herum und würgte grünen Schleim aus. Dad und ich lachten, woraufhin Mom aus ihrem Zimmer kam, um mit mir zu schimpfen.

»Du nimmst jetzt die Vitamine!«, befahl sie mir. »Deine Hände sind so was von kalt!«

Das stimmte. Meine Hände waren in letzter Zeit ständig kalt.

»Weiß Jan, wie kalt meine Hände sind?«, fragte ich.

»Sie hat es nicht erwähnt.«

Ich verbrachte einen Großteil der vier Tage damit, in unserem Zimmer zu schlafen, das immer noch sehr nach unserem Kinderzimmer aussah. All deine Sachen waren seit deinem Tod kaum angerührt worden. Ich trug fast nie Sachen aus deiner Hälfte des Schrankes – es kam mir falsch vor, sie zu stören.

Aber Mom erinnerte mich ständig: »Du brauchst ein Kleid, Sally!« Und so probierte ich, als ich krank zu Hause war und Mom unten fernsah, dein grünes Kleid an, das du zwei Wochen vor deinem Tod für Billys Winterball gekauft hattest. Du hattest in dem Kleid so reif gewirkt, hattest erwachsen und königlich neben Billy gestanden; wie seltsam, dass ich es jetzt nicht einmal über meine Brust kriegte. In meinem Abschlussjahr war ich kräftiger – und älter –, als du je warst. Ich stopfte das Kleid ganz hinten in den Schrank, damit ich es nie wieder ansehen musste, und ging nach unten.

»Ich glaube, es geht mir wieder gut genug, dass ich zur Schule gehen kann«, sagte ich zu Mom.

Als ich am Freitag wieder in den Unterricht ging, mochte Peter mich wieder. Er suchte mich in der Pause auf und sagte: »Wieso kommst du nicht heute Abend zu uns?« Und so verbrachte ich von da an die Wochenenden bei Peter, aber dort war es auch nicht besser. Peters Mutter hatte Metallbuchstaben auf das Kaminsims gestellt, die das Wort SPASS bildeten. Mein Blick fiel ständig darauf, wenn Peter und ich auf der Couch knutschten. Ich fand das verwirrend. Sollte das dafür sorgen, dass einem alles noch mehr Spaß machte? Oder sollte es uns daran erinnern, dass wir Spaß hatten, für den Fall, dass wir es vergessen hatten?

»Ich glaube, ihr gefielen einfach nur die Farben«, sagte Peter.

Seine Mutter war immer im Raum nebenan, tippte auf die Computertastatur ein oder strickte Socken für eine von Peters Schwestern. Sagte ständig: »Kinder, möchtet ihr einen Snack?« Versteh mich nicht falsch – ich mochte Snacks. Hätte mich in ihre Tomaten-Basilikum-Suppe reinlegen können. Und in das Bananenbrot. Oh Gott, ja. Aber ihre Nähe machte Peter nervös. Er hatte die Nase voll von Snacks. Machte sie für alle Übel Amerikas verantwortlich. Sie machten uns träge. Er sagte zu ihr: »Hey, können wir Dads Wagen nehmen?« Und dann fuhren wir durch die Gegend, bis mir schlecht wurde.

»Was ist los?«, fragte Peter.

»Ich glaube, es ist der Ledergeruch«, sagte ich.

»Das ist echtes Leder«, sagte Peter.

»Ich weiß. Ich glaube, ich mag ihn nicht.«

»Wie kann man den nicht mögen?«

»Ich mag ihn eben einfach nicht.«

Er parkte auf dem dunklen, leeren Parkplatz der Mall, öffnete die Fenster und fing an, mich zu küssen. Mein Shirt hochzuziehen. Er sagte: »Vielleicht sollten wir auf den Rücksitz?« Und ich: »Wieso?« Und er meinte: »Weil ich dich liebe.«

»Weil du mich liebst, sollen wir auf den Rücksitz?«

»Sally, zwing mich nicht dazu.«

»Wozu?«

»Dir zu sagen, wie sehr ich dich liebe.«

»Wieso solltest du das nicht sagen wollen?«

»Weil es peinlich ist.«

»Tut mir leid, dass dir deine Liebe für mich peinlich ist.«

»Sie ist mir nur peinlich, wenn du mich nicht liebst.«

Liebte ich Peter? Ich wusste es nicht. Denn was war schon Liebe? War es das gewesen, was du für Billy empfunden hast? Das, was ich für Billy empfunden hatte? Oder war das Besessenheit gewesen? Jemanden zu wollen, den ich nicht haben konnte? Ein Verlangen, das man nur zu leicht mit Liebe verwechseln konnte, wie Jillian Williams eines Abends zu ihren Gästen sagte – einem Mann, der seine Schwägerin vögeln wollte, einer Frau, die ihren verheirateten Boss stalkte, und einem Mädchen aus Idaho, das nur einmal mit ihrem Freund Sex gehabt hatte und trotz Kondom und Pille ein Baby bekommen hatte, das sie zum ersten Mal im Fernsehen im Arm hielt. »Ich liebe es sehr«, erklärte sie Jillian Williams, nannte das Baby jedoch ständig *es*, was, wie Mom sagte, kein bisschen nach Liebe klang. Und ich weiß noch, dass ich sehr traurig darüber war, dass dieses Mädchen das hübsche Wesen in seinen Armen nicht lieben konnte.

»Ich liebe dich auch«, sagte ich schließlich zu Peter.

Bis zu diesem Zeitpunkt hatten wir nur die Hände benutzt. Unter der Decke. Aber an jenem Abend legte er eine Decke, die seine Mutter bestickt hatte, und Stoffservietten aus all ihren Urlauben über die Sitze. Er leckte mich zuerst (so hatten wir es ausgemacht), dann blies ich ihm einen; er stöhnte so laut, dass es mir peinlich war und ich befürchtete, er könnte nah dran sein, zu nah. Bitte, nicht in meinen Mund – ich zog mich zurück: Peter war ein guter

Junge und packte sein Spielzeug weg, ohne dass seine Mutter ihn darum bitten musste. *Spielt gut mit anderen*, hatte seine Lehrerin in der ersten Klasse in sein Zeugnis geschrieben. Er spritzte auf einer kleinen roten Stoffserviette ab, auf der NIAGARA FALLS STATE PARK stand, dann schaute er zur Decke hoch und seufzte zutiefst erleichtert.

»Das war wirklich toll«, sagte er, als hätten wir gerade zusammen trainiert.

»Ja«, sagte ich.

Aber um ehrlich zu sein, hatte ich gedacht, dass es sich ein bisschen besser anfühlt; es war schön gewesen, aber ich hatte mehr erwartet. Ich erwartete immer mehr. Vielleicht lag es daran, wie du mir solche Dinge abends beschrieben hast, oder vielleicht war ich von all den Jahren, in denen ich mich im Bett mit dem Stiel einer Haarbürste (ein Tipp aus einer von Moms Zeitschriften) befriedigt hatte, abgestumpft; vielleicht hatte ich nicht mit der kühlen Brise gerechnet, in der wir froren. Vielleicht hatte ich erwartet, dass ich mich danach tatsächlich in Peter verlieben würde, dass ich zu ihm hinübersehen würde und dass es etwas zu sagen geben würde, etwas Absolutes, Notwendiges, etwas anderes als »Wow, ich kann nicht glauben, dass ich gerade deinen Schwanz gelutscht habe«, aber es gab nichts. Es war das Einzige, was mir einfiel, die einzig wahre Schlussbemerkung, die man über das Ereignis machen konnte.

»Mann, bist du romantisch«, sagte Peter.

Wir lachten, denn ich wusste, ihm gefiel, wie unromantisch ich zu sein behauptete. Ganz anders als seine Schwester, die ihr Zimmer mit Bildern von gut aussehenden Filmstars vollkleisterte. Peter meinte: »Sie ist total verrückt nach Jungs. Du bist ganz anders.«

»Wie anders?«, fragte ich.

»Manchmal habe ich das Gefühl, du wärst der Kerl in der Beziehung«, sagte er. Dann zog er mich an sich. »Ich hab nachgedacht.«

Peter dachte ständig nach. Schmiedete irgendwelche Pläne.

»Vielleicht sollten wir am Abend des Abschlussballs Sex haben«, sagte er.

»Na, wer klingt jetzt wie der Kerl?«, fragte ich.

Als ich nach Hause kam, dachte ich, Mom wäre vielleicht sauer auf mich, weil ich so spät dran war, aber sie hatte gute Laune. Nachdem sie bei Jan war, hatte sie immer für ein paar Tage gute Laune, als wäre Jan eine Art Droge.

»Jan glaubt, mit deiner Schilddrüse stimmt irgendwas nicht«, sagte Mom.

»Woher sollte Jan über meine Schilddrüse Bescheid wissen?«

»Sie hat eine Gabe«, sagte Mom.

»Hast du die Schilddrüse deiner Tochter untersuchen lassen?«, habe Jan Mom gefragt. »Vielleicht ist sie deshalb ständig so müde?« Jan behauptete, meine plötzliche Lustlosigkeit, meine Weigerung, etwas zu unternehmen, seien ein Grund, zum Arzt zu gehen. Sie sagte, manchmal manifestiere sich Trauer im Körper, sodass viele Ärzte nach einem Trauma eine Schilddrüsenunterfunktion feststellten.

»Das ist aber eine sehr spezifische Diagnose von Jan«, sagte ich.

»Jan ist sehr gründlich.«

Am nächsten Morgen rief Mom beim Arzt an und machte einen Termin für mich. Ich sah, wie sie ihn in den Großen Kalender eintrug.

Am Tag des Abschlussballs benahmen sich alle in der Schule, als wären sie betrunken. Und vielleicht waren sie das auch. Vielleicht hatten sie schon früh auf dem Parkplatz angefangen, wie Peter gesagt hatte. Aber ich war nüchtern und fühlte mich den ganzen Tag schlecht; womöglich war es tatsächlich ein Schilddrüsenproblem, oder es lag daran, dass Peter mich in Latein ständig so merkwürdig anlächelte.

»Ich muss zur Krankenschwester«, sagte ich schließlich.

»Latine!«, sagte Mr Prim.

»*Guttur mihi dolet*«, sagte ich. Mein Hals tut weh.

Aber Mr Prim wollte die Gelegenheit nutzen, um mir eine Lektion zu erteilen.

»Interessant. Das könnte man so sagen. Aber du könntest auch sagen: *Fauces mihi dolent*«, erklärte er. »*Fauces* ist streng genommen der Rachen. Das ist gebräuchlicher für ›Hals‹ in den antiken medizinischen Schriften. *Guttur* ist weiter unten, die Kehle.«

Er sah mich an.

»Also, was ist es?«

»*Fauces*«, antwortete ich.

Ich ging zur Schwester. Sie erklärte, sie habe in letzter Zeit eine Menge Halsentzündungen gesehen. »Hattest du in letzter Zeit Oralsex, Sally?«

»Hm?«

»Wir sehen im Moment viele Mädchen mit Gonorrhö im Hals.«

»Es geht mir schon viel besser, danke«, sagte ich zu der Schwester.

. . .

Statt in die Lateinstunde zurückzukehren, ging ich in die Mall. Machte zum zweiten Mal in meinem Leben blau, weil es sich gut anfühlte, durch die Doppeltür am Ende des Flurs zu treten. Hinein ins Sonnenlicht. Außerdem hatte ich immer noch kein Kleid. Mom hatte vergessen, eine Maßanfertigung für mich zu bestellen, und ich hatte sie nicht daran erinnert. Ich wollte nirgendwo mit ihr hingehen, wenn es sich vermeiden ließ. Und so fuhr ich zur Mall, schlenderte durch Macy's, und dort, neben einem Ständer mit Männerhemden, entdeckte ich deinen Freund.

»Sally«, sagte er.

»Billy«, sagte ich.

Nach vier Jahren, in denen ich darauf gewartet, darauf gehofft hatte, ihn zu sehen, war ich irgendwie überrascht, als es tatsächlich passierte. Das hatte ich so nicht erwartet, wir beide hier in den hell erleuchteten Räumlichkeiten von Macy's. Ich mit einem glitzernden Kleid über dem Arm, er mit einem riesigen Tattoo am Hals. Grüne Schlingpflanzen, die sich bis zu seinem Ohr hinaufrankten. Ich konnte nicht aufhören, es anzustarren.

»Ich weiß«, sagte er. »Ich habe ein Halstattoo.«

»Hat das nicht wehgetan?«, fragte ich.

»Deshalb hab ich's ja machen lassen.«

»Interessant«, sagte ich, als würde ich verstehen.

»Was machst du hier?«, fragte Billy. »Solltest du nicht in der Schule sein?«

»Ich such nach einem Kleid.«

»Wofür?«

»Den Abschlussball«, sagte ich.

»Abschlussball. Wow«, sagte er.

Weitere Veränderungen an Billy zeigten sich erst nach und nach. Wie früher, als wir noch klein waren, wenn du mir einen Dorn aus dem Bein gezogen hast und die Wunde so tief war, dass das Blut mit Verzögerung ausgetreten ist. Sein Gesicht war glatter. Der Unfall nicht mehr so sichtbar. Aber an einigen Stellen war er immer noch zu sehen, zum Beispiel neben seinem Ohr, wo eine breite, rosafarbene Narbe prangte. Der Rest wurde von dem Tattoo verdeckt.

»Ich weiß, ich weiß«, sagte ich. »Ich kenne deine Einstellung zu Abschlussbällen.«

»Ich habe eine Einstellung zu Abschlussbällen?«

»Ja.«

»Oh. Na schön. Und wie lautet sie?«

»Du hast gesagt, und ich zitiere: ›Das ist doch nur ein Haufen Leute in einem Raum in schicken Klamotten, die ihre Genitalien aneinanderreiben.‹«

»Das klingt tatsächlich wie etwas, was ich gesagt haben könnte«, sagte er. »Aber heute, mit mehr Lebenserfahrung, kann ich mit Gewissheit sagen, dass das bestimmt nicht alles ist.«

»Ich weiß nicht«, sagte ich. »Ich bin da skeptisch.«

»Tja, ich sollte dich nicht aufhalten«, sagte Billy. »Sieht aus, als hättest du noch was Wichtiges vor.«

Aber es war nicht wichtig. Nicht mehr. Als ich vor Billy stand, kam mir das mit dem Abschlussball albern vor. Als wäre Billy das einzig Reale, und alles andere wäre Fake. Die Mall nur eine aufwendige Kulisse. Das Kleid auf meinem Arm nur eine Requisite.

Die Brüste, die langen Haare – Teil eines Kostüms. Und Billy war irgendwie die Wahrheit über mein Leben.

»Was machst du hier?«, fragte ich.

»Ich such nach einem schicken Hemd«, sagte er.

»Wozu brauchst du ein schickes Hemd?«

»Wozu ich ein schickes Hemd brauche, fragt sie. Als bräuchte ein abgewrackter Typ wie ich kein schickes Hemd.«

Ich lachte. Er sah allerdings wirklich etwas abgewrackt aus. Mit dem Tattoo, der an der Seite aufknöpfbaren Jogginghose und den Stoppeln am Kinn.

»Ich habe in ein paar Wochen ein Vorstellungsgespräch«, sagte er. »Muss mich als respektabler Mensch präsentieren. Psychisch stabil, wie es in der Ausschreibung hieß.«

»Hmm«, sagte ich. »Ich habe meinen Dad schon mal so ein Hemd tragen sehen. Es ist blau.«

Er schaute sich um, als würde uns jemand beobachten.

»Guter Tipp«, sagte er. »Ich werd nach was Blauem Ausschau halten.«

»Brauchst du Hilfe?«, fragte ich.

»Klar«, sagte er. Er warf einen Blick auf mein Shirt. »Sieht aus, als hättest du Ahnung. Das ist ein verdammt schickes Shirt.«

Natürlich war es das. Genau genommen war es eins von deinen. Ich hatte es im Schrank gefunden, nachdem ich das grüne Kleid zurückgelegt hatte. Meine Mutter behauptete, es spannte über der Brust, aber das war mir egal. Ich hing zu sehr daran, um es wegzuwerfen.

Billy und ich suchten bei Macy's nach einem schicken Hemd. Bei JCPenney. Express for Men. »Was hältst du davon, Sally?«

Saßen die Ärmel richtig?

War der Kragen zu eng?

Sah er in dem Hemd psychisch stabil aus, oder was?

Ja, das Shirt wirkte so was von psychisch stabil.

»Da würde man nie auf die Idee kommen, dass du insgeheim in sämtliche Disney-Prinzessinnen verknallt bist.«

Er lachte. Begutachtete sich im Spiegel. Es machte einfach tierischen Spaß. Es fühlte sich cool an, Dinge für Billy zu entscheiden. Urteile zu fällen. Als wäre ich seine Mutter. Seine Schwester. Seine Geliebte.

»Ja«, sagte ich. »Die Ärmel sind ein bisschen kurz.«

»Scheiße«, sagte er. »Warum sind die Ärmel immer so verdammt kurz?«

Billy war größer geworden.

»Bin immer noch am Wachsen«, sagte er. »Wenn ich in den Ferien zu Hause bin, heißt es immer: ›Billy, bist du gewachsen?‹ Und ich so: ›Haha, guter Witz, Tante Barbara.‹ Aber mittlerweile denk ich: Hab ich womöglich was an den Drüsen?«

»Vielleicht solltest du zum Arzt gehen.«

Schließlich kam eine Verkäuferin vorbei und sagte: »Na, wenn das kein schickes Hemd ist?«, und wir sahen uns an und lachten.

»Die Entscheidung ist gefallen«, sagte er.

Ich sah zu, wie er sich umdrehte und im Spiegel begutachtete. Die Frau holte ihm auch noch eine Krawatte, nur zum Anprobieren. Ich spürte, wie sich der Boden unter meinen Füßen auftat. Dein Freund würde die Mall bald verlassen. Würde gehen, sein schickes Hemd anziehen und sich einen Job suchen. Und ich musste mit Peter zum Abschlussball gehen und den Rest meines Lebens ohne euch beide verbringen.

»Was hast du eigentlich damit gemeint, du hast dir das Tattoo stechen lassen, weil es wehgetan hat?«, fragte ich.

»So war ich auf dem College halt drauf«, sagte er.

Billy erzählte mir, dass er im College alle möglichen üblen Sachen gemacht habe, um sich zu schaden. Drogen. Alkohol. Einmal habe er sich sogar die Hand verbrannt. Aber sein Körper heilte. Immer. Dabei wollte er das gar nicht. Konnte den Gedanken nicht ertragen, dass sein Körper heilte, deiner dagegen nicht, und so zog er eines Abends los und zeichnete ihn für immer mit dem Tattoo.

»Meine Mutter hat einen Monat lang geweint«, sagte Billy. »Sie hat gesagt: ›Jetzt kriegst du nie einen richtigen Job.‹ Und ich so: ›Gut. Ich will keinen richtigen Job.‹ Aber na ja, du weißt schon. Die Zeit vergeht. Und jetzt bin ich hier und versuch, einen richtigen Job zu kriegen.«

Ich starrte auf die einzelne rote Tulpe, die aus den Schlingpflanzen auf seiner Halsschlagader spross.

»Tja, dann ist es ja gut, dass du jetzt ein schickes Hemd hast«, sagte ich.

»Japp.« Er kaufte das Hemd. Wir traten in die helle Mallhalle hinaus.

»Und was jetzt?«, fragte er.

»Was jetzt?«

Es war fünfzehn Uhr. Ich sollte nach Hause fahren. Sollte um fünf bei Valerie sein, um Fotos zu machen; ihre Mutter hatte die Möhrensnacks und den Zwiebeldip schon gekauft. Wir würden auf ihrer riesigen Treppe stehen und uns mit unseren gut aussehenden Freunden im Smoking fotografieren lassen. Peter hatte einen Flachmann gekauft, und wir würden in der Limousine und auf der Toilette daraus trinken, den ganzen Abend tanzen und danach zu Rick Stevenson fahren, der eine riesige Party gab. Und dort, in irgendeiner dunklen Ecke in Ricks Haus, würden Peter und ich Sex haben.

»Magst du einen Kaffee?«, fragte Billy.

»Ich trinke keinen Kaffee.«

»Beeindruckend. Kaffee ist der einzige Grund, warum ich in diesem Moment aufrecht stehe.«

»Billy Barnes wird Ihnen präsentiert von Folgers Coffee.« Er lachte.

»So in der Art«, sagte er. »Wie wär's mit Eis?«

Er deutete auf Dippin' Dots.

»Klar«, sagte ich. »Wenn du einen Becher voller bunter Kügelchen Eis nennen willst.«

»Es ist das Eis der Zukunft«, las er später vom Schild ab.

»Das Eis der Zukunft«, sagte ich und hielt meinen Becher hoch. »Aber das macht keinen Sinn. Es ist doch jetzt schon Eis. Ich halte es in der Hand.«

»Ja, das ist scheiße«, sagte er und schlang sein eigenes in sich hinein.

»Ich frage mich, was dieses Eis über die Zukunft weiß«, sagte ich. »Wenn es doch nur sprechen könnte.«

»Vielleicht kann Eis in der Zukunft sprechen«, sagte er.

»Wahrscheinlich«

»Was glaubst du, würde dieses Eis sagen?«

»Hallo, ich bin ein Eis«, sagte ich, und wir lachten lauter, als ich erwartet hatte.

»Das ist ein bisschen enttäuschend, wenn ich ehrlich sein soll. Von diesem Eis hatte ich mehr erwartet.«

»Was hält die Zukunft für uns bereit?«, fragte ich die Eiskügelchen aufgekratzt. Ich versuchte, mir ein Lachen zu verkneifen, wollte nicht diejenige sein, die ständig alles lustig findet, aber es gelang mir nicht. »Niemand weiß es! Außer vielleicht Jan.«

»Jan?«

»Ach, meine Mom trifft sich mit einem Medium«, erklärte ich. »Na ja, ich schätze, sie ist kein richtiges Medium.«

»Was ist sie dann?«

»Das frage ich mich auch. Sie ist eine Frau«, sagte ich. »Mit einer Gabe.«

»Was für einer Gabe?«

»Sie sieht tote Menschen.«

»Wie das Kind in *The Sixth Sense*?«

»Ja. Genau. Aber sie ist kein Kind mehr. Sie ist eine reiche Frau, die in Watch Hill wohnt.«

»Also überhaupt nicht wie in *The Sixth Sense*.«

»Nein. Sie ist Anwältin.«

»Ich dachte, sie wär Medium?«

»Kein richtiges«, wiederholte ich.

»Das ist verwirrend.«

Wieder lachten wir.

»Ich glaube, es ist eher ein Hobby«, sagte ich. »Keine Ahnung. Anscheinend sieht sie nur manche toten Menschen. Sie ist sehr wählerisch. Und eine von denen ist, wie es der Zufall will, Kathy.«

»Sie sieht *Kathy*?«

»Ja«, sagte ich. »Ich meine, das ist natürlich verrückt. Totaler Bullshit.«

Aber Billy wirkte eher fasziniert als skeptisch. Er lehnte sich zurück und aß einen Löffel von seinem Eis der Zukunft.

»Vielleicht«, sagte Billy. »Vielleicht.«

»Glaubst du diesen Quatsch etwa?«

»Ich weiß nur, dass ich nicht weiß, was ich weiß.«

»Netter Gedanke.«

»Das hab ich auf dem College gelernt«, sagte er. »Dass ich einen Scheiß weiß.«

Ich schaute auf meinen Becher hinunter. Mein Eis der Zukunft war verschwunden.

»Wir sollten sie besuchen«, sagte Billy.

»Wen besuchen?«

»Jan«, sagte er.

»Jan? Na klar.«

»Das ist mein Ernst.«

»Na ja, ich weiß doch gar nicht, wo sie wohnt. Wir haben ihre Adresse zu Hause.«

»Vielleicht werden wir es einfach wissen«, sagte Billy. »Vielleicht verfügen wir auch über übersinnliche Fähigkeiten. Wenn wir einfach durch die Gegend fahren, spüren wir, welches Haus es ist.«

Und so verließen wir die Mall und gingen zum Parkplatz, wo Billy mich anschaute. »Du fährst«, sagte er. »Ich bestehe darauf.«

Ich spürte das Meer, bevor ich es sah. So war es immer – ich schmeckte das Meer, noch ehe ich die Autotür öffnete.

Es war lange her, dass ich hier gewesen war, aber das Meer hatte sich nicht verändert. Wir gingen zu der vertrauten Treppe und über den verwitterten Bohlenweg zum Sand. Ich blickte aufs Wasser hinaus, zum Himmel darüber. Vermutlich sah ich aus, als versuchte ich, dich dort irgendwo in der Ferne zu entdecken, aber in Wirklichkeit konnte ich dich dort nicht spüren. Du warst so klein im Vergleich zum Ozean, zur Geschichte des Wassers.

»Also, wo geht's hin?«, fragte Billy.

»Ich weiß nur, dass Jan in einer der Villen am Strand wohnt«, sagte ich.

Wir wanderten stundenlang am Strand entlang, deuteten auf verschiedene Häuser, versuchten uns vorzustellen, ob eins davon Jan gehörte.

»Das Schloss?«, sagte ich. »Nee. Das würde nicht zu Jan passen. Sie ist Rechtsanwältin, schon vergessen?«

Er lachte. »Dürfen Rechtsanwälte nicht in Schlössern wohnen?«

»Nein«, sagte ich. »Ist nicht ihr Stil.«

Wir gingen weiter. Redeten. Schließlich ertappte ich mich dabei, wie ich Dinge sagte, von denen ich nicht wusste, ob ich sie glaubte, wie: »Ganz ehrlich, ich würde nie in einem Schloss leben wollen.«

»Wieso nicht?«

»Ich hätte nachts zu viel Angst.«

»Trotz der Wachen, die du vor deiner Tür postierst?«

»Die sind doch die schlimmsten«, sagte ich. »Wer sind sie? Was führen sie im Schilde? Und was wollen sie mit ihren ganzen Waffen? Ich mag kleine Häuser. In denen es Grapefruit-Löffel gibt. Für die man nur einen guten Hund braucht.«

Ich erwartete eigentlich nicht, Jans Haus zu finden. Am Strand gab es meilenweit nichts als Villen, außerdem hielt ich die Suche nach Jan für einen Scherz. Ich dachte, wir wollten nur aus der Mall raus. War froh, dass wir hergefahren waren, weil es nett war, mal wieder am Meer zu sein, am äußersten Rand des Landes. Es fühlte sich an, als wäre ich in der Zeit zurückversetzt worden. In eine uralte Version meiner selbst. Doch dann blieb Billy stehen.

»Riechst du das?«, fragte er.

»Ja.«

»Riecht wie etwas Totes«, sagte er.

Ein scheußlicher Verwesungsgeruch hing in der Luft. Aber wir ignorierten ihn. Spazierten weiter am Strand entlang, und ich erzählte ihm von unseren Urlauben hier, wie Dad mit uns zum Leuchtturm gegangen war, weil es einer der ältesten in Neuengland ist. Er hatte gesagt, wir sollten uns vorstellen, wie dunkel es gewesen sein musste, bevor es Elektrizität gab, wie beängstigend der Ozean gewirkt haben musste.

»Die alten Griechen hatten auch ganz schön Schiss vor dem Meer«, sagte Billy.

»Du kennst dich mit den alten Griechen aus?«

»Ich hatte Philosophie als Hauptfach«, sagte er. »Hab einen ganzen Haufen über sie gelernt. Und ich kann mich erinnern, dass – zumindest der griechischen Mythologie zufolge – jenseits des Meeres nichts mehr lag. Es wurde als ein einziger unüberquerbarer, endloser Fluss dargestellt.«

»Ich kann mir schon vorstellen, warum«, sagte ich. »Sieht ja auch so aus.«

Wir schwiegen, sannen über den unüberquerbaren, endlosen Fluss nach.

»Ist echt komisch, dass du mir heute über den Weg gelaufen bist«, bemerkte Billy schließlich.

»Wieso?«

»Letzte Nacht habe ich von Kathy geträumt. Zum ersten Mal seit Jahren.«

»Echt? Und was genau?«

»Ich erinnere mich nur, dass ich in einem schwarzen Raum Klavier gespielt hab.«

»Ich wusste gar nicht, dass du Klavier spielen kannst.«

»In meinen Träumen schon«, sagte er. »Ich spiele also Klavier, und als ich aus dem Fenster schaue, sehe ich Kathy am Meer tanzen. Sie hat so eine Art Tutu getragen, das klatschnass war.«

»Und dann?«

»Das war eigentlich alles. Als ich heute Morgen aufgewacht bin, hab ich mir nichts dabei gedacht. Aber als du mir dann heute in der Mall begegnet bist, fand ich es schon komisch, dich ausgerechnet heute zu treffen. Fast ein bisschen gruselig.«

»Ich hab auch schon von ihr geträumt«, sagte ich.

»Und worum geht's in deinen Träumen?«

»Willst du wirklich was über meine Träume hören? Träume sind doch öde.«

Das hatte Peter eines Abends gesagt. Träume seien öde, weil Träume Unsinn seien. Nichts als feuernde Neuronen.

»Träume sind absolut nicht öde«, sagte Billy. »Träume sind irre. Die Tatsache, dass wir nicht ständig über unsere eigenen Träume staunen, finde ich völlig verrückt.«

»Okay, na ja, in einem Traum komm ich die Treppe runter«, sagte ich. »Und Kathys Sarg steht in der Küche. Aber es ist keine große Sache, denn Kathy sitzt am Tisch und frühstückt. Aber dann kommt Mom rein und flippt völlig aus. Sie sagt: ›Kathy, wieso steht der Sarg da mitten in der Küche!‹ Aber Kathy lässt das völlig kalt. Sie sagt nur: ›Krieg dich wieder ein, Mom.‹ Also muss ich ihn wegräumen. Ich will ihn anheben, aber er ist zu schwer, und dann fällt er mir auf den Fuß.«

»Scheiße«, sagte er.

Der Verwesungsgeruch wurde stärker.

»Was *ist* das?«, fragte ich.

»Keine Ahnung«, sagte er und kniff die Augen zusammen, als ob er in der Dunkelheit etwas erkennen könnte. Dann sah ich es ebenfalls: ein Mann. Mit einer Schaufel. Er war dabei, etwas zu vergraben. »Guck mal. Siehst du das?«

Wir gingen näher an den Mann heran, bis wir ausmachen konnten, dass er mit der Schaufel auf etwas einhackte. Einen Körper.

»Billy«, sagte ich, und es war seltsam, deinen Freund beim Namen zu nennen. Seltsam, ihn überhaupt irgendetwas zu nennen. »Lass uns umkehren. Das ist irgendwie schräg.«

Aber es war zu spät. Der Mann hatte uns erspäht. Sein Gesichtsausdruck war grimmig, aber dann winkte er.

»Hey!«, rief er uns zu.

»Komm schon«, sagte dein Freund.

Denn dein Freund hatte vor nichts Angst. Das hatten die Zeitungen früher über ihn geschrieben. Er ist ein furchtloser Mannschaftskapitän – vertraute auf seinen Körper, darauf, dass er seine Mannschaft ans Ziel bringen konnte.

»Was macht ihr zwei denn so spät noch hier draußen?«, fragte der Mann.

Er trug voluminöse braune Stiefel, so wie Dad, wenn er die verschneite Einfahrt frei schaufelte.

»Was machen *Sie* hier?«, fragte Billy.

Wir standen vor etwas, das aussah wie ein massakriertes Tier.

»Ich zerhacke die Robbe«, sagte er. »Oder vielmehr, was noch von ihr übrig ist.«

»Wieso?«, fragte dein Freund.

»Weil es sein muss«, sagte er. »Ich muss das Vieh bis morgen loswerden. Der Gestank verbreitet sich in der ganzen Nachbarschaft. Und die Besitzer kriegen morgen Besuch von Leuten, die sich das Haus ansehen wollen.«

Ich schaute mich um und sah eine riesige Villa mit Meerblick. Es war eins von den geometrischen Häusern, die nicht an den Strand zu passen schienen. Die Art Haus, die dir immer gefallen hatte. In der du gern gewohnt hättest.

»Ist das nicht Ihr Haus?«, fragte ich.

Der Mann verneinte. Er sei Immobilienmakler. »Ich arbeite nur für das Ehepaar, das es verkaufen will.«

Das Paar wolle weit, weit fortziehen, erklärte er. Das Strandleben sei ganz anders, als sie erwartet hatten. Und wer könne es ihnen verübeln? Jede Woche würden Robben angespült, die an der Küste strandeten, wenn die Flut sich zurückziehe.

»Und dann verhungern die armen Biester und verwesen«, sagte er. »Es ist schrecklich. Das Tier muss weg. Schöner Willkommensgruß für ein neues Multimillionen-Dollar-Zuhause, so ein aufgedunsener Robbenkadaver.«

Und so halfen wir dem Mann, die Robbe zu beseitigen. Dein Freund hob einen der großen schwarzen Plastiksäcke an, in die der Mann die Teile der Robbe warf. Ich sah zu, betrachtete den Kadaver und erwartete, dass er irgendwann wie eine Robbe aussehen würde, dass ich irgendetwas Essenzielles, Robbenartiges daran erkennen würde, aber es sah einfach nur aus wie rohes Fleisch.

Danach trugen wir die Säcke die lange Treppe zum Haus hinauf. Wir standen in der Einfahrt, und der Mann warf die Säcke auf die Ladefläche seines Lkw.

»Kann ich euch irgendwohin mitnehmen?«, fragte er.

Bevor wir in seinen Lkw stiegen, erhaschte ich einen Blick auf die Hausnummer: 38 Lindell Drive. Dann fuhr er uns zurück zum Parkplatz, wo mein Wagen auf uns wartete.

»Danke«, sagte der Mann und schüttelte uns die Hand, als hätten wir gerade etwas Schönes zusammen unternommen.

»Kein Problem«, sagte dein Freund.

Die Wangen deines Freundes waren gerötet wie die eines kleinen Jungen an Weihnachten. Als wäre das genau die Aufgabe gewesen, die das Meer uns gestellt hatte. Als hätte sein Traum doch irgendeine Bedeutung.

»Das war schräg«, sagte Billy, zurück im Auto. »Verdammt schräg sogar.«

»Glaubst du, das war Jans Haus?«, fragte ich. Es sollte ein Scherz sein. Aber Billy zuckte die Achseln.

»Vielleicht«, sagte er.

Meine Handtasche bebte.

»Was zum Teufel ist mit dem Ding los?«, fragte Billy.

»Mein Handy vibriert«, sagte ich.

Mich hatte es ebenfalls erschreckt – es war das erste Mal, dass mein Handy geklingelt hatte.

»Sieh einer an«, sagte er. »Du und dein schickes Handy.«

»Ist ein Geschenk zum Schulabschluss«, sagte ich. »Damit sie mich orten können.«

Dad hatte mir das Handy als verfrühtes Abschlussgeschenk präsentiert, das mir auf dem Ball nützlich sein könnte. Ein Lebensrettungsinstrument. Etwas, das mir helfen würde, falls ich von einem Mörder in eine Seitenstraße verfolgt würde. Aber bis jetzt hatte mich nur Mom angerufen. Sie war die Einzige, die die Nummer kannte.

»Hi, Mom«, sagte ich.

»Wo bist du?«, sagte sie. »Gehst du heute nicht zum Abschlussball?«

»Sag Peter, ich ruf ihn an, wenn ich zurück bin. Und sag ihm, er soll sich beruhigen. Es ist nur ein Abschlussball.«

Nachdem ich aufgelegt hatte, herrschte eine Weile Schweigen.

»Dein Abschlussball war heute Abend?«, fragte er.

»Ja«, antwortete ich.

»Ich wusste nicht, dass es heute ist. Wolltest du nicht vorhin noch ein Kleid kaufen?«

»Schon«, sagte ich. »Aber ich hab keins gefunden. Von daher geht das schon in Ordnung.«

»Sorry. Tut mir leid, dass du wegen mir deinen Abschlussball verpasst.«

Ich zuckte die Achseln. »Ein weiser Mann hat einmal gesagt, ein Abschlussball ist nur ein …«

»Ein weiser Mann, fürwahr«, sagte er.

»Jemand sollte dem Typen einen Doktortitel verleihen.«

»Ist dein Date nicht sauer?«

»Er kommt schon drüber weg.«

Peter interessierte mich in diesem Moment weniger als die tote Robbe.

»Was glaubst du, hat er mit dem Kadaver vor?«, fragte ich.

»Wahrscheinlich bringt er ihn zur Müllhalde«, sagte dein Freund.

»Das kann man machen? Eine tote Robbe einfach auf der Müllhalde abladen?«, fragte ich.

»Schon«, sagte dein Freund. »Ich meine, es ist eine Müllhalde. Da kann man alles hinbringen. Wir werfen doch andauernd Tiere weg. Hast du nie einen Rest Cheeseburger weggeschmissen? Ist doch praktisch dasselbe.«

Dein Freund kurbelte das Fenster herunter und nahm eine Zigarette zur Hand.

»Seit wann rauchst du?«, fragte ich.

»Schon seit ein paar Jahren«, sagte er. »Wie gesagt. Selbstzerstörungsdrang.«

Er zündete die Zigarette an und nahm einen tiefen Zug. Hustete nicht ein einziges Mal auf dem Weg zurück zur Mall. Ein echter Profi.

»Und dieser Peter«, sagte Billy. »Ist er nett?«

»Ja«, sagte ich. »Peter ist ein netter Kerl.«

»Und wie ist Peter sonst so?«

»Schwer zu erklären«, antwortete ich. »Peter-artig eben.«

»Ah. Peter-artig. Ja, alles klar …«

»Ich weiß nicht, was ich sonst sagen soll. Er ist ziemlich normal. Will mal Präsident werden. Trägt jetzt viele gestreifte Klamotten.«

»Das sagt gar nichts aus. Alle Jungs wollen Präsident werden. Alle Jungs tragen Streifen.«

»Du trägst keine.«

»Männer tragen keine Streifen«, sagte er. »Aber früher hab ich auch welche getragen. Alle möglichen gestreiften Klamotten.«

»Als du noch aussehen wolltest wie ein Junge.«

»Genau.«

Ich lachte.

Die Heizung war voll aufgedreht.

Plötzlich taten mir Peter und seine Streifen leid. Ich mochte seine Streifen. Und so fügte ich hinzu: »Und er ist klug.«

»Du bist auch klug.«

»Ich weiß. Aber er ist sogar noch klüger als ich.«

»Aber du warst schon mit zwölf klüger als ich. Ich würde behaupten, niemand ist klüger als du, Sally.«

»Ich weiß das Kompliment zu schätzen. Aber wir müssen die Tatsache berücksichtigen, dass Bill Gates existiert. Ganz zu schweigen von all den Leuten, die uns auf den Mond gebracht haben.«

»Ja, verdammt unglaublich, hm?«

»Kannst du dir vorstellen, wie es ist, Astronaut zu sein?«

»Ich kann mir keinen weniger erstrebenswerten Job vorstellen«, erwiderte er.

Er konnte sich nicht vorstellen, so lange in einem Raumschiff zu leben. So beengt. Wie sollte man da oben Sex haben? Hatten sie überhaupt Sex dort? Wir kamen zu dem Schluss, nein, sie hatten dort keinen Sex. Denn was, wenn sie Sex hatten und jemand schwanger wurde? Was dann?

»Sie müssen masturbieren«, sagte ich.

Das war etwas, was Peter mir erzählt hatte.

»Aber wie?«, fragte Billy.

»Was meinst du mit ›wie‹?«, fragte ich.

Wie machten sie es? Wie ging das? War das nicht peinlich? Diese Fragen beschäftigten uns auf der gesamten Rückfahrt.

»Welcher Wagen ist deiner?«, fragte ich, als wir die Mall erreichten.

Er deutete auf einen schwarzen Ford Explorer.

»Hey, ruf mich doch irgendwann mal mit deinem coolen

Handy an«, sagte Billy und gab mir seine Nummer. »Wenn du mal wieder schlecht geträumt hast.«

»Immer angenommen, es ist wirklich ein Handy«, sagte ich.

Billy nahm es mir aus der Hand und hielt es ins Licht.

»Es ist schon verdächtig klein«, sagte er.

»Hosentaschenformat«, sagte ich. »Eher für eine Puppe geeignet.«

Er klappte es auf, tat so, als würde er eine Nummer eingeben, und hielt es sich ans Ohr.

»Hallo?«, sagte er. »Gott? Bist du's?«

Ich lachte und steckte das Handy zurück in meine Handtasche.

»Und? War's Gott?«, fragte ich.

»Ja«, sagte er. »Aber er hatte zu viel zu tun. Hat gesagt, er ruft zurück.«

Zu Hause suchte ich sofort in unserer Rollkartei Jans Adresse heraus. Sie war nicht schwer zu finden. Der erste Eintrag unter J: Jan Newman, 38 Lindell Drive.

»Peter klang am Telefon ziemlich aufgebracht«, sagte Mom am nächsten Morgen. Plötzlich war sie auf Peters Seite. Regte sich um seinetwillen auf.

»Tut mir leid«, sagte ich.

»Er kam in seinem schicken Smoking hierher«, sagte Mom. »Er war wirklich lieb. Sehr traurig.«

»Tut mir leid«, wiederholte ich.

»Ich wusste nicht mal, was ich zu ihm sagen sollte, als er gefragt hat, wo du bist! Ich sagte: ›Peter, ich bin da auch nicht klüger als du.‹«

Ich ließ den Kopf hängen.

»Das war ganz schön gemein, was du ihm da angetan hast«, sagte Mom. »Du hättest anrufen sollen. Wozu hast du ein Handy, wenn du es nicht benutzt?«

»Keine Ahnung«, sagte ich. »Tut mir leid.«

Dann kam Dad mit einem Sixpack Bier und Erdbeeren nach Hause, und das Gespräch über Peter war beendet. Dad war auf dem Golfplatz gewesen. Er stellte das Bier ab und sagte: »Fragt nicht.« Als hätten wir das vorgehabt.

Es war auch nicht nötig.

»Mein Abschlag ist völlig daneben«, sagte er. »Letzte Woche war er super. Diese Woche ist er wieder schrecklich.«

Mom sah mich mit hochgezogenen Augenbrauen an. Sie wollte ihm von Jan und dir erzählen, wollte ihm sagen, er solle sich keine Sorgen machen, das mit seinem Abschlag würde sich fügen. Alles würde gut werden. Das war der einzige Trost, den du uns aus dem Himmel zukommen lassen konntest, unbedeutende, kurzsichtige Versprechungen.

Doch Mom schwieg, erwähnte Jan nicht vor Dad, weil sie wusste, dass es keinen Zweck hatte. Dad würde Jan nie glauben. Dad glaubte an Computer, an Teppiche, an Mobilfunkmasten. Er schnitt das Grün von den Erdbeeren ab, richtete sie in einer silbernen Schale an, und wir setzten uns hin und aßen sie mit Schlagsahne.

Eine Weile war es still.

»Wisst ihr was? Diese Erdbeeren sind gut«, sagte Dad. »Fast zu gut.«

»Ja«, sagte ich. Denn es stimmte. Ich weiß nicht, warum mich so etwas manchmal immer noch überraschte.

Nachdem Mom und Dad den Raum verlassen hatten, rief ich sofort Billy an. Er nahm nicht ab, also hinterließ ich eine Nachricht.

»Du hattest recht«, sagte ich. »Wir haben es gefunden. Wir haben es tatsächlich gefunden. Es war Jans Haus.«

Dann legte ich auf und rief Peter an.

»Du bist dafür verantwortlich, dass ich meinen Abschlussball verpasst habe, Sally«, sagte Peter.

»Ich weiß, tut mir leid«, sagte ich.

»Ich bin Homecoming King! Ich hätte dort sein sollen.«

»Du hättest trotzdem hingehen können.«

»Bin ich auch«, sagte er.

»Oh. Du bist hingegangen?«

»Ich bin Homecoming King«, wiederholte er. »Ich musste hingehen. Aber darum geht's nicht.«

»Worum geht's dann? Dass der Homecoming King nicht allein zum Ball gehen sollte?«

»Es geht darum, dass du in letzter Zeit extrem merkwürdig drauf bist.«

»Seit wann bin ich merkwürdig drauf?«

Er senkte die Stimme. »Seit dem Abend, an dem deine Mom ihre psychotische Anwandlung hatte.«

»Das war keine psychotische Anwandlung.«

»Was auch immer es war. Du bist seitdem so distanziert.«

»Ich weiß auch nicht, was mit mir los ist«, sagte ich.

Ich wusste es wirklich nicht. Es verwirrte mich selbst.

Ich wollte Peter sehen.

Peter war mein erster richtiger Freund.

»Willst du vorbeikommen?«, fragte ich.

»Warum kommst du nicht zu mir?«, erwiderte Peter.

Als ich bei Peter ankam, hatte er mir verziehen. Hauptsächlich deshalb, weil er sich darüber beschweren wollte, wie scheiße der Ball gewesen war. Ein echtes Desaster, erzählte er. Alle seien viel zu schnell viel zu betrunken gewesen. Und dann sei Valeries Absatz abgebrochen. Und Rick hatte mit ihr Schluss gemacht.

»Weil ihr Absatz abgebrochen ist?«

»Nein«, sagte Peter.

Anscheinend hatte sich Rick in jemanden an der NYU verliebt, was verwirrend war, weil er noch nicht mal dort studierte.

»Wie ist das denn passiert?«, fragte ich.

»In einem Internetforum«, sagte Peter. »Ich schätze, er hat mit irgendeinem Mädchen gechattet, das in seinem Wohnheim lebt. Sie hatten schon Cybersex.«

»Das ging aber schnell«, sagte ich. »Wir hatten ja noch nicht mal Cybersex.«

»Mir ist echter Sex lieber als Cybersex, danke«, sagte er.

»Woher willst du das wissen, du hattest ja weder das eine noch das andere.«

»Ist nur eine Vermutung«, sagte er und zog mich zu sich auf die Couch. Er fing an, mich zu küssen, dann löste er sich von mir. »Sag mal, *möchtest* du denn überhaupt Sex haben?«

»Eines Tages«, sagte ich.

»Ich meine, mit mir.«

»Ach, mit *dir*. Ich dachte, du meinst mit Bill Nye the Science Guy«, scherzte ich.

»Du sagst manchmal echt komische Sachen«, sagte er. »Jetzt sei bitte mal ernst.«

»Okay. Ja. Möchte ich.«

»Ich dachte an die Abschlussfeier.«

»Du willst, dass wir es in unseren Roben tun?«

»Sally! Nein, ich will es am Abend der Abschlussfeier machen«, sagte er. »Es wird was ganz Besonderes. Ich buche uns ein Hotelzimmer.«

»Okay«, sagte ich, denn das klang tatsächlich nach etwas ganz Besonderem. Ich mochte Hotels schon immer. Die kleinen Seifenstücke. Die weißen Bademäntel an der Badezimmertür. Die haben wir immer angezogen, bevor wir ins Bett gingen.

»Dann haben wir einen Plan«, sagte Peter. Peter mochte Pläne.

Aber dann rief Billy mich zurück.

»Ich hatte so ein Gefühl, dass wir Jan finden würden«, sagte er. »Ich kann es nicht anders erklären.«

Dann erzählte ich ihm von meinen Albträumen. In der Woche vor dem Abschluss hatte ich mehrere. In einem davon hast du an der Straße gestanden. In einem Prinzessinnenkleid. Der untere Teil war nass, als wärst du gerade angespült worden, obwohl kein Gewässer in Sicht war. »Sally, wieso habt ihr mir nicht gesagt, dass ich tot bin? Weißt du, wie peinlich es ist, stundenlang rumzulaufen und nach unserem Haus zu suchen? Wo ist unser Haus überhaupt?«, hast du gesagt.

In einem anderen Traum hast du neben mir auf dem Rücksitz im Wagen gesessen. Du warst noch am Leben! Wir waren alle in Hochstimmung. Dad saß am Steuer, Mom schaltete das Radio ein, aber dann sah ich etwas in deinem Augenwinkel. Einen grauen Fleck, der sich ausbreitete wie Blut. Und da erkannte ich die Wahrheit: Du warst immer noch tot. Hast nur so getan, als würdest du noch leben, damit Mom sich nicht aufregt. Und das war sehr stressig, denn ich musste für den Rest der Fahrt ebenfalls so tun, als wärst du noch lebendig.

»In meinem Traum sind wir ins Kino gegangen«, sagte Billy.

Er wusste nicht mehr genau, in welchen Film, nur, dass es irgendein doofer Film war, den du nicht sehen wolltest.

»Aber als er vorbei ist, kann ich sie nicht dazu bringen zu gehen«, erzählte Billy. »Ich sag: ›Kathy, wir müssen los. Der Film ist vorbei.‹ Aber sie so: ›Nein. Lass mich einfach hier sitzen.‹ Und dann will ich sie hochheben, schaffe es aber nicht. Sie ist wie eine Statue. Am Boden festgeschraubt. Und dann verwandelt sie sich wirklich in eine Statue. Wird zu Stein.«

Und so haben wir wieder angefangen, miteinander zu reden – jeden Abend, am Telefon, wie in alten Zeiten.

Es war schön, zu sehen, wie Mom sich für meine Abschlussfeier in Schale geworfen hatte. Sie legte wieder Lippenstift auf. Trug ihre goldenen Ohrringe. Sah wieder aus wie Mom, klang sogar wieder wie Mom. »Schätzchen, ich bin so stolz auf dich«, sagte sie ständig.

Sie sei stolz auf uns alle.

Auch auf Peter, der seine große Rede hielt, in der es um Selbstakzeptanz, den steigenden Ölpreis und die Superwirtschaftsmacht China ging.

»Aber ich muss sagen, die Rede eures Jahrgangsbesten habe ich nicht verstanden«, sagte Mom.

Ach ja. Unser Jahrgangsbester war eine Katastrophe. Ein Typ namens Jim Kravitz. Ein kiffender Anarchist und ein Genie. Er stand da oben auf dem Podium und tat so, als hätte er einen Hamster in der Hand, den er mit zwei Fingern zerquetschte. Er rief: »Zerquetsche den Hamster!«, und die Hälfte des Publikums flippte aus, als wäre das eine Art schräger Insiderwitz zwischen ihm und dem Universum.

Ich verstand die Rede auch nicht.

Schließlich wurde er von der Bühne eskortiert.

Ich sah Valerie an. Wir zuckten die Achseln.

Und dann wurde uns das Abschlusszeugnis verliehen. Als ich es entgegennahm, war ich etwas enttäuscht, dass ich nichts empfand. Ich hatte Gefühle erwartet, vielleicht auch Geräusche. Als würde das Klicken der Fotoapparate es irgendwie offiziell machen. Ich war fertig mit der Highschool. Schaute an mir hinunter, auf meine Hände, meinen ganz in glänzenden blauen Stoff gehüllten Körper. Kam mir in meiner Robe unangenehm voluminös vor. Das Zeugnis war nicht mal mein richtiges. Es war eine Kopie, damit niemand im Eifer des Gefechts das Original verschlampte.

Auf dem Parkplatz umarmte ich Valerie und ihre Eltern. Sie hatten vor, in die Cheesecake Factory in der Mall zu gehen. Ob ich mitkommen wollte?

Ich verneinte.

»Was hast du dann vor?«, fragte Valerie.

»Ich warte noch auf Peter«, sagte ich.

»Ach ja, Peter, der Jahrgangssprecher.«

»Er hat seine Sache echt gut gemacht«, sagten Valeries Eltern. »Wo ist er?«

Wir waren vor ihm auf dem Parkplatz angekommen; der Schülerschaftsvorsitzende brauchte doppelt so lange, um vom Footballfeld auf den Parkplatz zu gelangen. Ich hatte immer noch im Ohr, was er Stunden vor der Abschlussfeier am Telefon zu mir gesagt hatte: »Ich werde länger brauchen als du, um zum Parkplatz zu kommen. Warte auf mich.«

Ich war zwar keine Jahrgangssprecherin, trotzdem. Ich war immerhin Vorsitzende des Lateinclubs, Vorsitzende von Schüler gegen das Rauchen und obendrein noch Sekretärin des Key Clubs, auch wenn niemand, mich eingeschlossen, genau wusste, was das eigentlich beinhaltete. Wir kontrollierten die Anwesenheit, hatte ich Mom und Dad erklärt. Der Club war der größte der Schule, weil es keine Beitrittsbeschränkungen gab, also hatten wir in den halbstündigen Treffen eigentlich nur Zeit für die Kontrolle der Anwesenheit. Wir waren neunundsiebzig.

Wieso hatte ich dann nicht länger gebraucht, um zum Parkplatz zu gelangen? Niemand sprach mich an, und ich sprach meinerseits niemanden an. Hatte ich den neunundsiebzig Mitgliedern des Key Clubs nach vier Jahren nichts mehr zu sagen?

Nein, hatte ich nicht.

»Wir sehen uns heute Abend zu Hause«, sagte ich zu Mom und Dad.

»Wir sind so stolz auf dich«, sagte Mom, und Dad stimmte ihr zu.

Da kam Peter über das Footballfeld auf den Parkplatz zu und hielt nach mir Ausschau. Er schritt durch das Meer der Blaugewandeten mit den gelben Kordeln um den Hals, und einen kurzen Augenblick lang war ich stolz. Sieh sich einer meinen Freund an. Meinen ersten echten Freund.

Aber selbst auf die Entfernung konnte ich sein Lächeln ausmachen. Es war sein *Na wie war ich?*-Lächeln. Wie fandest du meine Rede über die steigenden Ölpreise im Zusammenhang mit Chinas Wirtschaft, die beide in enger Verbindung mit meinem Leben als Heranwachsender stehen? Als ich Peter schließlich umarmte, war ich mir sicher, dass er nichts mehr mit mir zu tun hatte.

Das Hotel, das Peter ausgesucht hatte, war eher ein Motel. Es gab eine Lampe auf der Mikrowelle, ein Gemälde von einer Frau, die zum Mond aufblickte, und ich erklärte ihm, dies sei die Art von Motel, in der Menschen erschossen wurden, ohne dass es jemanden kümmerte. Nicht dass es mir etwas ausmachen würde. Ich sagte es ja nur. Ich hätte eine Menge Enthüllungsstorys im Fernsehen über solche Leute gesehen, und es gebe einem zu denken, was die Bettwäsche anging, von der Atmosphäre ganz zu schweigen.

»Was glaubst du passiert nach dem Tod?«, fragte ich Peter.

»Wow. Tolles Bettgeflüster«, sagte Peter.

»Ich weiß«, sagte ich. »Ich sollte wahrscheinlich eine Telefon-sex-Hotline betreiben.«

Aber Peter lachte nicht. Er war verwirrt. »Wieso fragst du mich das?«

»Es interessiert mich einfach«, sagte ich.

»Wenn du es unbedingt wissen musst, nichts«, sagte er. »Ich glaub, danach kommt nichts.«

»Nichts?«

Er sah mich an. »Du benimmst dich komisch.«

»Manchmal bin ich halt komisch.«

»Aber nicht heute Nacht.«

»Ich bin jede Nacht komisch.«

Er seufzte. »Ich dachte ja nur.«

»Du dachtest was?«

Ich wusste, was er dachte. Er dachte, wir würden Sex haben. Aber wenn er das Wort nicht mal über die Lippen bekam, wollte ich es auch nicht mit ihm tun. Das kam mir nur fair vor. Wenn ein Mann nicht sagen kann: »Willst du Sex mit mir haben?«, dann sollte man keinen Sex mit ihm haben. Wenn ein Mann nicht sagen kann: »Willst du Sex mit mir haben?«, dann ist er noch ein Junge und wird vermutlich für immer einer bleiben, wird bis in alle Ewig-keit Streifen tragen – das hätte auch von dir kommen können, nicht wahr? Oder vielleicht auch von Jillian Williams. So oder so, am liebsten wäre ich gegangen.

»Ich hab was für dich«, sagte Peter und holte eine Kette aus sei-ner Tasche. »Ich wollte sie dir eigentlich schon auf dem Abschluss-ball geben. Aber dann hast du mich, du weißt schon, versetzt.«

»Ich hab mich doch schon entschuldigt.«

Er schenkte mir eine Kette. »Sie gehört meiner Mutter. Sie möchte, dass du sie bekommst.«

»Sie möchte, dass ich sie bekomme? Wieso?«

»Sie mag dich«, sagte er. »Du bist meine Freundin. Sie weiß, dass wir es ernst meinen.«

Ich legte sie mir um den Hals. Der Anhänger war ein Herz aus Gold.

»Ja, so sieht sie gut aus«, sagte er. Er positionierte das Herz zwischen meinen Brüsten. Dann zog er die Hose aus. Das Hemd. Ich schlüpfte ebenfalls aus meiner Hose. Meiner Bluse. Wir legten uns aufs Bett. Er starrte die ganze Zeit die Kette an. Legte sie ständig wieder zwischen meine Brüste.

»Das Ding sieht scharf aus zwischen deinen Titten.«

Ich löste mich von ihm. »Wie kannst du so etwas über die Kette deiner Mutter sagen?«

»Es geht ja nicht um die Kette meiner Mutter«, sagte er. »Ich habe dir nur ein Kompliment für deine Titten gemacht.«

»Das ist kein Kompliment. Und das sind keine Titten!«, sagte ich. »Es sind Brüste.«

»Ich dachte, du willst, dass ich sie so nenne«, sagte er. »Ich dachte, du stehst darauf. Du hast gesagt —«

»Vergiss es einfach«, sagte ich.

»Sally, was *stimmt* denn nicht mit dir?«

Ich starrte ihn an. »Ich will einfach nicht mehr mit dir zusammen sein.«

Peter sah aufgebracht aus. »Ist das dein Ernst?«

»Ja«, sagte ich. »Mein voller Ernst.«

»Das kann nicht sein«, sagte er. »Ich liebe dich, Sally.«

»Ich liebe dich nicht, Peter.«

Er legte das Gesicht in die Hände.

»Warum nicht?«

»Ich bin in jemand anders verliebt«, sagte ich.

»Wen?«

Es gab keinen Grund, es ihm zu verraten. Außer dass es sich gut anfühlen würde, es endlich jemandem zu erzählen.

»Billy Barnes«, sagte ich.

Peter lachte auf. »Das ist nicht dein Ernst. Der Typ, der deine Schwester umgebracht hat?«

»Es war ein Unfall«, widersprach ich.

»Trotzdem«, entgegnete er. »Das ist krank, Sally.«

»Fick dich«, sagte ich. »Du weißt einen Scheiß darüber.«

Ich fing an, meine Sachen zusammenzupacken.

»Wo willst du hin?«, fragte er.

»Nach Hause«, sagte ich.

»Und wie willst du nach Hause kommen, wenn ich dich nicht fahre?«

»Mir fällt schon was ein«, sagte ich.

Ich würde schon klarkommen. Genau dafür waren Handys erfunden worden, wie ich erkannte.

»Bitte, Sally. Geh nicht«, sagte Peter. »Es tut mir leid. Lass uns reden.«

»Nein«, sagte ich. »Ich gehe.«

»Du kannst nicht einfach gehen! Es ist unser Abschlussabend! Und wir haben Konzerttickets für Dave Matthews nächste Woche!«

»Haben wir?«

»Ja!«, sagte er.

»Tja, das wusste ich nicht.«

»Es sollte eine Überraschung sein«, sagte er.

»Tut mir leid«, sagte ich. »Du musst mit jemand anders hingehen.«

Ich öffnete die Tür. Konnte die Lkw auf dem Highway hören.

»Na gut«, sagte er. »Schön. Mach ich. Verschwinde einfach. Du gestörte Schlampe.«

Ich ging ein Stück die Hauptstraße hinunter, bevor ich Billy anrief. Er sagte: »Bleib, wo du bist. Rühr dich nicht von der Stelle.«

Dann fuhr er in seinem schwarzen Wagen vor und kurbelte die Scheibe herunter.

»Du verstehst, dass mich das hier sehr nervös macht, okay?«, fragte er. »Dich zu fahren.«

»Ich verstehe«, sagte ich.

»Steig ein«, sagte er.

Ich stieg ein.

»Darf ich fragen, was passiert ist?«, sagte Billy.

»Wir haben uns gestritten«, antwortete ich.

»Worüber?«

»Er hat mir eine Kette geschenkt.«

In dem Moment wurde mir klar, dass ich die Kette seiner Mutter immer noch trug. Ich zog sie aus der Bluse.

»Was für ein verdammtes Arschloch«, sagte Billy. »Dir einfach eine Kette zu kaufen.«

»Er hat sie nicht gekauft«, sagte ich. »Sie gehört seiner Mutter. Ich meine, guck dir das Ding doch an. Siehst du das nicht? Es ist ein goldenes Herz.«

»Stimmt«, sagte er.

Billy betastete das Herz mit zwei Fingern, wie um seine Hässlichkeit zu fühlen.

»Aber es lag mehr daran, wie er mich angesehen hat«, sagte ich, »als würde er sich wünschen, ich wär seine Mutter oder so. Als wär das der Grund, warum er sie mir geschenkt hat.«

»Manche Typen sind echt schräg drauf«, sagte Billy.

»Bist du auch so schräg drauf?«

»Glaub nicht«, sagte Billy. »Aber hey, man weiß ja nie.«

»Ich hatte nur das Gefühl, er will, dass ich eine ganz bestimmte Art von Person bin«, erklärte ich. »Er hat einen Masterplan. Will auf Abschlussbälle, Partys und Konzerte gehen und nie über was Echtes reden, bis wir sterben. Und vielleicht nicht mal dann.«

Ich stellte mir vor, wie Peter auf dem Sterbebett lag und blinzelte. Sagte: »Okay, ich schätze, es ist jetzt so weit.« Und dann ... ewige Dunkelheit.

»Und du?«, sagte Billy.

»Ich glaub, ich kann Konzerte nicht ausstehen«, sagte ich.

»Du magst keine Konzerte?«, fragte Billy.

»Ich weiß, ich weiß, alle mögen Konzerte.«

»Was genau kannst du denn daran nicht ausstehen?«

»Ich find's ätzend, so viel Geld dafür auszugeben, mir was anzuhören, was ich mir auch bequem zu Hause anhören kann. Und Livemusik ist eigentlich immer enttäuschend.«

»Jetzt schenk ich dir garantiert kein Konzertticket mehr zum Geburtstag.«

»Bitte nicht.«

Plötzlich bekam die ungezwungene Unterhaltung etwas Unbehagliches. Vielleicht durch die Erkenntnis, dass uns das Reden zu leichtfiel, obwohl es schwierig hätte sein sollen. Wir hatten unser mögliches Zusammensein in irgendeiner nahen Zukunft zugegeben, in der wir einander Geschenke kauften; er würde mir nie Konzerttickets kaufen, und was würde ich ihm nie schenken?

»Einen Pullover von The Gap«, sagte er. »Ich hab mal im zweiten Studienjahr mit einem Mädchen Schluss gemacht, weil sie mir einen Pulli von The Gap gekauft hat. Es war einfach nur traurig. Ich so zu ihr: ›Wir sind grad mal auf dem College und kaufen uns schon Pullover?‹ Natürlich hab ich ihn andauernd getragen. War ein toller Pulli.«

Er beäugte meine Kette.

»Die hier trag ich definitiv nicht«, sagte ich.

»Wenn du sie nicht magst, nimm sie doch ab«, sagte er.

Ich nahm sie ab. Er sah mich an, und einen Moment lang glaubte ich, er würde mich küssen, aber er tat es nicht. Nahm stattdessen eine Zigarette zur Hand.

»Kann ich auch eine haben?« Ich war neugierig. Und ich war nicht mehr die Vorsitzende von Schüler gegen das Rauchen. Ich war frei.

»Nein«, sagte Billy.

»Nur eine.«

»Glaub mir«, sagte er. »So was wie ›nur eine‹ gibt's nicht.«

»Ich glaube, du verwechselst das mit Heroin.«

»Und Kartoffelchips«, ergänzte er.

Er gab mir keine. Rauchte aber zwei Zigaretten direkt vor meiner Nase.

»Wir sollten losfahren«, sagte er. »Ich muss dich nach Hause bringen.«

»Nein, ich will nie wieder nach Hause«, erwiderte ich.

Er ließ den Motor an.

»Du weißt, dass es mir nicht gefällt, dich zu fahren«, sagte er.

»Ich weiß«, sagte ich. »Ich versteh das. Und ich bin dir echt dankbar.«

Er fuhr mich nach Hause, aber so langsam, dass wir eine Stunde brauchten.

Bevor ich aufs College gehen konnte, gab es noch jede Menge zu erledigen. Ich musste all meine Sachen durchgehen und entscheiden, was ich behalten wollte. Dann musste ich in Geschäfte gehen und noch mehr Sachen kaufen.

»Was ist mit einem Swiffer?«, fragte Mom im Bed, Bath & Beyond. »Du brauchst doch einen Swiffer.«

»Echt?«

»Natürlich brauchst du einen!«

Obwohl ich ihr erklärte, dass ich im College keinen Swiffer brauchen und dass niemand sonst einen haben würde, bestand sie darauf. »Wie willst du denn ohne Swiffer sauber machen? Erwartest du etwa, dass sie jedem einen Mopp und einen Besen in die Hand drücken?« Ich sagte, das bedeute, ich hätte nicht vor, sauber zu machen, und sie entgegnete: »Willst du etwa sagen, du willst das ganze Jahr nicht sauber machen?« Und ich antwortete: »Aber ich hab doch mein Zimmer hier auch ein ganzes Jahr nicht sauber gemacht«, was sie so sehr empörte, dass ihr die Worte fehlten. Als sie sie wiederfand, sagte sie: »Was für eine Tochter habe ich nur großgezogen?«

Ich wusste es auch nicht. »Eine Tochter, die dir ähnlich ist, schätze ich.«

Aber sie ließ sich nicht beirren. Redete einfach weiter: »Ich habe die Wohnheimzimmer gesehen, du hast jede Menge Stauraum für einen Swiffer, lächerlich viel Stauraum. Wer braucht überhaupt so viel Stauraum?«, als würde all mein zukünftiger Stauraum sie irgendwie sauer machen.

»Das Traurige ist, ich glaub, sie ist tatsächlich sauer«, sagte ich später zu Valerie, als ich sie besuchte.

»Garantiert. Es ist, als wär meine Mutter neidisch auf meinen Stauraum, als würde ich ihn gar nicht verdienen. Das macht mich irgendwie traurig. Der Stauraum, der Swiffer. Ich hätte den Swiffer nehmen sollen.«

Valerie nickte.

»Ich weiß, was du meinst«, sagte sie. Dann senkte sie die Stimme und tat so, als wäre sie in der Therapie. »Es hat lange gedauert, bis ich die Tatsache akzeptieren konnte, dass meine Eltern sterblich sind und mich tatsächlich lieben.«

Wir lachten.

Unten in der Küche machten wir uns Sandwiches und setzten uns an die neue Küchentheke, auf die Valeries Mutter sehr stolz war.

»Sie ist medizinisch«, sagte Mrs Mitt. »Sie besteht aus rosa Granit, der von einem Berggipfel stammt.«

Ich war verwirrt.

»Sie meinen, Sie müssen die Theke essen, weil das gesund ist?«, fragte ich, und selbst Mrs Mitt musste lachen.

»Klar, wir essen die Theke!«, prustete sie.

Das mit der Theke kam mir komisch vor, bis ich nach Hause ging und den Schmutz in unserem Zimmer mit neuer Klarheit sah. Deine Schneekugel, deine Tanztrophäe, die winzige Bibel, die Grandma dir zur Erstkommunion geschenkt hatte – alles auf deinem Schreibtisch war mit einer dicken Staubschicht bedeckt, sodass ich mich an die schrecklichen Dias von Pompeji erinnert fühlte, die Mr Prim uns gezeigt hatte, die Schichten von Vulkan-asche, die alles bedeckten – die Menschen, ihre Häuser, ihren Schmuck – alles zu einer harten Kruste erstarrt.

Ich wollte nicht so enden. Wie Mom. Wollte nicht für immer in unserem Zimmer hocken und Staub ansetzen, bis mein Kopf an deine Schneekugel erinnerte. Ich hatte noch mein ganzes Leben vor mir, wie mir vielleicht zum ersten Mal seit deinem Tod klar wurde. Ich würde auf die Villanova gehen. Ich hatte das Bestäti-gungsschreiben auf meinen Schreibtisch gelegt, wo es mich immer daran erinnerte.

Ich musste etwas tun – ich besorgte mir Müllbeutel. Fing an, wahllos Sachen wegzuschmeißen. Arbeitete stundenlang bis spät in die Nacht und hörte Mom im Flur sagen: »Anscheinend tut sich da drin was«, aber als sie am nächsten Morgen sah, was ich getan hatte, schnappte sie nach Luft.

»Was hast du mit Kathys Sachen gemacht?«, fragte sie.

»Hab sie in Müllbeutel gepackt«, sagte ich. Ich hatte die antike Stätte deines Schreibtischs und deiner Seite des Schranks zerstört und war zufrieden mit meinem Werk. »Sieh nur, wie sauber jetzt alles ist.«

»*Wieso hast du das getan?*«

»Weißt du, wie verstaubt ihre Sachen waren?«, fragte ich. »Hast du je daran gedacht, hier drin mal einen Swiffer zu benutzen? Das ist wahrscheinlich der Grund, warum ich das ganze Jahr krank war.«

Mom seufzte. »Na ja, dann lass mich wenigstens ihre Sachen durchgehen, bevor du die Säcke wegwirfst. Mal sehen, was ich noch retten kann.«

Ich trug schon alles, was ich behalten wollte: die goldenen Ohrringe, die Billy dir kurz vor deinem Tod geschenkt hatte. Als ich sie ganz unten im Schmuckkästchen fand, wo ich sie vor vier

Jahren hingelegt hatte, war ich geschockt, sie zu sehen. Als wären sie du, hätten zusammengerollt, schlafend, ganz unten in dem winzigen Filzkästchen auf mich gewartet.

Anfangs wollte ich sie nur anprobieren. Nur um zu schauen, wie sie mir stehen. Aber als ich sie trug, gefiel mir, wie sie mein Gesicht einrahmten und schwer in meinen Ohren hingen. So, dass es ein ganz kleines bisschen wehtat.

»Mensch, du hast dich für den Arzt aber in Schale geworfen«, sagte Mom, als sie mich mit den goldenen Ohrringen die Treppe hinunterkommen sah. Ich wartete darauf, dass sie sie erkennen würde, aber wenn sie es tat, verlor sie kein Wort darüber. Nachdem sie den ganzen Tag in deinen Sachen gewühlt hatte, sah sie traumatisiert aus.

»Sind doch nur Ohrringe«, sagte ich.

Der Arzt untersuchte mich, nahm mir Blut ab und sagte: »Alles bestens. Aber deine Mutter hatte tatsächlich recht. Deine Schilddrüsenwerte sind wirklich nicht ganz in Ordnung.«

»Siehst du?«, sagte Mom nachher im Wagen. »Jan hatte recht. Sie hat es gewusst. Ich hab's dir ja gesagt.«

Nachdem Mom die Mülltüten bei Goodwill abgeliefert hatte, hatte sie einen Notfalltermin bei Jan ausgemacht, aber danach hatte sie sich auch nicht besser gefühlt, denn Jan hatte nur über Grandpa reden wollen.

»Was ist denn mit Grandpa?«, fragte ich. »Sucht Grandpa Jan jetzt auch heim?«

»Anscheinend schon. Sie hat ihn gestern erwähnt«, sagte Mom. »Sie hat gesagt, sie hat einen älteren Mann gesehen, der sich die Hand aufs Herz gepresst hat. Woher hätte sie von seinem Herzinfarkt wissen sollen?«

»Ältere Männer haben Herzinfarkte«, sagte ich. »Das weiß jeder.«

»Aber woher hätte sie wissen sollen, dass er übergewichtig war?«

»Na ja, wir *sind* hier nun mal in Amerika.«

»Sally«, sagte Mom. »Sei doch nicht so.«

»Wie denn?«

»So negativ.«

»Vielleicht bin ich nun mal negativ.«

Melancholisch, so nannte Dad mich beim Abendessen. »Wie Abraham Lincoln«, sagte Dad. »Er war auch melancholisch.«

»Na, vielen Dank«, entgegnete ich.

»Sag so was nicht zu Sally«, warf Mom ein. »Keine Frau will mit Abraham Lincoln verglichen werden.«

Es war das erste Mal, dass ich hörte, wie Mom mich eine Frau nannte.

»Wieso denn nicht?«, sagte Dad. Er sah ehrlich verwirrt aus. »Ich verstehe nicht, was daran beleidigend sein soll. Abraham Lincoln war ein großer Mann.«

»Er hat die Kolonisierung unterstützt«, sagte ich.

»Na schön«, sagte Dad. »Bis auf das.«

Am nächsten Tag besuchte ich Valerie, um mich von ihr zu verabschieden. Valerie würde früher nach Kalifornien fahren, um als Orientierungshelferin zu arbeiten.

»Ich kann's kaum erwarten, hier rauszukommen«, sagte sie. »Meine Mutter treibt mich in den Wahnsinn.«

»*Deine* Mutter treibt dich in den Wahnsinn?«, sagte ich.

»Ja«, sagte Valerie und erinnerte mich daran, dass ihre Mutter ihr den ganzen Sommer lang die Zimmertür weggenommen hatte, weil sie auf dem Abschlussball so betrunken gewesen war (sie sollte sie zurückbekommen, wenn sie sich ihre Privatsphäre verdient habe) – und sie hatte Valerie wieder bei Weight Watchers angemeldet.

»Dürfen Mütter so was überhaupt?«, fragte ich.

»Die können machen, was sie wollen«, antwortete sie.

Valerie zählte jetzt ständig Punkte: »Dieser Hähnchenstreifen hat zweiundzwanzig Punkte. Alles hat Punkte.« Und ich deutete auf die Dinge und fragte: »Wie viele Punkte hat dieser Stift? Wie viele das Bett?« Und sie antwortete: »Ach. Jede Menge. So viele Punkte könnten einen Menschen umbringen.«

Als ich nach Hause kam, genehmigte sich Mom einen Cocktail. Sie war am Boden zerstört. Hatte Jan angerufen, um einen Termin auszumachen, und Jan hatte ihr schlechte Neuigkeiten überbracht.

»Jan zieht um«, sagte Mom. »Unfassbar. Sie zieht nach Kalifornien! Einfach so.«

Eine Sekunde lang befürchtete ich, Mom könnte vorschlagen, wir sollten ebenfalls alle nach Kalifornien umziehen und Jan und dir folgen.

»Macht Sinn«, sagte ich. »Kalifornien soll sehr schön sein.«

Mom nickte. Fing erneut an zu weinen. »Ich weiß. Es ist wunderschön.«

Die Neuigkeit von Jans Umzug traf Mom schwer. Sie benahm sich, als wärst du zum zweiten Mal gestorben – zog sich am helllichten Nachmittag ins Schlafzimmer zurück. Wenn sie zum Abendessen wieder herauskam, saß sie nur da und weinte in ihre Pasta.

»Mom«, sagte ich. »Komm schon. Wir versuchen hier zu essen.«

»Tut mir leid«, sagte sie. »Tut mir wirklich leid, aber ich kann einfach nicht aufhören.«

Das Weinen war noch schlimmer als sonst, vielleicht weil Sommer war. Jeder Tag sei wie ein gottverdammter Tag im Paradies, sagte Dad mit monotoner Stimme, wenn wir so eine lange Gutwetterphase hatten – und plötzlich leuchtete mir ein, warum im Frühling und Sommer mehr Leute selbstmordgefährdet sind. Jeden Tag schien die Sonne und stellte Mom dieselbe Frage: Wieso ziehst du nicht die Jogginghose aus, kämmst dir die Haare und kommst nach draußen? Und jeden Tag gab Mom dieselbe Antwort: Nein. Meine Tochter ist immer noch tot.

»Susan, du musst damit aufhören«, sagte Dad schließlich. »Du musst aufhören zu weinen.«

Mir gefiel nicht, dass Dad meinen Gedanken Ausdruck verlieh. Erst als Dad Mom befahl, mit dem Weinen aufzuhören, erkannte ich, dass wir sie drangsalierten. Wir befahlen ihr, glücklich zu sein, als wüssten wir, was das bedeutete. Als wäre man nur unglücklich, weil man vergessen hat, eine To-do-Liste zu schreiben. Wir wussten aus Erfahrung, dass nichts, was wir sagten oder taten, helfen würde, aber wir konnten nicht anders; es war unsere Aufgabe als geringfügig glücklichere Menschen, sie glücklicher zu machen. Wir waren wie kriminelle Polizisten. Wir wendeten stumpfe Gewalt an. Wir hörten nicht gut genug zu, gaben nur Befehle von uns. Geh raus. Besorg dir einen Job. Mach Gartenarbeit. Geh spazieren. Streng dich mehr an. Gib nicht auf. Sei nicht so deprimiert. Hör auf zu weinen. Was genau die Art Ratschlag ist, die jemanden, der weint, dazu bringt, noch heftiger zu weinen.

»Ich bin gleich zurück«, sagte ich.

Wie früher als Kind schlich ich ins Bad und spuckte meine Karotten aus. Setzte mich auf die Toilette und lauschte dem Gespräch meiner Eltern unten. Sie wussten nicht, dass ich sie hören konnte. Ich hörte alles in diesem Haus. Das Holz war so dünn, dass niemand je wirklich allein war. Kaum zu glauben, dass Peter und ich unten rumgeknutscht und geglaubt hatten, niemand würde es mitbekommen.

»Ich könnte wegziehen«, sagte Dad. »Könnte einfach aufstehen und auch nach Kalifornien gehen, wenn ich will. Ich *muss* nicht hierbleiben. Das scheint dir nicht ganz klar zu sein.«

Es war Mom wirklich nicht klar. Mir, um ehrlich zu sein, auch nicht. Dad verreiste nie, außer wegen der Arbeit. Und wenn, dann nur an Orte wie Appleton in Wisconsin oder Joilet in Illinois. Kleine Orte, die für ihre riesigen Gefängnisse bekannt sind. Städte, die von Hochhäusern und Highways dominiert wurden. Wenn er wieder nach Hause kam, redete er nur davon, wie ungemütlich es im Flugzeug gewesen war, weshalb er sich immer noch weigerte, nach Europa zu fliegen. Er hatte es gern bequem, mochte unser Haus, seinen Männersessel.

»Und warum tust du es nicht?«, fragte Mom. »Wieso fährst du nicht einfach weg?«

Sie klang nicht wütend. Eher neugierig, als wäre sie selbst gern weggefahren.

»Weil wir uns immer noch in die Augen sehen können«, sagte Dad. »Wenn ein Kind gestorben ist, hören die Leute auf, sich anzusehen. Und dann lassen sie sich scheiden. Aber wir können uns immer noch in die Augen sehen. Das ist uns geblieben.«

Ich weiß nicht, was Mom erwidert hat. Ich hörte nichts mehr, also hat sie vielleicht gar nichts gesagt. Vielleicht stimmte sie ihm zu, sodass sie nur zu nicken brauchte. Oder sie war so komplett anderer Meinung, dass sie kein Wort mehr herausbrachte. Vielleicht legte sie ihm auch eine Hand auf die Schulter, oder er beugte sich vor und küsste sie auf die Stirn. Vielleicht liebten sie sich noch genauso wie vor deinem Tod. Vielleicht auch nicht. Vielleicht wusste Mom, dass sie in Tränen ausbrechen würde, wenn sie den Mund aufmachte, und Dad würde die Gabel hinlegen, in den Wagen steigen und mit Jan und dir nach Kalifornien fahren und nie wiederkommen.

Ich weiß es nicht.

Ich weiß nur, dass ich an den Tisch zurückkehrte und dass wir weiter Pasta aßen, als wäre nichts geschehen. Vielleicht war auch nichts geschehen. Vielleicht ist das einfach nur das Leben. Aber was wusste ich schon über das Leben? Ich war erst achtzehn. Das sagten unsere Eltern und Leute um die dreißig ständig zu mir, seit ich achtzehn geworden war.

Dad gab mir einen Löffel. »Ich brauch keinen Löffel«, sagte ich, was ihn mehr aufregte als nötig.

»Du kannst Pasta nicht ohne Löffel essen«, sagte er.

Er war ein Deutscher, der darauf bestand, die Pasta auf die korrekte Art zu essen: wie ein Italiener! Ich nahm den Löffel, das schien das Mindeste zu sein, was ich für ihn tun konnte. Ich würde bald nicht mehr da sein – würde Mom und Dad verlassen, um ein neues Leben zu beginnen, genau wie Jan.

»Ich studiere an der Villanova«, gestand ich Billy eines Abends in einem Diner.

Aber er reagierte nicht komisch. Sagte nur: »Da war ich auch«, als wäre es reiner Zufall, und erzählte mir von seinem Mitbewohner im ersten Studienjahr.

»Der war echt übel«, erzählte Billy. »Hat ständig Ukulele gespielt. Ist schon ganz cool, seh ich ja ein, aber man kann nur ein gewisses Maß an Ukulelengeklimper ertragen. Nach einer Weile klingt alles gleich. Pling, plong, pling, plong.«

»Pling?«

»Oh Gott. Nicht du auch noch.«

»Plong.«

»Und dann natürlich die Pedaleffekte. Waa, waaa. Und so weiter.«

»Klingt schrecklich. Ich hoffe, meine Mitbewohnerin ist extrem unmusikalisch und hat noch nie eine Gitarrensaite angerührt.«

»Das ist der Traum.«

Ich hatte bisher zweimal mit meiner Mitbewohnerin telefoniert. Sie hieß Nicole und ging auf eine katholische Schule. Sie war begeistert von der Aussicht, Englisch als Hauptfach zu studieren. Freute sich darauf, trinken zu dürfen und eines Tages dem Friedenskorps beizutreten. Und nein, ich wusste noch nicht, für welches Hauptfach ich mich entscheiden sollte. Wahrscheinlich würde ich ein paar Geschichtsseminare belegen. Und ein paar Journalismusseminare. Für die Schülerzeitung zu schreiben hatte mir Spaß gemacht.

»Ich kann dich mir gut als Reporterin vorstellen«, sagte Billy. »Du bist eine gute Zuhörerin. Sehr aufmerksam. Ich hatte früher immer das Gefühl, dass du mich beobachtest.«

»Hab ich auch«, sagte ich, und wir lachten.

Ich hatte deinen Freund immer aus der Ferne betrachtet, wie ein Gemälde. So sehr, dass ich es immer noch manchmal überwältigend fand, wenn er mir am Tisch gegenübersaß, in der Hand eine Cola, was im Juli öfter vorkam. Wir gingen oft ins Kino, dann zu Famous Joe's, um Pizza zu essen und darüber zu diskutieren, ob es Famous Joe wirklich gab. Dann redeten wir übers College.

»Hat's dir auf dem College gefallen?«, fragte ich ihn.

»Es war wichtig für mich«, sagte er. »Aber ich würde nicht sagen, dass es mir gefallen hat. Ich war zu labil.«

Als Billy nach Villanova ging, liefen ihm zufällig ein paar Kunststudenten über den Weg. Er hing mit ihnen ab, machte mit ihnen Party, nahm mit ihnen Drogen, kam ihnen jedoch nie zu nahe. Wozu auch? Er hatte damals eine sehr nihilistische Einstellung, fand sich am Ende der Nacht oft allein wieder, malte irgendetwas in einem Kunststudio, zugedröhnt mit Magic Mushrooms. Er dachte, er könnte sich seinen Schmerz von der Seele malen. Glaubte, er könnte etwas Schönes daraus erschaffen, bis er eines Morgens aufwachte, bedeckt von Schweiß, Alk und Farbe, zu seinem Bild hinüberschaute und sah, was es war.

»Und was war es?«, fragte ich.

»Ein Pilz«, antwortete er. »Ich hatte die ganze Nacht an einem Stillleben meiner Droge gemalt.«

Ich lachte.

»Da wusste ich, wie schlimm es war«, sagte er. »Ich wusste, ich musste etwas ändern, oder ich würde sterben.«

Im dritten Studienjahr suchte er sich eine Unterkunft außerhalb des Campus und lebte allein. Er fing an, unterschiedliche Kurse zu belegen, Philosophieseminare, die ihm dabei helfen sollten, den Sinn des Lebens zu ergründen. Er lernte jeden Abend im Keller der Kapelle. Dort fühlte er sich wohl. Mochte die Priester, die dort herumhingen und ihm Büchertipps gaben. Er merkte, dass es sich gut anfühlte, wieder hart an etwas zu arbeiten, bis er am Ende des Tages erschöpft war. Nach dem Lernen ging er nach oben und betete in den Kirchenbänken.

»Wofür hast du gebetet?«, fragte ich.

»Alles Mögliche«, erwiderte Billy. »Aber hauptsächlich um Vergebung. Du weißt schon. Das Übliche.«

»Ach, klar«, scherzte ich. »Das mach ich auch immer. Ich geh in die Kirche und sage: ›Einmal das Übliche, bitte!‹«

»Einmal Absolution, kommt sofort.«

Es wurde langsam spät. Es wurde immer spät. Die Tage vergingen rasend schnell. Da war dieses Gefühl, dass uns die Zeit davonlief. Bald würde ich aufs College gehen. Würde mit einem Mädchen namens Nicole zusammenwohnen, die sich ständig die Kante gab. Bald würde Billy in seinem neuen Job anfangen. Was auch immer es war. Wo auch immer es war.

»Wohin ziehst du noch gleich?«, fragte ich ihn, obwohl ich mich nicht erinnern konnte, dass er es mir schon gesagt hatte.

»D. C.«, sagte er.

»Oh.«

Der Abend endete damit, dass wir mit den Füßen im Meer standen; die Traurigkeit kroch an mir hoch. Während die Wellen unsere Beine umspielten, erzählte Billy mir, dass er früher immer mit seinem Vater in Flüssen gestanden hatte.

»Mein Dad ist immer nach Maine zum Angeln gefahren, bevor er sich den Hals gebrochen hat«, sagte er. »In der Eintagsfliegensaison waren wir zwei Wochen da.«

»Was ist das?«

»Das ist die Zeit im Juni, wenn die Eintagsfliegen sich vermehren. Total verrückt. Sie werden geboren, vögeln zwei Tage lang und dann sterben sie, und die Fische und Vögel flippen völlig aus.«

Er sah mich an.

»Was?«, fragte er. »Was denkst du?«

Billy wollte immer wissen, was ich dachte. Er fragte mich ständig danach. Ich überlegte oft, ob ich lügen sollte, was ich normalerweise tat, wenn Leute mir diese Frage stellten, weil das, was mir durch den Kopf ging, seltsam war. Das hatte Peter mir klargemacht. Aber vor Billy so zu tun, als wäre ich normal, kam mir plötzlich wie unglaubliche Zeitverschwendung vor. Ich hatte die Nase voll davon zu lügen. Es machte keinen Sinn. Die Wahrheit kam immer ans Licht, wie eine aufgedunsene Leiche im Wasser.

»Beschreib mir genau, was du gerade denkst«, sagte Billy. »Halt dich nicht zurück.«

Mir war gerade durch den Kopf gegangen, dass es nichts Besseres auf der Welt gab, als jemanden gefunden zu haben, der auf genau dieselbe Art seltsam war wie ich selbst. Seltsam zu sein und dafür geliebt zu werden.

»Ich hab nur gedacht, wie seltsam es ist, dass Fliegen in der Luft Sex haben«, sagte ich. »Kannst du dir vorstellen, rumzufliegen und gleichzeitig zu vögeln?«

»Nein«, sagte er.

Dann herrschte Stille.

»Sorry, hattest du etwas anderes erwartet?«, fragte ich.

»Ja, irgendwie schon.«

»Bist du enttäuscht von meiner Antwort?«

»Nein. Ich finde sie perfekt.«

»Und woran denkst du gerade?«

»Tja, jetzt gerade an Vögeln und Fliegen«, sagte er. »Kannst du dir vorstellen, mitten beim Vögeln von einem Vogel gefressen zu werden? Das passiert vielen Eintagsfliegen.«

»Nicht die ideale Art zu gehen«, sagte ich.

»Es wär die perfekte Art zu gehen«, sagte er. »Zu sterben, während man vögelt.«

Billy wollte die Welt lieber auf eine extreme Art verlassen. Vielleicht aus einem Flugzeug springen. Oder bei lebendigem Leib von einem Tiger gefressen werden. Wenn er schon sterben müsse, sagte er, wolle er eine Riesennummer daraus machen. Er wolle vorbereitet sein. Seinen verdammten Nachlass ordnen.

»Verstehe«, sagte ich. »Deine Angelegenheiten in Ordnung bringen.«

»Sich überlegen, was man mit dem Hund macht.«

»Du hast einen Hund?«

»Eines Tages werde ich einen haben«, sagte er. »Willst du den

Hund haben? Ich glaube, ich möchte, dass du meinen Hund bekommst.«

»Klar«, sagte ich.

Das war das Netteste, was je jemand zu mir gesagt hatte. Er nahm meine Hand.

»Ich hab das Gefühl, ich kann dir alles sagen, Sally«, bemerkte er. »Warum? Woran liegt das?«

Ich wusste es auch nicht. Mir ging es ebenso, und ich wusste nicht, ob das gut oder schlecht war. So ging es mir sonst nur mit der Katze, der ich auch alles sagen konnte, weil sie nur eine Katze war. Ob sich wahre Liebe so anfühlte? Ob das bedeutete, einem anderen Menschen nahe zu sein? Jemandem wirklich seine schrägsten und schlimmsten Gedanken anvertrauen zu können. Er nahm eine Zigarette in die Hand, rauchte sie jedoch nicht. Drehte sie nur zwischen den Fingern.

»Das hier ist meine vorletzte Zigarette überhaupt«, sagte er.

»Wieso hörst du auf?«

Er lachte. »Ach, hast du's noch nicht gehört? Rauchen ist ungesund.«

»Es kann sogar tödlich sein, wie es so schön heißt.«

»Ich muss aufhören, bevor ich nach D. C. ziehe.«

»Darfst du in D. C. nicht rauchen?«

»In D. C. schon«, sagte er. »Aber nicht im Priesterseminar.«

»Im Priesterseminar?«, fragte ich.

»Ich trete ins Priesterseminar ein, Sally.«

Ich lachte. Was?

»Soll das ein Witz sein?«, fragte ich.

»Nein. Kein Witz«, sagte er. »Ich hab den ganzen Sommer lang mit der Entscheidung gerungen.«

»Mit welcher Entscheidung?«

»Ob ich Ordensbruder werden will.«

»Du machst Witze.«

»Nein.«

»Den ganzen Sommer lang, während wir zusammen rumgehangen haben, hast du überlegt, ob du Priester werden sollst?«

»Na ja«, sagte er. »Ordensbruder. Das ist was anderes.«

»Eine Art Mönch?«

»So was in der Art. Nur dass Ordensbrüder immer in Gemeinschaft leben.«

»Wieso solltest du Ordensbruder werden wollen?«

»Du sagst das, als wär's besser, wenn ich der Mafia beitrete.«

»Schätze, mir war einfach nie klar, dass du so religiös bist.«

»War ich auch nicht«, sagte er. »Das ist das Problem. Ich war früher ein richtiger Scheißkerl.«

»Du warst kein richtiger Scheißkerl.«

»Und ob ich ein richtiger Scheißkerl war.«

»So hätte ich dich damals nicht beschrieben.«

»Tja«, sagte er. »Glaub mir. Ich war's.«

Es belaste ihn immer noch, wenn er daran dachte, wie undankbar er als Junge war. Wie stolz. Wenn seine Eltern ihn mit in die Kirche genommen hatten, tat er nur so, als würde er beten, denn wozu sollte er sich die Mühe machen? Alles flog ihm von selbst zu. Er brauchte sich nicht mal groß anzustrengen; schaffte mit verbundenen Augen einen Dreipunktwurf. Saß in seiner Snackbar, und die Mädchen kamen zu ihm. Er schaffte es nie, Hausaufgaben zu machen, und bekam trotzdem ein Stipendium für eine tolle Uni wie Villanova. Und er dachte, so würde es immer bleiben – einfach, ein Leben ohne Brüche, immer von einer Mannschaft umgeben, die ihn anfeuerte, immer einen Basketball in der Hand, immer mit einem Körper, der Ziele für ihn erreichte. Er wollte ein College-Basketballstar werden. Und eines Tages vielleicht Trainer. Aber dann drückte er deinen blutüberströmten Kopf an seine Brust und begriff, was alles mit dem Körper passieren konnte. Er sah, dass sein Körper nichts war. *Er* war nichts. Er war ein richtiger Scheißkerl – ein leichtsinniger, rücksichtsloser Scheißkerl, der glaubte, er könne über die Main Street rasen, ohne dass es Konsequenzen hatte. Er war der Grund, weshalb du jetzt tot warst, und noch Jahre später war sein einziger Wunsch, ebenfalls zu sterben. Er hätte derjenige sein sollen, der starb. Das war das Einzige, woran er im College wirklich glaubte, dass er das Leben nicht verdient hatte, das ihm – aus irgendwelchen unerfindlichen Gründen – geblieben war.

»Und so habe ich noch mal versucht, mich umzubringen«, sagte er. »Das ist der Teil meiner Geschichte über das College, den ich weggelassen habe.«

Es war keine wohlüberlegte Entscheidung gewesen. Er war nur aufgewacht, hatte sein Pilz-Gemälde gesehen und sich scheiße gefühlt. Hatte pulsierende Kopfschmerzen gehabt. Er nahm ein Schmerzmittel, das er in der Nachttischschublade aufbewahrte. Als die Schmerzen nicht nachließen, nahm er mehr. Dann noch mehr. Er wollte einfach nur, dass der Schmerz aufhörte. Und so nahm er schließlich alle. Ging in die Kapelle auf dem Campus, einen Ort, an den er sich bisher nicht getraut hatte, weil er sich geschämt hatte. Aber nun, da er ohnehin bald sterben würde, schien sie ihm der passende Ort zu sein. Er legte sich auf eine der Bänke und bereitete sich darauf vor, für immer einzuschlafen.

»Es war ein Wunder, dass einer der Ordensbrüder mich gefunden hat«, sagte er. »Wirklich ein Wunder.«

Father Thomas – so hieß er – besuchte Billy jeden Tag im Krankenhaus, bis er entlassen wurde. Als er im dritten Jahr auf den Campus zurückkehrte, ging er täglich in die Messe. Er las erst das Neue, dann das Alte Testament, ging zur Beichte, wo er Gott um Vergebung bat, und im Laufe des Jahres ging es ihm tatsächlich allmählich besser. Er spürte, wie er wieder lebendig wurde. Arbeitete als Freiwilliger für Habitat for Humanity und gründete im letzten Jahr ein Programm, bei dem übrig gebliebenes Mensaessen auf den benachbarten Farmen in Pennsylvania verteilt wurde, die ums Überleben kämpften. Als er das College schließlich verließ, war er ein anderer Mensch. Hatte einen Abschluss in Philosophie in der Tasche. Sein Name stand auf der Bestenliste seines Jahrgangs. Er wusste, der einzige Weg für ihn war der, auf dem er sich befand: der Weg zu Gott.

»Aber was ist mit mir?«, fragte ich. »Willst du nicht hier bei mir sein?«

Ich war so dumm. Ich war wie die Robbe. Kehrte wieder und wieder und wieder zur Küste zurück.

»Ich kann nicht mit dir zusammen sein«, sagte Billy.

»Warum nicht?«, fragte ich.

»Warum nicht?«, wiederholte Billy. »Ist die Frage ernst gemeint?«

»Du kannst nicht mein Freund sein, aber ein *Ordensbruder*?«

»Sally, nein«, sagte er. »Natürlich kann ich nicht dein Freund sein. Ich habe deine Schwester umgebracht.«

»Du hast meine Schwester nicht umgebracht«, erwiderte ich.

»Ich habe den Wagen gegen einen Baum gefahren, und sie ist gestorben«, sagte er. »Wenn ich sie nicht umgebracht habe, wer dann?«

»*Ich* habe euch gezwungen, mich an dem Tag zur Schule zu fahren«, sagte ich. »Wenn du mich an dem Tag nicht zur Schule gebracht hättest, wäre sie noch am Leben.«

»Nein«, sagte er. »Hör auf, Sally, das hat doch nichts mit dir zu tun. Ich hab den Wagen gefahren. Ich war unaufmerksam. Zu schnell. Ich hätte nicht zu schnell fahren dürfen, auch wenn sie es mir gesagt hat.«

»Tja, ich hätte gar nicht im Wagen sein sollen«, sagte ich. »Wenn ich nicht so in dich verknallt gewesen wär, wenn ich ihr nur das Notizbuch gegeben hätte und sie zur Schule hätte fahren lassen, wäre sie jetzt noch hier bei dir.«

Billy schwieg kurz. »Du warst in mich verknallt?«

»Natürlich war ich in dich verknallt. Du warst der gut aussehende Freund meiner älteren Schwester. Ich hatte keine andere Wahl.«

Er lachte kurz auf. »Und, bist du immer noch … in mich verknallt?«

»Ist das überhaupt noch wichtig? Du wirst doch Priester.«

»Es ist sehr wichtig«, sagte er. »Wichtig für mich.«

»Wieso?«, fragte ich. Ich war fest entschlossen, ihn dazu zu zwingen, es zu sagen.

»Weil ich dich liebe.«

Ich hatte mein ganzes Leben darauf gewartet, das zu hören, und noch während er es sagte, klang es unmöglich. Billy Barnes, dein Freund. Billy Barnes, der Junge, der mal an deinen Titten gesaugt hatte. Er liebte mich.

»Wieso wirst du dann Priester?«

»Weil es das Einzige ist, was mir möglich erscheint«, antwortete er. »Ich kann es nicht anders erklären.«

Ich starrte aufs Wasser hinaus.

»Du warst nur ein Kind, Sally«, sagte er. »Das weißt du, oder? Du trägst keine Schuld.«

Es war nett von ihm, das zu sagen. Aber ich wollte kein Kind mehr sein. Nicht, wenn ich bei ihm war. Und so nahm ich ihm die Zigarette aus der Hand.

»Wenn du die nicht rauchen willst, dann tu ich es eben«, sagte ich.

Ich steckte sie in den Mund.

»Du willst mir echt meine vorletzte Zigarette klauen?«

»Es muss ja nicht deine vorletzte sein, wenn du es nicht willst.«

Billy nickte. Er würde mir alles geben, das wusste ich. Würde mir seine Haut geben, wenn mir kalt wäre. Wenn ich ihn darum gebeten hätte. Aber das Einzige, was ich wollte, konnte er mir nicht geben: sich selbst.

»Hast du ein Feuerzeug?«, fragte ich.

Billy beugte sich vor, um sie anzuzünden, dann hielt er inne. Nahm mir die Fluppe aus dem Mund, drehte sie herum und steckte sie mir wieder zwischen die Lippen.

»Die kannst du nicht aus dem Arsch rauchen, Holt«, sagte er.

»Oh«, sagte ich.

Wir lachten. Ich lachte so heftig, so hysterisch wie Mom, wenn sie am traurigsten war. Bekam keine Luft mehr.

»Holla«, sagte er. »Alles in Ordnung?«

Er legte mir die Hand auf die Brust. Presste sie mir aufs Herz, als wäre er schon Priester und wollte mich heilen. Ich schloss die Augen.

»Das ist keine leichte Entscheidung«, sagte er. »Ich will dich, weißt du?«

»Ich weiß.«

»Ich denke oft an dich«, sagte er. »Ich mein, die ganze Zeit.«

Ich legte ihm ebenfalls die Hand auf die Brust. Auf sein schickes Hemd. Das einzige, das er hatte, wie ich annahm, denn er trug es jeden Tag.

»Woran denkst du?«, fragte ich.

»Ich denke daran, wie es sich anfühlen würde, dich zu küssen«, sagte er.

»Du solltest es ausprobieren«, sagte ich.

Dann beugte er sich vor und küsste mich, und ich weiß, ich muss dir nicht beschreiben, wie es ist, Billy Barnes zu küssen. Ich weiß, dass du weißt, wie es ist, seine Zunge in deinem Mund zu spüren, als würde er irgendwas suchen. Aber er schmeckte rauchiger, als ich mir vorgestellt hatte. Leicht metallisch. Danach sah ich ihm in die Augen und sagte: »Hallo«, und er lachte. Eine seltsam förmliche Begrüßung in diesem späten Stadium. Aber es war nett.

»Hallo«, sagte er. »Hallo, Sally.«

So blieben wir eine Weile stehen. Ich schmiegte mich in seinen Arm wie die Mädchen in Filmen. Schaute zum Mond auf. Aber vielleicht weißt du das ja alles schon. Vielleicht warst du ja da, hast uns aus einem von Jans großen Fenstern beobachtet.

Erinnerst du dich an das Foto von Mom an unserer Küchenwand? Es ist Moms Lieblingsbild von sich, wie sie mir eines Abends gegen Ende des Sommers anvertraute.

Darauf ist sie fünfundzwanzig, sieht jung und sexy aus – wie Michelle Pfeiffer, die schlanken Beine übereinandergeschlagen, die blonden Haare lang und glatt, das Kleid weiß. Es ist Sommer. Sie lacht über irgendetwas, was der Fotograf gesagt haben muss. Dad habe das Bild gemacht, erklärte sie mir – noch vor ihrer Verlobung. Bevor sie wusste, dass sie heiraten und zwei Kinder bekommen würde. Bevor sie wusste, wie es sich anfühlte, am Grab ihrer eigenen Tochter zu stehen. Die Frau auf dem Foto weiß nur, dass sie Sechstklässler unterrichtet, dass sie mit ihren Schülern Theaterstücke einstudiert und dass sie mit einem gut aussehenden Mann von der Nationalgarde zusammen ist, der nach der Arbeit mit ihr tanzen geht. Und wenn sie nach der Arbeit zu müde ist, wäscht sie sich die Haare nicht, sondern setzt einfach eine Perücke auf.

»Er hat keinen Unterschied zu meinen echten Haaren bemerkt«, sagte Mom.

»Ich wette, Jan hätte es gemerkt«, sagte ich.

»Vielleicht«, erwiderte sie. »Aber ich sage dir, dein Vater hatte keine Ahnung, als er bei unserem ersten Date in meine Wohnung kam. Dabei haben wir direkt nebeneinandergesessen und Klavier gespielt.«

»Du hast mit Dad bei eurem ersten Date Klavier gespielt?«

»Ja, wieso?«

»Keine Ahnung«, sagte ich. »Ich bin nur überrascht.«

Ich versuchte, mir vorzustellen, wie Billy und ich zusammen Klavier spielten. Aber ich wusste, das würde nie geschehen. Wir waren keine Klavierspieler. Ich hatte Billy erzählt, dass ich Konzerte und Theateraufführungen für Geldverschwendung hielt, obwohl ich wünschte, ich hätte es nicht getan, denn ich wollte jemand sein, der mit Billy zu Theateraufführungen und Konzerten ging. Wollte meine schöne schwarze Cabanjacke tragen, die im Schrank hing, aber sie war zu extravagant für die Dinge, die wir unternahmen. Selbst an unserem letzten gemeinsamen Abend, an dem wir sonst wohin hätten fahren können, saßen Billy und ich in seinem Zimmer, das noch sehr nach Kinderzimmer aussah.

»Bist du sicher, dass deine Eltern nicht da sind?«, hatte ich gefragt.

»Ja, vertrau mir. Sie haben die Stadt verlassen«, versicherte er mir. »Disney World sei Dank.«

»Ja. Das sage ich auch jeden Morgen beim Aufwachen«, sagte ich, und er musste so heftig lachen, dass ihm das Mineralwasser, das er gerade getrunken hatte, aus der Nase spritzte.

»Scheiße«, sagte er. »Warn mich demnächst bitte vor, Sally. Das brennt saumäßig.«

»Ich kann nicht glauben, dass sie da immer noch hinfahren, ohne Kinder?«

»Sie meinen, ohne Kinder macht es mehr Spaß«, sagte er. »Keine Ahnung. Frag mich nicht. Ich glaube, sie lassen sich bloß in Epcot volllaufen.«

Ich war noch nie bei Billy zu Hause gewesen. Du? Ich habe nie gehört, dass du es erwähnt hast. Vielleicht, weil es nicht bemerkenswert war – nur ein ganz gewöhnliches Haus, genau wie unseres, mit Bildern an den Wänden. Fotos von Billy in Disney World. Fotos von Billy in Kalifornien. Billy im Laufe der Jahre. Ich war überrascht, wie jung er auf einigen Bildern von der Highschool aussah. Damals war er mir so alt vorgekommen – so groß. Wie ein Held. Aber in der ganzen Zeit, in der wir ihn gekannt hatten, war er in Wirklichkeit nur ein Junge gewesen. Er hatte Akne am Unterkiefer. Die Wände in seinem Zimmer waren neonblau. Eine karierte Tagesdecke lag auf dem Bett. Sein Schreibtisch war mit Basketballtrophäen gespickt. Ich strich über seine Tagesdecke, versuchte, all die Jahre zu spüren, die Billy darin geschlafen hatte.

»Es war immer so eine Fantasie von mir, ein Mädchen hier oben zu haben«, sagte er.

»Ach ja?«

In einer von Billys Fantasien, die er als Teenager wieder und wieder gehabt hatte, kommt er vom Basketballtraining und findet ein Mädchen in seinem Zimmer vor. Sie steht einfach da in der Dunkelheit, und als er die Tür schließt, zieht sie sich ganz langsam aus. Er schaut zu, bis sie vollkommen nackt ist …

»Sally«, sagte Mom in der Küche, »hörst du mir überhaupt zu?«

Ich rückte von Mom ab und setzte mich auf die Arbeitsfläche, als wollte ich Abstand zwischen uns bringen, mich vor ihr verstecken. Oder vor Jan. Stattdessen betrachtete ich Moms Foto an der Wand. Als suchte ich darin nach irgendeinem Beweis. Ich beobachtete Mom oft, um etwas von ihr zu lernen, denn sie kannte Mittel und Wege, Menschen dazu zu bringen, sie zu lieben. Ich weiß nicht genau, was es war, aber ich glaube, es lag daran, dass sie lächelte, bevor sie etwas sagte – das war ihr Trick. Sie reagierte auf das, was sie sagte, noch bevor sie es sagte.

»Hast du Sex? Jan –«

»Mom«, unterbrach ich sie. »Hör auf. Wenn du noch einmal *Jan* sagst, raste ich aus.«

»Ich frag ja nur. Ich bin deine Mutter. Wenn du Sex hast, sollte ich es wissen. Jan sagt —«

»Wenn kümmert's, was Jan sagt? Jan ist total verrückt, genau wie du!«

Mom sah auf den Tisch hinunter. Ich hatte sie verletzt. Oder sie in Verlegenheit gebracht. Sie schämte sich für sich. Schämte sich für mich. Ich hatte kein Gefühl mehr für Grenzen. Das hat dein Tod bei mir bewirkt. Das Leben war wie der Tod, Liebe wie Hass.

Ich hasste Mom. Ich liebte Mom.

Ich wartete darauf, dass sie etwas sagte. Verzweifelt. Sie sagte nichts. Trank einen Schluck Tee. ENTSPANN DICH JETZT. Wir schluckten die unangenehmen Momente hinunter.

»Jan weiß, dass ich die Kette meiner Mutter nicht mehr trage«, sagte Mom und legte sich die Hand auf den Hals. »Ich meine, woher hätte sie das denn wissen sollen?«

»Dein Hals ist nackt.«

Erneut nahm Mom ihre Tasse zur Hand.

»Sie sagt, meine Mutter hat mir verziehen, dass ich sie abgenommen habe. Das ist gut zu wissen. Sie war so hässlich, silberne und goldene Herzen. Ich konnte sie einfach nicht mehr tragen.«

Allmählich sah es wirklich so aus, als wüsste Jan alles. Sie wusste, dass ich meine Vitamine nicht nahm. Wusste, dass mit meiner Schilddrüse etwas nicht stimmte. Wusste, dass ich nichts aß außer String Cheese, Waffeln, Brezeln und Limo. Sie machte sich Sorgen um mich: Ich hörte im Wagen zu laut Musik, blieb abends zu lange weg, hatte Sex mit einem Jungen, mit dem ich keinen Sex hätte haben sollen, und woher hätte sie all diese Dinge über mich wissen sollen?

Wieso hast du irgendeine dahergelaufene Anwältin namens Jan heimgesucht und nicht mich?

»Jan ist eine Betrügerin«, sagte ich zu Mom. »Solche Frauen wurden früher durch die Straßen getrieben. Oder hingerichtet.«

»Sally!«, rief Mom. »Wie kannst du so etwas Schreckliches sagen?«

»Jan ist ein schrecklicher Mensch«, sagte ich. »Nur ein schrecklicher Mensch würde so etwas tun.«

Mom stand auf. War nicht mehr in Stimmung für Tee. Wollte schlafen.

»Hab etwas Vertrauen«, sagte sie.

Ich hatte Vertrauen. Jede Menge sogar. Ich hatte dagestanden, mitten in Billys Zimmer, vollkommen nackt, und einen kleinen Moment gewartet, ehe ich ihn küsste. Ich wartete, um zu sehen, ob du dich endlich zeigen würdest, ob du seine Tür aufreißen und sehen würdest, wie ich die Arme nach deinem Freund ausstreckte, und ob du sagen würdest: Schlampe. *Was treibst du da mit meinem Freund?* Ich hätte es verstanden, weißt du? Hätte zugelassen, dass du meine Haare packst, mich an dein Grab schleifst. Dort unten hätte ich eine Kerze angezündet und dir Dinge über das Leben – über deinen Freund – erzählt, die du nie geglaubt hättest.

Soweit meine Fantasie.

Aber du bist nicht gekommen. Und so küsste ich Billy, und er küsste mich. Strich mir durch die Haare, spreizte meine Beine, und es fühlte sich so gut an, als er sich in mich schob. »Bitte, komm in mir«, flehte ich ihn an, und er tat es.

»Oh, Sally«, sagte er.

Danach, am nächsten Morgen, sah ich zu, wie er am Fenster seines Zimmers seine letzte Zigarette rauchte. Seine Tasche packte. Als er »Mach's gut, Sally« sagte, mit so viel Endgültigkeit, solchem Ernst, hatte ich das Gefühl, er würde auf den Mond fliegen.

Und hier saß ich nun, am Küchentisch, mit Mom. Wie bin ich hier gelandet?, hätte ich Mom am liebsten gefragt. Hätte ihr gern erzählt, was mit Billy passiert war, wie sehr ich ihn immer geliebt hatte. Ich wollte, dass sie wusste, was in mir vorging. Wollte an ihrer Brust weinen, so wie früher, wenn ich mir den Zeh gestoßen hatte. Mom kannte jeden unserer Kratzer. Ist das zu fassen? Mom hatte Pflaster auf unsere Finger geklebt, uns mit Balsam den Rücken eingerieben, uns über die Haare gestrichen und uns Lieder vorgesummt, bis wir einschliefen.

Aber ich sagte nur: »Gute Nacht.« Und Mom erwiderte: »Gute Nacht.«

Sie küsste mich auf die Stirn und ging nach oben in ihr Zimmer. Ich wartete, bis sie die Tür geschlossen hatte. Bis es im Haus ruhig geworden war. Dann schnappte ich mir die Schlüssel und fuhr zu Jans Haus.

Ich fuhr gern Auto. Besonders nachts, wenn der Himmel und der Ozean eins zu sein schienen. Als ich mich Watch Hill näherte, sahen selbst die Häuser aus wie das Meer. Die meisten waren malerisch, vor langer Zeit erbaut worden.

Aber dann kam Jans modernes Ungetüm. Ein geometrisches Gefängnis, das über dem Meer thronte. Ich parkte vor dem Zu-verkaufen-Schild, das jetzt mit einem X durchgestrichen war.

Ich stieg aus dem Wagen und konnte es sofort riechen: eine tote Robbe, irgendwo in der Umgebung. Ich ging zur Eingangstür. Zögerte keine Sekunde. Ich war mir meiner Füße bewusst, der Tatsache, dass ich mich auf ein Ziel zubewegte.

Es erschien mir angemessen, anzuklopfen. Die Tür war solide. Teuer. Sie hatte offensichtlich nicht zum Haus gehört. Jan hatte sie bestimmt extra anfertigen lassen. Man hätte sie mit drei Äxten nicht einschlagen können. Nichts, außer vielleicht ein Geist, könnte das Holz durchdringen.

»Hallo«, sagte Jan.

Ich erkannte sie an ihren Haaren. Ein blonder Helm. Zwei Perlenohrringe. Sie sah aus wie die Frau in der Schule, die uns darüber aufgeklärt hatte, dass jede Coladose neun Teelöffel Zucker enthielt. Sie sah aus wie Mom früher, und vielleicht vertraute Mom ihr deshalb. Es war, als würde sie ihr früheres Selbst um Rat fragen.

»Hallo«, sagte ich.

Ich wusste, ich hätte mich vorstellen sollen, tat es jedoch nicht. Stand einfach nur vor der Tür und wartete darauf, dass sie mir die Wahrheit entlockte, denn sie war schließlich Jan; sie wusste schon alles über mich. Ich wollte, dass sie es unter Beweis stellte, eine Bemerkung darüber machte, wie vertraut ihr meine Arme seien oder wie schmal mein Gesicht geworden sei, wollte, dass sie die Hand über meine Schilddrüse hielt, sie auf Knötchen untersuchte und sagte: »Also bitte, liebes Mädchen! Wieso schläfst du mit dem Freund deiner Schwester?« Ich wollte, dass sie den Arm um mich legte und mich in ihr hell erleuchtetes Haus führte, wo wir dich heraufbeschwören würden.

»Kann ich dir helfen?«, fragte Jan.

»Ja«, sagte ich.

In dem folgenden Schweigen musste Jan ein bisschen lachen, aber es war ein besorgtes Lachen, so wie ich gelacht hatte, wenn Peter meine Hand auf den Schritt seiner Jeans gelegt hatte. Ich lachte, weil ich nicht wusste, wie ich sonst reagieren sollte.

»Okay, wie kann ich dir helfen?«, fragte Jan.

»Ich bin hier, weil ich Kathy sehen möchte«, sagte ich.

Jan zuckte nicht mit der Wimper. »Tut mir leid, ich glaube, du hast dich in der Adresse geirrt«, sagte sie. »Hier gibt's keine Kathy.«

Ich wartete weiter. Worauf? Irgendetwas. Dass sie eine Bemerkung über die scharfe Linie meiner Augenbrauen machte, die ich mit dir gemeinsam hatte, dass sie sich vorbeugte, sie mit dem Finger nachfuhr und sagte: »Wow, ihr zwei habt die gleichen Augenbrauen.« Denn so war es.

Aber Jan wollte die Tür wieder schließen, zog sich zurück, sodass nur noch ihr Gesicht und ihre Schulter sichtbar waren. Ich stieß die Tür auf und schrie »Kathy!« wie eine Verrückte. Erstaunlich, wie schnell ich mir wie eine Verrückte vorkam. Hier in Jans Eingangsbereich war ich jemand, den ich nicht kannte. Wie war das möglich?

»Verzeihung!«, sagte Jan.

Ihre Stimme klang laut und aggressiv, doch ihre Körpersprache war widerstrebend. Sie war vor mir zurückgewichen, als ich nach dir gerufen hatte. Schaute die Treppe hinauf, als würde jeden Moment jemand herunterkommen und ihr helfen, aber niemand tauchte auf. Jan war nicht der Typ für Handgreiflichkeiten, das erkannte ich an der mehrreihigen Perlenkette um ihren Hals. Das war mein einziger Vorteil.

»Kathy!«, schrie ich. »Wo *bist* du?«

Ich ging in die Küche. Dort stand ein Holztisch mit den Überresten eines üppigen Abendessens. Hähnchenober- und -unterschenkel. Eine dekorative blaue Vase in der Eingangshalle. Und der Geruch überall – nach Holz und neuen Möbeln. Es war kein düsteres, unheimliches Haus. Es gab keinen Weihrauch, keine Kerzen oder was man sonst erwarten würde, um mit den Toten in Kontakt zu kommen. Alles war ein einziger, weitläufiger Raum – die Küche, das Wohnzimmer und die Eingangshalle. Alles wurde von einem starken fluoreszierenden Licht erhellt, das mich an die Schule erinnerte, und ich fragte mich, ob du deshalb hierhergekommen warst. Wegen der tollen Beleuchtung. Wegen des Pools. Der Klimaanlage. Wegen der Mutter, die ihre Perlen selbst beim Abendessen trug. Vielleicht war das Leben hier einfach schöner.

»Bitte«, sagte Jan. »Was hast du vor?«

Ich wartete darauf, dass etwas passierte. Dass die Uhr von der Wand fiel. Dass die blaue Vase auf dem Tisch explodierte. Dass die Kristalle des Kronleuchters über unseren Köpfen aus unerfindlichen Gründen zu klimpern begannen. Wartete darauf, dass meine Haare wuchsen, bis sie mir auf den Rücken reichten, so wie deine. Darauf, dass Billy mich auf dem Handy anrief und sagte: »Tut mir leid. Ich hab meine Meinung geändert. Ich liebe dich.« Aber nichts passierte – nie geschah ein Wunder –, und so nahm ich die blaue Vase, schleuderte sie auf den Boden, und wir sahen schockiert zu, wie die blauen Scherben sich wie Wasser auf dem Holzboden ausbreiteten.

Das Seltsamste war, dass Jan nicht einmal wütend wurde. Sie sagte: »Bitte, meine Familie *schläft*.« Sie sah mich flehentlich an, als wäre sie ein Opfer meines unvermittelten Auftauchens, was streng genommen stimmte. Es ist spät, sagte Jans Blick. Lass mich ins Bett gehen. Aber wieso war sie nicht wütend? Hielt sie mich für einen Geist? Rief sie deshalb nicht die Polizei? Verwechselte sie mich mit dir?

»Ich bin kein Geist«, sagte ich, weil ich unvermittelt den verzweifelten Drang verspürte, ihr das begreiflich zu machen. »Ich bin noch am Leben!«

»Ich weiß. Ich kann sehen, dass du noch am Leben bist, Schätzchen«, sagte Jan und umarmte mich.

Und das gefiel mir an Jan: Sie zögerte keine Sekunde. Jan war eine gute Mutter, das merkte man. Sie drückte mich so fest an ihre Brust, als wäre ich eine ihrer eigenen Töchter, und da konnte ich endlich weinen.

WETTERMELDUNG

Hurrikan Kathy. Ganz gleich, wie oft der Meteorologe es wiederholt, es klingt komisch. Eine Kathy ließ keine Flüsse über die Ufer treten. Eine Kathy würde nie einen Sattelzug auf der Interstate 95 umwerfen. Das ist, als würde eine Mildred in einem Gemischtwarenladen um sich schießen. Eine Edith jemandem den Kopf abschlagen, eine Adelaide Koks schnupfen. Ein Scherz. So kommt es mir zumindest immer noch vor, als wären die Naturgewalten nur ein Witz.

Aber wieso geht er auf meine Kosten?

Das ist eine Frage, die meine Therapeutin mir gern stellt.

»Ich weiß es auch nicht«, sage ich.

Manchmal habe ich das Gefühl, es liegt an Mom. Mom will mich in deinem Tod gefangen halten. Als wäre dein Tod ein Geburtstagskuchen, den wir essen müssen, bis wir sterben. Aber Mom hat, seitdem der Sturm vor ein paar Tagen im Süden der Karibik entstanden ist, weder den Hurrikan noch deinen Namen erwähnt.

»Ich weiß gar nicht mehr, was ich weiß«, sage ich.

Die Therapeutin nickt.

»Das ist gut. Alles, was wir je wissen können, ist, dass wir nichts wissen«, sagt sie. »Wissen Sie, wer das gesagt hat?«

Billy? Das hat Billy mal vor langer Zeit gesagt.

»Sokrates«, sagt sie. »Sokrates hat das gesagt.«

Meine Therapeutin zitiert ständig wichtige Leute aus der Antike bei unseren Sitzungen, Leute wie Ovid und Horaz, aber das stört mich nicht so sehr, wie man meinen könnte. Mir gefällt der Gedanke, dass meine Probleme innerhalb einer großen, respektablen Tradition von Problemen existieren. Dass die Menschheit schon seit Anbeginn der Zivilisation zutiefst verkorkst war.

»Aber wer kann schon wissen, was Sokrates tatsächlich gesagt hat?«, fügt meine Therapeutin hinzu. »Im Grunde müssen wir da Platos Worten Glauben schenken.«

Mein Handy klingelt.

»Tut mir leid«, sage ich und wühle in meiner Handtasche.

An irgendeinem Punkt in der Therapiesitzung klingelt immer mein Handy. Anfangs gehe ich nicht ran. Das kommt mir unhöflich vor. Aber dann klingelt es erneut – das Geräusch von zwei Bambusstäben, die aneinandergerieben werden, denn so klingen Handys im Jahr 2013.

»Gehen Sie ruhig ran«, sagt die Therapeutin.

»Nein. Das ist nur meine Mutter«, erwidere ich.

»Woher wissen Sie das?«

»Ich weiß es eben.«

Es kann nicht Ray, mein Verlobter, sein – er ruft mich nie an einem Arbeitstag an. Und es können auch nicht meine Studienfreundinnen von der Villanova sein, weil wir kaum noch telefonieren. Wir schreiben Textnachrichten und treffen uns einmal im Jahr irgendwo in den Bergen, trinken das gleiche Bier, das wir im College getrunken haben, und sagen Dinge wie: »Mir wird jetzt klar, dass man in der richtigen *Stimmung* sein muss, um Natty Light zu trinken.«

Die einzige Freundin, mit der ich regelmäßig telefoniere, ist Valerie, denn manchmal ist Älterwerden, wie wieder jung zu sein.

Versteh mich nicht falsch, das Leben ist jetzt anders – ich bin achtundzwanzig, lebe in New York City und habe einen wunderbaren Verlobten –, aber ich trage wieder Leggings und riesige Flanellhemden und rede mit Valerie über die Bauchtasche, die sie sich gerade gekauft hat. »*Was* denn?«, sagt sie. »Die ist von Gucci. Darin kann ich meinen Kram verstauen.«

Aber Valerie ruft nicht einfach so an. Sie plant unsere Telefonate im Voraus, nur um sie dann auf einen anderen Tag zu verschieben, weil sie zu müde ist. Valerie ist Verpackungsspezialistin. Sie verpackt Dinge für Nestlé. Snapple Juice Drinks. Den ganzen Tag denkt sie darüber nach, wie man Dinge in anderen Dingen verstaut, und es scheint ihr nichts auszumachen. Im Gegenteil, es macht ihr Spaß.

»Meine Mutter ist die Einzige, die ich kenne, die zweimal hintereinander anruft, ohne dass es ihr peinlich ist«, erkläre ich meiner Therapeutin.

Und dann ruft Mom manchmal noch ein drittes oder viertes Mal an. Meine Therapeutin und ich starren erwartungsvoll das Handy an, als hätte es ein Erdbeben gegeben. Wir sitzen still da und wappnen uns für das Nachbeben.

»Ist das schon *wieder* Ihre Mutter?«, fragt die Therapeutin.

Mom hat früher oft angerufen, weil sie vergessen hat, dass sie schon angerufen hatte – »Hab ich dich heute schon angerufen? Oh, tut mir leid. Worüber haben wir geredet?« Aber in letzter Zeit hat sich ihr Gedächtnis verbessert, also ich weiß nicht genau, womit sie sich diesmal herausreden will.

»Ja«, sage ich zu der Therapeutin.

Früher hatte ich immer Angst, dass es ein Notfall sein könnte – vielleicht wollte Mom sich umbringen und rief an, um sich zu verabschieden. Oder vielleicht war Dad gestorben. Aber jetzt weiß ich, dass Dad nie sterben wird. Dad hat sich ganz dem Leben verschrieben. Er trinkt jeden Morgen Superfoods, einen grünen Vitaminshake, von dem er schwört, dass er kein Betrug ist. Und Mom ruft hundertmal an, um mich zu fragen, was ich zum Abendessen esse oder ob ich mein Multivitaminpräparat genommen habe. »Und Ray hat seins auch genommen?« Natürlich. Ray liebt Multivitaminpräparate. Schluckt sie trocken, ohne Wasser. Etwas, das ich nicht wusste, bevor ich mit ihm zusammengezogen bin.

»Sie müssen nicht abnehmen, nur weil Sie jemand wieder und wieder anruft«, sagt die Therapeutin. »Sie sind freier, als Sie glauben.«

Meine Therapeutin gibt mir immer die Erlaubnis, Mom nicht mehr zu lieben. Deshalb gehe ich zu ihr – sie erinnert mich daran, dass Mom mir geschadet hat, meinen Trauerprozess beschnitten hat. Sie sagt Dinge wie: »Es können sich nicht zwei Leute gleichzeitig in eine Toilettenschüssel übergeben«, und da kann ich ihr nicht widersprechen. Es stimmt. Aber dann geht die Therapeutin zu weit, sagt etwas wie: »Wenn eine andere Frau Sie so oft anrufen würde, was würden Sie zu ihr sagen?«, und ich werde sauer auf sie, weil sie genau das sagt, wofür ich sie bezahle.

»Aber sie ist nicht irgendeine andere Frau«, sage ich. »Sie ist meine *Mutter*.«

Ich beende die Sitzung vorzeitig und rufe Mom zurück.

»Sally, du musst sofort nach Hause kommen«, sagt Mom, als sie abnimmt. »Dein Vater hat den Verstand verloren.«

Damit hatte ich nicht gerechnet. Ich hatte erwartet, dass Mom irgendwas Verrücktes über den Hurrikan Kathy sagen würde. Darüber, dass der Sturm dein Geist ist, der Unheil verkündend über uns schwebt. Für den Fall hatte ich schon eine Rede vorbereitet: »Mom, die Meteorologen suchen die Namen schon sieben Jahre im Voraus aus. Das hat nichts zu bedeuten. Es ist nur ein Name. Ein sehr häufiger Name. Der betreffende Meteorologe hatte bestimmt eine Tochter, Nichte oder Tante namens Kathy. Krieg dich wieder ein.«

»Was hat Dad angestellt?«, frage ich.

»Noch nichts«, sagt sie. »Aber dein Vater will, dass die Spitzahornbäume noch vor dem Hurrikan wegkommen. Und er will sie eigenhändig fällen.«

»Wieso?«

»Er sagt, es ist längst überfällig. Glaubt, der Sturm würde sie umwehen und uns beide umbringen.«

»Weiß er denn, wie man Bäume fällt?«

»Nein! Natürlich nicht«, sagt Mom. »Deshalb rufe ich dich ja an. Dein Vater wird bald tot sein. Ich finde, das solltest du erfahren.«

»Solltet ihr nicht besser so einen Baumtypen engagieren?«

»Du kennst doch deinen Vater. Er ist verrückt. Er glaubt, er schafft das allein. Er hält sich immer noch für Supermann. Ich habe zu ihm gesagt: ›Richard, weißt du eigentlich, wie alt du bist?‹ Und er antwortet nur: ›Nein, Susan. Ist mir völlig entfallen.‹ Und ich sage: ›Weißt du überhaupt, wie man einen Baum fällt?‹ Und er sagt: ›Männer fällen schon seit Urzeiten Bäume.‹«

»Du musst ihn aufhalten«, sage ich.

»Das kann ich nicht«, sagt Mom. »Er hört mir gar nicht mehr zu.«

Das stimmt. Im Laufe der Jahre hat Dad aufgehört, Mom zuzuhören. Er schiebt es auf seine Schwerhörigkeit, aber das ist nicht alles. Er hat gelernt, sie auszublenden. Als ich an deinem Geburtstag zuletzt zu Hause war, wurde ich Zeugin eines Gesprächs zwischen ihnen, das folgendermaßen verlief:

Mom: »Hast du das Hähnchen gegessen?«
Dad: »Heutzutage geht doch alles elektronisch.«

Mom: »Nein, hast du das Hähnchen gegessen?«

Dad: »Heutzutage geht doch alles elektronisch.«

Mom: »Was?«

Dad: »Was hast du gesagt?«

Mom: »Ich sagte, hast du das Hähnchen gegessen?«

Dad: »Ich habe verstanden: Hast du die Bewerbung schon fertig?«

Mom: »Welche Bewerbung?«

Dad: »Die für die Golfkommission.«

Mom: »Nein. Ich wollte wissen, ob du das Hähnchen gegessen hast.«

Dad: »Nein. Ich habe das Hähnchen nicht gegessen.«

Mom: »Tja, das hatte ich nicht gehört.«

Und so weiter und so fort.

»Komm heute Abend nach Hause«, sagt Mom. »Bring ihn zur Vernunft.«

»Das geht nicht«, sage ich. »Ray und ich haben morgen was vor.«

»Was denn?«

»Was Wichtiges«, sage ich. »Irgendwas mit Anwälten und einem Schiff.«

»Wie kann das wichtiger sein, als dass dein Vater nicht von der Leiter fällt und sich das Genick bricht?«

»Wieso ruft ihr keinen Gartenbaubetrieb an? Es gibt Leute, die so etwas beruflich machen.«

»Gibt es«, sagt Mom. »Aber Dad weigert sich.«

»Wieso?«

»Du weißt, wieso.«

»Nein, weiß ich nicht.«

»Die Einzigen in der Stadt, die das machen, sind Bill's Tree and

Garden. Und das wird vom ehemaligen Freund deiner Schwester geführt.«

»Wie bitte?«

»Billy Barnes«, sagt Mom. »Der ehemalige Freund deiner Schwester. Erinnerst du dich nicht mehr an ihn?«

»Doch, natürlich erinnere ich mich an ihn. Ich verstehe nur nicht, was du meinst, wenn du sagst, dass er das Tree and Garden führt.«

»Es heißt genau das! Er hat das Geschäft übernommen, nachdem sein Vater gestorben ist.«

»*Dürfen* Ordensbrüder so was denn?«, frage ich.

»Woher soll ich das wissen?«, sagt Mom. »Wovon um Himmels willen redest du da, Sally?«

»Billy ist Ordensbruder.«

»Billy ist kein Ordensbruder.«

»Doch, Mom, er ist Ordensbruder.«

Ich hatte das gesamte Studium gebraucht, um diese Tatsache zu akzeptieren. Billy war Ordensbruder. Er war ins Priesterseminar eingetreten! Das hatte ich Nicole, meiner neuen Mitbewohnerin im Wohnheim, erzählt, aber es hatte nicht die erhoffte Wirkung erzielt. Nicole war nicht beeindruckt. Sie hatte keine Ahnung, wer Billy war, und wusste nicht, was das bedeutete. »Um ehrlich zu sein, ich weiß nicht, was das bedeutet«, sagte sie, und wir redeten nie wieder über Billy, weil ich ebenfalls keine Ahnung hatte, was das bedeutete. Wenn ich mir Billy im Priesterseminar vorzustellen versuchte, gelang es mir nicht. Manchmal blitzten Bilder von ihm in meinen Träumen auf. In einer düsteren Höhle, in der nur eine einzelne Kerze brannte. Auf einem schäbigen Klappbett, auf dem er in einer Bibel blätterte. Aber dann verschlief ich, kam zu spät zur Uni, lernte in »Romane des neunzehnten Jahrhunderts« etwas über die sozioökonomischen Aspekte der viktorianischen Ära, und gegen Ende des Seminars erschien mir Billy komplett irrelevant.

»Ich sage dir, Billy leitet das Tree and Garden«, sagt Mom.

»Bist du sicher? Manchmal bringst du Sachen durcheinander. Oder du vergisst etwas.«

Mom hatte in den vergangenen paar Jahren Gedächtnisprobleme gehabt – sie vergisst, dass sie Dinge vergisst.

»Ich glaube, ich erkenne einen Ordensbruder, wenn ich einen sehe«, sagt Mom. »Glaub mir, er hatte immer noch dieses schreckliche Tattoo am Hals. Ich hab zu ihm gesagt: ›Billy, warum um alles in der Welt hast du dich so verunstaltet?‹«

»Du hast ihn auf sein Halstattoo *angesprochen*?«

Es war unvorstellbar, dass Mom nach all den Jahren wieder mit Billy redete.

»Wie sollte ich nicht? Es bedeckt seinen ganzen Hals!«, sagt Mom. »Deshalb lassen Leute sich doch überhaupt Halstattoos machen, oder? Sie *wollen* darauf angesprochen werden.«

»Ich dachte, du hasst ihn«, sage ich.

Ich hasste ihn. Das hatte ich zumindest auf dem College geglaubt, wo ich vier Jahre damit verbrachte, nur Schlechtes über Billy zu denken. Billy, wie er auf dem Rücksitz seines Wagens an deinen Titten saugt. Billy, der stolz die Leiter zum Sprungbrett hinaufklettert. Billy, der mit einer Überdosis auf einer Bank in der Kapelle der Villanova liegt, die übrigens wunderschön ist. Sie ist so gebaut, dass sie so viel Licht wie möglich hereinlässt. Wenn ich am Sonntagabend mit Nicole dorthin ging (sie sang dort manchmal in der Messe), war es mir peinlich, daran zu denken, wie Billy in Embryonalstellung auf die wunderschönen Mahagonibänke gesabbert hatte.

»Tja, was soll ich denn tun, den Jungen ignorieren, wenn ich ihn sehe?«, fragt Mom. »Er läuft mir im Tree and Garden ständig über den Weg! Es ist der einzige Ort, wo man hier in der Stadt Blumen kriegt. Bei dir klingt das so, als hätte ich mit dem Teufel gesprochen, Sally. Billy ist auch nur ein Mensch, oder?«

»Das weiß ich doch.«

Jetzt, wo ich älter bin, weiß ich es besser als je zuvor. In meiner Vorstellung ist Billy ganz klein geworden. Wenn ich mit Ray zusammen bin, kann ich mich nicht mal mehr erinnern, was ich an Billy geliebt habe. Ich sehe zu, wie Ray jeden Morgen seinen Ledergürtel anzieht, um zur Arbeit zu gehen, und denke an Billy, der in Plastik verpackte Waffeln gegessen hat. Drei Streifen Kaugummi auf einmal in den Mund gesteckt hat. Ein Junge, der jeden Tag Trainingsshorts getragen hat und sich ein Halstattoo hat stechen lassen, weil es wehtut.

»Tja, manchmal glaube ich, dein Vater vergisst, dass Billy damals nur ein Junge war. Ich glaube, er ist entschlossen, bis ans Ende seines Lebens wütend auf Billy zu bleiben. Und es ist einfach albern, dass er den ganzen Weg bis nach Groton fährt, um Mulch zu kaufen«, sagt Mom.

»Unglaublich«, sage ich.

»Ich weiß!«, sagt Mom. »Das ist eine halbe Stunde Fahrt. Es ist absurd.«

»Ich meine, unglaublich, dass Billy kein Ordensbruder mehr ist.«

»Tja, wenn du öfter als einmal im Jahr nach Hause kommen würdest, wüsstest du es«, sagt Mom.

Heute fahre ich nur noch an wichtigeren Feiertagen nach Hause. Rein und wieder raus, bevor die Traurigkeit mir zusetzen kann. Das hat mir Valerie empfohlen. Valerie ist zwar keine Therapeutin, aber sie ist klug. Hat Bio studiert. Hat ihre eigenen Mutter-Probleme. Setzt sich ein Zwei-Tages-Limit. Man muss Grenzen setzen, wie sie sagt. Muss clever sein. Mit seiner Mutter umgehen, als hätte sie eine Krankheit. So machte Valerie es auch mit ihrer eigenen Mutter, und sie hatten eine wundervolle Beziehung. Manchmal gingen sie zusammen ins Casino und gewannen sogar etwas an den Spielautomaten. »Mach ihr aktiv Vorschläge«, sagte Valerie, »wie zum Beispiel: Lass uns spazieren gehen. Schauen wir uns einen Kinofilm an. Lassen wir uns die Nägel machen.« Aber ich kann es nicht leiden, mir die Nägel machen zu lassen. Es deprimierte mich, wenn die Damen im Salon Mom Sabrina nannten und sie sie nicht korrigierte. Sie saß einfach nur da und wählte dieselbe Farbe aus, die sie getragen hat, als du noch gelebt hast – *Like Linen* –, während die Frauen sie davon zu überzeugen versuchten, etwas Neues auszuprobieren. »Etwas Neues, Sabrina! Eine leuchtende Farbe! Rot!« Selbst Wildfremde spürten ihre Traurigkeit. Sie lackierten ihr die Nägel rot, und einen Moment lang, während sie sie unter den Nageltrockner hielt, glaubte ich fast, dass das Nagelstudio sie aufheitern könnte.

Aber sobald wir zu Hause waren, war sie wieder dieselbe, bis auf die roten Fingernägel. Ihre Fingernägel leuchteten, während sie die Suppe in der Mikrowelle erhitzte. Sie hatte die Hände einer glücklichen Frau, die ihr Leben im Griff hatte. Aber ich wusste es besser. Ich hatte den Körper meiner Mutter viele Jahre lang wie eine Geologin studiert; aus der Ferne sah die Landschaft ruhig und friedlich aus. Ein schöner Tag im Salon. Aber ich konnte sehen, wie sich das Erdbeben in ihren Schultern, der Rundung ihres Rückens zusammenbraute. Als sie sich umdrehte, zitterte ihr Mund, und ihr Gesicht verzerrte sich. Dann kam die Flut.

»Mom«, sage ich jetzt. »Ich muss jetzt auflegen. Ich komm zu spät zum Abendessen.«

»Oh«, sagt Mom. »Was gibt es denn heute bei euch?«

Es gibt Zitronenhähnchen. Ray macht das einmal die Woche.

Er schmort das Hähnchen mit dem Gemüse in der Pfanne, gibt den Saft einer Zitrone hinzu und nennt es Zitronenhähnchen.

»Also kocht der Mann auch noch«, sagt Mom. »Das ist wundervoll. Dein Vater hat nie gekocht. Er will alle Bäume in unserem Garten eigenhändig fällen, kann sich aber nicht mal eine vernünftige Mahlzeit zubereiten. Hätte es ihn umgebracht, mal was Richtiges zu kochen?«

»Mom«, sage ich. »Er ist noch nicht tot. Wieso sprichst du in der Vergangenheitsform von ihm?«

»Tja, wenn du nicht bald herkommst, Sally, wird er tot sein!«

Ich lege auf, atme tief durch und übe, die Wahrheit auszusprechen – das hat mir die Therapeutin aufgetragen. Sie glaubt, wir können die Wahrheit wieder und wieder laut aussprechen, bis wir sie glauben.

»Meine Schwester Kathy ist tot«, sage ich zu mir, zu niemandem, zu meinen Füßen. »Und Billy ist kein Ordensbruder.«

Dann lasse ich die Wahrheit los und gehe durch die überfüllten Straßen nach Hause, um mit meinem Verlobten Zitronenhähnchen zu essen.

Ich habe Ray nicht erzählt, dass ich zu einer Therapeutin gehe, obwohl es seine Idee war.

Ray findet, eine Therapie könne mir helfen, herauszufinden, ob ich Kinder haben will oder nicht. Er wünscht sich Kinder. Möchte mit einer Frau zusammen sein, die auch Kinder will. Nachts im Bett sagt Ray Dinge, die noch niemand zu mir gesagt hat, wie: »Ich will eine Familie mit dir gründen, Sally«, und sie kommen ihm flüssig über die Lippen, als würden sie ihm ganz natürlich zufliegen, und vielleicht ist das auch so.

Aber dann sage ich Sachen wie: »Okay. Aber was ist, wenn die Kinder sterben?«, was Ray besorgniserregend findet. Er sagt: »Vielleicht sind das Fragen, die du einem Therapeuten stellen solltest.«

»Woher soll ein Therapeut wissen, ob meine Kinder sterben werden?«, frage ich. Ich scherze nur. Aber das ist die eine Sache, über die Ray nicht gern Witze macht.

Und so suchte ich mir eine Therapeutin. Aber ich habe Ray nichts davon erzählt, weil ich weiß, dass er dann jedes Mal, wenn ich nach Hause komme, wissen will, ob ich jetzt Kinder haben will oder nicht. Jedes Mal, wenn ich durch die Tür trete, soll ich mehr Klarheit darüber gewonnen haben, wer ich bin und was ich von der Welt erwarte. Aber bis jetzt hat die Therapeutin mir nicht dabei geholfen, das zu erkennen. Hauptsächlich gibt sie schreckliche Wahrheiten über die Welt von sich.

»Kinder sterben manchmal«, sagt sie. »Das kommt vor.«

»Das ist nicht besonders tröstlich«, sage ich.

»Ich bin nicht hier, um Sie zu trösten, Sally«, sagt sie. »Wenn Sie Trost brauchen, können Sie sich eins dieser großen Kissen bei Amazon kaufen. Ich bin hier, um Ihnen zu helfen, mit der Realität zurechtzukommen. Und die Realität kann ziemlich schmerzhaft sein.«

Ich nicke.

»In der Realität sterben Kinder manchmal. Und wir als Amerikaner haben noch keinen guten Weg gefunden, damit umzugehen. Andere Kulturen schon. Sie verstehen die Realität. Im alten Griechenland sind Kinder oft schon im Kleinkindalter gestorben, sodass man den Leuten geraten hat, sie nicht lieb zu gewinnen, bis sie sieben Jahre alt sind.«

Sie sagte, es wäre zu schmerzlich – ja, gefährlich – gewesen, Kinder zu lieben, bevor man wusste, dass sie überleben würden. Ich machte mir nicht die Mühe, die offensichtliche Frage zu stellen: Kriegt man das wirklich hin? Einem Menschen Liebe vorzuenthalten, den man in Wirklichkeit liebt?

Ich kannte die Antwort schon. Und wenn ich in den Jahren, seit ich Billy zuletzt gesehen habe, etwas gelernt habe, dann, dass man aufhören kann, jemanden zu lieben, wenn man muss. Man kann die Liebe in sich austreten wie ein Feuer.

Mom hat mir im Lauf der Jahre beigebracht, wie man das macht. Sie selbst hat es auch geschafft. Hat angefangen, kleine weiße Pillen zu nehmen, die ihr durch den Tag halfen, dann gab es noch die kleinen weißen Pillen, die die Wirkung der anderen weißen Pillen aufgehoben haben, ganz zu schweigen von den Cocktails um vier.

Dann hat sie mich angerufen. Ich konnte das Eis in ihrem Glas klirren hören. Es sprach deutlicher als ihre Worte.

»Hi, Sssally«, sagte sie.

So klang Mom ständig, als ich auf dem College war. Deshalb fand ich Mittel und Wege, um das Gespräch kurz zu halten. Ich hatte wirklich viel zu tun, hatte zu viele Seminare belegt. Aber hauptsächlich konnte ich es nicht mehr ertragen, wie Moms Stimme klang, wie ein Wort mit dem nächsten verschmolz. Ich hielt es nicht aus, wieder und wieder dieselben Fragen zu beantworten: »Und was für Seminare hast du belegt, Sally? Was ist dein Hauptfach? Seit wann arbeitest du für die Unizeitung?« Moderne Lyrik. Englisch. Seit dem zweiten Studienjahr.

Dann: »Ich muss auflegen, Mom. Sorry, hab noch was vor.«

Am Wochenende ging ich auf Partys. Rodelte im Schneesturm den Quad-Hügel hinunter. Im Sommer fuhr ich Kajak. Verbrachte viele Stunden in der Redaktion, wo wir über abstruse Dinge diskutierten (schrieb man Nichtangriffspakt zusammen oder mit Bindestrich?) und mit Feuereifer über unwichtige Dinge berichteten, wie die Eröffnung eines Dunkin' Donuts im Studierendenzentrum oder die Gruppe von Jungen, die sich weigerte, im Winter etwas anderes als Shorts zu tragen. Sie behaupteten, ihnen wäre nicht kalt. Dafür gab es einen wissenschaftlichen Begriff, den ich vergessen habe.

»Interessant«, sagte ich. »Sehr interessant.«

Ich interviewte ein Mädchen aus meinem Lateinseminar, das in Alaska von Bären aufgezogen worden war. Und ein Mädchen in meinem Biologieseminar, das früher Mitglied in einer Sekte gewesen war.

»Ich habe fast nur gute Erinnerungen an die Sekte«, sagte June. Sie erinnere sich, dass dort ein echtes Gemeinschaftsgefühl geherrscht habe. Als wäre jeder dort ihre Mutter oder ihr Vater. »Ich weiß noch, dass ich viel gemalt habe. Zäune gebaut habe. Und ich erinnere mich, dass ich ständig von Menschen umgeben war, die ich liebte. Alles wurde gemeinschaftlich erledigt. Selbst die Kindererziehung.«

Leute für die Zeitung zu interviewen unterschied sich nicht allzu sehr von den Gesprächen, die wir nachts in unseren Betten geführt haben. Ich war gut darin – war von Geburt an darauf trainiert, neugierig auf das Leben anderer Menschen zu sein. Die Leute erzählten mir nur zu gern ihre Geschichten, aus demselben Grund wie du. Ich gab ihnen Raum – genauer gesagt fünfhundert Wörter auf der Titelseite der Zeitung –, um zu feiern, wer sie waren. Um Geschichten anzuhören, die sich sonst niemand anhören wollte.

Im letzten Studienjahr hatte ich zum ersten Mal in meinem Leben mehr Freunde, als ich an einer Hand abzählen konnte, und Nicole, June und ich gingen fast jedes Wochenende mit ihnen aus. Wir standen um Fässer in ihren Kellern herum. Rauchten zum ersten Mal Hasch. Gingen in die Nachtclubs in der Innenstadt, wo ich zum ersten Mal im Dunkeln tanzte. Gelegentlich nahm ich einen Typen mit nach Hause, und wenn ich betrunken war und zum Beispiel mit einem Jungen aus meinem Literaturseminar im Bett landete, dachte ich daran, wie erstaunt du wärst, wenn du mich dort sehen könntest – das Gesicht auf eine Bettdecke voller Pizzakrümel gepresst, während irgendein Typ auf mir lag. Ein Körper, den ich kaum spüren konnte. Dann brach ich in Tränen aus. Ich weinte bitterlich – ein tiefes, kehliges Schluchzen, so wie damals in Jans Haus.

»Was ist los?«, fragte der Typ dann. »Hab ich was falsch gemacht?«

Ich versuchte, es ihm zu erklären. Wollte ihm meine Geschichte erzählen. Ihm meine wundervolle ältere Schwester beschreiben, die mich so sehr geliebt hatte, die mir spät in der Nacht

Geheimnisse anvertraut hatte, aber ich trug keine Unterwäsche, er stützte sich über mir ab, und alles, was ich herausbrachte, war: »Ich weiß auch nicht, meine Schwester ist tot«, und dann presste ich das Gesicht ins Kissen und schluchzte weiter. Der Typ war immer sehr verständnisvoll, wer auch immer es war. Aber am nächsten Morgen, wenn er seine Jeans anzog, hasste ich ihn für das, was er miterlebt hatte.

So ging ich auf dem College eine ganze Reihe von Typen durch. Ein Fußballspieler aus Georgia, der mich beeindruckte, indem er Rotwein mit Cola trank. Ein Typ aus Iowa, auf dessen Bücherregalen lauter Knobelboxen standen. Ein Typ aus meinem Seminar »Moderne Lyrik«, weil er genau wie ich der Meinung war, dass die trauernde Frau aus Robert Frosts Gedicht »Home Burial« kein Recht hatte, sich über ihren Ehemann zu ärgern, auch wenn ihr Kind gestorben war.

»Ich begreife nicht, weshalb die Frau so wütend ist«, sagte er im Seminar. »Er versucht doch nur zu helfen.«

Ich verstand es auch nicht. Die Frau sitzt bloß den ganzen Tag zu Hause und beobachtet vom Fenster aus, wie ihr Mann draußen ein winziges Grab aushebt. Sie kann nicht ertragen, wie der Mann beim Graben den Kies durcheinanderbringt. Oder wie er danach wieder ins Haus kommt und sagt: »Drei nebelige Vormittage und ein verregneter Tag können den besten Birkenzaun, den ein Mann je gebaut hat, nicht verrotten lassen.«

Die Frau versteht das nicht: Wie kann er in einer solchen Zeit so etwas sagen?

Und nein, es war wirklich nicht unbedingt der beste Zeitpunkt für Bauernweisheiten. Aber ich erinnere mich, dass ich mich fragte, was der Mann ihrer Meinung nach sonst hätte tun sollen? Ich meine, er tut immerhin etwas!

»Jemand musste doch das Baby beerdigen, oder?«, sagte ich.

Wir mochten beide die Frau nicht, und das Baby musste schließlich beerdigt werden. Das war das Letzte, worin wir uns einig waren, bevor er mit auf mein Zimmer kam und wir fast bis zum Äußersten gingen.

Nicole hielt mich wohl für eine Schlampe, war jedoch darauf bedacht, es nie laut auszusprechen. Sie war sich bewusst, dass sie selbst nicht frei von Fehlern war. Wenn wir uns abends ausgehfertig machten, schaltete sie immer das Licht aus. Sie wollte sich selbst nicht im Spiegel sehen, was ich nicht verstehen konnte. »Wie willst du dich so erkennen?«, fragte ich. Ihre Nase berührte den Spiegel fast, wenn sie Wimperntusche auftrug.

»›Ich sehe alles, was ich sehen muss‹«, erzählte ich Valerie später. »Das hat sie gesagt.«

»Ich wusste, sie kann nicht normal sein«, sagte Valerie.

Und ich war froh darüber. Ich liebte Nicole, liebte das College und war traurig, wenn ich in den Ferien nach Hause fuhr. Dann schlenderte ich durch unser altes Haus, das sich kaum noch wie ein Zuhause anfühlte. Sagte Mom Hallo, die immer weniger wie Mom aussah.

»Deine Mutter ist nicht mehr sie selbst«, warnte Dad mich immer, wenn wir vom Bahnhof nach Hause fuhren.

Ich verstand das. Ihr Gedächtnis hatte unter den Medikamenten gelitten. Ab einem bestimmten Punkt fragte ich gar nicht mehr nach, welche sie nahm. Saß einfach mit Mom auf der Terrasse, während sie Dinge sagte wie: »Die wollten mich in eine Anstalt stecken, Sally. Ich hatte einfach die Nase voll von allem. Aber ich wollte für dich da sein, wenn du aus dem College kommst. Ich wollte dich sehen.«

Wer waren »die«? Dad?

Dad war immer in Bewegung. Sammelte die toten Zweige auf

dem Rasen ein und legte sie auf einen Haufen. Mom saß auf der Veranda und rauchte eine Zigarette. Sie hatte mit dem Rauchen angefangen.

»Aber wie kannst du *sterben* wollen?«, fragte ich sie.

»Ich weiß es nicht«, sagte sie. »Ich bin eine schlechte Mutter.«

»Willst du nicht eines Tages meine Hochzeit mit mir feiern?«

»Ich hätte nicht gedacht, dass du heiraten willst«, sagte sie, und ihre Augen leuchteten kurz auf, als wollte sie vielleicht doch noch eine Weile bleiben.

»Wie kommst du darauf, dass ich nicht heiraten will, Mom?«

»Weil du gesagt hast, und ich zitiere: ›Mom, ich werde niemals heiraten.‹«

»Tja, darum geht's ja auch eigentlich gar nicht! Ich meine nur, willst du nicht für den Rest meines Lebens hier bei mir bleiben? Willst du deine Enkelkinder nie kennenlernen?«

»Wie willst du Kinder haben, wenn du nicht verheiratet bist, Sally?«

»Ich könnte sie unverheiratet bekommen«, sagte ich. »Das passiert ständig.«

»Wag es ja nicht«, sagte Mom.

»Tja, wenn du tot bist, kannst du mich nicht mehr daran hindern«, sagte ich.

Beim Gedanken daran, den Rest meines Lebens zu verpassen und mein uneheliches Kind nicht mehr im Arm halten zu können, brach Mom in Tränen aus.

»Wenn du stirbst, bist du tot. Das war's.«

»Ich weiß das. Ich kann es nicht erklären«, sagte sie. »Aber ich bemühe mich. Ich versuche nur ehrlich zu sein, Sally.«

Dann ging Mom ins Haus, um ein Nickerchen zu machen, und Dad setzte sich neben mich in den Liegestuhl, die Beine weit gespreizt, und bewunderte sein Werk.

»Glaubst du, sie tut es?«, fragte ich Dad.

»Was?«

»Sich umbringen«, sagte ich.

»Nee«, sagte Dad.

»Woher willst du das wissen?«

»Wenn sie davon spricht, sage ich nur: ›Dann tu's doch!‹«, sagte Dad. »›Tu's doch.‹«

»Du sagst ihr, sie soll es tun?«

»Weil sie es nicht tun wird. Garantiert nicht. Wenn sie es wirklich tun wollte, hätte sie es schon getan.«

Dad sprach mit dem Selbstvertrauen eines Mannes, der schon ewig gelebt hatte, als hätte er Jesus auf dem Weg zum Kreuz die Hand geschüttelt. Wenn ich für die Uni Geschichtstexte las, sah ich manchmal Dad vor meinem inneren Auge, wie er die Unabhängigkeitserklärung unterschrieb. Oder im Bürgerkrieg kämpfte. Dad behauptete immer, er sei im falschen Jahrhundert zur Welt gekommen. »Ich hätte ein spanischer Fischer sein können«, hatte er mal gesagt. »Oder ein Cowboy. Ich wäre ein großartiger Cowboy gewesen.« Wir waren uns einig, dass das stimmte, weil er manchmal mit einem goldenen Drink auf der Terrasse saß und die Bäume betrachtete, als wartete er auf einen berittenen Boten.

»Ich glaube nicht, dass das stimmt«, sagte ich. »Und ich finde wirklich, du solltest so etwas nicht zu ihr sagen.«

Dad küsste mich auf den Kopf. Sagte mir, dass er mich liebe. Sehr. Er wusste, wie wichtig es ist, seinen Kindern zu sagen, dass man sie liebte, und so tat er es einfach. Danach fühlte ich mich besser. Als könnte alles wieder in Ordnung kommen, wenn wir uns nur genug liebten.

Aber als ich am nächsten Morgen aufstand, fand ich eine Broschüre für »Elektrokonvulsionstherapie« auf der Küchentheke.

»Was ist das?«, fragte ich Mom.

»Ach, das ist nur etwas, worüber ich nachdenke«, sagte Mom.

Als wäre es Yoga. Oder ein Joghurt in einer neuen Geschmacksrichtung.

»*Darüber* denkst du nach?«

»Manchmal.«

»Wieso?«

»Es klingt nach einer guten Idee.«

»Eine gute Idee? Wie kann das eine gute Idee sein?«

Ich las die Broschüre. EKT: eine Behandlungsmethode für schwer Depressive, wenn alle anderen Optionen erschöpft sind. Sie wurde manchmal auch für Patienten benutzt, die akut selbstmordgefährdet waren.

»Sie befestigen Elektroden an deinem Kopf«, sagte ich.

»Schätzchen, das war vor fünfzig Jahren so«, erwiderte sie. »Heute ist es viel sicherer.«

So wurde es auch in der Broschüre beschrieben. Dass der Eingriff heute vollkommen sicher sei, weil sie Muskelrelaxanzien benutzten, die die Patienten lähmten und die Zuckungen verhinderten, denn bei heftigen Zuckungen konnten die Patienten sich sogar Knochenbrüche zuziehen.

»Grandma hat sich der Behandlung auch unterzogen. Sie war katatonisch, und ihr Zustand hat sich danach stark verbessert.«

»Wirklich?«, sagte ich. »Aber du bist doch gar nicht katatonisch.«

»Wenn ich mich nicht so fühlen müsste wie jetzt, würde ich es nicht tun. Ich schwöre.«

Ich stellte selbst Recherchen an. EKT.

Es wurde bei Manien, Katatonie und Schizophrenie eingesetzt.

Nebenwirkungen: Verwirrung, Gedächtnisverlust, kognitive Beeinträchtigungen.

Prominente Menschen hatten sich dieser Therapie ebenfalls unterzogen: Kitty Dukakis. Lou Reed. Sylvia Plath. Ernest Hemingway. Ich druckte die Informationen für Mom aus. Zwei von vier hatten sich umgebracht. Plath hatte den Kopf in den Ofen gesteckt. Ernest Hemingway hatte sich nach seiner Behandlung erschossen. »Es war eine brillante Kur, aber wir haben den Patienten verloren«, sagte er.

Aber an den meisten Tagen war die Trauer einer Mutter wie ein Kind, mit dem man nicht vernünftig reden konnte. An irgendeinem Punkt musste man es ins Bett bringen.

»Gute Nacht«, sagte sie.

Da war es erst Mittag.

»Hältst du das für eine gute Idee?«, fragte ich Dad.

»Etwas muss geschehen«, sagte er. »So kann es nicht weitergehen.«

»Wie wirst du damit fertig?«

Ich wollte von Dad lernen.

»Ich separiere es«, sagte er. »Ich verstaue es in einer Box in einem winzigen Winkel meines Gehirns.«

Ich stellte mir die kleine Box vor wie einen winzigen, praktischen Sarg. So einen, wie die Amish sie benutzen.

»Man muss weiterleben«, sagte er. »Man muss einen Weg finden.«

Er ging in sein Büro, wo er unter einem Foto von einem berühmten Golfplatz in Schottland saß. Es sei der schönste Golfplatz der Welt, sagte er, aber er würde ihn nie zu Gesicht bekommen, weil er immer noch behauptete, zu groß zu sein, um nach Europa fliegen zu können.

»Dad, hör auf damit«, sagte ich. »Es ist nur ein Flug nach Europa.«

»Vergiss es!«, sagte er. »Ich kann mich nicht sechs Stunden lang in ein Flugzeug quetschen. Auf gar keinen Fall.«

»Und was, wenn du alt wirst und schrumpfst?«, fragte ich.

»Ich *bin* schon alt«, sagte er. »Das versuche ich deiner Mutter auch ständig begreiflich zu machen. Ich sage: ›Susan, wir werden alt. Es ist Zeit zu leben, bevor wir sterben.‹«

In meinem letzten Jahr am College war Mom viel im Krankenhaus. Sie hatte ständig Arzttermine, um sich die Genehmigungen für den Eingriff zu besorgen. Untersuchungen, Untersuchungen und noch mehr Untersuchungen. Man musste wissen, ob sie geistig gesund genug war, um sich der Therapie zu unterziehen.

Ein paar Ärzte hielten sie für *zu* geistig gesund. Andere empfahlen Östrogenpillen, die sie wieder glücklich machen sollten, aber Mom behauptete, sie würden sie nur zum Weinen bringen und ihre Periode auslösen.

»Keine achtundfünfzig Jahre alte Frau sollte noch jeden Monat ihre Periode bekommen, oder?«, fragte sie.

»Ich weiß nicht«, sagte ich. Und ich wusste es wirklich nicht.

Kurz nach meinem Abschluss und vor meiner Reise nach Europa bekam sie die erste EKT-Therapie. Danach vermied ich es einen ganzen Monat lang, nach Hause zu fahren. Fürchtete, wieder nach Hause zu kommen, würde all meine Fortschritte zunichtemachen. Als ich es schließlich doch tat, kam ich bewaffnet mit Fakten über depressive Menschen, die unglaublich eindrucksvolle Dinge bewerkstelligt hatten.

»Robert Frost«, erklärte ich Mom und Dad beim Abendessen. »Er hat mehrere Kinder verloren. Aber danach hat er den Pulitzerpreis gewonnen.«

»Ach, wirklich?«, sagte Dad, wie immer beeindruckt. Aber Mom hörte nie zu. Ließ den Fernseher laufen.

»John Edwards auch«, sagte ich. »Er hat einen Sohn verloren, und jetzt kandidiert er für das Amt des Präsidenten. Und was macht ihr so?«

»Ich kandidiere für die Golfkommission«, sagte Dad.

»Was ist das?«, fragte ich.

»Ich kümmere mich um die Finanzen des Platzes«, sagte Dad.

Dad ging es gut. Er hatte neue Kniegelenke. Engagierte sich zum ersten Mal für etwas – wollte sogar umziehen. Irgendwohin, wo es warm war. Wo er jeden Tag Golf spielen konnte. Er versuchte, Mom ständig dazu zu überreden, doch sie weigerte sich, darüber zu sprechen.

»Hörst du mir überhaupt zu, Susan?«, sagte Dad. »Ich habe dir eine Frage gestellt.«

Aber Mom reagierte nicht.

»Ich kann nicht weale Welt sagen«, sagte Mom.

»Was?«, sagte Dad.

»Wozu musst du denn ›reale Welt‹ sagen?«, fragte ich.

»Ich finde, das ist einfach etwas, was ich sagen können sollte«, sagte Mom. »Weale Welt. Weale Welt. Weale Welt. Seht ihr?«

Seit der dritten Behandlung tue ihr alles weh. Sie könne die Fernbedienung zwar in die Hand nehmen, aber nicht über den Kopf heben.

»Wieso willst du die Fernbedienung denn über den Kopf heben?«, fragte ich.

»Na ja, will ich ja gar nicht«, sagte sie. »Aber es wäre schön, es tun zu können.«

Nach der vierten Behandlung weinte sie nicht mehr. Aber sie war skeptisch.

»Ich glaube nicht, dass es funktioniert«, sagte sie. »Ich fühle mich kein bisschen anders.«

»Gib dem Ganzen noch etwas Zeit«, sagte Dad.

»Ich merke einfach keinen Unterschied. Ich fühle mich noch wie vorher, aber ich kann mich an nichts mehr erinnern.«

»So etwas braucht Zeit«, sagte Dad.

»Ich rufe den Arzt an.«

Je mehr Zeit verging, desto mehr vergaß sie.

»Wie komme ich zum Stop and Shop?«, fragte sie.

»Einfach die Main Street runter.«

»Ich weiß, aber ich weiß nicht, ob ich das behalten kann.«

So viele Fragen. »Was haben wir letztes Wochenende gemacht?«, fragte sie.

»Mall, Kino und Abendessen«, erwiderte ich.

Mom konnte Erinnerungen nicht mehr abspeichern, und ich fragte mich, ob das womöglich die Wirkungsweise der EKT-Therapie war. Mom konnte nicht mehr traurig sein, weil sie sich nicht mehr an das erinnern konnte, was sie traurig machte. Sie weinte nicht mehr beim Abendessen, weil ihr Gehirn nicht mehr ständig mit Bildern von dir überschwemmt wurde. Doch in der Literatur stand, es sei komplizierter. Der Stromschlag löste die Bildung neuer Gehirnzellen aus. Und neue Gehirnzellen sind, so wie ich es verstand, glücklicher als andere.

»Ich fahr zum Stop and Shop«, sagte ich.

»Kannst du Prosciutto besorgen?«, fragte Mom.

»Und Wein?«, fügte Dad hinzu.

Und da traf ich ihn schließlich: Billy, wie er mit einem Karton Wein aus dem Spirituosenladen kam. Es überraschte mich, ihn so zu sehen, in seiner leuchtend weißen Robe und nicht in den winzigen Sarg eingesperrt, in dem ich ihn in meinem Hinterkopf verstaut hatte.

»Sally«, sagte er.

Und lief es nicht immer so mit Billy? Ich bemühe mich, nicht an ihn zu denken. Versuche, mich nicht zu fragen, was er gerade tut, ob er mit einer Frau zusammen ist, ob er sie berührt. Irgendwann gelingt es mir, mich davon zu überzeugen, dass er nichts ist, nur eine Ausgeburt meiner Fantasie. Eine Sagengestalt aus der Vergangenheit. Und dann taucht er urplötzlich auf.

»Billy«, sagte ich. Er stand da, vor dem Spirituosengeschäft, in der Hand eine Riesenkiste Alk, real wie sonst was. »Ein Priester, der einen Spirituosenladen ausraubt. Gibt's da nicht einen Witz drüber?«

»Falls nicht, sollte es wohl einen geben«, sagte Billy.

Einen Moment lang hätte ich am liebsten geweint. Ihn umarmt. Aber dann trat ich das Feuer aus. Sperrte Billy wieder in seinen winzigen Sarg.

»Ich wusste gar nicht, dass man als Ordensbruder auch Alk trinken darf«, sagte ich.

»Das ist so ungefähr das Einzige, was man noch darf«, sagte er. »Aber technisch gesehen bin ich noch kein Ordensbruder.«

Er würde erst gegen Ende des Jahres das ewige Gelübde ablegen.

»Was ist ein ewiges Gelübde?«, fragte ich.

»Das ist für die Ewigkeit«, sagte er. »Man legt es ab und voilà, man ist für immer ein Ordensbruder.«

»Was, wenn du deine Meinung änderst?«

»Das geht nicht. Ich mein, es ist für immer.«

»Nicht, wenn du deine Meinung änderst.«

»So funktioniert das aber nicht …«

»Tja«, sagte ich. »Das klingt ja ganz schön nervenaufreibend. Kein Wunder, dass du so viel Alk brauchst.«

Er lachte. »Ach, nee«, sagte er. »Der Alk ist für meinen Vater. Ich mein, er ist gerade gestorben. Wir haben einen Haufen Leute im Haus.«

»Oh«, sagte ich. »Das tut mir leid.«

»Danke«, sagte er. »Es ist schwer. Aber wir wussten es schon ein paar Jahre. Lungenkrebs. Die Diagnose kam, kurz nachdem ich ins Seminar aufgenommen wurde.«

Wir schwiegen kurz. »Oh«, sagte ich. »Trotzdem traurig.«

»Ja. Aber das Gute ist, er hatte viel Zeit, seinen Frieden damit zu machen.«

»Verstehe«, sagte ich. »Das war doch gut für ihn.«

Er räusperte sich. »Und wie geht's dir? Deinen Eltern?«

»Mein Dad lebt noch«, sagte ich, was klang, als würde ich angeben. Und so erzählte ich ihm von Mom. »Meiner Mutter geht's nicht gut.«

»Wie meinst du das?«, fragte er.

»Ist 'ne lange Geschichte«, antwortete ich.

»Lass uns was trinken gehen«, sagte er. »Dann kannst du mir deine lange Geschichte erzählen.«

»Ich schätze, so lang ist die Geschichte auch wieder nicht«, sagte ich.

Und so erzählte ich ihm auf dem Parkplatz alles über Mom. Über die EKT-Therapie. Dass Mom die Arme nicht mehr heben konnte. Dass sie neulich mit dem Wäschekorb in der Hand die Treppe runtergefallen war. Denn Billy war jetzt Ordensbruder. Ich konnte ihm die schlimmsten Dinge anvertrauen.

»Ich werde für sie beten«, sagte Billy.

»Ein Gebet für Mom, kommt sofort!«, sagte ich. Aber er begriff den Witz nicht, hatte nicht gescherzt. Billy würde wirklich nach Hause gehen und für Mom beten. »Tja. Ich sollte jetzt besser gehen.«

Aber wir rührten uns nicht. Obwohl es nichts mehr zu sagen gab. Zum ersten Mal seit deinem Tod hatte ich Billy nichts zu sagen.

»Hey«, sagte er. »Wenn du schon in der Gegend bist, können wir vielleicht mal einen Kaffee zusammen trinken.«

»Oh«, sagte ich. »Ich bin nicht mehr lange in der Gegend. Ich fliege in ein paar Tagen nach London.«

»Oh, wow«, sagte er. »London. Das ist toll. Warum?«

»Um Urlaub zu machen«, sagte ich. »Mit meiner Mitbewohnerin.«

»Macht bestimmt Spaß.«

»Sollte es«, sagte ich. »Tja, ich muss dann mal. Viel Glück für dein ewiges Gelübde, Billy.«

»Streng genommen heiße ich nicht mehr Billy.«

Billy besaß fast nichts mehr. Kein Handy, kein Auto und auch keinen Computer. Nicht mal seinen Namen behielt er. Hatte in seinem ersten Jahr einen neuen Namen angenommen. Gabriel Thomas.

Aber ich weigerte mich, ihn zu benutzen.

»Bis dann«, sagte ich in der Hoffnung, dass es ihm genauso wehtat wie mir.

Als ich aus dem Lebensmittelgeschäft zurückkam, wusste Mom nicht mehr, was Prosciutto ist. Sie schwor, sie habe noch nie davon gehört. Ich sagte: »Aber du hast mich doch gebeten, welchen zu kaufen.« Ich erklärte Mom, dass das ein Schinken sei. Dass sie Melonenstücke damit einwickelte, die wir an der Küchentheke sitzend aßen.

»Ach ja, jetzt fällt's mir wieder ein«, sagte sie.

Immer fiel Mom alles plötzlich wieder ein, trotzdem beneidete ich sie ein bisschen um ihren Gedächtnisverlust.

Ich fragte sie, wie das für sie sei.

»Als würde man annehmen, man könnte glücklich sein, aber dann merkt man, dass man etwas vergessen hat«, sagte sie. »Und man weiß, dass es wichtig ist, weiß aber nicht, warum oder ob es einen traurig machen sollte. Ergibt das irgendeinen Sinn?«

In den letzten Tagen vor meiner Europareise freute Dad sich für mich, sagte: »Geh! Mach, dass du rauskommst. Wir kommen schon zurecht!«

Mom verkündete von ihrem Bett aus, wie gefährlich Europa sei. Erzählte mir von ihrer Zeit in Europa nach dem College – wie sie ein italienisches Marmorschachbrett durch drei Länder transportiert hatte. Wie sie von Australiern durch die Straßen gejagt worden war.

»Ich komm schon klar, Mom«, sagte ich.

Und ich kam tatsächlich klar. Es ging mir besser als gut. Ich bereiste London, Paris. Deutschland. Ich war überall. An jedem Wochenende in einer anderen Stadt. »Wo bist du jetzt noch gleich?«, fragte Mom ständig.

Ich war in Italien. In Prag. An der Nordsee. In einem Café, wo ich mit einem Mann namens Ronaldo Espresso trank. Fuhr auf einem Schiff mit einem Mann namens Will über die Themse.

»Hast du Schilddrüsenprobleme?«, fragte er mich.

»Woher weißt du das?«, sagte ich. »Bist du ein Medium?«

»Deine Hände«, sagte er. »Sie sind ganz kalt. Ich studiere Medizin.«

»Oh«, sagte ich und lachte. »Tja, gute Diagnose.«

Wir zogen uns Rettungswesten über die schicken Klamotten und begaben uns an Deck. Wir trugen sie fast den ganzen Abend. Fanden es witzig. Wir lachten viel, aber ich weiß nicht mehr, worüber. Nur, dass wir gelacht haben. Und war das nicht das Wichtigste? War das nicht alles, woran man sich erinnern wollte? Als wir wieder anlegten, war ich verliebt. Und so ging es mir in Europa die ganze Zeit – in alles und jeden verliebt, wenn der Abend zu Ende war.

Was ich an Ray mag: Immer, wenn ich nach Hause komme, verkündet er mir sofort, was ich alles verpasst habe.

»Deine Mom hat angerufen«, sagt Ray, als ich von der Therapie komme.

»Natürlich hat sie das«, sage ich. »Spielt auch keine Rolle, dass ich noch vor einer Minute mit ihr telefoniert habe.«

»Sie wollte wissen, ob wir während des Hurrikans nach Hause kommen«, sagt er. »Und ob wir gut essen.«

»Und was hast du gesagt?«, frage ich.

»Dass wir nicht gut gegessen haben«, sagt Ray. »Ich so: ›Das Essen war kalt. Wir hatten Sushi.‹«

Ich gebe ihm einen Klaps auf die Schulter. Er lacht. Findet es gut, wenn er witzig ist. Ich auch.

»Ich mein, wegen des Hurrikans«, erwidere ich.

»Ich hab gesagt, wir denken drüber nach«, sagt Ray.

»Das geht nicht. Du musst doch arbeiten. Und du hast diese Sache auf dem Schiff morgen.«

Ray ist Anwalt. Arbeitet für eine Firma, die sowohl reich als auch klein genug ist, um alle Angestellten und die Leute, mit denen sie regelmäßig schlafen, auf eine jährliche Rundfahrt um die Freiheitsstatue einzuladen.

»Das kann ich schwänzen«, sagt er.

»Das kannst du nicht schwänzen«, sage ich.

»Bitte, lass es mich schwänzen.«

»Nein«, sage ich. »Du gehst. Und ich auch. Wozu verkaufst du deine Seele, wenn wir uns dafür nicht mal Gratiswein auf einem Schiff gönnen können?«

»Ich wusste, dass du das sagen würdest«, erwidert er, weil unsere Gespräche meist so ablaufen, wenn es darum geht, die Vorteile von Rays Job zu genießen. »Deshalb habe ich ihr auch erklärt, wir kommen erst nach der Schiff-Sache. Das wird dir guttun, weißt du.«

Ray öffnet eine sehr teure Flasche Wein, und aus irgendeinem Grund sehe ich ein Bild von dir vor meinem inneren Auge, so wie du hättest sein sollen: wie du, lebendig, in die Hände klatschst, während er den Wein entkorkt und dein Glas füllt. Denn du hättest Ray gemocht, der immer überteuerten Wein kauft, mich mit Konzerttickets überrascht, allen ein Abendessen spendiert. Ray stammt aus einer Familie, die nicht viel Geld hatte, und deshalb wirft er gern damit um sich. Es ist das Spielzeug, mit dem er als Kind nicht spielen durfte. Er schämt sich nicht dafür, wie viel Geld er verdient oder ausgibt, als wäre seine arme Kindheit ein Freibrief, als wäre er nicht geldgierig, sondern würde nur die verlorene Zeit wiedergutmachen. Wir bestellen immer Vorspeisen, auch wenn wir gar nicht hungrig sind, weil er als Kind nie Vorspeisen bestellen konnte. Er ist selten essen gegangen.

Nach dem Sex, in der Dunkelheit, vertraut er mir solche Dinge an, denn dann erzählt er am häufigsten von *dem, der er mal war,* und *dem, was ihn zu dem gemacht hat, der er heute ist.* Seine Mutter hatte bei der Restaurantkette Tim Hortons gearbeitet, und dort haben sie manchmal gegessen, weil sie ohnehin so oft da waren. Aber heute ist er Anwalt und kommt manchmal abends erst gegen neun nach Hause, und an den Wochenenden spielt er in Bars Gitarre.

Er liest David Foster Wallace, trägt gestreifte Kapuzenpullis und spielt in einer Fußballmannschaft mit Iren zusammen, die ihn öfter zum Lachen bringen als irgendwer sonst. Manchmal gehe ich zuschauen, nur um Ray lachen zu sehen. Es ist seltsam, aus der Ferne zu beobachten, wie Ray sich mit Unbekannten ausschüttet vor Lachen. Das gibt mir das Gefühl, als würde ich ihn gar nicht richtig kennen, sodass ich mich nicht ganz so schuldig fühle, wenn ich ihm Dinge verheimliche. Ray ist ein Fremder, denke ich. Undurchschaubar. Nach dem Sex ist er wieder der kleine Junge aus Kanada, der keine Vorspeisen kriegt; nach der Arbeit ist er der Mann mit den kräftigen Fußballerbeinen und dem glänzenden schweißdurchlässigen Shirt und einem Haufen internationaler Freunde, die Witze reißen, die ich nicht hören kann. Nur wenn wir in die U-Bahn steigen oder auf eine Party gehen, kommt er mir vor wie mein Verlobter, denn dann nimmt er, ohne hinzusehen, ohne ein Wort zu sagen, meine Hand.

»Du warst ja lange spazieren«, sagt Ray und reicht mir ein Glas Wein.

Ich trinke einen Schluck. Bin kurz davor, Ray von der Therapie zu erzählen, denn wenn man mit jemandem zusammenlebt, ist verschweigen manchmal wie lügen. Wenn ich zu der Therapeutin aufbreche, sage ich: »Ich geh spazieren«, was stimmt, denn ich gehe zu Fuß dorthin. Aber nach ein paar Wochen kommt es mir langsam so vor, als würde ich Ray mit meiner Gefühlswelt betrügen. Ich verlasse Ray einmal in der Woche, um mich in die Lower East Side zu begeben, wo ich mit all meinen Gefühlen in einem kleinen Raum sitze. Natürlich sitzt auch eine Frau in dem Raum, mit Ohren, deren Spitzen permanent gerötet sind. Sie ordnet meine Gefühle und heftet sie ab. Dann schaut sie auf, als wüsste sie etwas über mich. Etwas, das mir selbst bisher entgangen ist. Etwas, das ich unbedingt wissen will. Warum erklärt sie mir nicht einfach, was mit mir nicht stimmt?

»Okay«, hat sie schließlich letzte Woche gesagt. »Ich habe erkannt, dass Sie keine Mitte haben, Sally.«

»Keine Mitte?«, fragte ich.

»Nein«, sagte sie. Sie fuhr fort, das sei der Grund, warum ich nicht wisse, ob ich Kinder haben oder heiraten wolle.

»Aber ich bin doch verlobt«, wandte ich ein.

»Trotzdem fragen Sie sich ständig, ob Sie es überhaupt sein wollen«, sagte sie.

Sie schaute auf ihr Clipboard hinunter, auf dem aufgezeichnet steht, was ich in den vergangenen Sitzungen gesagt habe, Beweise aus meinem eigenen Mund, die sie gegen mich verwendet.

»Zitat: Ich weiß nicht, ob ich überhaupt mit Ray verlobt sein möchte. Zitatende.«

»Das hab ich gesagt?«

Keine Mitte zu haben ist laut ihrer Aussage das Problem, das all meine anderen Probleme erklärt. Es ist die Verbindung zwischen den Punkten, der Krebs, der all die seltsamen Symptome erklärt. Zum Beispiel: Wieso will ich nicht raus aus der Stadt und mir mit meinem Verlobten ein Haus kaufen? Leute, die verlobt sind, lieben Häuser. Aber Leute ohne Mitte haben Angst vor Häusern. Leute ohne Mitte denken nicht gern über Hypotheken nach, denn Leute ohne Mitte halten nichts von Verpflichtungen, da sie nicht einmal sich selbst gegenüber eine Verpflichtung eingehen können.

»Aber ich bin verlobt«, erinnerte ich sie erneut.

»Auweia«, sagte sie. »Wollen Sie mit mir zusammen daran arbeiten?«

»Ich weiß nicht. Klingt nach einer ziemlich großen Verpflichtung«, scherzte ich.

Sie kann mit Scherzen nichts anfangen, anscheinend, weil sie nicht daran gewöhnt ist. Aber auch, weil die Leere in mir kein Scherz ist, wie sie betont. Die Leere in mir sei wie ein schwarzes Loch, und die Tatsache, dass ich darüber lachte, mache es umso gravierender.

»Ich mein ja nur, sich eine Mitte aufzubauen klingt nach einer Menge Arbeit«, sagte ich. Wie das Projekt eines Politikers, etwas, wofür man eine Menge Fördermittel braucht. Ich dachte an all die Witze, die ich reißen könnte – Witze, die ich Ray erzählen würde –, zum Beispiel, dass ich eine Kickstarter-Kampagne zur Finanzierung meiner neuen Mitte starten sollte, aber dann entschied ich mich dagegen.

»Ich meine, ist es dafür nicht zu spät?«, fragte ich. »Wenn man eine Sache nicht noch nachträglich dazubauen kann, dann ist es doch die Mitte. Die Mitte muss von Anfang an da sein.«

Sie legte eine dramatische Pause ein.

»Sie sind kein Gebäude«, sagte sie. »Sie reden oft so, als wären Sie es, wussten Sie das?«

»Als wäre ich was?«

»Als wären Sie ein Bauwerk«, sagte sie. »Nur ein Gebäude.«

Sie notierte sich etwas. Vermutlich war es etwas wie: *Nach sechs Monaten hält sich die Patientin immer noch für ein Gebäude.*

Und wie sollte ich das Ray erklären? Soll ich nach Hause kommen und sagen: »Also, heute habe ich herausgefunden, dass ich kein Gebäude bin.«

»War ein schöner Spaziergang«, sage ich zu Ray. »Das hab ich gebraucht. Und wie man hört, ist Spazierengehen gesünder als Joggen.«

»Sagt wer?«, fragt Ray.

Ray joggt viel. Läuft Marathon.

»Valerie hat gestern eine Studie auf Facebook gepostet.«

»Ah, na dann muss es ja wahr sein«, sagt er.

Facebook: Du hättest es geliebt. Hättest jeden Tag reinge-schaut. Hättest mich angerufen, um staunend über all die großartigen, schrecklichen und belanglosen Dinge zu reden, die den Leuten passierten, die wir aus der Highschool kannten:

Priscillas ungeborenes Kind ist so groß wie eine Zitrone.

Valeries Chef hat ihr gegenüber heute eine passiv-aggressive Bemerkung gemacht (»Na, sehen wir aber lässig aus.«).

Shelby Meyers hatte kürzlich einen wirklich tollen Friseurbe-such.

Dann hätten wir die Tests gemacht, die Lia McGree immer postet, die einem versprechen, dass man ein paar unangenehme Wahrheiten über sich selbst erfährt, wie: »Was verraten Ihre Handtücher über Sie?« und: »Sind Sie wirklich glücklich?«. Es wäre albern gewesen und hätte Spaß gemacht, denn das Internet ist nachts ein düsterer, privater Ort, an dem wir alles sagen und alles sein können.

Aber ich habe schon vor Jahren aufgehört zu posten. Und ich suche nicht mehr nach Billys Namen. Seit meinem Umzug nach New York City nicht mehr. Ab einem bestimmten Punkt war es mir einfach egal.

»So«, sagt Ray und fängt an zu kochen. Er trinkt seinen sehr teuren Wein und erzählt mir, wie sein Tag war. »Ich musste heute ins Richterzimmer. Er hat die Robe abgelegt. Es war seltsam.«

»Was ist daran seltsam?«

»Wir waren nur ein paar Minuten da, aber er hat sie trotzdem ausgezogen. Dann, als wir in den Gerichtssaal zurückgegangen sind, hat er sie wieder angezogen. Nichts als Show. Albern.«

Er erzählt mir, dass in der Richterkammer kleine Modellflugzeuge auf dem Kaminsims gestanden hätten; es gab rote Samtsofas und ein Bild des Richters mit Ronald Reagan.

»Und die ganze Zeit dachte ich, das könnte alles aus dem

Ramschladen gegenüber stammen. Du weißt schon, Ninety-Nine Cent Dreams.«

»Sind Träume wirklich noch Träume, wenn man sie sich problemlos leisten kann?«, frage ich.

»Anscheinend schon«, sagt Ray. »Hochwertige, extrem reduzierte Träume.«

Wir trinken ein Glas Wein beim Essen und sehen uns eine Dokumentation an. Ray liebt Dokumentationen. Irgendwas darüber, dass Pilze während des Paläozoikums so hoch waren wie Bäume. Sie konnten nur so groß und mächtig werden, weil es sonst nichts Lebendiges auf der Welt gab.

Am nächsten Morgen, vor der Schiff-Sache, haben Ray und ich Sex, ohne uns zu küssen. Wir tun beide so, als ob uns das mit dem Nichtküssen nichts ausmacht, aber wir können beide ohne die zusätzliche Berührung der Lippen nicht kommen. Als es langsam peinlich wird, löst Ray sich von mir. »Es liegt nicht an dir«, sagt er. »Ich will nicht, dass du glaubst, dass es an dir liegt. Es ist wegen meines Mundgeruchs.«

Ich lache und denke an ein hypothetisches Szenario, in dem er auf diese Art mit mir Schluss macht. *Tut mir leid, es liegt nicht an dir. Es ist wegen meines Mundgeruchs. Der ist echt übel.*

»Ich hab nichts gerochen«, sage ich. »Weil mein eigener so schlimm ist.«

»Dann ist es offiziell. Wir sind füreinander bestimmt«, sagt er.

Wir putzen uns die Zähne, aber danach hat keiner von uns mehr Lust, von vorn anzufangen. Die Ehrlichkeit hat die Luft zwischen uns sterilisiert. Wie der Unkrautvernichter, den wir im Garten versprühen und der sowohl die schlechten als auch die guten Dinge abtötet. Ehrlichkeit ist Ray wichtig. Er wurde in seinem Leben zu oft belogen. Seine letzte Freundin war eine Lügnerin. Und sie ist fremdgegangen. Hat ihn jeden Tag betrogen. Ist mit einem anderen Typen an die Küste von Maine gefahren, während er dachte, sie arbeitet bei Dairy Queen.

Er hat mir die Geschichte von der Ex, die bei Dairy Queen gearbeitet hat, gleich beim ersten Date erzählt, gewissermaßen als Warnung.

»Schrei mich an, schlag mich, tritt mich, aber bitte, lüg mich nie an«, sagte er. »Mach mich nicht zum Idioten. Weißt du, was ich meine?«

Ich wusste, was er meint. Trank einen Schluck Wein. Ich hatte schon genug Dates gehabt, um zu wissen, dass ich ihm jetzt von meinem Ex erzählen sollte, vielleicht eine Story über Billy und wie er mich verarscht hatte – *Abgehauen, um Ordensbruder zu werden! Ich meine, wer macht so was, oder?* –, aber ich hatte keine Lust. Ich war in New York, wo es okay zu sein schien, nicht alles über jemanden zu wissen. New York war eine Stadt für Menschen, die ohne Kontext gesehen werden wollten. Ich wünschte mir, dass Ray mich als Blume in einer Vase sah, abgeschnitten von ihren Wurzeln. Und so erzählte ich ihm stattdessen oft von meinem Job bei ABC News, der anfangs sehr aufregend für mich gewesen war, aber allmählich etwas von seinem Glanz verlor.

»Ich schreibe hauptsächlich über Leute, die aus bescheuerten Gründen berühmt werden«, erklärte ich ihm.

»Wie meinst du das?«, fragte Ray.

Ich erzählte ihm von meinen letzten Storys: Eine Frau aus Dover, Maine, behauptete, noch nie in ihrem Leben geniest zu haben. Ein Mann hatte versucht, ein Atom in seiner Küche zu spalten. »Es ist nur ein Hobby«, hatte er mir im Gefängnis berichtet. »Ich versuche schon seit Jahren, einen Nuklearreaktor auf meinem Herd zu

bauen. Ich verstehe nicht, was die ganze Aufregung soll. Das können Sie alles in meinem Blog nachlesen.«

»Das ist ziemlich cool«, sagte Ray und klang ehrlich beeindruckt.

»Und heute habe ich einen Mann interviewt, der behauptet,
nicht weinen zu können«, sagte ich. »Seine Tränendrüsen seien angeblich von Geburt an geschädigt. Statt zu weinen, boxt er jetzt auf
der Arbeit gegen Reissäcke.«

»Wieso gibt es bei ihm auf der Arbeit Reissäcke?«, fragte Ray.

»Er arbeitet in einer Reisfabrik«, erklärte ich.

Es sei nicht so, als würde er sich dafür schämen zu weinen,
hatte der Mann mir erzählt. Er habe Recherchen angestellt. Männer, die bei Footballspielen weinten, hätten eine höhere Selbst-
achtung. Selbst Ritter im Mittelalter hätten manchmal geweint.
Ebenso wie japanische Samurai.

»Anscheinend hat er alles versucht«, sagte ich.

»Hat er sich schon mal *Feld der Träume* angeschaut?«, fragte Ray,
und wir lachten.

Danach hörte ich drei Monate lang nichts von Ray. Ich ging zur
Arbeit. Interviewte einen Mann aus Alabama, der illegal eine Boa
constrictor hielt. Er nahm mich mit in sein Hotelzimmer und
zeigte mir seine Schlange. Ich machte ein Foto von ihr.

»Wollen Sie sie mal halten?«, fragte er.

»Okay«, sagte ich.

»Ganz sicher?«, fragte er.

»Ja.

Meine Beherztheit gefiel ihm.

»Suzanne mag Sie bestimmt. Sie tut Ihnen nichts«, sagte der
Mann.

»Sie heißt Suzanne?«

Suzanne hing glatt und schleimig auf meinem Arm.

»Sie fühlt sich feucht an«, sagte ich.

»Das liegt nur daran, dass ihre Haut so kühl ist«, sagte er. »Lassen Sie zu, dass sie den Schwanz um Ihren Arm schlingt. Sie muss sich auch sicher fühlen, das heißt, sie braucht etwas, woran sie sich festhalten kann. Aber halten Sie ihren Kopf nicht zu fest, sonst drücken Sie ihr die Luftröhre ab.«

Ich sah zu, wie das Tier sich tastend vorwärtsschob. Aber es schien nach nichts Bestimmtem zu suchen. Bewegte sich nur, um nicht stillzustehen. »Dorthin, wo sich der Kopf bewegt, folgt der Körper«, sagte der Mann. »Lassen Sie sie ruhig machen. Wenn sie sich frei bewegen kann, tut sie Ihnen nichts.«

Ich ging zu miesen ersten Dates, unter anderem mit einem Mann, der in einer Bar auf mich wartete und ein Buch namens *Power: Die 48 Gesetze der Macht* las. Und mit einem, der mich zum Tanzen ausführte und mir anvertraute, wie wütend er auf Nancy Pelosi sei. Und einem, der mir von seiner toten Mutter und dem Kätzchen erzählte, das zu behalten ihm sein Vater verboten hatte. Er hielt es danach in einem Karton außerhalb seines Elternhauses in L. A. »Zwar nicht im Haus, aber es war immer noch meins«, sagte er.

Dann war da noch der Bergsteiger, der mir beim Wein erklärte, dass man seinen eigenen Urin trinken könne, wenn man sich in der Wüste verirrte.

»Man pinkelt in ein Gefäß«, sagte er. »Und dann fängt man das Kondensat mit einem zweiten Gefäß auf, und das ist dann trinkbar.«

»Aber was, wenn ich keine Gefäße dabeihabe?«

Der Bergsteiger sah mich an.

»Dann bist du am Arsch«, sagte er.

Er hatte am College of William and Mary studiert, war auch

Rettungssanitäter und dachte ständig darüber nach, wie man überleben konnte. Das fand ich nicht uninteressant. Er sagte, er habe neulich eine Frau im Rollstuhl schieben müssen, die unglaublich fett gewesen sei. Sie habe auch erotische Gedichte geschrieben. Der Bergsteiger fand das seltsam, was ich nicht verstand.

»Was ist daran seltsam?«, fragte ich. »Dass sie fett ist oder dass sie erotische Gedichte schreibt? Können fette Menschen keine erotischen Gedichte schreiben? Ich weiß nicht, worauf du hinauswillst.«

»Offensichtlich«, sagte er.

Aber dann hinterließ mir Ray eine lange Nachricht auf dem Handy.

»Sally«, sagte er. »Hallo. Zwei Dinge. Erstens, ich feiere heute Abend im 3 World Financial Center. Es gibt Wodka und kleine Styroporkaffeebecher. Mit Blümchenmuster, um die Stimmung aufzulockern. Oh, und Büroklammern. Jede Menge. Danach bin ich zur Abschiedsfeier von irgendwem eingeladen, den ich kaum kenne, in einer Bar, die ich nicht mag. Ich würde mich lieber mit dir treffen. Sag Bescheid, wenn es dir auch so geht.«

Mir ging es auch so. Ich besuchte Ray in seiner Wohnung, aber wir schliefen nicht miteinander. Redeten nur. Ich erfuhr, dass er naturblond und ein wunderbarer gescheiterter Musiker aus Kanada war und nachts hervorragend schlief. Jetzt war er Anwalt. Er besuchte seine Familie kaum noch und fand es nicht komisch, dass ich es ebenfalls nur selten tat.

»Weißt du, woher ich weiß, dass du keine Musikerin bist?«, fragte Ray mich beim dritten Date. Ein so tolles Konzert, dass ich mich danach wie berauscht fühlte. »Deine Nägel sind zu gepflegt.«

Ich war mit Mom oft zur Maniküre gegangen.

»Guck dir meine an. Total hinüber.«

Seine Fingerspitzen waren verhornt. Harte, gelbe Hornhaut,

Jahre von Rays Leben, über die ich nichts wusste. Die Jahre, in denen er in Kanada aufgewachsen war. Das mochte ich an ihm, dass er von so weit her kam.

»Genau genommen dauert der Flug nur zwei Stunden«, sagte er. »Als würde man nach Pittsburgh fahren oder so.«

»Na ja, und wie war das so?«, fragte ich. »In Kanada aufzuwachsen?«

»Wie das war?«, fragte Ray verwirrt. »Ich weiß auch nicht. Wie in einem winzigen Haus neben anderen winzigen Häusern aufzuwachsen. Hab ich schon erwähnt, dass jedes von einem Zaun umgeben war?«

Ich lachte.

»Klingt so, als hätten wir eine ähnliche Jugend gehabt«, sagte ich. »Aber ich wette, deine Nachbarn waren netter.«

»Wieso, waren deine Nachbarn gemein?«

»Ich meine ja nur, Gerüchten zufolge sind alle Kanadier nett«, sagte ich.

»Ach, echt? Und was seid ihr?«

»Arschlöcher. Hast du noch nie davon gehört?«

»Nicht alle Kanadier sind so nett, wie du denkst, weißt du?«, sagte er. Dann erzählte er mir von seinem Nachbarn, einem Mann mittleren Alters, vor dem alle Kinder in der Nachbarschaft Angst hatten und der heißes Öl in ein Kaninchenloch in seinem Garten schüttete.

In jener Nacht schliefen Ray und ich nicht miteinander. Und so blieb es mehrere Wochen, worauf wir beide stolz waren.

»Wie auch immer, hat echt Spaß gemacht, dich wieder nicht zu vögeln«, sagte Ray an meine Tür gelehnt, wenn er ging, und in den ersten sechs Monaten unserer Beziehung redeten wir so, scherzten über all die Dinge, die wir nicht taten oder hatten; trotzdem hatte ich das Gefühl, dass etwas zwischen uns war. Wir gingen zu Konzerten, Partys, Shows, zum Brunch, unternahmen ausgedehnte Spaziergänge durch ganz Manhattan, trugen dabei Sneaker und aßen Studentenfutter wie Wanderer. Wir gingen durch die Stadt, unterhielten uns, und als wir die New York Public Library erreicht hatten, fühlten meine Waden sich kräftiger an. Ich wuchs aus meiner Traurigkeit heraus, wurde zu einem neuen Menschen, mit neuen Muskeln, von Sonnenlicht erfüllt.

Als Ray mich ein Jahr später bat, bei ihm einzuziehen, zögerte ich keine Sekunde. Doch Mom gefiel das nicht.

»Jesus billigt euer Zusammenziehen nicht«, sagte sie.

Ich fand Moms Religiosität immer noch verwirrend – es war ihr damit nicht ernst genug, um jeden Sonntag in die Kirche zu gehen, aber sie nahm es auch nicht auf die leichte Schulter. Sie lachte nie, wenn ich Dinge sagte wie: »Tja, der Herr hat eben noch nie in New York City gelebt.«

Sie senkte die Stimme.

»Was willst du tun, wenn er dich verlässt?«, fragte sie. »Kannst du dir die Miete allein überhaupt leisten?«

Es gab einen Ort in meinem Kopf, einen kleinen weißen Raum, in dem ich die Unterhaltungen mit Mom archivierte. Wie der Schrank, in dem ich meine voluminösen Winterstiefel aufbewahrte, die ich nur bei Schnee hervorholte.

»Dann verlässt er mich eben«, sagte ich.

· · ·

Ray verließ mich nicht. Ein Jahr später machte er mir einen Heiratsantrag. Dann fing er an, jeden Abend Hähnchen zu kochen, weil Ray ungern öfter als einmal pro Woche rotes Fleisch aß, und ich verabscheute Fischgeruch in der Mülltonne. Hähnchen war die vernünftigste Lösung, die von zwei Leuten gefunden wurde, die bestrebt waren, bis in alle Ewigkeit ein angenehmes Leben zu führen.

Ray hatte viele Ideen für unsere Zukunft. Er drängte mich immer, Dinge zu tun, von denen ich nicht gedacht hätte, dass ich sie tun könnte – »Warum kündigst du nicht, wenn dein Job dir keinen Spaß mehr macht?«

»Weil ich dann keinen Job mehr hab?«, sagte ich.

»Gut! Du beklagst dich doch ständig über deinen Job«, sagte er.

»Echt?«

»Ja.«

Ich kündigte nicht.

Aber ich fing an, eigene Artikel vorzuschlagen, Freelance-Projekte anzunehmen und bekam seltsame kleine Nebenaufträge von Webseiten wie eHow oder About.com. Und ich legte eine Tabelle darüber an, wie viel Geld ich nebenbei verdiente, um zu schauen, was möglich war. Denn Ray war überzeugend. Ein guter Anwalt.

Das Schiff ist sehr klein. Der Wind ein bisschen zu kräftig, und es fühlt sich an, als müssten wir es immer wieder erwähnen. Ganz schön windig. Ist das schon der Hurrikan? Ja, ein Hurrikan ist im Anzug, aber erst in ein paar Tagen. Jemand vertritt die Ansicht, dass der Wind nichts Stürmisches an sich hat.

»Ist doch nur ein ganz normaler Wind«, sagt der Mann, der Kurt heißt, und alle nicken, weil Kurt Partner in der Firma ist. »Er hat rein gar nichts mit dem Hurrikan zu tun.«

Es ist schwierig, bei dem Seegang das Gleichgewicht zu halten, aber wir halten uns an Tischen, Stühlen und unserem Weißwein fest, versuchen mit allen Mitteln, aufrecht zu bleiben.

»Okay, genug vom Wetter«, sagt Kurt. »Das reicht jetzt verdammt noch mal.«

»Absolut«, pflichtet Ray bei.

Kurt ist schroff und hat dichtes schwarzes Haar. Ray kann ihn nicht leiden, versucht aber trotzdem immer, ihn zu beeindrucken. Er ist keine richtige Vaterfigur, da er zu jung und ein zu großes Arschloch ist. Als die Männer ihre Frauen vorstellen, erklärt Ray, dass ich nicht seine Frau bin; ich bin eine Autorin.

»Wie meinen Sie das, ist sie Ihre Biografin?«, fragt Kurt. »Folgt sie Ihnen auf Schritt und Tritt und macht sich ständig Notizen oder so?«

Alle lachen. Mir wird von dem Geschaukel leicht übel.

»Ich würde sagen, das wäre ein ziemlich leichter Job«, sagt ein anderer Mann.

»Ein schmaler Band, ganz ohne große Leistungen«, fügt Ray hinzu.

»Ray wird geboren. Ray hält ein Plädoyer. Ray nippt an seinem Wein. Kurz darauf stirbt Ray. So was in der Art.«

Ray ist jetzt seit fünf Jahren bei der Firma angestellt, aber die Kollegen haben erst vor Kurzem angefangen, ihn unbefangen aufzuziehen, was, wie er sagt, ein gutes Zeichen ist. Es bedeutet, sie mögen ihn. Ray hat genug Selbstbewusstsein, genug Erfolg im Leben, genug Haare, um nicht so schnell beleidigt zu sein. Je mehr sie ihn piesacken, desto mehr strahlt er.

»Nein, nein, sie ist eine richtige Autorin«, sagt Ray.

Das sagt er gern. Ihm gefällt der Gedanke, eine Autorin zu daten, was ich weiß, weil mir der Gedanke gefällt, einen Anwalt zu daten. Ich sagte mit Vorliebe: »Mein Freund ist Anwalt.« Ich schaue morgens gern zu, wenn er sich anzieht; höre das Geräusch seines Gürtels, wenn er ihn durch die Gürtelschlaufe zieht; mag die Art, wie er die Krawatte an seinen Oberkörper drückt, wenn er sich vorbeugt, um mich zum Abschied zu küssen. Ich liege natürlich noch im Bett, was er angeblich empörend findet, aber in Wirklichkeit mag. Es gibt ihm das Gefühl, dass ein Teil von ihm zu Hause bleiben kann, um zu schreiben, und mir das Gefühl, dass ein Teil von mir hinaus in die Welt geht und etwas Bedeutsames tut. Und so bleibe ich im Bett liegen, mache dann Kaffee und schalte den Computer ein, um zu arbeiten. Ich denke an Ray, der in seiner Kanzlei im vierunddreißigsten Stock Juristenjargon spricht und schreibt, den zu meistern ihn ein halbes Jahrzehnt gekostet hat.

»Eine Autorin, wie?«, sagt Kurt. »Haben Sie etwas geschrieben, was ich gelesen haben könnte?«

»Keine Ahnung«, sage ich. »Was lesen Sie denn so?«

Kurz gesagt: Kurt hat schon alles gelesen.

»Gilt das auch für eHow?«, frage ich.

»Verzeihung?«

Kurt liest alles außer irgendwelchen Internetscheiß. Er kann das Internet nicht ausstehen. »Ich weiß nicht mal, was Sie meinen.«

»Kennen Sie das, wenn Sie nicht wissen, wie etwas geht, und Sie suchen online und googeln: ›Wie kann ich …‹, worum auch immer es geht … und irgendein Artikel taucht auf?«, frage ich.

Ich nenne ihm Beispiele für vor Kurzem erschienene Artikel von mir. »Wie man einen Schal strickt«, »Wie man Weihnachtsbeleuchtung aufhängt« und »Wie man Hähnchen mariniert«.

»Wissen die Leute denn nicht, wie das geht?«, fragt Kurt.

»Nein«, sage ich. »Millionen Leute wissen es nicht.«

Aber anscheinend gehört Kurt nicht zu ihnen. Kurt ist Anwalt, einer von den Männern, die in einem Bundesstaat leben, in einem anderen arbeiten und in einem dritten Urlaub machen. Diese Männer lesen das *Wall Street Journal* und falten es zu einem ordentlichen Rechteck zusammen, wenn sie damit fertig sind. Sie tragen Hemden mit französischem Kragen, lesen Krimis, in denen die Verbrechen immer in letzter Minute aufgeklärt werden, und sie hassen Ambiguität. Ihre gesamte Karriere baut darauf auf, so zu tun, als wüssten sie Dinge, mit denen sie sich im Grunde nicht besonders gut auskennen.

Wissen ist Macht, einschließlich des Wissens, das man nur vorgibt zu haben.

Aber genau das habe ich vom Internet gelernt: Ganz gleich, wie sehr Kurt sich aufplustert, er hat nicht alle Informationen der Welt in seinem Kopf abgespeichert. Es muss im Laufe der Jahre mal irgendetwas gegeben haben, was er wissen wollte. Er muss Google mindestens eine Frage gestellt haben – »Wie bindet man einen Windsorknoten«?, »Wie wird man Mundgeruch los?« – zwei von meinen Artikeln, die im Laufe der Zeit über eine Million Klicks generiert haben. Ich weiß mittlerweile, dass alle Menschen eine Affäre mit dem Internet haben; alle verbringen schambehaftete Stunden im Internet, von dem sie im Grunde nicht wissen, ob sie ihm trauen können; und doch trauen sie ihm. Jeder wacht mal um zwei Uhr morgens auf und googelt den Namen von jemandem, in den man mal verknallt war.

»Das ist das Problem mit dem digitalen Zeitalter«, sagt Kurt. »Keine Picassos. Keine Prousts. Nur … wir alle. Und wer sind wir? Gottverdammte Idioten, das sind wir.«

Ich lächle ihn an.

Erwidere nichts.

»Du gehst in letzter Zeit zu weit«, schrieb mein Redakteur kürzlich. »Du führst den Leser auf Abwege.«

Der Redakteur streicht ständig irgendwelche Dinge, die ich geschrieben habe. Formt meine Gedanken um. Sieht Lücken, Logikbrüche, ausgelassene Schritte, Wörter, die mir nicht eingefallen sind. Es ist, als würde man mit dem Wind zusammenarbeiten, einer Kraft, die einen ständig vorwärtstreibt, obwohl man ihn weder kommen noch gehen sieht. Keine Ahnung, was der Redakteur macht, wenn er meinen Text bearbeitet hat. Ich klappe den Laptop zu und setze mich in den Zug, der mich nach Hause bringt, aber wohin geht der Redakteur? Hat er ein Zuhause? Auf welchen Tisch legt der Redakteur seine Schlüssel? Wer ruft mitten in der Nacht seinen Namen? Es ist schwer, sich einen Redakteur als Menschen vorzustellen, er ist mehr wie eine nebulöse Substanz, wie Wasser, das auf dem heißen Gehweg verdampft. Manchmal habe ich das Gefühl, als wärst du die Redakteurin, die mir sagt, ich solle innehalten, mich beruhigen und ein paar Zeilen streichen.

WIE MAN EINE PERFEKTE SANDBURG BAUT

Man wartet auf die perfekten Wetterbedingungen, damit die Sandburg nicht sofort wieder zerstört wird. ~~Aber sei dir bewusst, dass deine Sandburg am Ende doch dem Untergang geweiht ist. Wisse, dass du dich mit einer Kunstform befasst, die unbeständig ist. Ziehe in Erwägung, Buddhistin zu werden.~~

Kurt trinkt einen Schluck Wein. Ich sehe ihm an, was er denkt. Scheiß Autoren. Scheiß Hippie. Scheiß Feministin. Aber Kurt ist höflich. Er hat mit seinem Pokerface Millionen verdient. Das ist sowohl die Stärke als auch die Schwäche eines Anwalts.

»Sind Sie sicher, dass Sie Autorin sind? Sie klingen wie eine Lehrerin an einer öffentlichen Schule«, sagt er.

»Und Sie klingen wie ein Arschloch«, gebe ich zurück.

Kurt und seine Frau sehen geschockt aus. Ray erstarrt. Dann lacht Kurt. Klopft mir auf den Rücken.

»Dafür werde ich bezahlt«, sagt er, und seine Frau schaut mich an und sagt: »Es ist kaum zu glauben, wie schlimm es um das öffentliche Schulsystem bestellt ist.«

Ray schaut nach oben, obwohl der Himmel nicht zu sehen ist, weil wir unter Deck sind.

»Und was haben Sie vor, wenn der Hurrikan kommt?«, fragt Ray.

So beginnen und enden alle erwachsenen Gespräche: mit dem Wetter. Als wäre das Wetter das Einzige, was uns zusammenhält. Das Wetter ist der letzte große Kampf, der uns noch geblieben ist. Etwas, das wir bis auf den Tod zu bekämpfen versuchen. Alle auf dem Schiff scheinen sich darauf zu freuen, obwohl sie sich darüber beschweren. Die U-Bahn ist geschlossen. Sie lassen uns nicht arbeiten. Und das, obwohl wir dieses Meeting haben. Wir sollten vor Gericht stehen! Sie klingen verärgert, aber ich weiß, dass sie sich insgeheim freuen, denn nach Jahren, in denen nichts passiert ist, passiert endlich wieder etwas. Bei Wind und Regen dürfen selbst Anwälte mal für kurze Zeit die Guten sein.

»Tja, viel Glück mit der Schriftstellerei«, sagt Kurt zu mir, als würden wir nicht noch den ganzen Tag zusammen auf dem Schiff verbringen, als würde ich am Beginn von etwas stehen, obwohl ich das Gefühl habe, einen Endpunkt erreicht zu haben. Ich bin (endlich) in einer glücklichen Beziehung, ich mag (endlich) alle Gemüsesorten, besonders die vitaminreichen. Ich habe (endlich) ein Büro mit einem Schloss an der Tür und genug freie Zeit, um an den Wochenenden mit meinem Verlobten ausgedehnte Herbstspaziergänge zu unternehmen. Und letzte Nacht, als ich nicht schlafen konnte, habe ich (endlich) einen von diesen Glücksbarometer-Tests online gemacht. Habe neun von zehn Punkten erreicht, was bedeutet, dass ich sehr, sehr glücklich bin.

Ray ist auf der Heimfahrt ziemlich schweigsam. Er hat einen dieser Momente, in denen er sich fragt, ob er mich überhaupt kennt. Das weckt den Wunsch in mir, mit ihm zu reden, ihm zu zeigen, wer ich bin. Oder zumindest, wer ich sein will.

»Tja, das war interessant«, sage ich.

»Ist es immer«, sagt er. »Das passiert, wenn man eine Horde Anwälte auf einem Schiff einsperrt.«

Ray beschäftigt sich in der Bahn die ganze Zeit mit seinem Handy. Seiner Körpersprache nach zu urteilen, könnte man meinen, dass er einen wichtigen Deal mit Samsung aushandelt oder dem russischen Präsidenten eine Nachricht schreibt, aber als ich einen Blick auf den Bildschirm werfe, sehe ich, dass er ein Spiel spielt. Er schleudert rote Kreise auf grüne Kreise, um sie zu zerstören. Als er alle grünen Kreise erledigt hat, lehnt er sich auf dem Sitz zurück, packt das Handy weg und lächelt.

»Du hast es geschafft«, sage ich. »Du hast gewonnen.«

»Ich hab's geschafft«, sagt Ray. »Ich bin der gottverdammte Grüne-Kreis-König der Welt.«

»Gratuliere.«

Dann checke ich drei Sekunden lang Facebook; länger braucht es nicht, bis ich mich scheiße fühle. Valerie geht in den Alpen wandern. Priscilla trinkt mit ihrer Frau Virgin Margaritas in St. Barts. Peter ist auf einer Konferenz in Silicon Valley. Und Will von der Themse lebt jetzt in Amerika, wohnt mit seiner Freundin in Virginia und wartet gespannt auf seinen ersten Hurrikan. Er hat Bilder von den Drinks gepostet, die er trinken will, wenn der Sturm da ist. *Lass krachen, Bitch!*, schreibt er.

Am liebsten würde ich eine wütende Nachricht zurückschreiben. Aber dann tue ich es doch nicht. Denn plötzlich sehe ich, wie Lisa, die Rettungsschwimmerin, ein Bild von einem wunderschönen Rosenbusch postet. Sie hat Bill's Tree and Garden getaggt. *Danke für den wunderschönen Busch!*

Ich klicke auf ihr Profil und entdecke, dass Lisa in den letzten sechs Monaten bei fast all ihren Fotos Bill's Tree and Garden getaggt hat. Lisa und Bill's Tree and Garden in einem Bed and Breakfast vor einem wunderschönen Berg. Lisa und Bill's Tree and Garden in einer Bäckerei irgendwo in Maine. Lisa und Bill's Tree and Garden bei einem Jazzkonzert auf dem Rasen vor dem Rathaus. Lisa ist auf jedem Foto zu sehen, Billy auf keinem. Er muss die Bilder gemacht, sein Bestes getan haben, um die Schönheit des Augenblicks und die von Lisa einzufangen, die auf den Bildern oft auf einem Bein steht wie ein Flamingo.

Ich klicke auf die Website von Bill's Tree and Garden und entdecke, wie wenig ich heute über Billy weiß: Billy wohnt in Alden in Connecticut. Billy hat einen Bart. Billy mag die Band The Mountain Goats, hat kürzlich die Herr-der-Ringe-Trilogie zum dritten Mal gesehen, hat dreihundertvierundvierzig Freunde und eine Menge Fotos, die eigentlich ziemlich langweilig sind, weil er nur Bilder von Dingen postet, die er vor Kurzem gepflanzt hat: eine Rose von Scharon, einen Zitronenbaum, eine englische Efeupflanze.

Die Bahn hält, und die Türen öffnen sich. Wir stehen auf.

»Ich glaube, ich muss mich übergeben«, sage ich.

»Was ist denn los?«, fragt Ray.

Aber bevor ich es erklären kann, verliert eine Frau ihren Hund aus den Augen. Er streicht um unsere Beine, dann läuft er zur Tür hinaus.

»Wo ist mein Hund?«, ruft die Frau. »Frankieee!«

Sie beeilt sich, ihre Taschen einzusammeln. Der Hund steht auf dem U-Bahn-Steig und wartet auf seine Besitzerin. Die Frau ruft lauter und lauter, und man hört ihrer Stimme an, dass sie weiß, dass sie ihren Hund verlieren wird. »Frankieeeee!« So leicht ist es passiert. Ein Fehltritt, ein falscher Blick nach links statt nach rechts, und schon ist ihr Hund verschwunden. Ein Schlenker nach rechts, ein Hirsch auf der Fahrbahn, und schon bist du nicht mehr meine Schwester.

Ich renne nach draußen und halte den Hund für sie fest.

Als die Frau mich entdeckt, kniet sie sich mit all ihren Taschen hin und lacht, während der Hund ihr das Gesicht ableckt. Keine Ahnung, warum, aber bei solchen Wiedervereinigungen könnte ich losheulen.

In unserer Wohnung gibt Ray eine Alka-Seltzer-Tablette in ein Glas, und ich sehe seelenruhig zu, wie das Wasser schäumt.

Wir packen für den Abstecher zu meinen Eltern. Ray will lauter schicke Hemden mitnehmen; er hat keine anderen. Ich kann Rays Hemden nicht ausstehen. Sie sind zu förmlich, zu makellos, um sie zu Cargo-Shorts zu tragen. Es sind Brooks-Brothers-Hemden, die angeblich nicht knittern; in der Küchenbeleuchtung kann ich die glänzende Beschichtung erkennen, dank der sie faltenfrei bleiben. Er trägt sie bei jeder Gelegenheit. Beim Bowling mit unseren Freunden; beim Brunch zu Flipflops; auf der Geburtstagsparty seines Neffen in der Hüpfburg. Es sieht nie passend aus. Aber das habe ich Ray noch nie gesagt. Ich könnte seinen Gesichtsausdruck nicht ertragen, wenn ihm klar wird, dass er in seinem gesamten Erwachsenenleben an den Wochenenden das falsche Hemd getragen hat.

»Sie müssten zu Ray sagen: ›Ray, nur weil du dich an die Hemden gewöhnt hast, macht sie das noch lange nicht so leger, wie du glaubst‹«, hat meine Therapeutin gesagt.

Sie denkt, es wäre leicht, ehrlich zu sein. Glaubt, man müsse einfach nur den Mund aufmachen und die Wahrheit kommt raus. Und vielleicht stimmt das, aber das würde voraussetzen, dass wir alle wissen, was die Wahrheit ist.

»Ray«, sage ich. »Soll ich nicht doch lieber alleine nach Hause fahren?«

»Du willst nicht, dass ich mitkomme?«

»Du musst nicht mitkommen.«

»Es geht nicht darum, ob ich muss oder nicht«, sagt er. »Der Punkt ist, dass du nicht allein bist.«

»Ich komm schon zurecht«, sage ich. »Ich fahr nur kurz hin und komm sofort wieder zurück. Morgen Abend bin ich wieder da. Bleib einfach hier. Das wird schon. Für dich ist eh nie ein Schlafplatz da.«

Ray musste immer auf der Couch schlafen, weil Dad dein Bett entsorgt hatte. Aber es ist nicht nur das – unser Haus riecht muffig.

Die Kissen sind alt. Und die weiße Couch – sie ist auch nicht mehr weiß. Mom sitzt darauf und sieht fern, während um sie herum das Haus verfällt. Dad hat aufgehört, Dinge zu reparieren, weil er denkt, es könne Mom dazu bewegen, etwas zu tun oder womöglich sogar nach Florida zu ziehen. Er will immer noch dorthin. Ihm ist kalt. Er weiß nicht, wie sie das Haus im Alter instand halten sollen. »Es ist zu groß für uns«, sagt er immer. »Willst du dich darum kümmern?«

Mom antwortete nie, und so fing Dad an, Post-it-Zettel auf der Theke zu hinterlassen, auf denen all die Dinge standen, die an diesem Tag erledigt werden mussten, als würde Mom das übernehmen. TU MORGEN WAS GEGEN DIE FLEDERMAUS, stand auf einem davon.

»Ray, ich komme schon zurecht, wirklich«, sage ich. »Ich bin morgen wieder da.«

Und er glaubte mir. Er wusste von meiner Zwei-Tage-Obergrenze.

»Na schön«, sagt er. »Wenn du darauf bestehst. Aber sei noch vor dem Sturm zurück.«

Wir gehen ins Bett. Ray schläft sofort ein, aber mir gelingt das nicht. Und so trete ich auf den Balkon. Von hier aus kann man über die Stadt blicken, und ich verstehe, warum unsere Katze immer gern auf dem Bücherregal gesessen hat. Von dort oben sieht alles schöner aus. Der Verkehr ist ein langes, rot-weißes Band.

Ich sitze da und rauche eine Zigarette – mehr erlaube ich mir heute nicht mehr – und suche in Lisas Profil nach mehr Informationen. Lisa ist anscheinend Tierärztin geworden. Sie hat eine Menge Fotos von sich bei der Arbeit. Auf einem renkt sie einer Maus den Oberschenkelknochen ein. Auf einem anderen hält sie ein Kätzchen am Nackenfell hoch, um ihm eine lange Spritze zu geben, was dem Tier jedoch nichts auszumachen scheint. Vielleicht spürt es ihr freundliches Wesen. Hat vermutlich was mit ihrer glatten Haut oder den geraden Kanten ihres sorgfältig gestutzten Bobs zu tun. Lisa wirkt vertrauenswürdig, straff, auf den Punkt, wie ein perfekter Textabsatz. Sie postet Artikel über Tiere und was wir von ihnen über die Liebe lernen können. Ich klicke auf alle Links – ich will von den Tieren lernen. Und von Lisa.

Als die Zigarette zu Asche geworden ist, gehe ich zurück in die Wohnung; Ray schläft immer noch. Er schläft immer tief und fest. Manchmal so fest, dass er aussieht wie tot. Im selben Moment, in dem mir der Gedanke kommt, kriege ich Angst, er könnte wirklich tot sein. Ich lege mein Handy auf den Nachttisch und presse das Ohr auf sein Herz. Es schlägt gleichmäßig, genau so, wie man es vom Herz eines Anwalts erwarten würde.

Zu Hause ist es nicht ganz so schlimm wie in meiner Erinnerung. Mom hat einen neuen Brita-Wasserfilter. In der Küche stehen neue Polsterstühle. Und Dad ist draußen und stellt seine Leiter auf.

»Wo ist Ray?«, lautet Moms erste Frage.

»Ray ist nicht mitgekommen«, sage ich.

»Zu schade«, sagt Mom. »Dad ist sogar losgezogen, um eine Matratze für ihn zu besorgen.«

»Oh«, sage ich. »Also mögt ihr Ray jetzt plötzlich doch?«

»Was soll das heißen? Ich mochte Ray immer. Ray sagt bloß nie danke. Ist dir das schon mal aufgefallen?«

Nein, noch nie.

Dad kommt in die Küche, schweißüberströmt und mit Holzsplittern übersät. Er schüttet sich ein Glas Orangensaft ein und trinkt einen großen Schluck.

»Dad, weißt du überhaupt, wie man einen Baum fällt?«

»Dir ebenfalls ein herzliches Hallo«, sagt Dad.

»Weißt du's?«

»Nein«, sagt Dad. »Aber ich hab's gegoogelt.«

In Vorbereitung auf den Sturm hatte Dad »Wie fällt man allein einen Baum« gegoogelt, und jetzt hielt er sich für einen Experten. Er hat die drei Bäume mit dem bloßen Auge vermessen. Hat ermittelt, in welche Richtung sie fallen könnten.

»Dad«, sage ich. »Leute wie ich schreiben solche Artikel im Internet!«

»Gut«, sagt er. »Du bist klug. Ich vertraue dir.«

»Ruf jemanden an«, sage ich.

»Wie schwer kann so etwas schon sein, Sally?«, fragt er. »Man braucht nur eine Kettensäge zur Hand zu nehmen.«

»Aber wieso holst du dir nicht einfach Hilfe?«

»Ich brauche keine Hilfe«, sagt Dad. »Mach dir um mich keine Sorgen, Sally.«

Ich fahre zu Bill's Tree and Garden, bevor sie schließen. Natürlich bin ich nervös. Unvorbereitet. Ich habe mir nicht zurechtgelegt, was ich sagen will, habe keinen Gedanken daran verschwendet, wie es sich anfühlen wird, Billy wiederzusehen. Ich weiß nur, dass ich dort sein muss, bevor sie zumachen.

Bill's Tree and Garden war früher ein überschaubarer Laden, zwei kleine Räume mit Pflanzen an den Wänden. Aber jetzt wirkt das Geschäft größer, obwohl es sonst immer umgekehrt ist, wenn man in die Stadt seiner Kindheit zurückkehrt. Normalerweise kommt einem alles kleiner vor, wie das Freibad, das mir heute so karg und winzig erscheint, dass es fast postapokalyptisch anmutet.

Aber irgendjemand, vermutlich Billy, hat viel Arbeit in die Renovierung der Räumlichkeiten gesteckt. Es gibt jetzt davor und dahinter einen Garten, überall stehen Rosenbüsche. Am liebsten würde ich darin spazieren gehen, über die Blüten streichen, doch dann sehe ich, wie er sich an der Theke mit einer Frau unterhält.

Er ist immer noch groß. Hat immer noch das Halstattoo. Das war natürlich zu erwarten. Aber etwas an ihm ist anders, etwas, das ich mir nicht ganz erklären kann. Vielleicht ist es der Bart, die Arbeitskluft oder vielleicht auch die Tatsache, dass er einen kleinen Topf mit Geranien in der Hand hält, deren Eigenschaften er der Frau beschreibt; das hätte ich mir bei Billy nie vorstellen können.

»Geranien schrecken Moskitos ab«, erklärt er. »Anscheinend mögen Moskitos den Geruch von schönen Dingen nicht. Die kleinen Monster.«

Die Frau lacht – und ich höre an ihrem Lachen, dass Billy jetzt jemand ist, der für die Leute in der Stadt Dinge erledigt. Die Leute verlassen sich auf ihn. Rufen ihn an, wenn sie jemanden brauchen, der etwas mit dem Lkw abholt. Oder wenn sie wissen wollen, welchen Baum sie im schattigen Teil ihres Gartens pflanzen sollen.

Während er redet, gehe ich herum, streiche über die Rosenbüsche, so wie wir beide es früher gemacht haben. Wir waren damals noch so klein, haben Billy hinterherspioniert. Wir haben die Rosenblütenblätter vom Busch gepflückt, sie in die Tasche gesteckt und dort vergessen, bis Mom gewaschen und geschrien hat: »Wer hat die Blütenblätter in die Waschmaschine gepackt?« Wir versteckten unsere Fingernägel hinter dem Rücken, gestanden aber trotzdem. Ja, wir waren es. Aber es war keine Absicht! Wir schwören! Und wieso?, wollte Mom wissen. Wieso hatten wir die Blütenblätter von Mrs Barnes' Rosenbüschen gepflückt? Tja, wir konnten nicht anders. Sie gefielen uns einfach so gut. Sie haben sich auf den Lippen so weich angefühlt. Aber heute bin ich zu alt, es ist mir zu peinlich, mir etwas auf die Lippen zu pressen – also umfasse ich ein Blütenblatt mit den Fingerspitzen, bewundere seine Weichheit, als Billy plötzlich »Sally« sagt.

Ich erschrecke. Rupfe aus Versehen das Blütenblatt vom Busch.

»Billy«, sage ich und halte es hoch. »Tut mir leid.«

»Schon okay«, sagt er. »Das konnte ich eh nie leiden.«

Ich lache. Betaste das Blütenblatt mit zwei Fingern. Ich hätte mir vorher überlegen sollen, was ich sage, vielleicht eine Rede vorbereiten sollen, vielleicht die, die ich mir in all den Jahren zurechtgelegt hatte, die Billy und ich getrennt waren. Aber das erscheint mir jetzt alles unwichtig.

»Ich muss zugeben, ich bin überrascht, dich hier zu sehen«, sagt er.

»Ich bin auch überrascht, dich hier zu sehen«, sage ich.

Er nickt. »Da wette ich drauf.«

»Du bist kein Ordensbruder.«

»Nein«, sagt er.

»Aber ich dachte, du willst Ordensbruder werden.«

»Wollte ich auch«, sagt er.

»Und jetzt bist du Bill.«

»Jetzt bin ich Bill«, sagt er. Er erklärt mir, warum Bill mehr Sinn ergibt. »Es steht ja schon auf dem Schild. Und würdest du nicht auch lieber einen Baum von einem Bill kaufen als von einem Billy?«

»Bill klingt wie ein anständiger Kerl«, sage ich.

Eine unangenehme Pause entsteht. Ich zerreibe das Blütenblatt zwischen den Fingern und verstreue die Überreste auf dem Boden.

»Also, wie kann ich dir helfen, Sally?«, fragt Billy. Er beäugt meine Hand, den Verlobungsring. »Brauchst du Blumen für eine Hochzeit?«

Ich fühle mich gedrängt, den Ring zu erklären. Will sagen: »Das ist nur der Ring irgendeiner Großmutter in Kanada, die ich nie kennengelernt habe. Er hat nichts zu bedeuten!« Aber dann fällt mir Ray wieder ein. Unsere Wohnung. Wie er Zitronenhähnchen kocht. Und ich erinnere mich wieder, warum ich gekommen bin.

»Es geht um meinen Vater«, sage ich. »Er muss ein paar Bäume in unserem Garten fällen.«

»Weiß er denn, wie das geht?«

»Nein«, sage ich. »Aber er glaubt, er weiß es.«

»Das macht es noch schlimmer«, sagt er.

»Ich hatte gehofft, jemand aus eurem Geschäft könnte vorbeikommen und ihm helfen«, sage ich. »Ich bin sicher, ihr habt viel zu tun —«

»Ich mach's«, sagt Billy.

»Echt?«

»Ja.«

»Wann?«

»Wann soll's denn sein?«

»Morgen Vormittag?«

»Kein Ding«, sagt er. »Wirklich nicht, Holt.«

Es gefiel mir nicht, dass er unseren Nachnamen benutzte. Als hätte es die letzten fünfzehn Jahre nie gegeben. Als wäre ich wieder das kleine Mädchen im Geschäft seines Vaters, das seine Rosen bewundert.

»Hier hast du meine Handynummer«, sagt er und schreibt sie auf. Plötzlich fühlt sich das alles schrecklich an, als wären wir nur zwei Menschen, die eine Transaktion hinter sich bringen. »Für den Fall, dass du sie brauchst.«

Ich will ihm so viele Fragen stellen. Will für immer hier stehen bleiben. Aber eine weitere Frau hat das Geschäft betreten. Sie sucht Blumen, die sie im Herbst pflanzen kann, damit sie im Frühling blühen.

»Tulpen«, sagt Billy, ohne zu zögern. »Ich zeige sie Ihnen.«

»Jemand von Bill's Tree and Garden kommt morgen vorbei, um die Bäume zu fällen«, erkläre ich Dad beim Abendessen, rassle es herunter, als wollte ich ihm so schnell den Todesstoß versetzen, dass er es gar nicht mitbekommt. Aber Dad verzieht keine Miene. Nippt nur an seinem Bier.

»Falls es Billy ist«, sagt er, »danke, aber nein danke.«

»Richard«, sagt Mom. »Billy will doch nur helfen. Wir sollten ihn wirklich kommen lassen.«

Und schon geht das immer gleiche Gespräch wieder los. Dieselben Schlussfolgerungen. Dieselbe Gewissheit, dass Billy schuld ist an deinem Tod. Billy hat unser Leben ruiniert – das glaubt zumindest Dad. Und Dad kann nicht verzeihen.

»Das ist dein Werk, Susan«, sagt Dad. »Nichts davon wäre nötig, wenn wir in eine Wohnung gezogen wären. Wir könnten auf dem Balkon sitzen und kleine Cocktails schlürfen.«

»Die mit den kleinen Schirmchen drin?«, frage ich.

»Genau die.«

Bäume zu fällen war genau das, womit Dad sich im Alter nicht mehr herumschlagen wollte.

»Aber immer, wenn ich das Thema deiner Mutter gegenüber anschneide, reagiert sie nicht«, sagt er. »Guck's dir an. Susan, willst du mit mir nach Florida ziehen?«

Mom isst ein Stück Brot.

»Siehst du?«, sagt Dad.

»Wärst du so lieb?«, sagt Mom und hält ihm ihr Weinglas hin.

Mom ist dünn und zerbrechlich geworden und wirkt unsicher auf den Beinen, als könnte sie jeden Moment davongeweht werden. Aber ich muss immer wieder erkennen, dass das nicht stimmt; Mom ist widerstandsfähiger, als sie aussieht, und ihre Liebe zum Haus ist im Laufe vieler Jahre immer stärker geworden. Sie klebt wie eine Seepocke am Kachelboden, und obwohl es nötig wäre, sie zu einem Umzug zu überreden, kommt es mir grausam vor, als würden wir ihren toten Körper mit einem Messer abkratzen.

»Du musst das nicht selbst erledigen«, sage ich. »Ein Profi kann das übernehmen. Billy weiß –«

»Ich mache es selbst«, sagt Dad.

Er isst auf, zieht seine Stiefel an, geht in den Garten und betrachtet die Bäume. Er hat die Bäume in unserem Garten immer geliebt. Deshalb hat er das Haus gekauft, wie er uns erzählt hat, und deshalb hat er es auch nicht über sich gebracht, sie schon vor Jahren zu fällen, als er merkte, dass sie abgestorben waren. Aber jetzt sind sie tot, sagt er, so tot, wie man nur sein kann, und das muss hart für ihn sein. Vermutlich hat er das Gefühl, es ist seine Pflicht, sie zu fällen – wie seinen Hund zu erschießen, statt ihn dem Tierarzt zu übergeben.

Ich folge ihm nach draußen.

»Billy kommt«, sage ich. »Hast du gehört, Dad?«

»Ich bin ja noch nicht taub«, antwortet er.

»Ja, aber hast du *zugehört*?«

Laut Dad ist Zuhören etwas ganz anderes als reines Hören. Hören können auch Vögel; es ist passiv und erfordert keine Reaktion. Aber Zuhören ist etwas Aktives. Ein Ringen um Kommunikation. Kommunikation erfordert Feedback. Und so weiter.

»Sag ihm, wenn er einen Fuß auf diesen Rasen setzt, knall ich ihn ab«, sagt Dad.

Keine Sorge – Dad hat keine echte Waffe. Nur eine Luftpistole, die er sich besorgt hat, um Hirsche zu verscheuchen. Trotzdem. Mom setzt sich auf die Couch vor dem Fernseher, und ich texte Billy.

»Ich würde nicht kommen, wenn ich du wäre«, schreibe ich ihm. »Anscheinend sollst du erschossen werden.«

»Erschossen? Womit?«, schreibt Billy zurück.

»Einer Luftpistole«, antworte ich.

»Ich lass es drauf ankommen«, schreibt er.

»Was tippst du da auf dem Handy rum?«, sagt Mom. »Komm, setz dich zu mir, Sally. Setz dich zu deiner Mutter.«

Mom schaut den Wetterbericht. Sie ist so alt geworden, dass sie fast wie ein Kind aussieht, und es fällt mir schwer, sie direkt anzusehen.

»Es ist schwierig für deinen Vater«, sagt Mom. »Wir haben Billy lange nicht gesehen. Hast du ihn seitdem noch mal getroffen?«

»Ein paarmal«, sage ich.

»Dad ist immer noch wütend auf ihn.«

»Und du?«

»Manchmal«, sagt Mom.

Aber vor ein paar Jahren sei ihr etwas aufgefallen. Sie gehe jedes Jahr an deinem Geburtstag zu deinem Grab, und es stünden immer frische Blumen darauf. Jemand schmücke dein Grab mit Blumen, und das sei nicht sie.

»Ich glaube, es ist Billy«, sagt Mom. »Ich meine, wer sollte es sonst sein? Und wer hat sonst so viele Blumen zur Verfügung?«

Mom sitzt so nah vor dem Fernseher wie wir früher als Kinder, als wäre sie in den Wettermann verknallt, und vielleicht stimmt das ja. Vielleicht kommt so etwas vor, wenn man eine alte Frau ist und nirgendwo mehr hingeht. Man starrt den Fernseher an, verliert seine Sehkraft und rückt näher und näher heran, bis man sich in den Wettermann verknallt.

»Unfassbar, das mit dem Sturm«, sagt sie.

»Der Wettermann wird dafür bezahlt, dramatische Ansagen zu machen«, wende ich ein.

Gerade erklärt er, dass wir alle bei dem Sturm draufgehen werden. Behauptet, wenn wir nicht im Schlaf ertrinken, schlitzen uns die Splitter unserer zerberstenden Fenster die Kehle auf. Und wenn wir nicht durch Glas sterben, dann durch stumpfe Gewalt, Starkwind und hohe Wellen, die das Haus ins Meer reißen. Als würde man die Küchentheke mit einem Schwung abwischen. Und sollte das Haus stehen bleiben, sind wir anderen Gefahren ausgesetzt wie Überflutungen oder Stromschlägen. Wir sollten uns definitiv nicht ins Erdgeschoss begeben, um Dinge zu holen, die wir zu brauchen glauben, aber gar nicht wirklich brauchen, denn in überfluteten Kellern sterben Menschen.

»So etwas kommt bei Hurrikans ständig vor«, sagt der Wettermann.

Er scheint sich fast über all die verschiedenen möglichen Todesarten zu freuen, die da auf uns zukommen; bei ihm klingen sie wie unterschiedliche Pfade, die einen Berg hinaufführen.

»Seine Frau hat ihn vor Kurzem verlassen«, sagt Mom. »Schreckliche Sache, so verlassen zu werden.«

»Wessen Frau?«, frage ich.

»Die vom Wettermann!«, sagt Mom.

»Wieso bist du so genau über das Liebesleben des Wettermanns informiert?«, frage ich.

»Er kommt hier aus der Gegend! Rick kommt aus unserer Stadt. Seine Mutter und ich gehen zusammen walken. Du warst mit ihm auf der Schule.«

Rick. Rick Stevenson? Ich suche nach vertrauten Zügen, aber er hat so viel Gewicht zugelegt, dass es die gesamte Gesichtsform verändert.

»Wow, das ist wirklich Rick Stevenson«, sage ich.

Dann wird eine Wetterkarte mit einer meteorologischen Grafik von Hurrikan Kathy eingeblendet.

»Wieso schauen wir uns nicht einen Film an?«, frage ich.

Und genau das tun wir, wir sehen einen Film, bis Ray anruft. »Wie läuft's denn so?«, fragt er.

»Lief besser, bevor meine Mutter und ich angefangen haben, diesen Film zu schauen.«

»Welcher ist es?«

»Keine Ahnung, wie er heißt. Ryan Reynolds spielt mit. Und Sandra Bullock. Und Betty White.«

»Tja, klingt doch vielversprechend.«

»Betty gibt ihr Bestes. Aber es reicht nicht.«

»Ich glaub, den hab ich schon gesehen. Sind sie da nicht in einem Haus am See?«

»Genau der«, sage ich. »Wird der noch besser?«

»Es ist die klassische ›Junge trifft Mädchen, Mädchen hasst Jungen, Junge heiratet Mädchen zum Schein, Mädchen sieht Jungen in der Dusche, dann heiratet der Junge das Mädchen wirklich‹-Story.«

»Oh. Ja. Ein Klassiker«, sage ich.

»Das war's schon? Sonst gibt's nichts Neues?«

»Ich überlege gerade, ob es was Neues gibt, was nichts mit *Selbst ist die Braut* zu tun hat, aber ehrlich gesagt fällt mir nichts ein.«

Ich lüge schon wieder.

»Verstehe«, sagt Ray.

Ich schaue aus dem Fenster. Sehe, wie Dad die Höhe der Bäume mit dem bloßen Auge abzuschätzen versucht. Etwas auf einen Block schreibt. Sehe, wie die Sonne untergeht. Wie Dad eine Kettensäge zur Hand nimmt. Wie der Baum in genau die Richtung fällt, die Dad vorhergesehen hat. Aber er hat sich in der Größe verschätzt, sodass der Stamm auf unsere Schaukel stürzt.

»Ich muss jetzt auflegen«, sage ich. »Sonst bringt Dad sich noch um.«

Am nächsten Morgen ist Dad kleinlaut. Sagt nichts, als Billy in einem großen weißen Lkw vorfährt. Geht nicht die Luftpistole holen. Begrüßt ihn an der Tür, und Billy steht da mit seinen tätowierten Schlingpflanzen, die ihm den Hals hochkriechen. Niemand sagt etwas.

»Tja dann«, sagt Billy. »Zeigen Sie mir mal den Schaden.«

Und in dem Moment wird er zu Bill.

»Komm mit«, sagt Dad.

Bills Einschätzung: Die Bäume sind zu hoch, um sie zu fällen. Es besteht die Chance, dass sie auf unser Haus oder das der Nachbarn fallen. Und Bill will nicht noch mal ein Risiko eingehen. Denn das ist ihm schon einmal passiert.

»Es ist nicht gut ausgegangen«, sagt er. »Es ist schwer, die Höhe von Bäumen per Augenmaß abzuschätzen. Sie sind immer höher, als man glaubt.«

»Was denkst du, was wir tun sollen?«, fragt Dad.

»Ich muss eine improvisierte Leiter bauen, Sprossen an den Baum nageln, während ich hochklettere«, sagt Bill. »Ich steige sie hoch und säge die Äste und den Stamm Stück für Stück ab.«

»Ach, ist ja lächerlich«, sagt Dad. »Wieso machst du so ein Drama daraus?«

»Weil es ein Drama *ist*«, sagt Bill. »Ich weiß, es klingt umständlich. Und das ist es auch. Es wird den ganzen Tag in Anspruch nehmen. Aber man kann es nicht anders machen.«

Dad schaut an dem Baum hoch.

»Das ist meine professionelle Meinung«, sagt Bill.

»Dann mach es so«, sagt Dad und geht zurück ins Haus.

Zuerst muss Bill noch ein paar Dinge besorgen. Muss Holz kaufen gehen. Er erwähnt es Dad gegenüber, aber der antwortet nicht. Dad schaltet den Fernseher ein und holt sich ein Bier, als wäre er jetzt im Ruhestand.

»Wenn du sowieso einkaufen fährst, könntest du uns eventuell Kerzen mitbringen?«, fragt Mom.

»Mom«, sage ich. »Er fährt nicht zum Supermarkt. Er will Holz kaufen.«

»Tja, ich habe nur Angst, dass während des Sturms der Strom ausfällt.«

»Natürlich«, sagt Bill. »Brauchen Sie sonst noch etwas?«

»Batterien«, sagt Mom. »Und Grapefruitsaft.«

»Vielleicht noch ein paar von den Handgranaten-Dingern«, wirft Dad ein.

»Handgranaten?«, sagt Bill.

»Er meint Avocados«, sagt Mom. »Warte, ich mache dir eine Liste.«

Mom schreibt eine Einkaufsliste.

»Worum wollt ihr ihn als Nächstes bitten?«, frage ich. »Hummer?«

»Oh, Hummer«, sagt Mom. »Klingt köstlich. Es ist Jahre her, dass ich Hummer gegessen habe. Könntest du auch Hummer mitbringen?«

»Kein Problem«, sagt Bill.

»Dann gibt's heute Hummer zum Abendessen!«, verkündet Mom.

»Wir haben noch jede Menge Reste, Susan«, sagt Dad.

»Ich will kein Resteessen«, sagt Mom. »Ich will feiern.«

»Feiern?«, sagt Dad. »Was genau feiern wir denn?«

»Kathy natürlich«, sagt Mom.

»Ach, Herrgott noch mal«, sagt Dad.

Aber Bill ist nicht aus der Fassung zu bringen.

»Hummer zum Abendessen, kommt sofort«, sagt er.

»Und Wein«, sagt Mom.

»Mom.«

»Es macht mir nichts aus«, sagt Bill. »Wirklich nicht.«

Mom reicht ihm die Einkaufsliste.

»Danke«, sagt sie.

Dann lehnt sie sich zurück, um den Wetterbericht zu schauen.

Rick ist gut in seinem Job. Bei ihm klingt es so, als würde wirklich etwas passieren. Als würde er sich wünschen, dass etwas passiert. Ich verstehe ihn. Es vergehen zu viele Tage, an denen wir nur

Hähnchen mit Gemüse essen, die wir anschließend vergessen. Zu viele Tage fühlen sich an wie nichts. Eine Woche ohne Rechnung oder Anruf, und ich fange an, mich zu fragen, ob ich überhaupt ein Mensch bin. Ich habe keine Kollegen mehr, die mich daran erinnern, dass ich ein Mensch bin. Ich habe Ray, aber selbst Sex mit Ray fühlt sich allmählich an wie nichts. Wie ein Tampon oder die Zange, die die Gynäkologin in mich reinsteckt. Manchmal kommt es mir so vor, als wäre seit deinem Unfall eigentlich nichts mehr passiert, als wäre ich zu lange auf See gewesen, wo das Wetter so ruhig ist, dass ich die Wellen nicht mehr spüre.

»Ich komm mit«, sage ich zu Bill.

Es ist eine Erleichterung, draußen zu sein, den Wind zu fühlen, die Vögel zu sehen, die panisch über dem Haus kreisen. Sie scheinen zu spüren, dass sich etwas zusammenbraut. Wahrscheinlich können sie den Sturm vom Himmel aus sehen, das dunkle Netz, das der Äquator gesponnen hat, um sie zu holen.

Bill fährt den Lkw.

Der Lkw ist, wie ich sagen muss, ein bisschen dreckig, bis auf den Getränkehalter, in dem eine Flasche Perrier steht.

»Was?«, fragt er, als er meinen Blick bemerkt.

»Du trinkst Perrier«, sage ich.

»Natürlich«, sagt er. »Das ist das beste Wasser überhaupt.«

Es gibt so viele Dinge, die ich Billy erzählen könnte, aber es ist unmöglich, sie alle gleichzeitig über die Lippen zu bringen, und so gibt es nichts zu sagen bis auf das Grundlegende natürlich, was jeder zu irgendwem anders beim Autofahren sagen würde, wie »Hallo« oder »Wie geht's?«. Es ist seltsam förmlich für einen Mann, der mir mal dabei zugesehen hat, wie ich mich im Halbdunkel ausgezogen habe. Hallo, wie geht's dir, Mann, dessen Schwanz mal in mir war. Aber es gibt nichts zu sagen – nicht zu Bill, der Perrier trinkt und in dessen Koteletten sich graue Strähnen eingeschlichen haben.

»Und, wie geht's?«, sage ich.

So ist das, wenn man erwachsen ist. So ist das, wenn man mit Bill zum Supermarkt fährt.

»Ganz okay«, sagt Bill.

Bill geht's immer okay. Nicht gut. Nicht großartig. Als hätte er entschieden, dass es ihm nie gut gehen darf.

»Es ist okay, wenn es dir gut geht«, sage ich. »Es ist okay, wenn du mit Lisa zusammen bist. Ich weiß davon.«

»Ich bin mit Lisa zusammen«, sagt Bill. »Zumindest irgendwie.«

»Was heißt ›irgendwie‹?«

»Ich meine, es ist nicht offiziell oder so«, sagt Bill. »Sie will es nicht zugeben, aber ich glaube, sie schämt sich ein bisschen für mich.«

»Wieso?«

»Weil ich mein Geld damit verdiene, Pflanzen zu züchten. Und Lisa ist Neurochirurgin.«

»Sie ist *Neurochirurgin*?«

»Für Tiere«, fügt er hinzu. »Trotzdem. Sie ist ehrgeizig. Sie will mehr.«

»Was genau will sie denn?«

»Wer weiß?«, sagt er. »Wer weiß, was Lisa will?«

Wir biegen auf die Main Street ab. Vor vielen Jahren standen wir hier am Straßenrand und haben deinen Namen geschrien. Haben deine Leiche angestarrt. Und jetzt sind wir unterwegs, um Holz zu holen. Hummer zu kaufen. Und Lisa ist Neurochirurgin für Tiere. Was ist aus ihrer Schwimmkarriere geworden? Und wieso ist Billy kein Ordensbruder?

»Warum hast du mir nicht erzählt, dass du das ewige Gelübde nicht abgelegt hast?«, frage ich.

»Das wusste ich ja noch nicht, als wir uns zuletzt gesehen haben«, antwortet er.

Bei unserem Treffen auf dem Parkplatz vor dem Spirituosengeschäft habe er noch vorgehabt, ins Seminar zurückzukehren. Direkt nach der Beerdigung seines Vaters. Habe den Plan gehabt, zurückzugehen, das Gelübde abzulegen und den Rest seines Lebens in Abgeschiedenheit und Stille zu verbringen. Aber dann habe er mich vor dem Geschäft gesehen. Und ich habe ihm erzählt, ich wolle nach London, und da habe er so ein Gefühl gehabt.

»Nur flüchtig«, sagt er. »Ein Gefühl von: Am liebsten würde ich sie begleiten.«

Auf der gesamten Heimfahrt sei ihm ständig durch den Kopf gegangen: Ich will mit Sally nach London fahren. Aber das war lächerlich, und so entschied er sich dafür, mich auf einen Drink einzuladen.

»Aber du hast es nie getan«, wende ich ein.

»Ich hab's versucht«, erwidert er. »Ich hab dich angerufen. Eine Woche nachdem ich dich getroffen habe, hab ich dich angerufen. Aber du bist nicht rangegangen.«

»Da war ich schon in Europa. Ich hatte gar kein Handy dort.«

»Verstehe«, sagt er.

»Aber wieso hast du's nicht durchgezogen?«, frage ich. »Wieso hast du das ewige Gelübde nicht abgelegt?«

»Sie sagen zwar, man soll seinen Entschluss hinterfragen«, sagt er. »Aber ich habe nichts anderes getan, als meinen Entschluss zu hinterfragen. Ich war mir nie sicher. Ich dachte, an irgendeinem Punkt würde die Gewissheit schon kommen. An irgendeinem Punkt würde ich mich so sehr darauf einlassen, dass ich permanenten Frieden finde. Dann hätte ich das Gefühl, dass mir wahrhaftig verziehen wurde. Aber dieser Punkt kam nie.«

Da sei Billy klar geworden – er sollte nicht ins Kloster gehen, damit ihm verziehen wurde. Er sollte nicht aus Schuldgefühlen dort sein. Andere waren dort, weil sie wirklich glaubten. Weil sie Gott dienen wollten. Aber Billy erkannte, dass er nicht dort war, um Gott zu dienen. Wenn er nicht im Priesterseminar war, fehlte Gott ihm nicht.

»*Du* hast mir gefehlt«, sagt er. »Ich habe ständig an die Abende gedacht, die wir zusammen am Strand verbracht haben.«

Und so blieb er länger und länger in Aldan. Ging an den Strand. Verschob seine Rückkehr wieder und wieder.

»Ich hab mir gesagt, ich bin nur hier, um den Nachlass meines Vaters zu regeln«, sagt er. »Hab mir eingeredet, ich bleib nur so lange, bis ich den Laden verkauft hab.«

Und irgendwie stimmte das ja auch. Anfangs habe niemand kaufen wollen. Dann, nach der Rezession, wollten die Leute kaufen, aber die Angebote waren Billy nicht hoch genug. Er lehnte alle ab, wartete auf ein besseres und vertrieb sich die Zeit damit, sich um die Pflanzen im Geschäft zu kümmern. Brachte es nicht übers Herz, sie sterben zu lassen. Sein Vater hatte diese Pflanzen eigenhändig gesät und aufgezogen, und plötzlich wollte Billy verstehen, warum. Er wünschte sich Zugang zur Gedankenwelt seines Vaters, was er noch nie zuvor getan hatte.

»Das passiert, wenn Eltern sterben«, sagt er. »Plötzlich will man eine Antwort auf jede Frage haben, die man ihnen nie gestellt hat.«

Er habe alle alten Notizbücher seines Vaters gelesen. Fing an, nachts Recherchen zu betreiben und tagsüber mit den Pflanzen zu experimentieren. Säte während des langen Winters im Inneren des Geschäfts aus. Investierte in ein neues Beleuchtungs- und ein neues Bewässerungssystem.

»Um ehrlich zu sein, fand ich es heilsam, mich um die Pflanzen meines Vaters zu kümmern«, sagt er. »Witzig, weil ich mich als Kind immer mit Händen und Füßen dagegen gewehrt hab. Ich fand's peinlich, dass mein Vater Blumenhändler ist. Als wär's irgendwie schwul, mit Blumen zu arbeiten.«

»Für Highschool-Jungs ist doch alles schwul.«

»Highschool-Jungs sind übel.«

»Da kann ich dir nicht widersprechen.«

»Ich weiß noch, wie stolz ich war, dass er sich bei der Arbeit den Hals gebrochen hat«, gab Bill zu. »Ich erinnere mich, wie ich allen davon erzählt habe. So nach dem Motto: Schaut mal, was für ein Mann mein Dad ist! Schaut, wie gefährlich es ist, sich um Pflanzen zu kümmern! Aber dann habe ich angefangen, mit ihnen zu arbeiten.«

»Mit Highschool-Jungs?«

Er lacht.

»Nein. Mit den Pflanzen.«

Als der Frühling kam, als der Efeu an den Wänden seines Vaters hochkroch, die Tulpen von den Toten auferstanden, wusste er, dass er nicht ins Seminar zurückkehren würde. Er wusste, dass er sich um etwas gekümmert hatte – wahrhaftig und hingebungsvoll –, und er sah, wie alles wieder zum Leben erwachte. Er war so davon überzeugt gewesen, dass die einzige Lösung darin bestand, wegzulaufen – seine Heimat, sein Leben, seinen Körper zu verlassen – und zu sagen, Gott, tu was du willst.

»Aber das war es nicht«, sagt er.

Die Lösung sei immer das Gegenteil von dem, was wir erwarteten. Die Lösung sei gewesen, hierzubleiben und einen Rosenbusch an der Main Street zu pflanzen. Zu warten, Geduld zu haben, zuzuschauen, wie um ihn herum neues Leben entstand. Das war jetzt Jahre her. Heute verlässt sich unsere Stadt auf Billy. Kommt zu ihm, wenn sie Hilfe braucht. Man bittet ihn, die Kirche für Hochzeiten zu dekorieren. Die Gräber der Toten zu schmücken. Man hat ihm verziehen.

»Und du?«, fragt er. »Was hast du so getrieben?«

Es ist seltsam, mit Billy einkaufen zu gehen. Aber hier sind wir nun, nach all der Zeit, schieben einen Einkaufswagen durch das Geschäft und legen Lebensmittel hinein, als wären wir verheiratet. Im Baumarkt holt er Holz und die Klammern. Ich kaufe Batterien und Kerzen.

Im Lebensmittelgeschäft sage ich: »Ich hole den Hummer. Du die Handgranaten.«

»Weil ich ein Mann bin?«, sagt er.

»Nein«, sage ich. »Weil ich nicht weiß, wie man Handgranaten aussucht. Hab noch nie welche gekauft.«

»Du hast noch nie eine Avocado gekauft?«, fragt Billy. Er klingt fast bestürzt. »Wer bist du überhaupt?«

Und so kaufen wir zusammen ein.

»Sie sollen weich, aber nicht zu weich sein«, sagt er. »Achte auf verfaulte Stellen.«

Dann stehen wir vor den Hummern. Hinter der Theke ist niemand. Wir warten darauf, dass ein Mitarbeiter aus dem dunklen Loch kommt, das in den hinteren Bereich führt. Wahrscheinlich hat er Pause, spielt mit dem Handy herum, verschwendet sein Leben. Wahrscheinlich rechnet er nicht damit, dass jemand an einem solchen Tag, Stunden vor einem Hurrikan, Hummer kaufen will.

Wir warten. Hinter uns stehen ein Mann und seine Tochter. Das kleine Mädchen starrt uns an. Sie macht ein Gesicht, als wäre sie auf dem Weg zu einer Beerdigung. Sie erinnert mich an dich. Oder vielleicht an mich. Sie fängt an, uns mit erstaunlicher Offenheit Dinge anzuvertrauen, eine Eigenschaft, die mir immer gefallen hatte und die ich immer sympathischer finde, je älter ich werde.

»Ich hab noch nie Hummer gegessen, wisst ihr?«, sagt das Mädchen.

Nein, das hätten wir nicht gewusst, antworten wir.

Endlich taucht ein Teenager aus dem dunklen Loch auf.

»Oh«, sagt der Junge. »Ich wusste ja gar nicht, dass ihr hier seid«, sagt er, als würde er uns kennen.

Er fragt mich, wie viele Hummer ich möchte, obwohl sein Tonfall und sein Gesichtsausdruck mehr als deutlich machen, dass es ihm scheißegal ist. Er scheint uns zu verabscheuen, nur weil wir Hummer kaufen wollen. Verständlich. Ich habe Leute schon aus schlechteren Gründen gehasst. Sein Hass ist die einzige Macht, die er besitzt.

»Sechs, bitte«, sage ich. »Gedämpft.«

»Du willst ihn gedämpft?«, fragt der Junge. »*Hier?*«

»Ja«, sage ich.

Ich finde es unangenehm, wenn der Hummer zu Hause gekocht wird. Ich kann den Geruch nicht ertragen, den sie verströmen, wenn sie sterben. Er verbreitet sich sofort im Haus, sodass es die ganze Woche nach Tod riecht.

Der Junge grummelt etwas Unverständliches.

»Tut mir leid«, sage ich. »Was hast du gesagt?«

»Nichts«, sagt der Junge. »Hab mit den *Hummern* geredet.«

Der Junge setzt die Hummer auf ein Backblech und murmelt, er komme in ein paar Minuten zurück, in wie vielen genau, kann niemand verstehen. Dann verschwindet er mit den Hummern in dem dunklen Loch.

Billy zieht die Augenbrauen hoch, und ich kenne diesen Blick nur zu gut. Er bedeutet: Manche Leute sind einfach völlig daneben. Eine Wahrheit, die er gelernt hat, als er noch zur Highschool gegangen ist und zu viel Zeit in der Mall verbracht hat. Billy lächelt mich an. Ich will zurücklächeln. Will darüber lachen, wie sehr der Junge uns hasst. Ich frage mich, ob der Junge eine Freundin hat, ob sie zusammen Filme anschauen und im Keller ihrer Eltern knutschen, ob sie Bier trinken, Spiele mit ihren Händen erfinden, die Akne des anderen ignorieren und über die beschissene Musik im Radio reden, wie ich es früher mit Jungs gemacht habe. Frage mich, was es bedeutet, heute jung zu sein, aber ich habe keine Ahnung. Wer ist dieser Junge, und was genau hat er zu den Hummern gesagt?

Billy ist mir so nah, das Verlangen so stark wie eine Riesenwelle, die mich aufs Meer hinauszieht, aber ich lasse es nicht zu. Ich werde nicht mit deinem Freund hier rumstehen und so tun, als wäre er meiner. Als wäre das unser Witz. Ein Witz gehört einem nicht; er ist kein Haus, keine Familie, kein kleiner weißer Hund. Er ist wie eine Welle, die um meine Zehen brandet, am schwächsten, kurz nachdem sie am stärksten war, verschwunden, kaum dass ich sie gespürt habe.

»Ich will den ganz Großen«, sagt das kleine Mädchen.

Als sie mit ihrer Begutachtung des Hummerbeckens fertig ist, kommt sie voller Begeisterung zurück, um die Zustimmung ihres Vaters für ihre Wahl einzuholen. Sie deutet auf einen riesigen rötlichen Hummer, der die rechte Seite des Beckens für sich allein hat. »Die Königin« nennt sie ihn, aber die Königin sieht eigentlich gar nicht aus wie eine Königin. Sie ist auf eine so unschöne Art gigantisch, als wäre ihre Größe etwas, wofür sie nichts kann, denn es ist eine Strafe, zu groß für sein Haus zu sein. Fünf Zentimeter größer zu sein als seine Schwester. Aber es stimmt – das bin ich.

»Du willst die Königin essen?«, fragt Billy das kleine Mädchen. »Was, willst du etwa eine Revolution anzetteln?«

Er redet mit dem Mädchen wie mit einer Erwachsenen. Als würde sie alles verstehen, was er versteht. Ich kann mich nie so richtig entscheiden, ob es gut oder schlecht ist, mit Kindern zu reden, als wären sie keine Kinder, aber ich bewundere es.

Der Junge kommt mit den Hummern zurück.

»Bitte schön«, sagt er.

Auf der Heimfahrt schweigen wir. Fahren bis nach hinten zum Garten durch.

»Wieso hast du nie versucht, mich noch mal anzurufen?«, frage ich.

»Ich wollte dich nicht belästigen«, sagt er.

»Mich belästigen? Ich hab dich geliebt.«

»Ich weiß. Aber ich hatte das Gefühl, dein Leben schon genug ruiniert zu haben«, sagt er. »Ich hab dir schon genug Schmerzen zugefügt.«

»Tja«, sage ich. »Das stimmt allerdings.«

Draußen baut Billy die Leiter, die den Baum hinaufführt. Ich helfe ihm dabei. Halte die Nägel, während er das Holz Planke für Planke an den Stamm nagelt, bis die Leiter ganz nach oben reicht. Er klettert rauf und sägt Ast für Ast mit der Kettensäge ab. Sie fallen mit einem lauten Krachen auf den Boden, und ich fahre jedes Mal zusammen, als würde die Welt untergehen.

»Das gefällt mir nicht«, sagt Mom. Sie ist mit einem großen Hut und einem Cocktail rausgekommen, um zuzuschauen. »Ich kann nicht hinsehen. Ich kann einfach nicht hinsehen.«

Aber sie kann den Blick nicht abwenden.

»Er kommt schon klar«, sage ich.

»Das ist doch gefährlich«, sagt Mom. »Unglaublich, dass dein Vater das ganz allein machen wollte.«

Dad ist neugierig. Und nervös. Er kann nicht anders – er ist Sicherheitsberater mit Leib und Seele, und wenn ein Mann eine Leiter hinaufsteigt, kann er nicht anders, als sich den Sturz auszumalen.

»Alles okay da oben?«, ruft Dad.

»Alles bestens!«, ruft Billy zurück.

»Das ist zu viel für mich«, sagt Mom, geht ins Haus, lässt sich mit einem weiteren Cocktail vor dem Fernseher nieder und schaut den Wetterbericht. Ich arbeite eine Weile am Computer. Aber ich komme nicht darüber hinweg, wie schräg es ist, dass Billy draußen unseren Walnussbaum fällt, dass Dad unten auf dem Boden steht und sich Sorgen um ihn macht und dass du ein Sturm im Fernsehen bist.

Rick, der Wettermann, klingt selbstsicher, während er seine Vorhersagen über dich zum Besten gibt. Er geht felsenfest davon aus, dass du ein Wetterphänomen bist wie alle anderen, das man mit Instrumenten messen kann. Er freut sich sichtlich über den Sturm und den Beginn der Hurrikan-Saison, das erkennt man an seiner Körperhaltung. Im gesamten Küstengebiet kommen Wettermänner und -frauen zum Einsatz; sie warten in winddichten Hosen und Windjacken am Strand, an vorderster Front.

Es ist erstaunlich, wie sie deine Spur verfolgen können. Sie haben deinen Weg von der Karibik nach North Carolina, nach Virginia, Baltimore, New York City und darüber hinaus rot eingezeichnet. Auf dem Bildschirm siehst du wütend aus. Als hättest du etwas zu sagen. Und du bist ein roter Kreis in Maryland, wo du drei Menschen getötet hast.

»Ich begreife mehr und mehr, dass die Entscheidung, einen Hurrikan ernst zu nehmen, eine sehr persönliche ist«, sagt der Wettermann.

Er sagt, er wisse, warum ein Sturm eine Stadt in die Leute teilen kann, die die Dinge ernst nehmen, und die, die es nicht tun. Einige Bewohner haben schon schlechte Erfahrungen gemacht; andere haben Leuchtpistolen, Wasser und Bohnenkonserven gehortet, aber der Sturm ist an ihnen vorbeigezogen, ehe sie sich's versahen. An manchen Orten stellte sich heraus, dass die Gefahr gar keine war; das Windspiel klirrte nur leicht, und irgendwann wurde die Stille peinlich. Verlegen stand man in der Küche voller Wasserkanister herum, deren Fenster mit Brettern verbarrikadiert waren. Peinlich berührt, weil man Löcher in die Wand gebohrt hatte, in dem Glauben, etwas Bedeutsames ziehe am Horizont auf, nur um zu erkennen, dass es ein ganz gewöhnlicher Tag war, den man damit verbracht hatte, Löcher in die Wand zu bohren.

»Aber täuschen Sie sich nicht. Alte und Menschen mit Behinderung sollten den Staat verlassen, Verwandte besuchen, einen Urlaub daraus machen«, sagt er.

»Ich glaube, man sagt ›ältere Menschen‹, Rick«, sage ich.

Ich bin sicher, irgendwer wird Rick dafür zur Schnecke machen. Er benutzt auch ständig »und« statt »oder«, sodass es bei ihm so klingt, als wäre alt und behindert zu sein dasselbe.

»Ach, lass ihn in Ruhe«, sagt Mom. »Hab ich dir schon erzählt, dass seine Frau ihn verlassen hat?«

»Ja.«

Mom betrachtet das Meer im Fernsehen, das mit Surfern auf ihren Surfbrettern gespickt ist, die geduldig auf dich warten, als wärst du etwas, woran man glauben muss. Ich habe das Gefühl, schreien zu müssen. Plötzlich halte ich es keine Sekunde mehr aus, die Enge in unserem Haus, die unablässig brandenden Wellen, die Unausweichlichkeit der Katastrophe. Ich ertrage es nicht mehr, dass ich selbst heute, nach so vielen Jahren, manchmal in den Flur schaue und erwarte, dich dort zu sehen, wie du aus unserem Zimmer kommst, dir die Zähne putzt, während die Zahnpasta aufschäumt wie Gischt.

Aber du bist nie da. Du bist tot – ich weiß, dass du tot bist. Habe es mit eigenen Augen gesehen. Habe den Autopsiebericht gelesen, wieder und wieder, und jetzt weiß ich nur zu gut über deinen Tod Bescheid. Funfacts, die nicht lustig sind, Dinge, die du nicht einmal selbst über dich weißt, zum Beispiel, dass dein Gehirn 1360 Gramm wog. Dreimal so viel wie dein Herz. Deine Aorta war glatt und glänzend. Die Zähne hämorrhagisch. Du hattest eine Platzwunde über der linken Augenbraue. Schnitte in der Unterlippe und der Kinnregion. Leichenstarre in den oberen und unteren Extremitäten. Eine Quetschung der Brust, ein gebrochener rechter Knöchel, was irgendwie irrelevant erscheint.

Und doch setzte ich mich immer wieder nachts auf, sagte deinen Namen, wartete darauf, dass du mir erscheinst, dich vor meinen Augen wieder in Kathy verwandelst. Wartete darauf, dass du etwas sagst. Nur ein Wort. Ein schlichtes »Hallo« würde mir genügen.

Aber es folgt immer nur Stille. Und ich komme mir dumm vor. Dein Schweigen ist immer die perfekte Bestrafung gewesen.

Es wird dunkel, bevor Billy mit der Arbeit fertig ist. Erschöpft kommt er in die Küche, schweißüberströmt und mit Holzsplittern bedeckt.

»Wieso bleibst du nicht zum Abendessen, Billy?«, fragt Mom.

»Mom«, sage ich. »Er ist nur hier, um zu arbeiten.«

»Oh«, sagt Billy. »Klar. Das wäre nett. Ich liebe Hummer.«

»Wer nicht?«, sagt Mom.

»Möchtest du ein Bier?«, fragt Dad ihn.

Hat Dad Billy verziehen? Oder gibt Dad hart arbeitenden Männern nur gern ein Bier? Das macht er auch mit dem Klempner und dem Typen vom Gaswerk. Ich habe keine Ahnung, welche Art Bier Bill mag. Oder ist ihm Whisky lieber? Vielleicht mag er rauchigen Scotch? Von der Sorte Mann habe ich mit Anfang zwanzig eine Menge gedatet.

»Hätte nichts dagegen«, sagt Billy.

Er setzt sich auf einen Stuhl. Öffnet das Bier. Spreizt ein bisschen die Beine. Die Haltung wirkt jugendlich, und er sieht genauso aus wie vor tausend Jahren, als er noch dein Freund war und an unserem Küchentisch saß, total in dich verknallt. Als er versucht hat, unsere Eltern zu beeindrucken. Mit Dad über Basketball redete. Unserer Mutter Komplimente über ihren Kartoffelsalat machte. Anekdoten über seine verstorbene Großmutter erzählte.

Erinnert sich Billy an diese Dinge? Manchmal, das muss ich gestehen, entfallen sie selbst mir. Ich vergesse, wie es war, mit dir zusammen zu sein, wie es war, eine Schwester zu haben. Ich bin immer weniger deine Schwester. Aber es hilft, dass Mom Kartoffelsalat serviert. Dass Mom so tut, als wäre das hier das normalste Abendessen der Welt.

»Sally, hol die Platzdeckchen«, sagt sie. »Billy, bringst du uns vier Weingläser?«

Billy erhebt sich. Er wirkt plötzlich größer, als ich erwartet habe. Als ich ihn aufstehen sehe, denke ich: Wer ist dieser riesige Mann? Ich bin beeindruckt von seinem Körper. Es ist der Körper eines arbeitenden Mannes. Nicht mehr der eines Basketballspielers, der im Fitnessstudio Gewichte stemmt. Mehr wie ein Eichenbaum. Ein schlanker, muskulöser Körper, wie aus einer anderen Zeit, in der Männer sich nur die Muskeln antrainierten, die sie brauchten.

Oder vielleicht stimmt auch das, was Valerie mal gesagt hat: Der Beruf färbt irgendwann auf die Leute ab. Valerie sieht jeden Tag mehr nach Plastik aus. Ray sieht mit der in Falten gelegten Stirn aus wie ein Anwalt. Und Billy sieht aus, als könnte er bis in alle Ewigkeit allein in einem Wald stehen. Als er die Weingläser eins nach dem anderen auf den Esstisch stellt, schaue ich zu, nur um mich zu vergewissern, dass er sie nicht fallen lässt, obwohl ich keine Ahnung habe, warum ich denke, dass das passieren könnte.

Bitte, lass sie nicht fallen, denke ich. Mom und Dad sind so nah dran, dir zu vergeben. Ich kann spüren, wie sie weich werden.

Er lässt die Gläser nicht fallen. Stellt sie sanft auf dem Tisch ab.

»Wir sollten den Fernseher ausmachen«, sagt Mom.

Im Fernsehen rennen Jungs in New York ins Wasser. Sie begrüßen dich mit nackter Brust. Ohne Angst.

»Idioten«, murmelt Dad.

Der Wettermann deutet wild gestikulierend auf den Strand, der zu diesem Zeitpunkt »nur ein ganz gewöhnlicher Strand« ist. Er zeigt auf die »normalen Wolken«, die seiner Behauptung nach bald bedrohlicheren weichen werden.

»Ich frage mich, wie viel Geld er dafür kassiert, da draußen zu stehen und uns zu erzählen, wie ein Strand aussieht«, sage ich.

»Das ist wie der Super Bowl der Meteorologen«, bemerkt Billy. »Seine World Series. Sieh ihn dir nur an. Wie aufgeregt er ist.«

Dad schaltet den Fernseher aus.

»Tja«, sagt Mom über den Tisch voll roter Hummerpanzer hinweg. »Das kommt ziemlich unerwartet. Wir alle an einem Tisch.«

Sie drückt Billy die Hand, was mir peinlich ist, ihm aber anscheinend nicht.

»Danke für die Einladung«, sagt Billy. Er lächelt uns alle zugleich an. Irgendwie kriegt er es hin, mit einer ganzen Gruppe zu reden. »Ich habe mich schon lange auf so etwas wie das hier gefreut.«

Dad hebt sein Bier.

»Auf Hurrikan Kathy«, sagt er.

»Auf Hurrikan Kathy«, wiederholen wir.

Es ist das erste Mal seit Jahren, dass ich Dad deinen Namen sagen höre.

Wir trinken einen Schluck. Da klingelt es an der Tür.

Es ist Ray. Er ist den ganzen Weg aus New York hergekommen.

»Wieso?«, frage ich.

»Du bist nicht ans Telefon gegangen«, sagt er. »Ich hab mir Sorgen gemacht.«

»Ich hatte zu tun«, sage ich.

»Verstehe«, sagt er.

»Es geht uns allen gut, Ray«, sagt Mom.

»Nimm Platz, Ray«, sagt Dad. »Trink ein Bier. Iss einen Hummer.«

Ray holt sich ein Bier. Bekommt einen Hummer. Setzt sich. Beäugt Billy.

»Es tut mir leid, aber wer sind Sie noch gleich?«, fragt er.

Ich höre die Panik in seiner Stimme.

»Das ist Kathys früherer Freund«, sagt Mom.

Sie sagt es, als müsste Ray das eigentlich wissen. Aber Ray weiß es natürlich nicht. Es gibt zu viele Dinge, die ich ihm nie erzählt habe. Billy reicht ihm über den Tisch hinweg die Hand.

»Ich bin Bill Barnes«, sagt er. »Ich betreibe das Tree and Garden in der Main Street.«

Als könnte Ray damit irgendetwas anfangen.

»Wir kennen Billy schon eine halbe Ewigkeit«, fügt Mom hinzu.

So viel weiß Ray: Du bist tot. Bist zu jung bei einem Autounfall ums Leben gekommen, was uns alle sehr erschüttert hat. Er weiß, dass er immer, wenn ich die Worte »meine Schwester« ausspreche, ein ernstes Gesicht machen muss. Das Lächeln von seinem Gesicht wischen muss. Besonders höflich zu unserer Mutter sein muss. Die Spülmaschine ausräumen muss, während unsere Mutter die Kerzen auf deinem Geburtstagskuchen anzündet. Unsere Mutter backt dir immer noch einen Geburtstagskuchen, was ich seltsam finden darf, aber mein Verlobter für rührend halten muss.

»Lasst uns essen«, sagt Mom.

Mom war diejenige, die den Hummer haben wollte, aber jetzt erinnert sie sich nicht mehr, wie man ihn isst. Ich erzähle allen, dass ich mal einen Artikel darüber geschrieben habe: »Wie man einen Hummer isst«. Das beschäftigt offenbar viele Menschen, was wohl etwas mit der Klassengesellschaft zu tun hat.

»Ich wüsste nicht, was das mit der Klasse zu tun haben soll«, sagt Mom.

Ich erkläre ihr: Wenn man einen Hummer isst, muss man den Schwanz zuerst abtrennen. Den Schwanz, der gar kein richtiger Schwanz ist. Denn eigentlich ist es der Hinterleib des Tiers. Was wir Schwanz nennen, ist eigentlich der ganze Körper. Man trennt den Körper vom Kopf ab, und zwar am besten über einem Teller, weil Flüssigkeit herausströmt. Aber das ist nicht schlimm, es handelt sich nicht um das Blut des Hummers. ~~Es ist nicht seine Lebensenergie. Nicht seine Seele.~~ Es ist das Wasser, das man benutzt hat, um ihn ~~zu töten~~ zu kochen.

Einige Leute essen Hummer schnell. Sie haben mehr Übung. Manche essen die Eingeweide, andere nicht. Grandpa zum Beispiel hat die Eingeweide mitgegessen, also haben wir sie alle mitgegessen, aber dann ist Grandpa an einem Herzinfarkt gestorben, und jetzt haben alle außer Dad damit aufgehört.

Ray legt beim Hummeressen keine Pause ein. Wischt sich zwischendurch nicht die Hände ab. Bearbeitet unablässig mit unaufhörlichen, fließenden Bewegungen das Fleisch, ein Lied, das nie aufhört. Als er fertig ist, lehnt er sich auf dem Stuhl zurück und wischt sich die Hände ab. Er sieht uns an und sagt: »Das war der Hammer.«

(»Er isst so, wie er vögelt«, wie ich Valerie mal erzählt habe.)

(»Nein«, hat Valerie erwidert. »Er vögelt so, wie er isst. Er isst schon seit dreißig Jahren. Das mit dem Vögeln macht er vermutlich noch nicht ganz so lange.«)

Danach seufzt Ray laut.

»So«, sagt er und sieht Billy an. Er kann nicht aufhören, ihn anzustarren. »Was soll das mit dem Tattoo?«

»Wie meinst du das, was soll das mit dem Tattoo?«, fragt Billy.

»Warst du im Vollrausch?«, fragt Ray.

»Nein, ich war nüchtern«, sagt Billy. »Sehr nüchtern. Das ist das Schlimmste daran. Ich *wollte* das hier.«

»Wieso sollte man das wollen?«, fragt Dad.

»Als Erinnerung«, sagt Billy.

»Eine Erinnerung daran, dass man keinen vernünftigen Job mehr abkriegt?«, fragt Ray.

»Ray«, sage ich.

»War doch nur ein Scherz«, sagt er.

»Schon«, sagt Billy. »Aber auch eine Erinnerung daran zu lieben. Weiter zu wachsen.«

Ich merke, wie schwer es Ray fällt, nicht die Augen zu verdrehen. Das ist genau die Art Bemerkung, die er sonst mit »Ach, jetzt hör aber auf« quittiert. Aber Ray ist hier zu Gast. Und Mom ist ganz ergriffen von der Vorstellung, dass Billy weiter wachsen will. Lieben will. Sie sieht aus, als würde sie gleich in Tränen ausbrechen, aber sie tut es nicht.

»Klingt für mich nach einem Hilfeschrei«, sagt Dad.

Billy lacht. »Ja, das war es sicherlich auch.«

»Ich finde es nett«, sagt Mom.

»Es ist nicht nett, Susan«, sagt Dad. »Es ist ein Halstattoo.«

Billy lächelt mich an. Das Gefrotzel scheint ihm zu gefallen. Die ganze Nervige-Familie-Nummer.

»Ich wollte mir auch immer ein Tattoo stechen lassen«, sagt Mom.

»Wolltest du gar nicht«, sagt Dad.

»Was denn für ein Tattoo?«, fragt Billy.

»Nichts zu Ausgefallenes«, sagt Mom. »Nur was Kleines. Ein Herz. Auf dem Knöchel.«

Nach dem Essen bietet Billy an, das Geschirr zu spülen, weil Mom ihrer Spülmaschine nicht traut (»Sie ist von 1981!«, sagt sie.) Aber Mom winkt ab. »Nein. Du hast schon genug getan. Fahr besser nach Hause, bevor der Sturm kommt.« Und so verabschieden wir uns, wünschen einander viel Glück und ermahnen einander, zu Hause zu bleiben.

Oben in unserem Bad ziehe ich die Hose herunter, und es ist, als wäre in meinem Körper etwas geschmolzen. Wie diese Kirschlollis in einer Schale, die wir umsonst bei der Bank bekommen haben, wenn wir mit Mom dorthin gegangen sind. Ich bin nicht schwanger – nicht, dass ich das gedacht hätte. Trotzdem. Es ist jeden Monat eine Erleichterung.

Ich gehe zurück in unser Zimmer, wo Ray auf dem Bett sitzt.

»Das war komisch«, sagt er.

»Was war komisch?«

»Das Abendessen.«

»Was war daran komisch?«

»Es war irgendwie angespannt«, sagt er.

»Tja, es war halt eine angespannte Situation«, sage ich. »Billy saß am Steuer, als meine Schwester gestorben ist.«

»Wirklich?«, fragt Ray.

»Ja.«

»Oh«, sagt er. »Vielleicht lag's daran.«

Ein ohrenbetäubender Donnerschlag ertönt, also schalte ich den Fernseher in unserem Zimmer ein und sehe, dass du zu einem Riesengebilde angewachsen bist und auf Connecticut zusteuerst. Der Wettermann erzählt von deinem starken Zentrum, deinem Auge. Doch wenn ich mir dein Auge genauer ansehe, wirkt es gar nicht wie ein Zentrum. Du siehst aus, als hättest du dich warm zusammengerollt, wie etwas, das sich fürchtet. Es scheint nur so, als hättest du einen Kern, einen Ort, etwas, das wir immer Kathy genannt haben. Ist das dein Zentrum, deine Mitte?

»Es ist etwas albern, aber als Kind habe ich mich oft von den amerikanischen Stürmen ausgeschlossen gefühlt«, sagt Ray.

Er sei nah dran gewesen, aber da er in Toronto aufgewachsen sei, habe er nie ihre volle Wucht mitbekommen.

»Ich hatte früher Angst vor ihnen«, sage ich.

Ray blättert in einer alten Ausgabe des *Time Magazine*. Ein geplanter Terroranschlag, der vereitelt wurde. Ein Gemüse, das dafür bekannt ist, Herzkrankheiten vorzubeugen, kann, wie sich herausstellt, Leberkrebs verursachen. Und wird Donald Trump für die Präsidentschaft kandidieren?

»Nein«, sagt Ray. »Der Arsch kandidiert nie und nimmer. Wieso glauben alle, dass er das vorhat?«

Ray wirft das Magazin beiseite, als wäre er fertig mit den Nachrichten, fertig mit der Welt. Man muss Leuten wie Ray eins zugutehalten, sie treiben eine Unterhaltung auch dann voran, wenn sonst niemand weiß, wohin sie führen soll.

»Aber nein«, sagt Ray. »Das war es nicht.«

»Wie meinst du das?«

»Ich meine, er ist offensichtlich in dich verknallt«, sagt er.

»Ist er nicht, glaub mir«, sage ich.

»Ich erkenne Anspannung, wenn ich sie spüre«, sagt Ray. »Ich bin Anwalt.«

»Was hat das damit zu tun?«

»Dank meiner Ausbildung weiß ich, wenn Leute versuchen, etwas zu verbergen«, sagt Ray. »Ich seh's dir am Gesicht an. Jetzt in diesem Moment.«

Ich schweige. Draußen fallen die ersten Regentropfen.

»Ich hole mir noch ein Bier«, sagt er frustriert.

»Du solltest kein Bier mehr trinken«, sage ich. »Lass uns lieber ins Bett gehen.«

»Ich habe eine Theorie über Leute, die ›du solltest‹ sagen«, erklärt Ray. »›Du solltest dieses tun‹, ›du solltest jenes lesen‹ – das sind Leute, die nicht ›Das ist mein Lieblingsbuch‹ sagen können, ohne ›du solltest‹ zu sagen.«

Ich nicke. Ray seufzt.

»Du verschweigst mir etwas. Ich kann es spüren«, sagt er.

»Es gibt vieles, was ich dir nicht erzähle«, sage ich.

»Dann versuch's doch mal.«

»Billy und ich sind uns nach dem Tod meiner Schwester sehr nahegekommen«, sage ich. »Ich glaube, wir waren verliebt.«

»Und wieso konntest du mir das nicht einfach erzählen?«

»Ich weiß nicht«, sage ich.

»Weil du ihn immer noch liebst«, sagt er. »Ist das der Grund? Warum du keine Kinder willst?«

»Ich weiß nicht«, sage ich.

Ray holt sich noch ein Bier, und der Sturm tobt heftiger. Ich höre, wie das Haus knarzt, nur ein ganz kleines bisschen. Der Chor des Wetters. Die hohen Töne des Windes, untermalt vom dröhnenden Bass des Donners. Ray kommt mit dem Bier zurück ins Zimmer und gibt vor, den heulenden Wind auf der Gitarre zu begleiten. Tut so, als wäre alles in bester Ordnung. Genau wie ich.

Ich zünde eine Lavendelkerze an, bevor der Strom ausfällt. Es donnert, und Ray ruft »Yeehaw!« wie ein Cowboy aus Dads alten Filmen. Wir kuscheln im Bett, aufgeregt wie zwei Teenager, die etwas tun, was sie nicht tun sollten.

»Tut mir leid«, sagt er. »Ich bin eifersüchtig.«

Ray küsst mich zärtlich, lässt sich Zeit, als wollte er mich noch einmal kennenlernen. Achtet darauf, mir in die Augen zu schauen, damit ich weiß, dass es ein besonderer Moment ist; um mir näherzukommen, was, wie er ständig betont, alles ist, was er sich wünscht. Mir näher und näher und näher zu kommen, bis … was?

»Du siehst aus, als wolltest du mich auffressen«, sage ich.

»Möglich«, erwidert er. »Du bist ja auch ziemlich süß.«

Ray ist nicht der Typ, der sich an eine Frau bindet; das hat er mir bei allen möglichen Gelegenheiten erklärt. »Aber du hast etwas an dir«, hat er gesagt, »dass ich nur dich will«, und ich lächle, lache, als wäre es verrückt, in mich verliebt zu sein, was, wie ich weiß, wohl auch so ist. Aber in dieser Nacht wird mir klar, dass es an etwas anderem liegt. Dass etwas mit mir grundlegend nicht stimmt. Es gibt ein dunkles Loch in meinem Inneren, das früher von dir ausgefüllt wurde; das ist der Ort, an dem ich jetzt lebe. Lautlos, windlos, ohne Schwerkraft; von dort aus kann ich alles sehen. Blicke hinaus auf die Welt, auf all die normalen Menschen wie Ray, die ihr Leben scheinbar so mühelos leben. Ray, der eine Familie mit mir gründen will. Manchmal, wenn ich Ray dabei zusehe, wie er das Abendessen kocht oder die Arbeitsplatte abwischt, beobachte ich ihn wie aus weiter Ferne, und ich glaube, er weiß es. Er weiß, dass er eine große Distanz zurücklegen muss, zu dem Ort in mir, in den er hineinkriechen will, aber er mag Herausforderungen.

Ray läuft Marathon.

Ray will Dinge, die er nicht haben kann, wie eine erfolgreiche Musikkarriere. Er steht auf die Sachen, die unerreichbar scheinen, und das, was ihm im Moment am unerreichbarsten erscheint, bin ich.

Aber heute Abend nähert er sich dem Ort, wo nur du und ich leben, was mich an alte Zeiten erinnert, nicht die mit Ray, sondern die mit anderen Männern. Auf dem College habe ich mich oft betrunken, weil ich nur dann entspannt genug war, um zu weinen. Nüchtern habe ich es mir nicht erlaubt. Hatte mich davon überzeugt, dass meine Trauer um dich der hässlichste Teil von mir war. Aber Jan hatte recht; Trauer wird im Körper gespeichert. Sie verrottet mit der Zeit. Und so trank ich, denn wenn ich trank, hatte ich keine Kontrolle, kein Gefühl mehr für mich selbst, und die Trauer brach sich im Bett Bahn. Ich weinte, würgte, hyperventilierte. Der Junge – wer auch immer es gerade war – wischte mir die Tränen ab, küsste mich und sagte: »Tut mir so leid. Mein herzliches Beileid.«

Aber Ray sagt so etwas nicht. Ray sagt: »Lass uns einfach schlafen gehen«, und dann ist er tatsächlich innerhalb von Minuten eingeschlafen.

Aber ich kann nicht schlafen. Ich lausche dem Ächzen des Hauses, das vom Wind durchgerüttelt wird, dem Klirren der Scheiben. Türen und Fenster sind die schwächsten Teile eines Gebäudes. Durch die Öffnungen verliert und gewinnt man am meisten. Die Leerstellen, in denen alles und nichts existiert.

»Bist du noch wach?«, schreibt Billy.

»Ja«, schreibe ich. »Bin ich.«

»Ich komm vorbei«, antwortet Billy. »Ich muss mit dir reden.«

Ich kann den Bürgermeister im Fernsehen reden hören. Er sagt: »Gute Nacht und viel Glück.« Dies ist der Teil des Sturms, wo sich noch nichts tut. Der Staat hat den Ausnahmezustand ausgerufen, aber es ist die ruhigste Nacht, die ich seit Langem erlebe. Keine Sirenen. Kein Geschrei auf der Straße. Kein Feuerwerk. Vor dem Fenster ist keine Menschenseele zu sehen. Kein Anzeichen, dass es je Menschen gegeben hat. Nur das Wetter, das auf noch mehr Wetter trifft. Wetter, das ins Haus zu gelangen versucht. Das scheint alles zu sein, was du willst, zurück ins Haus zu gelangen, durch die Ritzen. Aber das Wetter kann nicht rein, weil wir die Fenster versiegelt haben.

Aber dann öffne ich die Tür.

Und dort draußen im Sturm steht Billy. Wenn du ihn so sehen könntest, da draußen im Regen, wie er einfach nur in der Einfahrt steht, zum Himmel aufschaut, du hättest dich gleich noch mal in ihn verliebt. Ich weiß es.

»Was machst du da?«, rufe ich ihm zu.

Aber er kann mich nicht hören. Kann mich noch nicht mal sehen. Und so laufe ich nach draußen. Zu ihm.

»Du bist verrückt«, sage ich zu Billy, als ich neben ihm in der Einfahrt stehe – verrückt, weil er durch einen Hurrikan gefahren ist, aber ich meine es nicht so. Ich weiß, das sind die Dinge, die man eben tut, wenn man verliebt ist. Die Liebe ist verrückt. Sie verwandelt einen in etwas, was man nicht ist, oder in etwas, von dem man nicht wusste, dass man es sein könnte. Sie bringt einen Mann dazu, mitten in einem Hurrikan über den Highway zu fahren. Und sie bringt mich dazu, nach draußen zu rennen und den Sand in deinem Regen zu spüren. Die Kraft deines Windes.

»Ich wollte dich nur sehen«, sagt er. »Und ich wollte dir sagen, dass ich dich liebe.«

»Ich liebe dich auch«, sage ich.

Er nimmt meine Hand.

»Ich weiß, ich sollte das nicht sagen«, fährt er fort. »Und wenn deine Schwester mich deshalb umbringen will, wär das nur fair. Scheint mir nur gerecht, ihr die Chance zu geben.«

Er breitet die Arme aus, als wollte er dich willkommen heißen. Ich schaue mich um. Eine Million Risiken lauern überall; alles kann hochgerissen werden und uns umbringen. Straßenschilder, alte Bäume. Bei dem Wind verwandeln sich selbst alltägliche Dinge in Gefahren.

Aber dann verebbt der Wind abrupt. Der Regen hört auf. Dein Auge ruht auf uns. Und ich frage mich, was du in diesem Moment siehst, mit der Klarheit deines vierzig Meilen breiten Blicks. Frage mich, ob du die reglosen Bäume siehst, und uns beide, wie wir Seite an Seite dastehen und uns an den Händen halten. Erkennst du uns? Fragst du dich, warum wir völlig durchnässt sind? Vielleicht hältst du es für das perfekte Bild, den perfekten Tag. Vielleicht siehst du Billy, so wie ich ihn sehe. Sein Gesicht ist nass. Er lächelt. Sein Sweater ist klatschnass, und ich kann seinen feinen Knochenbau durch den Baumwollstoff erkennen, und ich weiß, dass ich ihn bis in alle Ewigkeit lieben werde.

Am nächsten Morgen, als der Strom wieder angeht, plärrt die Stimme des Wettermanns durch unser Haus und weckt alle auf. Von meinem Bett aus höre ich, wie er verkündet, was mit dir geschehen wird: Du wirst in Richtung Norden ziehen. Du entwickelst dich zu einem tropischen Wirbelsturm. Und du legst den weiten Weg nach Labrador zurück, wo du dich auflösen wirst. Deine Winde werden sich über dem Ozean zerstreuen, bis du nicht mehr Kathy, sondern nur noch Luft bist.

Aber ich weiß, du wirst zu uns zurückkehren. Und wenn wir das Haus neu streichen, Pfannkuchen zum Frühstück machen, den

Garten umgraben oder mit zurückgeworfenem Kopf und weit auf-
gerissenem Mund über etwas lachen – so wie du immer gelacht
hast –, werden wir dich einatmen, ohne es zu wissen.

DANKSAGUNG

Vielen Dank meinen Agentinnen Molly Friedrich und Lucy Carsten sowie dem gesamten Team der Friedrich Agency, die einen Entwurf nach dem anderen dieses Romans gelesen haben. Ich kann mich sehr glücklich schätzen, Agentinnen gefunden zu haben, denen ich in allen Aspekten des Schreibprozesses und des Geschäfts vertraue – ihr seid wunderbare Lektorinnen, phänomenale Agentinnen und gute Freundinnen.

Ein Dankeschön an meine Lektorin Caroline Zancan. Du hast diesen Roman von Anfang an verstanden, und deine redaktionelle Vision hat mir geholfen, zu erkennen, was aus ihm werden könnte (und hat mir geholfen, meine Kapitel zu beenden). Ich bin so dankbar für deinen Scharfsinn, deinen Humor und deine Begeisterung für das Absurde. Vielen Dank auch allen anderen bei Henry Holt & Company, die ihre Zeit und Energie darin investiert haben, dieses Buch zu entwerfen, zu verkaufen und zu formen.

Ich danke Eric Bennett, Mary-Kim Arnold und Katie Hughes, die so viele Versionen dieses Buchs gelesen haben. Ich weiß euer Feedback und eure kollegiale Kameradschaft im Laufe der Jahre zu schätzen.

Diana Spechler und Shelly Oria möchte ich dafür danken, dass sie frühe Entwürfe gelesen und mir geholfen haben, herauszufinden, was für eine Art von Geschichte ich erzählen möchte.

Weiterhin gilt mein Dank Michael Andreasen, Cristina Rodriquez und Mark Polanzak für den weihnachtlichen Jeffrey Chester, der mich inspiriert und mir Freude gemacht hat, während ich auf Deadlines hingearbeitet habe.

Ich danke Chris Parrott für sein Expertenwissen in Latein und die redaktionellen Ratschläge.

Abby Rabinowitz und Dan Ryan danke ich dafür, dass sie ein spätes Manuskript des Buchs gelesen haben, und Mike Cummings und Mike Bezemek dafür, dass sie die Handlung mit mir besprochen haben.

Ein Dankeschön dem Providence College, das mir Gelegenheit gegeben hat, Auszüge aus diesem Roman vorzulesen, als es eigentlich noch zu früh war, ihn einen Roman zu nennen.

Danke an die Ucross Foundation, den San Miguel Writers in Residence, der Cuttyhunk Island Residency und der Wassaic Artist Residency, die mir erlaubt haben, an wunderschönen Orten und umgeben von Freunden an diesem Buch zu arbeiten.

Ich danke allen Freundinnen, Freunden und Familienmitgliedern, die mich während dieses zehnjährigen Prozesses ausgehalten haben. Ich werde versuchen, in den nächsten zehn Jahren erträglicher zu sein.

Ich danke meinem Bruder Gregg, der eine so beständige Quelle der Unterstützung für mich und meine Arbeit war, und meiner Schwägerin Andrea für die kreative Hilfe beim Design.

Außerdem danke ich Sarah, die immer lange aufgeblieben ist und im vierten Schlafzimmer lange mit mir über unser Leben geredet hat. So viel von der schwesterlichen Beziehung in diesem Buch wurde von der Beziehung, die ich mit dir hatte und habe, inspiriert.

Ich danke meinen Eltern, die mich immer ermutigt haben, über schwierige Dinge zu schreiben, und die nie vor der Realität unserer Trauer zurückgeschreckt sind. Ihr habt mir beigebracht, das Schöne und Lustige an unerwarteten Orten zu sehen, ein Geschenk, das ich mein ganzes Leben lang wertschätzen werde.

Und schließlich danke ich meinem Bruder Michael für die Zeit auf Erden, die wir miteinander verbracht haben, dafür, dass du mit mir albern warst, als wir noch klein waren, und dafür, dass du mir gezeigt hast, wie viel Spaß es macht, einen Nachmittag damit zu verbringen, mit jemandem, den man liebt, über nichts als Unsinn zu reden.